许 辉◎著

木屋疑云

安徽师范大学出版社

·芜湖·

责任编辑:潘　安　辛新新
封面设计:陈　爽

图书在版编目(CIP)数据

木屋疑云/许辉著.—芜湖:安徽师范大学出版社,2016.1(2025.1重印)
ISBN 978-7-5676-2266-1

I.①木… Ⅱ.①许… Ⅲ.①长篇小说—中国—当代 Ⅳ.①I247.5

中国版本图书馆CIP数据核字(2015)第252689号

木 屋 疑 云

许 辉 著

出版发行:安徽师范大学出版社
　　　　　芜湖市九华南路189号安徽师范大学花津校区　邮政编码:241002
网　　址:http://www.ahnupress.com/
发 行 部:0553-3883578　5910327　5910310(传真)
　　　　　E-mail:asdcbsfxb@126.com
印　　刷:阳谷毕升印务有限公司
版　　次:2016年1月第1版
印　　次:2025年1月第3次印刷
规　　格:889 mm×1194 mm　1/32
印　　张:12.5
字　　数:290千
书　　号:ISBN 978-7-5676-2266-1
定　　价:87.50元

序

今天,如果没有互联网,很多人注定无法相遇,相识,如同22年前,如果没有广播,我和许先生也不可能成为朋友一样。

许先生是一个特别没有范儿的人。当我们初次见面的时候,此人无论衣着、打扮、发型,和学校里的书呆子(现名学霸)无异,但当他和我聊起音乐时,那种见识和理解,让我当时这个潮人倍感惊讶,而当我看到他的许记唱片手抄本的时候,更是对他平添敬意。

于是,芜湖首档双语(普通话和芜湖话)音乐节目就这样诞生了。我一直没有办法让许先生说好普通话,于是就让这样一个奇葩节目在每个星期天冲击着听众的耳膜,就在那个还没有互联网的年代,欧美流行音乐还属于少数人才能拥有的年代,我们一起和我们的听众,分享着音乐带给我们的快乐和满足。

许先生是一名铁路员工,在做了客座DJ后,我一直在想他一定会追逐自己的梦想而去,就因为他的那本许记唱片的手抄本。可是在我离开电台,离开家乡,做了北漂,寻梦而去之后,直到今天,许先生依然是一名铁路员工,只是他不时地会告诉我:

他开始写小说了。

他写了一本悬疑小说，网上读者还挺多的。

他围棋下的已经很难找到对手了。

他开始教围棋了。

他收了很多围棋弟子。

儿子的围棋也下得很好了。

他已经是一名很牛的铁路员工了。

他的小说要出版了……

许先生是许辉，本书的作者，我的好朋友，我知道，你还会继续给我你的好消息。

优酷土豆集团首席内容官
合一文化首席执行官

目　录

Contents

西木度假村

　　丁口市位于皖南山区，是一个新兴的开放城市。早年大建设时期，上海的许多实业家都将目光投向这片热土，建起了很多大型工厂。丁口市地处山区，矿产丰富，量多质优，这里生产的"丁口"牌水泥尤为出名，远销海内外。

　　近些年来，丁口市政府立足于强大的工业经济，集思广益，积极地开发新的经济合作项目。五年前，丁口市政府与香港船业大亨关谷丹合作，投资几十个亿，在距市区二十九千米处的西木山岭地区圈地五百亩，建起了集观光旅游、休闲度假、商务洽谈于一体的生态旅游度假区，名为"西木度假村"。

　　度假村特色鲜明，依山傍水、清幽静谧，有数个天然温泉。开业以来，以优美的园林风光、独特的民俗风情、清新的绿色生态和温馨周到的服务，吸引了大量的国内外游客。游客们对度假村内独特的木屋别墅群赞不绝口。

　　"没有钢筋，没有混凝土，没有砖瓦，只有泥土花草的气息和全身心回归大自然的感觉，浮躁的心变得宁静，疲惫的身体得以轻松。"国内一位著名的文艺人士在游玩过后留下了他的感叹。

深冬雪后的一天,天气阴冷,太阳偶尔露一面就又躲回了大山的深处。山谷背阳的一面残留着积雪。

一辆满载游客的大巴缓慢地行驶在盘山公路上。车厢内,司机师傅正握着方向盘,小心翼翼地转过左一个右一个弯道。而乘客们丝毫没有理会司机的紧张,车厢内不断地响起欢声笑语。

乘客里面有很多是来自邻城滨江市某国企机关的职工,坐在前排的年轻人是人事科的小王。上个星期,领导对大家说年底让大家出去旅游、泡温泉、住别墅。当时小王还不以为然地撇撇嘴,说太阳从西边出来了。这不,理想成为现实,小王现在正戴着耳机,悠闲自得地听着手机里面的音乐,正摇头晃脑呢。

小王的后排坐着一位妙龄女郎,穿戴时髦性感,大冬天的她仅穿着薄薄的线衫,如果要出门的话她就在外面再套件羽绒服。她叫古丽莎,是财务科的出纳。古丽莎,光听她的名字就让人觉得洋味十足。她不仅仅是名字洋气,人长得也性感漂亮,拥有标准的魔鬼身材,引得机关大楼里的男青年有事没事都喜欢去财务科转转,但是漂亮姑娘惯有的傲慢让男士们经常碰一鼻子灰。

古丽莎的后排坐着一对夫妻,他们与小王、古丽莎是同事。女人倚靠在男人的肩膀上打着瞌睡,她和古丽莎在一个科室工作,叫张敏。男的三十五六岁,长着一副硬朗帅气的脸庞,他叫秦凯,是生产科科长。他正透过车窗,无聊地向窗外的深谷望去……

窗外,山谷里的积雪安静地躺在山脉上,映衬着青色的大山,活脱脱一幅中国画。

司机依然小心翼翼地开着车。突然,伴随着小王神经质般的一声尖叫,大巴车猛烈地晃动了一下。大伙儿透过汽车的前挡风玻璃,发现在阴沉的天空下,迎面驶过来一辆下山的大巴车,速度极快地擦着本车向下驶去。

"找死啊!"司机拨正方向盘后骂了一句。车厢内的骚乱很快就平静了下来。古丽莎从随身的小包里面拿出化妆镜,一边欣赏着镜中的美人,一边调着镜子的角度观察后面的动态……

秦凯的遐想完全被刚才的险情惊醒了。他有些失神地望了车后窗一眼,似乎他的思绪全部被莽撞的下山大巴车带走了。张敏也睡眼惺忪地抬起脑袋,迷迷糊糊地问秦凯:"到了吗?"

"还没有呢,你再睡会儿吧。"秦凯一边为妻子披好衣服,一边用眼角的余光冷冷地看着前排。

古丽莎收起小镜子,嘴角露出一丝耐人寻味的冷笑。她伸手拍拍前排的小王。

小王从耳朵里拔出耳机,回头媚笑道:"什么事啊?"

古丽莎莞尔一笑,柔柔地说道:"听说西木度假村的天然温泉特别棒,我们一起去泡,好不好啊?"

小王忙不迭地收起了手机,受宠若惊地说:"好啊好啊,泡温泉对你身体有好处,绝对应该去。"

"那你的泳裤带了吗?泡温泉可是要穿泳裤的哦。"古丽莎眉毛挑了一下,侧脸去窥视后排。秦凯听到了前排的对话,他面无表情,扭头看向窗外。

大巴车在崎岖的山路上转过最后一个弯,停在山腰的一个停车场。"到喽!"游客们纷纷拿起行李,兴高采烈地走下了大巴车。

大家抬头一看,眼前一亮:一块占地面积很大的空地上耸立着一块巨大的石碑,青灰色的石碑上面深深地刻着五个遒劲有力的红色大字——西木度假村。

二

48 号 别 墅

这行游客，带着行李，队形松散地来到了西木度假村的接待大厅。接待大厅很大，几对散客正在服务总台办理退房手续。服务员正小声询问着客人："先生，需要开发票吗？发票的抬头写什么呢？"

散客们办好手续都出去了。当大厅的自动门开的时候，一股冷风吹了进来。古丽莎不由地哆嗦了一下，她赶紧将羽绒服的外套拉链拉紧。小王依然沉浸在大巴车里古丽莎的热情中，连忙靠近美女奉承着："穿这么少啊，你真是美丽动人。"谁知这下古丽莎没有理睬小王，白了他一眼，挪向别处去了。小王讨了个没趣，撇了撇嘴，转身去总台办理入住手续去了。

接待大厅的墙上巨幅的景区示意图的镜面折射出冷冷的光，秦凯站在示意图的下面仰头出神地看着。西木度假村主要是由天然温泉、西木风情园和位于后山的木屋别墅群组成的。他们即将入住的正是这些木屋别墅群。别墅群按照山体的延伸由下而上编了号，位于山腰的是小号，位于山顶的则是数字较大的号了。

秦凯两眼出神地盯着山顶上一间独栋别墅,若有所思。这时候,张敏喊他了:“秦凯,该我们登记了,身份证!”秦凯缓过神来,踱到总台,从怀内掏出钱包,抽出身份证递给妻子……

办好手续后,大家脚步轻快地迈出接待大厅,兴冲冲地向后山奔去。小王、古丽莎和几个年轻人拎着包,快步地走在最前面。

古丽莎上身穿着红色毛领羽绒服,下身搭配纯蓝牛仔裤,再戴上一副墨镜,颇具明星范儿。她身材高挑,一米七的个头,走起路来臀胯摇摆幅度比较大,颇有点模特走秀的味道。她喜欢随身携带一个大挎包,里面再塞进小包,藏着叮当作响的一大堆东西。她和小王他们几个年轻人都被分在山腰的木屋别墅里,秦凯夫妇以及其他同事们则继续往山顶走去。

不一会儿,秦凯等人都找到了房卡上对应的木屋。秦凯拎着行李随着张敏来到一间独体别墅前面。

张敏把房卡递到老公的面前,笑着说:“喏,到了,去开门吧。”

秦凯放下行李,接过房卡,翻过来一看,脸色微变:“48号?你拿的是48号?”

“怎么了?48号不好吗?”张敏皱皱眉头,感觉有点奇怪,“这间可是独栋别墅啊,他们年轻人特地让给我们夫妻的呢。”

秦凯嘟囔着打开木屋的门:“48号,这号不太吉利啊。”

张敏说:“怎么不吉利啊?48,谐音就是‘死发’,死了都要发财,多好啊。”

秦凯一脸不屑:“死了都要发?我看48就是‘死吧’的意思。”

张敏脸色阴沉下来,开始噘嘴了:“秦凯,我说你这个人啊,出来玩都这么多话,要不你去总台换房间?”

“算了,下去再上来又要耽误时间。就这间吧!外面冷,进来暖和一下,老婆大人。"秦凯意识到张敏的不快以及自己的过分计较,忙用软话哄住张敏。

秦凯将房卡插入取电,木屋内顿时亮了起来。"哇!好漂亮啊!"张敏白鹤亮翅般地展开双臂,兴奋地嚷嚷。木屋内家居用品一应俱全,充满了家的温馨。张敏踱着步子,从这屋走到那屋,就像刚刚步入新居一样好奇地四处参观。"这里是卧室,这里是客厅……这里还有厨房呢。秦凯,快来看啊!"张敏快乐的声音飘荡在木屋内。秦凯笑笑,没有回答。

"秦凯,你说,这是供游人下榻的地方,怎么还有厨房呀?"张敏站在秦凯面前,抬起脸笑眯眯地问。

"他们这么设计,是为了以后能够卖出去而不是用来出租。"秦凯漫不经心地回答。

"是吗?对外出售啊?我怎么没听说过啊?"

"哦,我是刚才在接待大厅听他们说的。"秦凯接了一壶水,放在电水壶座上,"听说著名笑星冯大山在这订了一幢别墅呢。"

"是吗?那得花多少钱才能买得起啊?"张敏好奇地问。

"大约五百万吧,反正现在物价上涨得厉害,钞票不值钱。"秦凯说完就懒洋洋地躺在床上闭目养神了。

屋里空调的温度上来了,张敏脱下外衣挂在衣帽钩上,然后再一件件地脱毛衣、保暖内衣。当床上零乱地堆放着衣服的时候,张敏脱得只剩下内衣了。

"我进去洗澡了,你可不许偷看啊。"张敏眯眼扫了一下床上的丈夫,笑着走进了浴室。

秦凯摇头笑了笑,依然闭着眼。

浴室里面传来了"哗哗"的水声,张敏伴随着流水声哼起了歌曲《爱你不是两三天》。

"爱你不是两三天,每天却想你很多遍,还不习惯孤独街道,拥挤人潮……"

清扬的歌声从浴室门缝溢出,飘荡在木屋里面。床上的男人听到歌声,慢慢睁开双眼,眼角湿润了。秦凯忽然感到一种莫名的伤感,起身走到门外,点燃了一支香烟。屋外寒冷的风肆意地吹着男人脸庞,香烟吸几口就烧完了。秦凯扔掉烟头,定了定神,返回屋里。

浴室里仍然在"哗哗"响,但是张敏的歌声已经悄无声息了。"张敏!"秦凯向浴室里喊。浴室里没有回应。"张敏!洗好了没有?"秦凯有点紧张了,他一下子冲进了浴室……

浴室里面,只见张敏正蹲在地面上,用浴巾紧紧地护住胸部,两眼死死地盯着浴室的窗户。

"怎么了,老婆?"秦凯蹲下身体,紧紧地抱着妻子,两眼沿着妻子的视线看向窗外。

"我,我害怕。刚才我发现有人透过窗户向里面看。"张敏嗫嚅着,眼睛噙着泪,"我想喊你,可是突然喊不出声来。"

"岂有此理,还有这样的事?"秦凯冲出浴室,大步迈出木屋,绕着别墅仔细查看。秦凯踩着积雪,深一脚浅一脚地绕到浴室的窗下。窗户是紧闭着的,透过毛玻璃,只能看到影子。秦凯大口地喘着粗气,就像是火炉上的开水壶一样,热气一股一股地从他的嘴里冒出。

秦凯悻悻地回到别墅里面,这时候张敏已经穿好了内衣,坐在床上轻声抽泣。秦凯从后面抱住妻子,安慰道:"放心吧,我已经看过了,没有人。在这个时候,山顶上哪里会有人?!"

张敏靠在秦凯宽阔的肩膀上逐渐恢复了平静。突然,床头边铃声大作,吓了两人一跳。秦凯走到床头柜前接听电话:"喂?"

"是秦科长吧? 我是小王。你们下来吃饭吧,大伙儿都在等你们呢。"电话那头传来小王愉快的声音。

"哦,好的,我知道了。"秦凯放下电话,看了妻子一眼,"准备一下,我们下去吃饭吧。"

张敏懒散地开始穿衣,收拾东西。秦凯叹了一口气,拉开大门走了出去……

三

篝 火 晚 会

在西木度假村内的一家农家乐饭庄的包厢里，同事们围坐在热气腾腾的饭桌前。

"这个地方环境真是不错啊，空气清新，比起我们城市里面的污浊空气来不知道要好多少倍。"总务科的老刘嘬了一口白酒，惬意地赞叹。

"那刘哥干脆就留下来算了，在这个天然氧吧里面吸个够。"小王和老同志开着玩笑。

"我倒是想啊，可是你嫂子不同意哦。"老刘笑眯眯地回应着年轻一辈的调侃。

"嫂子对刘哥这么不放心啊？听说刘哥年轻时候可是个大帅哥哦，那个时候有不少女性追求者吧？嘻嘻。"小王嬉皮笑脸地说道。

"小王，别拿我开涮了。要说帅，当然还是我们秦科长帅气啊。"老刘巧妙地把话题转到秦凯身上去了。

秦凯坐在那里，冲着老刘讪笑了一下。张敏笑了，小王也笑了,大家都笑了,但是这其中有一个人的笑容是最难以捉摸的。她安静地坐在饭桌的一隅,没有动筷子,也没有喝东西,只是面带微笑坐在那儿,倾听着大家的谈话,时不时地用眼角的余光偷窥秦凯夫妇。她就是古丽莎!

秦凯的确有些帅气。大家都说从脸型轮廓上来看他和大明星刘德华极为相似,英俊潇洒,颇有女人缘。秦凯正值中年,平日工作时小心谨慎,与人为善,口碑甚好。他大学毕业以后就被分配在滨江市某国企上班,刚满三十岁就当上了生产科的科长,正所谓"春风得意马蹄疾"。在单位的一次联谊舞会上张敏结识了秦凯,两人坠入爱河,很快就共结连理,把喜事给办了。

"红烧野鸡,请慢用。"饭庄的服务员端上了一盘香喷喷的热菜。

"鲜!"老刘夹起一块鸡肉放进嘴里嚼着,"这野鸡味道就是比家养的鸡有嚼劲。"

秦凯的眉头皱了一下。他端起水杯喝了一口,同时也悄悄地瞄了瞄古丽莎。古丽莎不自然地侧了侧身体,眼睛望着别处了。

在大家纷纷拿起筷子品尝山里野味的时候,老刘嘬了一口白酒,打开了话匣子。他酒量很大,加上能说会道,所以每次单位聚餐的时候,老刘都是酒桌上话题的发起者。

"那个时候我还是二十几岁,有一次我去农村办事。唔,应该是夏天的时候,我走在乡间的小路上,就听见芦苇荡里面有'唧唧'的叫声。我顺着声音往那边望去,只见那边的芦苇东摇西晃的。我从地上捡起一块石头,朝着那边使劲扔了过去……"老刘停了下来,端起酒杯,瞅了瞅众人。

"快说啊,别卖关子了,刘哥。"几个年轻人急着想听下文。

老刘一饮而尽,接着说:"我就这么一扔,那个'唧唧'的叫声停止了。我拨开芦苇钻了进去,突然发现……"

"发现什么了?"张敏也被老刘的故事吸引了,托着腮问。

"发现人了呗。"秦凯侧脸对妻子说。

"哈哈哈,还是秦科长聪明。"老刘说。

"哈哈哈,刘哥真会编故事,又在演了。"大家哄堂大笑。只有少数几个人脸色微微显得难看。

这个时候,包厢房门被推开了,一个身材微胖的中年男子走了进来。他满脸堆笑,从口袋里面掏出香烟散给大家:"欢迎大家到西木度假村来玩啊。我是本店经理,鄙人姓王。"

大家纷纷站起来和王经理寒暄。

"大家在我这儿吃得还好吧?欢迎常来光临啊。待会儿我让服务员再给你们加道菜。"王经理很是好客,深谙生意之道,"今天晚上在西木度假村有篝火晚会,大家吃完晚饭正好可以出去观赏一下。"说完,王经理道个别就转身出去了。

服务员不一会儿又端上一道小菜,说是王经理特意免费赠送的。年轻人都拿起筷子,又快又准地夹着菜往嘴里送。秦凯没有再动筷子,他嘴里含着香烟,身体微微地向后仰着,似乎还在回味着老刘刚才的故事……

大家酒足饭饱之后离开了农家乐饭庄。天色已黑,寒冷的山风迎面吹来,大伙儿不由地将衣服裹紧。

"瞧那儿,篝火晚会!"小王的手向前一指,兴奋地嚷道。

不远处的一块空地上,一群人架起柴火堆,点燃熊熊的大火。篝火堆的旁边临时搭建了一个方形舞台,舞台的一隅整齐地放置着音响设备。一个貌似主持人的男青年正在台上和麦克风较着劲,"喂喂"试着音。

"走,我们也去找开心。"老刘打着酒嗝,醉醺醺地晃了过去。秦凯夫妇和古丽莎等在后面跟随着。

"大家晚上好,欢迎来到西木度假村。今晚我们将在这里举办隆重的、大型的、露天的篝火晚会。欢迎大家来观赏……"男青年操着山区式普通话大声而热情地说着。

男主持人话音刚落,舞台上就鼓乐齐鸣,声响大作,一曲震耳欲聋的迪厅舞曲轰鸣而来,从舞台两侧齐刷刷地蹿出两列舞者,都是二十岁左右的姑娘,身着紧身艳丽的衣裳,在临时搭建的舞台上蹦蹦跳跳,大扭特扭起来。老刘喝了点白酒,两腿本来就站不稳当,此时正好借着酒劲随着音乐抖动起来。连篝火堆上熊熊的火焰似乎都生出了乐感,也随着强劲的鼓点有节奏地跳动着……

秦凯感到有些无聊,他茫然地望着周边的景物。他的视线越过火焰,落在远处那些隐身在黑夜里面的起伏群山上。忽然,他似乎看见远处的山上矗立着一个有规则的人工建筑。他眨了眨眼睛,想看得更加真切一点,但是只能看见模糊影子。

几个节目过后,到了与观众互动的时候了,男主持人在台上大声地邀请观众上来表演节目。"老刘,上去唱一个,来你那个最拿手的《敖包相会》。"年轻人都起着哄。"不行了,不行了,今晚'相会'不起来了,我头有点晕。"老刘刚才运动太亢奋,现在瘫倒在椅子上不愿起来。

就在这个时候,人群中走出一位红衣女郎。古丽莎步履轻快地沿着梯子走上舞台,来到主持人的面前。"哇!好高的个子啊,姑娘你是模特队的吧?"男主持人夸张地倒退两步打量着古丽莎,笑嘻嘻地说。古丽莎凑近主持人,小声地说了两句。男主持人点了点头,把手中的麦克风递给姑娘,自己则走到台边和工作人员交代了一下。

轻柔的背景音乐响起来,人们渐渐安静了。古丽莎双手紧握着麦克风,美丽的大眼睛眺望着黑色的夜空。

"退给你的信,只留下最后一封。淡淡笔迹,你熟悉的温柔……"

群山环绕的夜空下,空地上篝火熊熊燃烧。舞台上,古丽莎洗去平日的时髦和高傲,如邻家小女孩一样轻声唱着《爱你不是两三天》。优美动听的歌声在山谷里回荡。

台下众人被古丽莎的歌声吸引,听得如痴如醉。

"秦凯,古丽莎的歌唱得还真不错哎!"张敏扭头看了看丈夫。

"咦,秦凯,你怎么了?"张敏猛然发现秦凯的眼眶湿润了,泪水从他的脸庞上轻轻滑下。

"没,没什么。"秦凯拿出餐巾纸在眼眶边快速地扫过,再在鼻翼边轻轻地擦拭了一下,"篝火的烟呛人。"

"那我们回去吧。"张敏脸上掠过一丝不快。她瞪了台上古丽莎一眼,拉着秦凯的手离开了篝火晚会现场。舞台上的红衣女郎依然向着黑夜幽幽吟唱着。

四

回忆是一种伤痛

"你和古丽莎到底什么关系?"回到48号别墅之后,张敏恼怒地不停地追问。

"能有什么关系啊? 我和她就是普通的同事关系嘛。"秦凯狡辩道。

"没有关系,你会那么关注她? 听她唱歌会动情落泪?"张敏不相信秦凯的话,"你们肯定有着不寻常的关系!"

有人说女人是感性动物,大脑中欠缺逻辑思维能力和空间想象力。其实不然,女人拥有异常灵敏的"第六感",这往往就是她们行动的指南。尤其是在自己的伴侣露出蛛丝马迹的时候,她们的想象就会无限放大。在没有也不需要任何凭据的情况下,女人就对男人含沙射影、指桑骂槐、大吵大闹。但是也有个别情况:女人在察觉到丈夫的行为蹊跷的时候,并不立刻揭穿,而是维护稳定的婚姻,怀着一颗包容的心在忍耐,不到火山爆发、兵临城下的那一刻是不会轻易发作的。女人的涵养越高,她的容忍力就越大。

张敏就是属于后面这种女性。事实上,她对同一科室里的漂亮姑娘古丽莎从一开始就有点排斥感,总感觉她会对自己以及家庭带来一些不安分的因素。张敏很爱她的丈夫,对秦凯相当信任,从平日一举一动上来看没有发现他有什么异常的地方。他们夫妻之间每周两次固定的性生活也让张敏很满意。她和秦凯结婚已经有七年了,她知道秦凯是一个温柔细腻、易动感情的人。从刚才篝火晚会上秦凯的表现来看,女人天生的直觉让张敏感觉到乌云开始降临到他们的"围城"之上了。"女人啊,不管她是十六岁的小姑娘,还是六十岁的老太太,都会视其他漂亮女人为竞争对手,都会把身边的男人当成劳改犯一样来看管。"这是老刘在一次聚餐的时候发出的酒后感言。

秦凯没有吭声,他默默地掏出香烟点上。每当张敏情绪低落的时候,他总是保持沉默,似乎沉默能为他撑开一顶宽大的油布伞,去抵御即将到来的暴风雨。秦凯和张敏结婚多年,对妻子的性格很是了解。他知道妻子不是无理取闹的女人,也知道自己不属于那种巧舌如簧的男人。他们的生活就如一潭秋水,水面平静,偶尔泛起涟漪。但是四年前的一个偶然事件让他们的生活起了变化,那件事让秦凯感到绝望,如鲠在喉一般,他内心久久不能平静。

张敏看着丈夫眉头微皱,默不作声,知道秦凯肯定又想起四年前发生的事情了。"天有不测风云,人有旦夕祸福。"关于那件事情,谁也不愿意看到它发生,但是不幸偏偏降临到了秦凯夫妇身上。

四年前的一天晚上,正值梅雨季节,秦凯开车载着身怀六甲的妻子去医院做常规检查。当车过一个十字路口的时候,迎面飞速驶来一辆小轿车,小轿车大灯那雪亮的光芒刺得人眼睛都睁不开。秦凯急忙向右打方向盘,车惊险地避过了小轿车,但是由于距离右边人行道太近了,车还是冲上了马路牙子,一头撞在一棵粗壮的银杏树上。车头的保险杠被巨大的冲击力撞得粉碎,银杏树应声被拦腰折断。秦凯缓过神来,惊魂未定地看着后排的妻子,发现张敏已经晕倒在后排座椅上,下身那儿正渗出殷红的血……几个小时以后,一袭白衣的医生表情严肃地坐在秦凯面前,秦凯感觉医生的每个字、每句话都像重锤一样击在他的心脏上,碾碎了他所有的梦想:"有一个好消息和一个坏消息。好消息是你妻子没什么大碍,休息几天就可以出院了。坏消息是孩子没有保住,而且很可能会影响今后的生育……"他走进病房,看着躺在病床上正在输液的妻子,看着她那苍白的脸庞,心里一阵绞痛,冲出房门,一个人躲在厕所暗自哭泣。

出院以后,秦凯买了很多营养品给张敏补身体,并亲自下厨为妻子做营养膳食。他们一如既往地工作和生活,就像达成默契一样,夫妻俩清楚地知道这场突如其来的车祸带来的不幸后果,所以在生活中闭口不谈此事。几年过去了,医生的话应验了——张敏始终没有怀上孩子。每当张敏看见别的夫妻带着小孩在外面散步的时候,眼神中不由地流露出羡慕、遗憾以及还有那么一点愧疚感。

木屋里,秦凯和张敏脱衣关灯上床,各执被子的一角,背对背地躺下。山里的夜是静谧的,静得让人有些心悸,偶尔会有"簌簌"的声音,那是积雪压着树枝而降落大地的声响。大床上,两个人迷迷糊糊地睡着了。屋外面,水洼里面的水渐渐结成了冰。忽然,张敏被浴室里的动静惊醒了,她起身摇了摇身边的男人:"秦凯,醒醒,快醒醒。"

秦凯翻了个身,懒洋洋地问道:"什么事啊?"

"我觉得浴室里面有动静。"张敏扭亮了床前的台灯,"是真的！我听见了。"

"我去看看。"秦凯下床，披衣穿鞋。

"啪"的一声，秦凯按下了浴室灯的开关，走了进去。一进浴室，他就感觉到有股冷风从侧面吹来。秦凯揉了揉眼睛，发现浴室的窗户是开着的，山风正在"呼呼"地向浴室里面灌呢。浴室的窗户被风吹得一开一合，窗轴正发出刺耳的"吱吱"声。

秦凯关好窗户，回到卧室里面："没事，浴室的窗户没有关好，我已经关好了。"

张敏坐在床上，披头散发地问道："浴室里面的窗子你打开过吗？"

"没有啊，下午不就你进去洗澡的吗？"秦凯回到被窝里面，与张敏并排坐在床上。

"可我洗澡的时候窗户是关着的啊。"

"哦。可能被风吹开了吧。睡吧，不早了，明天还要去泡温泉呢。"秦凯打了个哈欠，脱衣又侧躺下了，留下张敏一个人独坐在那儿。

秦凯躺了一会儿，没有睡着。他总感觉到背后凉凉的，翻身一看，张敏仍然坐在那儿，正瞪着大眼睛盯着自己。

"你，你搞什么啊？"秦凯又坐了起来，"大半夜的，你想吓死我啊？"

"秦凯，我觉得，你、不、爱、我。"张敏一字一顿地说。

"爱你，爱你，我怎么会不爱你呢？我只爱你一个人好了吧。乖，睡吧。"秦凯搂着张敏面对面地躺下了。

木屋之外，静谧的夜，树影摇曳，雪地里传来"沙沙"的声音，似乎有人在走动……

五

温泉里的意外

翌日，天空放晴，人们享受着暖洋洋的阳光。"这个时候去泡天然温泉，真是如神仙般逍遥啊。"老刘快活地奔向天然温泉区。

西木度假村的天然温泉里面涌进了众多的游客，从更衣室里出来的都裹着白色宽大的浴巾。大家来到天然温泉前，振臂一挥，浴巾便纷纷地落在木质衣架上。老刘穿着平角小泳裤，手抚微微凸起的肚腩，四处张望。秦凯身着连腿泳裤，露出线条分明的强健腹肌。张敏的泳衣属于连体的，从上而下将瘦小的身躯包裹起来。古丽莎身着三点式泳衣大方地下了水。

温泉里面，秦凯夫妇和老刘泡在一起。他们把身体藏在水里，只剩下脑袋浮在水面上，水面上浮着淡淡的雾气。张敏回头看看丈夫，发现他正和老刘一样，视线都穿过雾气落在对面的温泉里。张敏好奇地沿着他们的视线看去，差点鼻子没给气歪了：对面温泉里面，丰乳肥臀的古丽莎身着三点式的花格泳衣正在和身材瘦小的小王互相泼水嬉戏呢。小王个子不高，光着上身，露出排骨式的胸脯，与高挑丰满的古丽莎站在一起，就像一个孩子站在妈妈旁边,场面显得有些滑稽。古丽莎一边向小王泼着水,一边向秦凯这边看,嘴角边还挂着一丝微笑。

"秦凯,你向哪儿看呢?"张敏发话了。秦凯愣了一下,收了视线,转回到妻子的脸上。

"我背后有点痒,你用药布团帮我搓搓。"张敏找一个活儿让秦凯做做,免得丈夫乱望。

所谓的药布团,就是用一块粗布裹着一些药材缝制而成的,放在池边供游客擦背用的一种东西。秦凯趁着泉水,取来了药布团在妻子的背上轻轻地擦拭着。张敏趴在池边,享受着丈夫给她带来的愉悦。"好舒服啊,待会儿我也帮你擦一擦,秦凯。"张敏眯着眼睛,仰着脖子,舒服地说道。还没有一会儿,她感觉到丈夫的擦拭动作渐渐地停了下来。张敏回头一看,发现古丽莎正慢慢地走下他们这眼温泉,而秦凯的眼神直勾勾地盯着古丽莎的脸庞。

"我出去了!"张敏水淋淋地从池子里爬了上去,拽起架子上的大浴巾裹在身上,悻悻地走了。秦凯急忙丢下药布团,从池子里爬了上去。当与古丽莎在池中擦肩而过的时候,两人的目光不由地又对视了一下。

张敏气呼呼地"扑通"下了另外一眼温泉,水花四溅。秦凯忙不迭地跟了过去。秦凯在水中漂到张敏的身边,脸上堆着笑:"别不开心了。"

"我有不开心吗?我很开心啊。这儿人少,我一个人感觉舒坦。哪像那里,都快赶上下饺子了。"张敏嘟着嘴,补了一句,"最后还来个大肉馅的。"

"瞧你说的,哪有什么大肉馅啊?还肉包子呢。"秦凯笑着对张敏说:"我不是一直在你身边吗?"

"你不在我身边,你还想在谁的身边?"张敏看到丈夫顺着自己,心情好了一点,用手指轻轻戳了戳秦凯的胸膛,"虽然我身材没有别人的好,但都是原装正品啊,比人造硅胶美女实在。"

张敏说到"人造硅胶"这几个字的时候特别加重了语调,秦凯听了后,脸上掠过一丝不太自然的表情。

秦凯把视线从张敏身上移开了,慢慢地转向远处。他懒洋洋地靠在温泉池边,仰望着巍巍的群山和湛蓝的天空。连绵起伏的山体仿佛一个成熟女性的身体,侧卧在苍茫的大地上。

秦凯忽然发现远处的一座山上矗立着一栋白色的庙宇,在蓝天白云下透着一种神秘感,原来这就是昨晚篝火晚会上他看到的建筑。

"张敏,你看,在西木度假村边上也有庙宇,真有意思。"秦凯感慨道。

"张敏,你还在生气啊?和我说说话啊。"

张敏已经半天没发出声音。

温泉中,秦凯一个人靠在池边,自言自语。

秦凯扭头一看,才发现身边的张敏已经不见了。"咦?奇怪啊,她连招呼都不打就走了?我怎么一点都没有察觉呢?"秦凯嘟囔着。

秦凯站起身来,身上的水滴顺着他健壮的身体滑落在水面上。他茫然四顾,周围到处是嬉笑玩耍的男女,就是不见张敏。秦凯正准备离开池子去找妻子,突然,他的脚在水中碰着一个软乎乎的物体。

秦凯定睛一看,吓了一大跳——张敏的身体沉在温泉池子里面,黑色的长发犹如大面积的水草一样漂浮在水面上。

"救命！快来人啊！救命！"秦凯惊慌失措地不停嘶喊着。

人们很快都聚到他们这眼温泉池边来了，大家手忙脚乱地帮着忙。

"闪开，快闪开。"秦凯用两条大白浴巾包裹着张敏的身体，横抱着妻子挤出人群，快步跑向了附近的休息室，同事们在后面追过来。

休息室里面空调温度调得很高，暖暖的。休息室有一张皮制长沙发，秦凯把妻子小心翼翼地平放在沙发上。张敏紧闭着双眼，沉重的身体陷在软软的皮沙发里，两只白皙的胳膊无力地垂着。秦凯跪在张敏的身边，深吸一口气，俯身对着妻子做人工呼吸……

"这到底是怎么回事啊？""不会是大脑缺氧造成的吧？""所以说泡温泉时间不能太长了哦。""温泉管理人员呢？怎么到现在还没有赶过来？"人们七嘴八舌地议论着。

秦凯丝毫没有听见众人的对话，在他的脑海中只有一个念头——一定要让张敏赶紧苏醒过来。他的额头上沁出了密密的汗珠子。终于，"哇"的一声，张敏忽然侧身吐出了一大口水，苏醒了过来。她脸色苍白，不停地咳嗽，目光呆滞地盯着秦凯和身边的人。

"张敏，你终于醒了啊?!"秦凯激动地搂着妻子。

"让一下，让一下。"人群外面响起了叫嚷声。身穿白色衣服的温泉医护人员推着炮弹似的氧气罐挤进人群，手脚麻利地为张敏接上氧气罐，打上点滴，盖上毛毯。

"你们是怎么搞的？有人晕倒在温泉里你们都不知道？你们干什么吃的？……"老刘很是气愤，激动地与医护人员争吵着。

秦凯陪伴在妻子的身边，握着她的小手，看着妻子那苍白的面庞和纤细的胳膊，不由得想起了四年前那起雨夜车祸。那个时候，躺在病床上接受输液的张敏也显得这么无助和让人怜惜。

在从张敏晕倒在温泉池子里到秦凯拼命抢救，再到医护人员紧急护理这样一个过程中，同事们显得非常紧张和焦虑不安。不过有一个人却远远地站在人群之外，双手抱在胸前，冷冷地看着这一切，似乎张敏的生死与她丝毫没有关系。她不仅没有一点点同事之间的友爱之心，相反还有些幸灾乐祸。不过她悠哉的神情随着张敏的苏醒而凝固在脸上，显得很难看。这个人就是古丽莎。

古丽莎披上白色浴巾离开了休息室，独自一人来到女子更衣室。她走到莲蓬头下面，脱下湿漉漉的泳衣，光着身体接受着热水从上而下的倾泻。莲蓬头似乎弯着颈子，冷冷地盯着下面这个裸体女人，从喷嘴里面射出强劲的水柱，狠狠地打在她的背上，淋湿了她的秀发。古丽莎弯着手臂，将长发向后捋了捋，嘴里吐出了一口热水，思绪还是转到了刚才发生的事情上。

一个小时以前，当古丽莎进入温泉池，与秦凯目光交汇的那一刻，她感受不到来自对方的那令人熟悉的温情和友善。相反，秦凯目光里面透露出的哀愁与怨恨让她感受到了彻骨的寒冷。她把身体沉入池水中，想用滚热的泉水来温暖自己的内心。古丽莎伸着优雅的脖颈，将美丽的头颅露在空气中，她的视线一直没有离开过秦凯夫妇。她看着张敏闭着眼睛，慢慢地在秦凯身边滑入池中，她的内心是复杂的。她想冲过去提醒秦凯他的妻子已经昏厥入水，但是女人的嫉妒心以及她和秦凯的复杂感情让她没有动。秦凯的眼神正在山体、天空中神游，口中念叨，而张敏的身体在丈夫身边慢慢滑入泉水之中，这景象就像一个慢镜头刺激着古丽莎。她选择了回避，她将目光转向了其他地方，脑中激烈而混沌地胡思乱想着，直到秦凯发出了野兽般的嘶叫，才和众人一起赶了过去……

六

古　丽　莎

　　滨江市电子管厂原本是在20世纪60年代由国家全额投资建设的,属于电子工业部设在小三线的军工企业,在21世纪初改为滨江电子管股份有限公司,但是人们还是习惯性地称之为"电子管厂"。

　　古丽莎就是四年前来到这里工作的,当时她刚满23岁,年轻漂亮,素面朝天,穿着也没有现在这样时髦暴露。当她第一次到机关办公室报到的时候,办公室的刘嫂眼前一亮,惊叹地说道:"好漂亮的小姑娘啊,长得可真水灵。"古丽莎笑了笑,对老同志的赞美欣然接受。对于这样的赞美之词,古丽莎的耳朵早就听出老茧来了。她早在学校里就被系的同学评为校花,追求她的男生多得估计能从学生宿舍排到大门口传达室。在夏季的夜晚,经常能看见有男生在女生宿舍楼下面弹着曲不成调的吉他,朗诵着奇奇怪怪的诗,这些多半是古丽莎的浪漫追求者。"莎莎,你就将就一下吧,随便挑一个男的吧,也好让我们耳根子清静清静。"室友们经常带着羡慕、嫉妒的神情央求古丽莎。每次古丽莎都一笑了之,丢下一句："他们呀——癞蛤蟆想吃天鹅肉。"

大学四年中,古丽莎在学习上非常认真,除了学好专业课,还阅读了很多课外书,《货币战争》《门口的野蛮人》等是她的枕边书。古丽莎在大学时特别喜欢白色的服装,她说白色象征着纯洁。每当一袭白衣的单身古丽莎出现在阅览室的时候,邻座的男生就会停下手中翻书的动作,也不再需要什么精神食粮了,他们只会呆呆地、透过厚厚的眼镜片,向古丽莎射出灼热的目光。古丽莎坐在那儿翻着书本,接收着周遭目光的聚焦,她感到浑身不自在,每次都是草草地卷起书匆匆离开。后来,大二的时候,聪明的古丽莎找到了一个身高马大的男生,两人出双入对。这一招很绝,一下子就让众多正式的、非正式的求爱者偃旗息鼓了。但是据内部人士透露,与其说古丽莎找了个男朋友,不如说她找到了一个保镖。后面的几年里,那个"大马猴"在古丽莎身边起到了"护花使者"的作用,但是古丽莎一点小恩小惠都没有给他。除了在特定的环境下,古丽莎偶尔和他牵一下手,其余的亲昵动作一概与"大马猴"绝缘,真是如她所说的"他们呀——癞蛤蟆想吃天鹅肉"。

古丽莎的聪明才智,让她在大学里平平安安地度过了四年。如果不是快毕业之前发生了一件事情,那么古丽莎的大学生活就更好了。

那是发生在古丽莎大学四年级时的事情。四月的一个上午,古丽莎一个人在教室里认真校对毕业论文。当她校对到"当前会计人员职业道德的现状浅析"的时候,一个身形高大的黑影闪进了教室。她抬头看了一下,低下头继续校对论文。

"莎莎,你停一下好不好? 我有话对你说。""大马猴"在她的面前坐下。

"周启亮，你没看我正在忙吗?"古丽莎只顾校对自己手上的论文。

周启亮从地上拿起一个雪碧的瓶子放在课桌上，继续说着话："莎莎，你知道别人是怎么看我的吗? 别人都说你是利用我当挡箭牌，是在耍我。"

"有吗? 你多大了? 我拿你当挡箭牌? 你怎么那么在意别人的看法?"古丽莎依然在校对。

"这两年来，我为你遮风挡雨，没功劳也有苦劳。作为你名义上的男朋友，我为你赶走了不怀好意的男生，揍过想占你便宜的流氓，为你打过架、受过伤，可是到现在你连一个吻都没有给我! 我还算你的男朋友吗?"周启亮渐渐激动起来。

"是吗? 我们宿舍女生问我的时候，我可是说我们上过床哦。"古丽莎放下手上的工作，狡黠地看着"大马猴"调侃道。

"算了吧! 你就会骗人! 每次我问你我们关系什么时候能够真正确定下来，你都说等到毕业以后再说吧。眼看马上就要毕业了，你说，我们现在能够进入实质性的阶段了吧?"周启亮情绪激动地和古丽莎摊牌。

"再等等吧，这不还没有毕业嘛。"古丽莎收拾东西，起身准备离开教室。

"不行! 今天你一定要给我一个明确的答复。"周启亮一把拽住古丽莎的胳膊。

"干什么? 放开! 你这个笨蛋!"古丽莎涨红了脸挣扎着。

"笨蛋? 你骂我?"周启亮情绪有点失控，他瞪着血红的双眼盯着古丽莎，"是的，我笨，他们给我起了个新的外号，说我是著名演员二傻!"

"我是傻,傻到会爱上你这样一个自私的女人。"周启亮说完,用手拧开雪碧瓶的盖儿,将里面的液体一股脑儿泼在古丽莎的身上。顿时,教室里面弥漫着浓浓的汽油味。

古丽莎被突如其来的事情惊呆了,她的外套上面湿漉漉的,熏人的汽油味直冲鼻腔。眼前的周启亮正像一只被激怒了的猛兽,手里攥着打火机,嘴里语无伦次地说着:"今天你不给我答复,我就要与你同归于尽! 你不爱我,我就要和你死在一起!"

"别激动,亮子,你听我说。"古丽莎很快恢复了冷静,她一边向后倒退,一边安慰着周启亮。周启亮手攥打火机,亦步亦趋地紧逼古丽莎。古丽莎渐渐退到了墙角,心中不由地暗暗叫苦。突然她瞥见窗前有女同学经过,于是灵机一动,大声地喊道:"周启亮,你不是要我给你答复吗? 我现在就给你答复!"

古丽莎高八度声音引起了窗外女同学的注意,那个扎着马尾辫的女同学停住脚步,定睛往教室里看,很快就明白了怎么回事。她悄悄地离开窗边,一溜烟地跑到学校保卫处报告去了。等到学校领导和几名保安气喘吁吁地赶到教室门口的时候,周启亮还在那里神志不清地听着古丽莎的"真情告白"。

"……亮子,今天我就给你一个明确的答复。"古丽莎看到窗外救兵已到,心里踏实了很多。她一味地重复着这句话,迷惑着"大马猴"。

"不行,一切都晚了。你现在说什么我都不会相信了。我,我只想问一句:莎莎,你到底爱没爱过我?"周启亮带着哭腔问道,他的额上满是汗珠,握着打火机的手不停地颤抖。

"亮子,我——爱——你。"古丽莎吐出最后三个字的同时,几名保安趁着周启亮没有防备,迅速地冲了上去,将"大马猴"扑倒在地。"大马猴"趴在地上，眼泪、鼻涕糊在一起。打火机被丢在一边。

"好啊！这就是作案工具！"男领导俯身捡起打火机，保安则死死地摁住趴在地上的人。

"这位同学，你还好吧？让你受惊了。"领导走向古丽莎，笑眯眯地安慰着美女。

古丽莎弯下腰，从地上捡起自己的毕业论文，站起来向领导挤出微笑："我没事。"说完转身径直走出了教室，留下几个男人和一张僵硬的笑脸。

几个月后，古丽莎顺利通过论文答辩，如期拿到毕业证书。周启亮则被学校开除，另外公安机关部门以故意伤害罪对他进行起诉，追究其刑事责任。周启亮的父母颇有点背景，他们弄了一张周启亮具有精神分裂症的医学证明，证明周启亮在发病期间没有自我控制能力。虽然这张医学证明在那场故意伤害案中没有完全地为周启亮摆脱罪名，但是起到了相当重要的作用，让法官在量刑的时候适当地减轻了周启亮的罪行，最后周启亮被判处管制两年。

当然，古丽莎在学校的这一事件不会被写进档案，她大学毕业以后顺利地来到了滨江电子管股份有限公司，如愿地进入财会科工作。同事们对这位年轻的女大学生都很热情，夸她工作认真负责，非常有进取心。不过也有不同意见者："我觉得小古身上有一股与众不同的味道。"有一次，老刘夫妇躺在床上，聊到古丽莎的时候，老刘如是说。"我看呀，是你看人家小姑娘漂亮，动了歪心思了吧？"刘嫂用手指戳着老刘的大脑袋，不屑地说道。老刘被老婆的话噎着了，半天说不上话来，只好使出"杀手锏"："得，不说了，关灯睡觉。"

七
寂静的夜

　　眼前一片深蓝色。海底水草丛生的地方显出暗黑色。丝丝缕缕的光线从水面上方斜射进深海，使前方出现一个巨大的白色光团。一辆汽车在海底慢慢向前行进着。车厢里，张敏坐在后排，好奇地看着车窗外的世界。驾驶座上，秦凯紧握方向盘，看着前方，目不斜视。车内死气沉沉，两人一句话也没有。浩瀚的深海里面一片寂静，远远望去，只看见一部如叶片一样的小车缓慢地向前漂行。张敏坐在车内，百无聊赖地看着海里的风景。她把视线集中到前方的时候，隐约看见巨大光团背后藏着黑乎乎的东西，秦凯依然面无表情地握着方向盘。当小车穿越那巨大光团的时候，车内的张敏刚才看见的模糊物体越来越清晰——一根硕大无朋的千年老树向小车袭来，巨大的树根占据了小车整个前窗，砸碎了车窗玻璃，海水冲进车内……

　　"啊——"张敏尖叫着从噩梦中醒来。已经是晚上八点多钟了。张敏挣扎着从床上坐了起来，感觉脑袋还是有点木木的。她环顾四周，发现自己已经躺在木屋别墅的大床上了。高大的落地窗已经被厚重的窗帘严实地遮住,房内的家具依然静止在原处。张敏披着长发坐在床上,眼神呆滞地寻找着丈夫的身影,但是没有看见秦凯。屋内是死一样的寂静,静得让张敏感觉到犹如流浪到荒无人烟的孤岛上。

张敏掀开被子,身体慢慢地挪到床沿,两只瘦弱的脚探进棉拖鞋里。她想下床走动一下,结果刚一落地,脚下发软,失去重心,整个人摔倒在床边。张敏扶着床沿,委屈地哭了起来,嘴里呼唤着丈夫:"秦凯,你到哪里去了啊?"

山腰处,距离48号别墅很远的一棵老歪脖树后面,黑漆漆的看不清人影,只听见一男一女在低语。

"你对你老婆真是关心啊? 今天瞧你急得那样!"女的说道。

"怎么? 你又吃醋了? 她的确受了不少苦啊,今天这事儿多危险哪。"男的压低声音说道。

"那我呢? 我怎么办?"女的不满地说道。

"如果要是你落水,我也会这样的。"

"得了吧! 如果我落水了,估计你会再扔块石头下去。"

"这是什么话呀? 在你眼中,我就是那样无情的人?"男人有点不快。

"说吧。你什么时候和你老婆离婚?"女人有些激动。

"你嚷什么啊? 小点声,不怕被人听见?"男人急忙堵住女人的嘴。

"你放开我。我怕什么? 我不过是一个弱小的女子,是小三!"女人摆脱男人的大手,"是你害怕了吧? 害怕所有人知道你是个伪君子? 是个在外面玩婚外情的败类?"

"什么婚外情? 什么败类? 别说得那么难听好不好。"男的叹了一口气,无奈地说道,"一开始我们就是错误的,两情相悦并不代表就能天长地久啊。"

"怎么?现在后悔了?总之,我不管,我要你赶紧和她离婚。我,我受不了这样偷偷摸摸。"女的啜泣起来,"我算什么呢?我在你眼中到底算什么呢?"

"别难过了,我会找个机会和她摊牌的。"

"你说这话已经有几千遍了,我早就听腻了。我已经等了三年,不想再等下去了。你就知道欺骗我,呜呜呜……"

"别哭啊,莎莎,让人听见多不好啊。"男的抱住女人。

"我问你,阿凯,你爱过我吗?"女人抽泣地问道。

"爱,我当然爱你了,莎莎。"男人抱紧女人。

在寂静的暗夜下,西木度假村的一棵歪脖树后面,一对男女疯狂地拥抱亲吻……

通往山顶的小道上,两旁的路灯发出昏黄的光,秦凯一个人拖着长长的影子独自走着。他低着头,嘴里叼着香烟,脑中想着心事。走着走着,他感觉背后好像有人在跟踪他,似乎有一双阴森森的眼睛始终在盯着他。他停下脚步,蓦地回头,身后无人,只有路边的树叶随着山风摇曳着。

秦凯推开48号别墅的院门,发现里屋灯火通明,人声鼎沸。大门是虚掩的,屋里的暖气飘出来,在灯光的衬托下显得雾气缭绕。"来客人了?"秦凯向身后看了看,快步走进了木屋,顺手关上了大门。

秦凯站在木屋客厅里面,视野中竟然空无一人,所有能够照明的灯具统统被打开了,电视正在放国产贺岁大片,男女主人公正在大声地争吵着。原来刚才嘈杂的声音是从电视里面传出来的呀,看来张敏已经醒过来了,秦凯思忖着,在沙发上找到遥控器,关掉电视,往卧室里面走去。下午当秦凯他们抬着熟睡的妻子回到48号别墅的时候,医护人员告诉他张敏已经没事了,休息一会儿就会完全康复。他想看看妻子是不是从白天的惊吓中恢复过来了。

当秦凯蹑进卧室的时候,他发现大床上凌乱的被子下竟然没有张敏的身影。秦凯站在卧室中央,脑子一时没有反应过来。刚才在户外头部和脸部被冷风吹得冰凉,现在又被屋里的热气一熏,冷热交替,他的头开始有点胀痛,脸颊上感到火辣辣地发热。

浴室的门紧闭着。张敏会不会在里面洗澡呢?秦凯思忖着,但是并没有听见淋浴水"哗哗"的声音。他慢慢地推开浴室的门,就好像探险者在打开一扇密室大门一样小心翼翼。浴室里面也没有张敏的踪迹,浴巾、洗脸巾、肥皂、剃须刀都整整齐齐地摆放在洗脸架上。忽然,一阵冷风从侧面吹来,秦凯用眼角的余光隐隐地察觉到窗户那儿似乎有一双眼睛正在盯着他,这样的感觉让他毛骨悚然,他还没有完全从刚才的戒备中走出来。秦凯慢慢地转过脸,猛然发现一个女人站在窗外,正在用两只大眼睛死死地盯着他——那个女人就是张敏!

张敏身材偏瘦,不像古丽莎那么丰满。而现在身处窗外的张敏仅穿着薄薄的线衫,在灯光照耀下显得更加清瘦。她脸色苍白,紧闭着双唇,一语不发,目不转睛地盯着秦凯的眼睛。

"张敏,你站在外面干什么呀?你不冷啊?赶紧进屋来。"

秦凯当看清了窗外人就是妻子的时候,感到心里的一块石头终于落了地。

他赶紧冲出浴室,打开大门,跑出屋外,跌跌绊绊地摸到浴室的窗下。令人奇怪的是,秦凯来到窗下,他的妻子又不见踪影了!

秦凯呆呆地站在窗台下面,感到背部发凉,身上的汗毛都竖了起来。

当秦凯再次魂不守舍地走进暖和的木屋的时候,张敏赫然地坐在客厅的长沙发上,无聊地摆弄着电视遥控器,默默地一言不发。

"你回屋了? 怎么搞得像……"秦凯擦了擦额上的汗珠,把后面"鬼一样"三个字生生咽进肚里。

"你晚上到哪里去了?"张敏语调缓慢地问道。

"哦。温泉经理打电话给我,让我下去一趟。"秦凯编了个谎话,心里有点慌乱。

"我醒来以后,找不到你人,你知道我有多么着急吗?"张敏抬起头,盯着秦凯的眼睛说道,"打你电话又没人接。我一个人在大屋子里有多害怕呀,你知道吗?"

秦凯不吭声了,他下意识地摸了一下口袋里的手机。他的手机已经被设为静音,要不一个小时以前另外一个女人也会因为张敏来电而不高兴的。

"可能山里的信号不太好,我没有接到你打来的电话啊。"秦凯还是找了一个借口。

"今天我遭遇了这么大的危险,夜晚你也不在我身边陪伴我,我只好把电视机的音量开得很大。你,你让我感到心寒。"张敏不依不饶地较真起来。

"好了哎,我不是说了吗,温泉经理让我下去有事商量。他为白天的事情特地向我赔礼道歉,还说这次我们俩这几天的住宿费他全免,不要我们掏一分钱。"秦凯继续掩饰。

"人都差点没了,要钱屁用!"瘦弱的张敏突然冒出一句粗话来,这让秦凯有些意外。

"是的,亲爱的,要钱没用,人最重要。对我来说,你就是我生命中最重要的人。"秦凯温柔起来。他走到张敏身边,和她并排坐在长沙发上,将妻子拥在怀里,用大手抚摸着张敏的长发。

张敏顺势躺在秦凯结实的胸膛上,逐渐平静下来。她温顺地就像一只小猫,喃喃地吐着细语:"知道吗? 我现在好害怕。今天差点我就不能再与你相见了。"

"别瞎说,这不好好的嘛。"听着妻子柔弱的声音,秦凯内心深处被触动了,他感觉到眼眶有些湿润。是啊,如果那个时候他再迟十分钟发现妻子晕厥溺水,那么他们夫妻就真有可能阴阳两界了。现在躺在他怀里的妻子也绝不会有一丝一毫的温度,就会如外面结的厚冰那样冰冷刺骨了。

夫妻的分离,秦凯在心里不是没有想过。当然,他想的是另外一种分离,是那种各自寻找幸福生活的分离——离婚,而不是阴阳两界、生死两茫茫的永不能再见的分离。他心里是矛盾的,他依然深爱着妻子,七年的夫妻生活虽然像温吞水一样让人厌倦,但是他们的感情已由爱情转化为骨肉相连的亲情,任何分离都会像揭开伤疤一样痛。秦凯知道此生和张敏在一起是不会再有孩子的,两人只能相互扶持到老,不会再有儿孙之乐。想起这些,秦凯内心确实难受,但是仅仅就是为了这么个原因就让他永远失去他的妻子,秦凯是绝不愿意的。

"明天我去庙里为你在菩萨面前上一炷香,祈求菩萨保佑你平平安安。好不好? 亲爱的。"秦凯动了真情,柔声地对妻子说。张敏没有回答,她经过一天的惊吓和折腾,早已依偎在秦凯的怀里安静地睡着了。

八

白塔寺的占卜

　　第二天一早,秦凯吻别了睡梦中的妻子,独自一人去西木山上的白塔寺。在餐厅吃早饭的时候,秦凯向餐厅的服务员详细地询问了去白塔寺的路。年轻的服务员热情地告诉秦凯,沿着度假村边上的水泥路一直往前走,绕过两座山,就到白塔寺了。

　　秦凯大踏步地行走在山间小路上。他很快就越出西木度假村的范围了。当秦凯到西木山半山腰时,他驻足回首眺望。那些错落有致的别墅群安静地伏在大地上,那里住着他的同事,还有他昨天刚刚受过惊吓的妻子。他这次前去白塔寺的目的,就是在菩萨面前敬香,祈求上苍保佑妻子平平安安。

　　走了一个多小时的山路,秦凯终于到达了大山的顶端,他距离白塔寺越来越近了。秦凯双手叉腰,气喘吁吁地抬头一看,眼前一片白色。大大小小的白色庙宇分布在山顶。一根巨大的、纯白的圆锥体的塔顶在大雄宝殿的顶上矗立着。正殿门楼上高高悬挂着一块大匾,上书三个烫金大字——白塔寺。

　　这个时候,从旁边踱来一位身形高瘦、二十六七岁的僧人,双手合十，口念"阿弥陀佛"。秦凯连忙双手合十还礼。

"贫僧能否帮上施主什么忙?"僧人依然双手合十地问道。

"哦，我想……在菩萨面前上炷香。"秦凯说明来意。

"请跟我来吧，方丈在里面呢。"僧人引着秦凯迈入白塔寺的大雄宝殿。秦凯小心翼翼地跨过大雄宝殿的正门门槛。

刚一进入大雄宝殿，秦凯感觉到光线骤然暗了下来。大殿内显得有些清冷，不知道从什么地方向殿内串风，秦凯感觉到脖颈处冷飕飕的。小僧向秦凯行个礼以后就进里屋通报方丈去了，留下秦凯一个人站在殿中。秦凯感觉浑身不自在。

"阿弥陀佛。"从侧门走出来一位慈眉善目的老僧，身上披着黄色袈裟，双手合十，陪伴在他身边的正是刚才那位小僧。"施主，早上好。我是白塔寺方丈，法号智能。"方丈依然双手合十。

"大师，您好。"秦凯鞠了个躬，"我想为我的妻子请香。"

"施主，请香在这边。"方丈右手向旁边指去，只见佛龛上整整齐齐地摆放着佛香。

秦凯踱近佛龛，小心翼翼地从中间取了三支佛香。他探身在香炉的烛火上点燃了那三支香，右手轻轻抖动，香上的火苗熄灭了。秦凯双手执香，高高地举过头顶，闭上双眼，虔诚地默念着："祈求佛祖保佑我妻子身体健康，平平安安。"秦凯默念完走到香炉前，恭恭敬敬地将三支香直直地插入香炉中，回到佛像面前，跪在蒲团上，闭上双眼，拜了起来。

偌大清冷的殿堂内，庞大的神像下面，蒲团上跪着一个男人。白色的山门旁边，两个僧人静静地注视着这个虔诚人。

秦凯闭着眼睛诚心诚意地跪拜着。他磕到第三个头的时候，耳边忽然听到了一声冷笑。他赶紧诚惶诚恐地睁开双眼向旁边望去——两位僧人面无表情地看着他。

秦凯感到有些迷惑。他摸了一下耳朵,怀疑自己的听觉是否出了问题。秦凯起身走到功德箱边,掏出钱包,抽出几张百元大钞塞了进去,在功德簿上写下自己的名字,然后转身向方丈行礼,两位僧人双手合十向秦凯还礼。

秦凯做完了这一切,告辞准备离开。就在他转身的时候,方丈唤住了秦凯:"施主,请留步。"

"嗯?"秦凯转过身来。

"贫僧有一句话不知当讲不当讲?"方丈有些犹豫。

"大师有什么想说的就尽管说吧,我听着呢。"秦凯答道。

"贫僧方才初见施主的时候就发现你最近气色不太好,特地想为施主测算一下。"方丈诚恳地点头说道。

"哦?大师想为我算命?"秦凯心里嘀咕了一下。他是不愿被人占卜命运的,但是现在不好意思拒绝。

他面向方丈,笑了一下:"那就有劳大师了。"

"施主里面请。"方丈右手一挥,示意秦凯进里屋说话,同时他看了小僧一眼,小僧就乖乖地留在了外面。

大殿里屋的摆设简陋,一张大方桌子上摆放着长明灯及一些供品。"坐这儿,施主,请把你的左手给我。"方丈坐在长凳上。秦凯就像听话的孩子一样向方丈伸出左手,掌心向上摊开。当方丈轻轻地握住秦凯的手指时,秦凯本能地想往回缩,就像孩子在打针时候的条件反射。方丈擒住秦凯的左手,借着灯光,眯着眼仔细观察。忽然,方丈的脸色阴沉了下来,一扫刚才的慈眉善目,取而代之的是神色大变:"施主,不好啊。你最近两天会大祸临头啊!"

秦凯被方丈的话吓了一跳:"大师,我会有什么大麻烦啊?"

"这个,"方丈捋了一下胡须,为难地说,"天机不可泄露啊。"

秦凯有些慌乱了,一种恐惧感油然而生。方丈右手紧紧握住秦凯的左手,眼神难以捉摸,一种阴森森的气氛在屋内蔓延开来。

"方丈能否赐教,我将遭遇的是哪方面的麻烦呢?"秦凯凑近方丈小声地问道。

昏黄的烛光下,方丈松开了秦凯的手,双手合十,道了一声:"阿弥陀佛。世事皆有因果,天机不可泄露。"说完之后方丈闭上双眼,盘坐在那儿,再也不吭声了。微微颤动的烛光中,方丈的面容显得神秘莫测。

秦凯见状,向闭着眼睛的方丈行了礼转身出去了。大雄宝殿之内已经空无一人,秦凯感到一丝寒意由心底升起。

白塔寺的大院子里面,三个穿着粗布僧衣的和尚正在清扫积雪。刚才为秦凯引见方丈的那位小僧也在其中,因为他身材高大,低着头清扫的时候让人感觉他有点驼背。他手执扫帚,动作缓缓地扫着地上的积雪,就连秦凯慌慌张张从他身边经过都没有察觉。

秦凯快步地逃离了白塔寺。归途中,秦凯一直琢磨着刚才方丈的话,脑中浮现出方丈双手合十、盘坐在那儿一语不发的诡异模样。会是怎样的大祸呢?又会有怎样的灾难呢?秦凯胡思乱想。

就在这个时候,秦凯隐隐地感觉到背后有人在跟踪他。这样的感觉和他昨晚走在西木度假村小道上的感觉是一模一样的,也就是当他告别了古丽莎以后,回48号别墅路上所经历的那种感觉。这不由地让秦凯紧张起来:某种感觉反复出现绝不是一件好事!他放慢步伐,前进了几步,猛地回头,想给身后的人一个措手不及,但结果还是失望了。身后空无一人,只有一条蜿蜒的水泥路,还有两旁高耸的石壁和茂密的树林。

九
西木寺？红塔寺？

回到西木度假村的时候，已经是下午一点钟了，秦凯感到饥肠辘辘。他没有立刻去找张敏和同事们，而是先去餐厅点了一份扬州炒饭，找了个临窗的座位坐了下来。他吃了一口炒饭，侧脸去看窗外的风景。

度假村的餐厅位置选址极好，坐在临窗的位置上可以一览西木山美丽的风景。窗外重峦叠嶂，云雾缭绕。秦凯仔细地从群山中辨认白塔寺所在的那座山头，但是寻不见寺庙的踪影。这个时候，早晨指路的那个年轻服务员从秦凯边上经过，秦凯喊住了他。

"你好。"秦凯放下了勺子。

"您好，先生。有什么可以帮忙的吗？"服务员停下了脚步。

"你还记得我吗？早上向你问路的。"秦凯自我介绍。

"当然记得了，先生。"服务员微笑着，露出了洁白的牙齿，"您早上去白塔寺的吧？一切都还顺利吧？"

"唔，还好。"秦凯支吾了一下，转而指着窗外问道，"我想问你一下，从这儿看去，白塔寺应该在哪座山头啊？"

服务员靠近窗户，仔细地巡视着群山。过了一会儿，他转身面向秦凯站立："先生，从这儿是看不见白塔寺的。白塔寺在山的那边，被挡住了。"

"那我从天然温泉那儿能看见吗？"秦凯问得很详细，其实他明知故问，因为他昨天就是躺在温泉池中看见白塔寺的。

"那我就不太清楚了，从温泉的位置来看，我想应该能看到的。"

"去年我来这里玩的时候为什么没有看见白塔寺呢？"秦凯看看周围没有熟人，低声地问着服务员。

"先生，您去年来过西木度假村啊？"服务员快活地说道，"难怪我看着先生眼熟呢。"

秦凯知道服务员在和他套近乎。每年都有那么多的游客来西木度假村，一个服务员哪能记得清呢。他从怀里掏出钱包，拿出一张五十元的钞票塞给服务员："这是给你的小费，我们今天的谈话你不要传出去。"

服务员动作麻利地将五十元钱左折一下，右折一下，像变魔术一样将钞票叠小塞进工作衣的口袋里去了。

"我还想问一下关于白塔寺的情况。"秦凯继续看着服务员说道。

"哦，先生，您快点问吧。我现在还有事情要做呢。"服务员脸上依然保持着微笑。

秦凯心里有点不快，暗自想着：怎么？收了钱就开始不耐烦了？人怎么都这样啊？

服务员看出了秦凯脸上乌云渐现，他笑着说："这样吧，您在这儿稍微等一下，半个小时以后我来这里找您，行吗？"

秦凯点点头,服务员离开了。

秦凯低头扒了两口扬州炒饭,发觉饭已经凉了。他放下勺子,推开盘子,从口袋里掏出香烟,点上一支,侧过脸在烟雾缭绕中观看群山。秦凯一支接着一支地吸,当他抽到第四支烟的时候,一个小伙子走到他的面前坐了下来。秦凯仔细一看,原来就是刚才那位服务员,他已经脱下了工作服,换了套便装,显得很精神。

"穿上便装,我就是坐在先生对面,经理也不会说什么的。我站着和您说话,您仰着头问问题也累,是吧?"年轻的服务员俏皮地解释。

"呵呵,你说得对啊。我的脖子现在已经感觉到酸了。"秦凯用手在颈子那儿揉了揉。

"先生,我看您对这白塔寺很感兴趣啊?"服务员双手放在桌上说道。

"唔,还可以吧,我向来对寺庙比较感兴趣。"秦凯灭了手中的香烟,"你现在有空了? 可以和我详细说说白塔寺吗?"

"好的,我是本地人,所以对这一带的情况比较了解。"小伙子看了一眼放在桌上的香烟盒。秦凯从里面取出一支烟给他点上。

"原本白塔寺并不叫白塔寺。"小伙子深吸了一口,吐出烟圈说道。

"哦?"秦凯感到有点意外。

"白塔寺历史比西木度假村悠久得多,寺庙的墙体原本都是由大块红砖堆砌而成的,刚刚建成的时候取名'西木寺'。远远望去,寺庙整体呈现一片红色,所以我们当地人又称它为'红塔寺'。"

"那它为什么后来改名了呢?"秦凯身体前倾问道。

"大约在两年以前,那是一个天干物燥的季节,西木寺发生了一场大火，火势很是凶猛，寺庙的主体建筑都被烧为灰烬。"年轻的服务员眼里满是惋惜。

"寺庙里的僧人怎么样？有没有人员伤亡？"秦凯好奇地追问着，就像新闻记者一样。

"虽然寺庙被烧毁了，但是万幸的是火灾发生在大白天，没有人员受伤，包括方丈在内，三个僧人毫发无损。"小伙子捏着香烟屁股在烟灰缸里摁了摁。

"三个僧人？上午我去白塔寺的时候明明看见有四个僧人啊，包括方丈在内。"秦凯越发感觉到这个白塔寺不同寻常。

"四个僧人？"小伙子感到有些纳闷，他摸了摸后脑勺，"哦"了一声。

"哦，我想起来了，在大半年前白塔寺新来了一位年轻人，出家时岁数不大，可能三十还不到。"小伙子似乎想起了什么，他眉头紧锁着。

"年轻人？三十不到？他长什么模样？"秦凯继续问道。

"先生，我感觉您有点像警察审问犯人了。"小伙子调皮地向秦凯眨了眨眼睛。

秦凯拿起桌上的烟盒，又取出一支烟给小伙子点上，自己也点燃一支烟。"那个年轻人我见过的次数还真不多，他身材挺高的，和您块头差不多，身高估计有一米八。"小伙子满意地吸上一口烟，身体仰靠在椅子上，继续说道，"当时那位年轻人找到方丈想出家。我听别人说，方丈认为他尘缘未了，年纪又轻，不愿意收他。"

"那后来呢？"秦凯脑海中浮现出了刚才在白塔寺为他引见方丈的那位年轻僧人的形象。

"后来我也不是很清楚了，不知道是什么原因，方丈最终还是收留了他,所以白塔寺目前是四个僧人住在里面。"服务员摸了一下鼻子,对着秦凯说道,"先生,今天您要不问起来,我还真快忘了有这么回事呢。"

"那么西木寺后来怎么又改名叫白塔寺了呢?"秦凯还有些疑惑。

"红塔寺两年前遭遇了那场大火,除了那几位僧人,其余物件被烧光了。后来在政府领导的大力帮助下得以重建。也就是在一年前吧,重建西木寺的计划才批了下来,因为塔身全部用的是白色涂料,所以改名为'白塔寺'啦。"小伙子再次摁灭香烟烟蒂,笑着说道,"总不能看着白墙喊'红塔寺'吧?"

"难怪去年我来的时候没有看见白塔寺呢,原来是在重修中啊。"秦凯恍然大悟。

"也许是这样的哦,现在的白塔寺比以前的小庙宇大多了。"小伙子浅笑道。

秦凯站起身来,将桌上的香烟递给小伙子:"谢谢你啊,耽误你这么长时间,这烟就留给你抽吧。"

小伙子起身接过来,说道:"谢谢您啊,反正我现在没事,闲着也闲着,离晚饭的时间还早呢,如果有什么想问的来找我就行了。"

秦凯告别了服务员,离开了餐厅,准备回他的48号别墅了。

十
异 样 情 愫

西木度假村内,沿着山体分布着许多木屋别墅。山顶上,48号独栋别墅依然矗立,带着特有的欧式建筑风格俯视着山下,别墅院门上大大的阿拉伯数字"48"显得格外醒目。

秦凯疲倦地沿着小道缓慢地向山顶走去。他叼着香烟,想着心事,他的大脑里面就如迷雾中的山谷一样。是啊,这两天发生的事情已经够多的了。先是木屋内不平静的夜晚,再是温泉里面妻子的晕厥落水,然后又是白塔寺方丈那玄乎的话语,这些都让秦凯对这次西木度假村之行感到了诡异和后悔不已。"这哪里是来度假啊?简直就是来考验我的神经嘛。"秦凯自言自语。

秦凯的话里是有话的。他这句话里包含了对另外一个女人——古丽莎的态度。

一个男人周旋在两个女人之间,同时与两个女人调情,家内家外兼顾,那么对于这个男人来说的确是比较累。他既要在家里表现得如同模范丈夫一样,还要在外面扮作浪漫爱人哄情人开心,同时还不能让老婆发觉。这真考验男人的神经!

　　"我这是自找苦吃吗？仅仅是为了图一时之欢？"秦凯在夜深人静的时候偶尔也扪心自问。"所有的一切到了这个地步难道只是我一个人的错误吗？"秦凯在自责之余还努力地为自己找理由，看看能不能为他这种外遇行为披上一个冠冕堂皇的外衣。

　　秦凯和妻子张敏的相知相遇就像绝大多数普通人所经历的一样，他在正确的时间里遇上了对方，正巧对方也是在需要的时间里遇上了他。秦凯大学毕业以后就进入公司工作，他在工作上兢兢业业，任劳任怨，很快就被提拔到领导岗位上去了。几年后，秦凯积累了丰富的工作经验，在业务上游刃有余。工作的时候秦凯是全身心投入，下班以后回到公寓再看看自己仍然是孤身一人。男性荷尔蒙的旺盛分泌促使他必须沿着父辈们的脚步去找一位可人的姑娘结婚成家。这个时候，张敏出现在秦凯的视野中。在一次单位的联谊舞会上，张敏带着年轻女性特有的婀娜身段以及通体的淡淡幽香向秦凯走来，那种曼妙的感觉一下子就将秦凯征服了。单身男子遇上了单身女子，又在同一个单位，同事们对他们的祝福就如滚滚巨浪一样将两位年轻人淹没了，很快他们就把婚事办了。婚后的生活是甜蜜的。白天两个人在同一座办公大楼，当他想念她或者她思念他的时候，两人就会找个借口，串串科室，去看看对方，哪怕只是短暂的一瞥，都能让双方融化在那种甜蜜中。夜晚来临的时候，他们会手牵着手去逛逛马路，去西餐厅里吃点东西，或者去电影院里看电影。就像恋爱中的情侣一样，婚后一年中两个人依然保持着鲜活的爱情和追求美好生活的热情。

　　孤独的星球在浩瀚的宇宙中不停地转动，地球上的生物依然在不停地忙碌。随着婚姻生活不断地向前延伸，那些因为坚信爱情才走进婚姻殿堂里的男男女女渐渐地发现所谓的爱情正在不断地被平淡无奇的生活、日常的琐事所困扰。爱情就像一杯香浓可口的咖啡，喝一口就少了一口，眼见杯中的咖啡只剩下那么一点了，这个时候如果再往里面倒水，那么就会平淡无味了。爱情到底是什么？难道爱情只是促进男女双方步入围城的"催化剂"？"唔，张敏，我想……要一个孩子了。"有一次，秦凯在与妻子翻云覆雨之后懒洋洋地说。是啊，如果在双方开始对二人世界感到厌倦的时候，上帝就赐给他们一个可爱的小天使，那么男人和女人的爱情将会因为这个小天使的诞生而得到新生。小天使也会在夫妻之间牵起一条质地很好的纽带，从而让男人和女人的爱情得以延续下去，从而转化为亲情，是那种难以割舍的亲情，那种与单纯的爱情并无太大关系，而是与家庭、父母、子女、血缘、种族繁衍等等有着密切关系的亲情。

　　四年前的一个夜晚，当张敏羞涩地告诉秦凯她怀孕的消息的时候，秦凯激动地抱着妻子狂吻。"我终于要当爸爸了！"秦凯打开窗户，兴奋地冲着夜空呼喊着，似乎在那黑色苍穹中隐藏着一种神秘未知的力量使他的妻子怀上了他们爱情的结晶。对于男人来说，当上父亲那是一件多么让人感到自豪的事情啊！他会从一个青涩的男子变成一个真正意义上的成熟男性。他的心理也会由此变得更加成熟健康，行为上也会变得更加稳重，更加具有责任感。"我喜欢的男人应该是一个有爱心，对我好，对我们的宝宝好，有家庭责任感的人。"准妈妈张敏就像一只温顺的小猫一样躺在秦凯的怀里柔声细语地吐露着她的梦想。那个时候的秦凯被巨大的幸福包围着，他吻着妻子的秀发，说着令人陶醉的誓言："我一辈子只爱你一个人，我是一个有责任心的男人，我会对你负责到底的。张敏，我爱你！"

结果呢？如果不是那场突如其来的车祸夺去张敏腹中的胎儿，那么他们应该生活得美满如意吧？如果不是那场车祸不幸地夺去了张敏的生育权，那么他们应该正享受着天伦之乐吧？还有，如果不是古丽莎的出现，那么秦凯的心也应该还像地球围绕着太阳一样围绕着张敏吧？

"可惜没有如果……"秦凯丢下手中的烟头，用脚把烟蒂狠狠地踩灭，推开别墅的院门走了进去。

早上出去的时候张敏还在屋里睡觉，秦凯没有带房卡。秦凯慢步走到大门前，用手敲了敲门，屋里面静悄悄的，没有人回应。

"张敏没有在屋里吗？她出去了？"秦凯暗想。他围着48号别墅绕了一圈，探头探脑地向屋里看，发现屋里的确没有人——张敏已经出去了。

"她会去哪儿呢？"秦凯拿出手机，拨通号码，给妻子打电话。

"嘟——嘟——嘟——"电话拨通了，但是手机那一头没有人接听。秦凯挂断电话，从口袋掏出香烟，取出一支叼着，手里继续拨打妻子的电话。

"嘟——嘟——喂？是秦凯吧？"手机那头"嘟"了几声后传来一个男人的声音。

"老刘？"秦凯听出来是总务科老刘的声音。

"喂！是你吗？老刘。"秦凯需要确认一下。

"对，是我。秦科长，我怕你等得急，就替张敏接听了。"老刘那头气喘吁吁地说着话。

"你们在哪儿？张敏呢？"秦凯心里有些急了。

"张敏啊？张敏和几个女同事上厕所去了。她让我帮她拎一下包。"老刘的回答真让秦凯着急。

"那你们现在在哪儿?"秦凯恨不得插上翅膀立刻飞到老刘那儿去看看他们到底在做什么。

"我们啊,我们在西木度假村的风情园里面,刚刚爬小山坡。都累死了,年纪大了,比不上这些年轻人了……"老刘终于说清楚他们在哪儿了。

"那你等着我啊,我马上赶过来。"秦凯没等老刘说完就挂断了电话,赶去西木风情园了。

十一

风情　激情

西木风情园是一个很大的公园,四周群山环绕。来自全国各地的少数民族,各自搭建具有本民族风格的房屋建筑,表演着本民族的特色节目。

正值隆冬,西木风情园里游客不多,有不少节目停止了表演。表演者走个过场,在规定的表演时间内跑出来露一下脸,随便耍耍就收工了。

秦凯气喘吁吁地赶到西木风情园,在门口买了张票,往检票员手里一塞,就冲了进去。入园以后,他抬眼望去,园内稀稀疏疏有几个游客背着小包,手持矿泉水瓶在瞎逛,没有张敏和老刘那些人的身影。

他沿着碎石子小路继续前行,直到翻过一个小山坡才发现那边有一群人有说有笑地走过来了。走在最前面的是总务科的老刘,张敏跟在他的身后正笑眯眯地听着。落在最后的是小王和古丽莎。

"嗨!瞧!这是谁来了?这不是我们秦大科长吗?"老刘瞅见

秦凯正迎面走来。

"你来了啊?"张敏跑到队伍的前面迎接秦凯。

"都说什么呢? 瞧你笑成那样?"秦凯心里有些泛酸。

"老刘刚才给大家说了个笑话,笑死人了。是不是? 老刘,你再和秦凯说一遍吧。"张敏转脸看着老刘。

"呵呵,不说了,还是你回去慢慢说给秦科长听吧。"老刘知趣地打住了。

"现在你身体怎么样了?"秦凯没有理会老刘,俯视着张敏的脸问道。

"我? 挺好啊,早上起来就没事了。正好老刘他们要来风情园玩,我就一起跟过来了。"

"秦科长,你放心吧,张敏今天表现得还真不错,就和没事人一样。不愧是年轻人,恢复得就是快。要是我啊,没有个把礼拜是恢复不过来的。"老刘说道。

"回去好好休息吧,不要乱跑了。"秦凯说完,牵着张敏的手,径直走出风情园。

回到了48号别墅,秦凯实在是撑不住了。经过这一整天奔波,他身心疲惫地往床上一躺,嘴里冒出一句:"这哪里是度假? 简直是受罪嘛。"

张敏看着丈夫英俊的脸庞上浮现出浓浓的倦意,心疼地问道:"你累了吧? 要不要喝点水?"

"不喝,给你打电话你又不接,怎么还是老刘接的?"秦凯心里的疑团渐渐被醋意浸透了。

"哦。你打电话过来的时候,我和几个女同事正好去厕所了,我把包丢给老刘,老刘在外面替我拿着。怎么? 你还不相信我啊?"张敏笑着解释道。

那古丽莎是不是和你一起进厕所的? 秦凯脑中的下一个问号就出来了,但是他绝对不会问出来。如果他问起古丽莎的事情,那么妻子一定会醋意大发,产生怀疑的。她肯定会问:你这么关心她? 是不是因为人家小姑娘漂亮,你开始动坏心思啦? 女人对丈夫的警惕性是最高的了,尤其是丈夫谈及其他女性的事情,除非那件事是她自己说出来的。

"古丽莎和我一起去的,她的包给小王拿着,不信你去问她啊。"

秦凯刚刚这么想着呢,张敏就出乎意料地说出这句话来。

小王,"排骨"小王,温泉里面就和古丽莎打得火热,这下可好了,在风情园里对着美女拼命献殷勤。秦凯听了以后,脑中浮现出小王哈巴狗样围绕在古丽莎屁股后面转悠的情景。他在床上翻了一下身,背对着张敏:"我累了,想睡觉了。"

张敏无奈地看着秦凯的背影,眼神中带着些许的心疼,还带有一丝淡淡的哀伤。随着"吱呀""砰"的声响,张敏慢慢地关上了卧室的门。

秦凯的确累了,身心俱疲,很快就睡着了。等到他醒来的时候,已经是晚上六点了,天色完全黑了下来。

秦凯起身下床,走进客厅,发现张敏正蜷曲着身体,窝在长沙发的一角看电视。电视荧屏一闪一闪地发着光。

"你醒了?"张敏伸手打开了客厅的电灯,用手上的遥控器将电视的音量调小,转脸柔声地问秦凯。

"嗯。今天有点累。"秦凯一边回答,一边坐到长沙发的另一边。

"老公辛苦啦,我给你按摩一下。"张敏像小猫一样爬到秦凯身边,两只小手握成拳头给秦凯捶着肩膀。

"还好,不是很酸。"秦凯歪斜了一下肩膀,张敏的小拳头滑落了下来。

"吃过了吗?"秦凯岔开话题。

张敏怔在那里,心中有点怅然。过了好一会儿,她才回答说:"他们来过电话喊我们去吃饭,我看你睡得正香,就没打扰你,让他们先去吃饭了,待会儿我们下去自己吃吧。"

"好,我们下去吧。"秦凯答应得很干脆。

他站起来,扣好衣服,径直地走出了木屋……

在一家不起眼的小饭庄里,秦凯夫妇对坐在一张小方桌前。秦凯点了一个火锅,几道家常菜,又要了一瓶白酒,默默地喝着,气氛显得尴尬。

"今天去寺庙烧香拜佛怎么样啊?"张敏打破僵局。

"唔,一切顺利啊。"秦凯似乎又看见方丈那闭目不语的神情,感到坐立不安。

"真的吗? 我怎么感觉你从寺庙里回来以后就不怎么开心了,好像有什么事情瞒着我。"张敏直截了当地说出自己的想法。

"你最近两天会大祸临头啊!"方丈的话再次回荡在秦凯的耳边。秦凯忽然感觉到有些心情烦躁。他斟满一杯白酒,仰脖一饮而尽。

"到底出了什么事? 秦凯。"张敏放下筷子,用两只小手紧紧地握住了丈夫的手腕。

"这个……"秦凯挣脱妻子紧握的手,再次斟满酒杯。

"别喝了。"张敏夺过酒杯,"我们夫妻这么长时间,你有什么事情还能瞒过我?"

秦凯看了一眼妻子,愧疚和难过一起浮上他英俊的脸庞。

"呵呵,没什么。"秦凯掩饰着,"白塔寺的老方丈和我开了一个玩笑。"

"玩笑?什么玩笑?出家人还这么幽默?"张敏感到很奇怪。

秦凯从张敏手中取回酒杯,抿了一口,然后轻描淡写地把早上去白塔寺的情况说了一遍,并且将方丈那充满玄机的话也向妻子说了。

"会有这种事?"张敏皱起了眉头,不高兴了,"得道高僧怎么能说出这样不负责任的话呢?"

"大师的话,不可全信,也不可不信啊。"秦凯摇摇头,苦笑了一下,端起酒杯,又是一口饮尽。

"秦凯,你别听那些话。放心吧,再过两天我们就离开这里回家了,有我在你身边,不会有什么事的。再说,如果真有什么风雨,我和你一起扛。"张敏看着秦凯的眼睛,真诚地说道。

秦凯听了妻子的话,心里一阵感动,他感到眼眶有点酸。他虽然喝了一点白酒,但是脑子里的思路越来越清晰。他离不开妻子,当他听到妻子那坦诚布公的言语后就更加坚定了这一点。外面的女人再美丽娇艳,墙外的蔷薇再鲜红刺眼,也不是属于这个围城里面的他的。婚姻之内,他所要做的就是呵护好他的妻子——一个最需要他关心的女人。

他已经准备好了,准备好了与她摊牌。当然秦凯不是准备与张敏摊牌,而是准备与另外一个女人——古丽莎摊牌。他要中断和古丽莎之间这种不道德的男女关系,这种终日不能见光的关系。秦凯通过温泉面发生的偶然事件以及妻子对方丈那欲言又止的玄机话语的表现,强烈地感觉到妻子是能够患难与共的,是能与他共渡难关的。这样的女人难道不是每一个男人所渴求的吗?这样的女人还不值得男人倾心去爱吗?

秦凯两眼通红,放下酒杯,柔情地看着妻子。

"瞧你的眼睛,都红成什么样了,快成小兔子的眼睛啦,不能喝酒还偏要贪杯。"张敏嗔怪道。她不知道那种红其实是秦凯内心复杂感情的外在表现。

这个时候,张敏突然感到有个热乎乎的东西在蹭她的大腿,她低头一看,"啊"的一声尖叫起来。原来不知道什么时候有条大黄狗悄悄地跑过来了,摇着尾巴在她腿边转来转去。

"不好意思,不好意思。你们不要怕,我家这条狗不咬人。阿黄,去,一边去。"一个中年男人——饭庄老板赶紧轰走了大黄狗,向秦凯夫妇道歉。

"没关系,老板。估计你也是太虐待你家阿黄了,不给它吃的,它这是饿了吧?"秦凯笑着随手从桌上扔了一块鸡骨头在远处,阿黄立刻摇头摆尾地追了过去。

一会儿,老板和狗都消失了,只剩下秦凯夫妇两人安静地坐在饭桌前。

火锅热气腾腾,为这个寒冷的冬季带来些许温暖。

回到48号别墅以后,张敏嚷着要去洗澡:"今天出汗多,我要去好好冲一把。"

她很快脱光了身上的衣服,回眸深情地看了一眼秦凯,转身走进浴室去了。

浴室里面,莲蓬头下面,张敏舒服地冲洗着身体,热气熏得她小脸红扑扑的。这个时候,浴室的门打开了,一个身材高大的男子光着健硕的身体走了进来。他那英俊的脸庞闪烁着光芒,双眸里面充满了浓浓的爱意。

"你怎么也进来了?讨厌。"张敏笑着对秦凯说,她弯下了腰,用毛巾护着胸部。

"我来帮你擦擦背。"秦凯笑着搂住了妻子,他们紧紧地拥抱在一起。秦凯抱得那么紧,简直想把张敏勒进他的肉里面去,真正融为一体。

张敏慢慢地转过身体。秦凯将沐浴露均匀地抹在妻子的背上,认真地在那光滑的脊背上摩挲着。张敏觉着痒,不停地扭动着身体。终于,秦凯压抑很久的野性爆发了,他很久没有这样与张敏有过激情了……

十二

最 后 一 吻

激情过后，两人擦干身体，上了床，筋疲力尽地抱在一起。张敏依偎在丈夫的怀里，意犹未尽地摩挲着秦凯结实而富有弹性的胸膛，羞涩地说道："你真棒!"秦凯闻着妻子的发香，手指像梳子一样梳理着张敏的秀发，哼起了一首老歌：

"穿过你的黑发的我的手，穿过你的心情的我的眼，如此这般的深情若飘逝转眼成云烟，搞不懂为什么沧海会变成桑田……我再不需要他们说的诺言，我再不相信他们编的谎言，我再不介意人们要的流言……"

秦凯深情地吟唱着，眼中噙着泪花，目光失神地望着天花板。张敏温顺地躺在他的怀里很快就进入了梦乡。

就在这个时候，床头柜上的手机震动了一下，那是秦凯的手机。当秦凯和张敏在一起的时候，他就故意设置成静音或震动，为的就是不让张敏察觉到他的手机动态。秦凯伸手取过来一看，上面写着：今晚有要事和你商谈，老歪脖树下等你。这是一个没有署名的手机号码发过来的，但是秦凯知道这是古丽莎的另外一个号码——一个只和他单独联系的号码。秦凯皱了一下眉头，看了一下手机，时间已过九点。这么迟出去，张敏肯定会起疑心的。小姑娘家如此不顾及他人的感受，霸道了吧？幸好张敏已经睡着，要不就算秦凯偷偷收到短信也不会出去的，那么在寒风里受冻的只能是古丽莎了。

秦凯小心翼翼地从张敏的颈下抽出自己的手臂，恰巧张敏这时翻了个身，侧向一边依然熟睡着，嘴角边还挂着幸福的微笑。秦凯蹑手蹑脚地下了床，飞快地穿戴整齐。他俯下身，轻轻地在张敏的脸颊上吻了一下，然后起身迅速地出了木屋，反手轻合起大门。秦凯走出院门，回头看了一眼黑夜笼罩下的别墅。48号别墅伏在寂静的黑夜里，显得那么安静和神秘。秦凯从口袋里掏出香烟，点上一支，吸了一口就扔掉了，沿着小道径直向山腰走去。

一路上，冷冷的山风迎面扑来。秦凯竖起外衣衣领，感觉大脑更加清醒。歪脖树下，呵呵，是啊，那里将有一个漂亮的姑娘等着他。三年了，他们之间每次只能这样偷偷摸摸地约会着。他们维系着这种不为人知、见光则死的男女关系。没有什么开放的男女情感，只有所谓的道德。就算年轻时候奋不顾身地疯狂过，婚后也还是要回到正常的家庭轨道上来。

"现在一切都需要结束了。"秦凯这样想着。他离不开这个女人，但是更加离不开他的家庭。他即便心里想过千万遍要和张敏摊牌离婚，但是始终没有勇气向相濡以沫的妻子开口。古丽莎，年轻漂亮，还有美好的前程等着她。而他，秦凯，一个已婚的男人，是不会给她带来幸福的。古丽莎已经等他三年了，但是按照目前状况持续下去，她等的何止是三年呢？那将会是一个又一个三年。即便她等到人老珠黄时都等不来秦凯陪在她身边，过上幸福美好的生活。

"需要'快刀斩乱麻',痛快了断。"秦凯接着想。分手当然是令人痛苦的,尤其是对于那些处在热恋阶段的男女,哪怕那些男女已经是饱经世事的成年人,也免不掉像失了心、丢了魂一样,分手后的那段日子绝对会内心绞痛、大脑空空,整个人就像被掏空了。这个痛苦过程的时间有多长呢?因人而异,有些人很快就能从精神恍惚中清醒过来,重新拾回自信,找到属于自己的快乐。而有些人则在痛苦迷惘中沉沦下去,几年都不能自拔,整天自怨自艾,将自己与外界隔绝,走上一段黑色无望的精神苦旅。

但是,对于漂亮姑娘古丽莎来说,与秦凯分手不一定是坏事。她年轻貌美,与其说她面对的是已婚男人秦凯,不如说她面对的是社会舆论、婚姻道德这难以撼动的大山。这些皆不是从专业书中能够学到的简单理论,而是要在社会上遭遇许多挫折才能领悟到的人生真谛。

"我想她是能够理解的,分手对于我,对于她,都是好事。阵痛过后,阴霾散尽,天日重现,也给一开始就犯了错的人重新来过的机会。"眼看就要到他们约会的地点了,秦凯停了下来,从口袋里掏出香烟点上。他下定决心:"我们不能再错下去了。"秦凯深深地吸了几口香烟,一种舒坦的感觉蔓延全身。他扔掉烟蒂,向四处看了看,快速走进了老歪脖树丛的阴影里面。只有在树影的黑暗中,他才可以脱去白天戴在脸上的假面具,可以随心所欲地表现着自己,可以和可爱的人在一起耳鬓厮磨。

透过树枝之间的缝隙,月光穿透黑暗,丝丝缕缕地给歪脖树丛里面带来些许光亮。"奇怪,她怎么还没到呢?"秦凯纳闷了,因为古丽莎平常赴约都是很准时的。"待会儿该怎么和她摊牌呢?我该如何使措辞委婉点呢?"秦凯趁着古丽莎人还未到,脑中飞快地想着分手之词,想着该如何完美收场,既能让他全身而退,又不至于让姑娘过分伤心。

　　月亮隐藏到乌云的后面去了,树丛里面愈发显得黑暗。秦凯从口袋里掏出手机,看了看时间,已经不早了,再过二十分钟就到十点了,如果回去太迟,被张敏发现,可就麻烦了。秦凯烦躁地掏出烟盒,从里面抽出一支,含在嘴里。当他掏出打火机刚要点烟的时候,他身后传来有人轻踩树叶发出的"沙沙"声。与此同时,他忽然感觉到了一种前所未有的恐惧感从四面八方向他袭来。那种感觉跟在昨晚回别墅的小道上、今天上午从白塔寺归来的山道上被人跟踪的感觉一模一样。只不过现在这种恐惧感越来越强,无限扩大,扩大到让秦凯觉得整个人好像被抽掉了筋骨一样,站在那里动弹不得。他努力地、慢慢地转过身来,面露恐惧地向后面看。渐渐地,秦凯的脸部扭曲变形,眼睛惊恐地看着对方,嘴上的香烟滑落到地上。他从喉部的最深处挤出一句:"原来是你——"

十三

出 事 了!

当古丽莎迷迷糊糊睁开双眼的时候,窗外已经大亮了。她感到昏昏沉沉的,有种由内而外的炸裂感。她摸着脑袋,很奇怪昨晚为什么会睡得如此沉,以至于入睡前的一些事物在脑中已经变得模糊了。她仔细地回想着昨晚发生的事情,除了秦凯夫妇没有参加以外,其他同事还是聚在一起吃的晚饭。席间古丽莎喝了两杯红酒,但也不至于醉成那样吧。红酒?嗯,红酒的后劲的确不小,古丽莎喝了红酒以后感到头晕口干,端起白开水倒是喝了不少,回到自己下榻的小木屋又"咕咚咕咚"地喝了一整瓶矿泉水。后来呢?后来就感到眼皮直打架,瞌睡虫不期而至。睡意来得是那样凶猛,古丽莎连衣服都没脱就躺倒在床了。

古丽莎勉强支撑身体坐了起来,她披散着长发,一脸疲倦。窗外的世界依然是那样宁静,偶尔能够听见小鸟的啼鸣声。古丽莎忽然感觉胸口一紧,一丝不祥的预感掠过心头。窗外的世界悄然无息,全然没有平日行人的私语声和脚步声,似乎人们都趁着夜色悄悄地下了山,将她一人孤零零丢弃在这偌大的度假村。

她挣扎着下了床,胡乱地洗漱了一下,打开房门冲了出去。

古丽莎独自一人行走在山路上。山腰上的别墅群依然矗立在那儿。山腰处的亭台楼阁、小桥流水还是那样迷人,青瓦飞檐上面残留着的积雪尚未完全融化。

一路上没有遇见一个人!似乎他们在一夜之间全部被蒸发掉了。木屋、树木、路灯静静地看着古丽莎一个人脚步凌乱地踏在小路上。寂静,太寂静了,就像一盆冰水慢慢地渗入古丽莎的内心,让她产生了一种无可名状的恐慌感。她加快步伐,向度假村的接待大厅奔去……

当接待大厅出现在古丽莎视野里的时候,她发现情况异常。大厅外的空地上不知道什么时候多了好几部警车,一部白色的救伤车赫然在列,救伤车车体上那鲜红的"十"字标记异常刺眼。很多人簇拥在门口看热闹,小王站在最前面。

"小王,发生什么事了?"古丽莎来到小王面前,一脸迷惑地问道。

小王扭头看了看古丽莎,神色慌张地说:"你还不知道啊?出事了!出大事了!"

"出什么大事了?"古丽莎扫了一眼空地上颜色扎眼的警车,开玩笑地说:"不会死人了吧?"

"唔……"小王欲言又止,神情古怪。

"真死人啦?"古丽莎大惊失色。

"还是别问了,大姐。"小王不吭声了,向大厅望着。

忽然,人群中发出一阵喧闹声,这个时候从接待大厅里面走出来几个身穿警服的人。走在最前面的是一个身材高大、精明干练、约莫三十五岁的男人,他的两眼宛如老鹰一样锐利,快速地扫视着周围的情况。

"许队长！许队长！"从大厅内屁颠屁颠地跑出来一个白白胖胖的中年人。他赶到许队长面前,伸出肥手,满脸堆笑地说道:"许队长,您有什么问题尽管来找我,我一定随喊随到,积极配合人民警察的查案工作。"

"很好,谢谢查经理的配合。"许队长伸出大手,轻轻地握了一下白胖子的手,转身下了台阶。

身边一位年轻的男警察紧紧跟着许队长,嘀咕着:"出了这么大的事,度假村的经理还想瞒着,怎么可能啊?"

许队长看了小伙子一眼:"小胡,你和其他几个人赶紧去封锁下山的路线,我去小杨那儿看看。"

"好的,许队长,我这就去。"小胡带着几个警察去了,许队长向度假村的山顶走去。

山顶上,48号别墅,一屋子的人,除了大多数是滨江人,还多了一位年轻美丽的女警察小杨。老刘正神情紧张地坐在客厅的长沙发上,额头上满是汗,态度诚恳地回答着小杨的问题。

"你们单位这次来西木度假村的一共多少人?"杨警察在小本子上做着记录,然后抬眼看着老刘。

"嗯,让我好好想想啊,我一个、秦凯夫妇、小古、小王……一共八个人。"老刘从口袋里掏出餐巾纸擦着额头上的汗,自言自语:"现在只能回去七个了。"

"你知道死者平时都和什么人有矛盾吗?"杨警察面无表情地问着。

"怎么会这样啊?"老刘痛苦地用双手捂着脸,不敢相信残酷的现实。

"有吗?"杨警察看着老刘,再次发问。

老刘仰起脸来,目光呆滞地摇了摇头。

"死者平时有没有不良的嗜好?比如喜欢打牌赌钱什么的?"

"据我所知,他不喜欢赌钱。"老刘说道。

"那死者平时的社交活动多不多呢?"杨警察记录完上一条以后继续问道。

"这个嘛,他平时身为生产科科长,自然有一些社交活动的啊,吃吃饭、唱唱歌什么的。"

"那你知道他都是和哪些人经常接触吗?"杨警察紧接着又问道。

"都是些生意上的客户,他是生产科科长,免不了要和其他单位的人接触。"老刘心情沉重地说道。

这个时候,48号别墅的大门被推开了,男警官走了进来。小杨从沙发上站了起来,和他打着招呼:"许队长。"

男警官示意小杨坐下,自己搬了张椅子端坐在众人面前,用浑厚的嗓音自我介绍:"大家好,我是丁口市公安分局刑警队的队长许磊。"

许磊从口袋里掏出一包香烟,取出一支,点燃,接着说道:"希望大家不要紧张和害怕。如果大家想起什么,对我们破案有帮助,都可以告诉我们,好吧?小杨,你接着问吧。"

小杨点了一下头,接着问老刘:"那么你发现死者这两天有没有反常的举动?"

许队长端坐在椅子上,指尖夹着烟卷微微颔首。他对小杨提出的这个问题感到比较满意,因为通常一个人在出事的前几天会有些反常的举动,也许他会掩饰自己的行为,但是多少还是能够露出蛛丝马迹的。

窗外直射进来的阳光映照在老刘半边脑门上,呈现出半阴半阳的景象。

忽然,老刘在阳光中猛地抬起头,说道:"如果说这两天有不寻常的事情,那就是……"老刘歪着脑袋向卧室瞥了一眼,深叹一口气说道,"那就是温泉里发生的事情让人觉得有点突然。"

许磊眉头一皱,灭掉了香烟,身体微微地向前倾斜,目光如炬地看着老刘的眼睛,问道:"温泉?温泉发生了什么事情?"

"咳!"老刘干咳了一下,眼光不自然地扫了一下其他同事,转脸对着许磊,将前两天发生在西木度假村温泉内的事情原原本本叙述了一遍。"我们也不知道为什么张敏会昏倒在温泉里面。那天秦凯紧张反常,拼了命地抢救张敏。"

"丈夫抢救妻子是很正常的事情啊,有什么反常的?"小杨忍不住问道。

"嗯,平日秦凯温文尔雅,稳重老练,对人相当友善,我们都夸他是一个没脾气的好好先生。但是那天从他身上爆发出那种野兽般的冲劲的确使他像换了个人似的。"老刘的眼神有些闪烁。

许磊仔细倾听着老刘的描述。"野兽?"有意思,用这个词形容同事?他手指捏着下巴,眉头紧锁,就像有一块功能强大的芯片植入在脑袋里一样,许磊对每一个细节都不会放过。

老刘说完以后就沉默不语了,小杨飞快地在小本子上记录着,其他同事似乎都被刚刚发生的惨案吓呆了,一言不发,整个客厅陷入沉默当中。这个时候,从卧室里面传来了女人的哀嚎:"秦凯啊——"

大家赶紧起身涌进卧室,两名警察也走了进去。只见张敏披头散发地坐在卧室的床上,被子已经被掀翻在地板上了。"秦凯啊——你怎么就这样丢下我一个人去了啊。秦凯——"张敏两眼通红,泪如雨下,泣不成声。"不行,秦凯没有死! 我不相信! 他肯定没有死! 秦凯,我这就去找你。"张敏突然像疯了一样,嘴里胡言乱语,摇晃着身体,要从床上下来。

几个女同事急忙扶住张敏:"不要这样,张大姐。你不要太难过了,身子要紧啊。"说完都禁不住陪着张敏一起潸然泪下。

许磊队长看了这个情形,语调平静地对大家说:"我们还是出去吧,留几个女同志陪着她,让她好好休息。"转身小声地对小杨说:"这种情形下,我们不可能问出什么来,等她平静一点,我们再来吧。"

一些人跟着队长从卧室里鱼贯而出。老刘摇头感叹道:"唉!自从知道秦凯死了,张敏就已经昏厥好几次了。"顿了一会儿,他又继续说着:"这事搁在谁身上也受不了啊。"

许磊表情严峻地看着老刘,说道:"既然凶案已经发生了,我们能想到的就是尽快破案,尽早地将罪犯绳之以法,让死者安息。"他转脸面向其他滨江人,"我们丁口市刑警队今天就驻扎在西木度假村的接待大厅,大家如果有什么破案线索可以去找我们。"

说完这些,许磊向杨警察打了个招呼:"小杨,我们下去。"一对身着警服的男女转身走出了48号独栋别墅。

十四

度假村血案

那天清晨,西木度假村的天空灰蒙蒙的,间或有一丝丝的光线穿透天际。农家饭庄的老板如往常一样,很早就打开了饭庄大门,勤快地搞着卫生。抹桌子扫地,打扫院内院外。老板辛苦了半天,丢下扫帚,看着被他拾掇得卫生整洁的饭庄,脸上露出微笑。他倚靠着大门,从口袋里掏出香烟点上,美美地吸上一大口。他一边吸着烟,一边环顾家中,忽然他发现狗窝里面空荡荡的——大黄狗不见了。"这个阿黄,这么早就跑出去玩耍去了。"老板脑中想着。就在这个时候,他远远地看见山道那头有一个黄点。还没等他的香烟抽完,那个黄点在视野里就清晰了——原来是阿黄飞快地向饭庄奔跑过来。

阿黄撒开腿奔跑在山间小道上,尾巴欢快地四处摇摆着。它一口气冲进饭庄的大院里,径直地奔向狗窝,匍匐在地,啃起嘴里叼来的东西。

"这是什么东西啊?"老板慢慢地走近阿黄,发现它正在起劲地啃着一块红色的骨头。他的目光逐渐转移到院外,这才发现阿黄奔过来的地面上撒了一路的血迹。

"小四!小四!"他冲着里屋大喊着。

"让阿黄给我们带路,你呢,和我一道,跟阿黄去山里看看。"老板发话了。

"好吧,老板,你好奇心还真不小。"小四满脸不乐意,但是没办法,还是牵着狗和饭庄老板一起出发了。

他们沿着血迹向山里前行。阿黄一边用鼻子在地面嗅着,一边不停地用舌头舔着地面上的血迹。

"这是通往山谷的小路,平常很少有人来这儿啊。"老板一边走着,一边嘀咕。

他们随着大黄狗走了好半天,来到了一块蒿草丛生的空地。

"走不动了,老板。不行了,腿酸,我要休息一会儿。"小四嚷嚷着,找了一块大青石坐了下来。

老板瞅了瞅伙计,摇了摇头:"我这么一把岁数都还没喊累,你年纪轻轻的反倒叫唤起来了。"

老板从口袋里掏出烟,抛给伙计一支,自己点燃一支。老板环顾着四周:这是一块三面环山、草木丛生的空地,陡峭的悬崖峭壁直直地向上。清晨的山谷,空气清新,吹来一股寒风。山谷里面一片寂静,偶尔能够听到几声清脆的鸟鸣声。

"我说老板,还要走多远啊?"小四吸了一口烟,吐出一个烟圈,烟圈很快就被冷风吹散了。

老板没有回答他。忽然,他听见"汪汪"的叫声,循声看去,发现阿黄正在不远处的峭壁底下欢快地摇着尾巴。

"快看,小四!你看那边地下放的是什么东西?就是阿黄转圈的地方。"老板扔掉烟头,推了推小伙计。

"啊！好像是个人哎!"小四惊得像弹簧一样从青石上蹦了起来。

老板的头皮一阵发麻,他和小四沿着草地上的血迹向阿黄走去。他们越走越近,那股血腥味就越来越浓。

"哦,我的天啦。这是……"老板走到近处一看,不禁用两手捂住了鼻子。

"小四!"老板缓过神来,回头喊他的伙计。小四早就吓得魂飞魄散,一溜烟就不见了……

一个小时过去了,老板还是呆呆地站在山谷里。

"你是什么时候发现死者的?"一个身材高大、具有老鹰般眼神的刑警问着老板。

在他俩身后有许多刑警和法医正在忙活,刑警们将现场圈了起来,法医戴着口罩正在尸体旁仔细检查。

"我……我……不是我发现的,"老板嘴唇抖动,嗫嚅着,"是阿黄发……发现的。"

"不是你发现的? 阿黄? 阿黄又是谁?"刑警皱着眉头问道。

"是我发现的。"老板被现场的惨景吓坏了,说起话来语无伦次。

"那你简单说一下经过吧。"刑警的面部表情很严肃。

老板擦了擦额上的汗,哆哆嗦嗦、结结巴巴把发现尸体的经过说了一遍,一旁的女刑警在记录本上飞快写着。

"许队长,你过来一下。"蹲在地上的法医冲着那个男刑警喊了一声。

"来了。"男刑警回应了法医一声,转脸对老板说道,"先到这儿吧,有事我会再来找你。"

"什么事，小张？"许队长大踏步地迈了过去，蹲在法医的身边。

"你仔细看看死者的脑袋。"法医手戴橡胶手套，指了一下尸体。队长许磊瞅了一眼尸体头部，不由倒吸了一口气。虽然他目睹过许多凶杀案的现场，但如此惨烈的死亡景象还是第一次见到。

"凶手可真够凶残的，好像和死者有深仇大恨似的。"张法医恨恨地说道。

许磊抬头望了一眼高耸陡峭的悬崖，回头问了张法医一句，"死者不会是自己失足从悬崖上摔下来的吧？"

"从悬崖上摔下来这脑袋不会摔得只剩下半个吧？"张法医清楚许队长故意在考他。

队长站起身来，又看了一眼尸体：死者的脸部已经血肉模糊，不易分辨。

许磊忽然感到了一丝恶心，他伸出手指在鼻翼边轻轻地捏了一下，转身对另外一个年轻的刑警说道："小胡，注意对现场周围的搜索，一定要仔细排查，尽快弄清楚死者的身份。"

"许队长，死者的身份已经知道了。"手戴白手套的年轻刑警小胡递过来一个透明塑料袋，里面装着许多物件。

"这些是从死者身上搜集到的物件，这是他的身份证，喏，你看。"小胡从塑料袋里拿出一张卡片交到许队长的手里。

"秦——凯——？"许队长手持镊子夹着身份证一字一顿地念道。他看着卡片上的照片，对照一下躺在草地上头部残缺不全的尸体，实在想象不出躺在地上的死者就是身份证照片上如此英俊的男人。

"立刻联系西木度假村的工作人员，查查有没有一个叫秦凯的人。"许队长小心翼翼地将身份证重新放回塑料袋内。

"是!"年轻精干的刑警拿着塑料袋迅速地向度假村方向跑去。

半个小时以后,西木度假村的接待大厅里,许队长带着几个刑警迈步进来。歪坐在休息室沙发上的一位中年男子赶紧起身迎接,因为中年男子身形实在是太胖了,他起身的时候皮沙发上现出了一个坑。

"我是度假村的经理,免贵姓查。"胖经理主动伸出胖手,他的额头上沁出了细密的汗。

"我是丁口市公安分局刑警队的队长许磊。"许队长伸出大手礼节性地和查经理握了一下。

"这边坐,这边坐。"查经理热情招呼着办案刑警,他从口袋里掏出香烟递给刑警。

"谢谢,我们不抽。"许磊摆了摆手,开门见山说道,"我们有些问题想问一下查经理。小杨,你做一下记录。"

"好的,许队长。"小杨打开了她的记录本,纤细的手指夹着笔等待着。

"哦,好,好。"查经理把香烟重新放回口袋里面,坐进沙发里面,又从口袋里面掏出一张餐巾纸,在额头上擦了擦。

"在谈话之前,我有件事情要和查经理说一下。"许磊目光炯炯地看着胖经理。

"您说您说。"查经理满脸堆着笑。

"我们刚才通过对现场的勘察,目前可以断定这是一起谋杀案。我们需要经理配合一下,立刻封锁所有上山下山的通道,以便我们顺利排查凶手。"

"哦,这样啊。"胖经理有些犹豫,在沙发里面动了动肥屁股,"许队长,您说死者有没有可能是爬山不小心摔死了?"

许磊脸上浮现出一丝不易察觉的冷笑。他微眯着双眼盯着查经理,"你怎么知道死者是摔死的?"

"哦,许队长,您别误会,是刚才我听门口小四说的。"

"小四是谁?"许磊接着问道。

"小四是我们这边一家农家乐饭庄的小伙计,是他跑回来报案的。"查经理回答。

"真相只有等我们破案以后才能给出,希望查经理现在不要胡乱假设,流言蜚语一定要控制住,请配合一下我们警方的工作。"许磊一脸严肃地和胖经理说着话。

"一定,一定。"胖经理小心翼翼地答应着。其实查经理的心里像是打翻了五味瓶一样。眼看这几年西木度假村的知名度越来越高,他的旅游生意越来越红火。到了旅游旺季,木屋别墅群天天客满啊。如果不提前预订房间的话,那么游客只能是来泡泡温泉做个一日游,山上的房间供不应求。现在突然发生了一起凶杀案,这是查经理不愿意看到的。他宁可相信这是一起游客失足坠落山崖的意外,这样就算度假村要负一部分责任,也只要拿出赔付款就可以了。"现在的社会,用钱能解决的事情就不算是什么大事情。"查经理在脑子里飞快地打着小算盘。但是现在警方已经肯定了这是一起凶杀案,这让他感到沮丧,因为坏的影响很快就会传遍大江南北,带来的负面效应是不可估量的。

十五

刑警队队长

蜿蜒的山间小道像一条蛇盘踞在西木度假村的木屋别墅群边上。在这条狭长的山间小道上一前一后地走着两个人,他们是丁口市公安分局的刑警队队长许磊和他的助手女警察小杨。两个人一边快步向山下走,一边低声交谈。

"小杨,这次西木度假村的血案对我们丁口市的形象影响很大,如果我们不能尽快破案,那么我们刑警队乃至整个公安局分局都会被社会舆论所谴责。"许磊眼睛直视着前方,接着说道,"接下来我们就要展开对相关人员的询问谈话,对接受调查的每个人的询问都要细致到位。要知道,每一个细节都会对我们破案有帮助。"

"我知道了,放心吧,许队长。"小杨二十五六岁,秀气的脸上一股正气,薄薄的嘴唇在寒风中有些泛白。

"有一点你一定要记住,等死者的爱人情绪稳定后再去做询问,她现在正承受着前所未有的打击,精神方面肯定紊乱,这种情况下询问她不是好时机。"许磊说道。

"是,许队长。唉,想想她也真可怜啊,年纪轻轻就失去了丈夫,这以后的日子怎么过呢?"小杨姑娘唉声叹气地同情起张敏来。

"所以啊,我们更应该激发出对犯罪分子强烈的痛恨感。正是因为有了这些丧心病狂的杀人犯,才会导致许多无辜的生命消失,许多幸福的家庭因此而解体。作为人民警察,我们的天职就是尽快破案,抓住犯罪分子,还社会一个安定团结的环境。"许磊说。

"许队长从公安大学进修回来以后,觉悟提高了不少啊。"小姑娘笑着调皮地伸了一下舌头。

"呵呵,这不是大道理,事实就是如此。"许磊被小杨的话逗乐了,露出了微笑。从早上接到报案到现在,许磊还是第一次露出笑容。

是的,作为刑警队队长,许磊一身正气,疾恶如仇。每次在凶案现场看到那些被歹徒杀害的无辜死者,他的内心就会涌上一团怒火,憋在他的心里久久不能平息,一直要等到将罪犯抓捕归案的那一刻许磊心中的郁闷才会得到释放。他痛恨那些杀人不眨眼的恶魔,那些视他人生命如草芥的犯罪分子。他们不仅夺取了无辜者的生命,同时也摧毁了许多家庭的未来。

许磊从小就喜欢看侦探电影和侦探小说,崇拜故事里面的大侦探。他曾经梦想着有朝一日自己能成为中国的福尔摩斯,破获各种稀奇古怪、诡异复杂的案件。十八岁那年许磊参加高考,他毫不犹豫地在高考志愿书上填写了省警校刑事犯罪侦查专业。天遂人愿,他考上了警校并在里面度过了三年美好的时光。在这三年里,许磊认真学习了形式逻辑、现场勘查、犯罪学、犯罪心理学等专业课。他尤其对犯罪心理学这门课程感兴趣,经常思考着一个关于人性的问题:到底是什么原因导致了人类犯罪?这个问题可不简单,这需要对人性进行深入的了解。早在春秋战国时期,诸子百家就对人性善恶展开论战;后来西方形成了系统的犯罪心理学并传入中国。许磊在这些专业学习中汲取了大量的养分,将其用在实际侦查工作中,取得了不错的效果。同时他也在探案过程中总结出很多宝贵的经验,这成为他一笔不小的精神财富。

许磊执行任务的时候胆大而心细。有一次他们接到上级的任务,需要在国道上排查车辆,他带着几个派出所的民警就去了。当一个民警还在查看一个小轿车司机的驾驶证和行驶证的时候,许磊那锐利的目光就盯住了后排的一个乘客,他在脑海里快速地搜索着这张似曾相识的脸。许磊不动声色地暗示了一下同伴,趁那个小轿车上的乘客没有防备的时候突然将其擒获,并在其身上搜出一把"六四"式军用手枪。后来在网上一搜索,原来被抓获的那个犯罪嫌疑人居然是网上通缉的多起抢劫杀人案的在逃犯!许磊因此受到了上级的表彰,荣获三等功。丁口市公安局分局领导对许磊大加赞赏,升他为刑警队的队长,派遣他去中国公安大学深造。这不,许磊学成归来不久就接到了西木度假村的案子。

在赶赴西木度假村的警车里面,许磊望着灰蒙蒙的天空,一个人抽着烟在沉思。在这风景如画的大山里面,究竟发生了怎样的凶案呢?犯罪嫌疑人的犯罪动机会是什么呢?为什么会选择在风景如此优美的西木度假村作案?看着那云雾缭绕的山峰,许磊心中满是疑团。

许磊到达现场,看到那血肉模糊的尸体,他的内心不由地升起了一团怒火。许磊经历过很多凶杀案的现场勘查,死者的脸部特写每每都给他留下了难以磨灭的印象。他对现场的勘查手法与众不同:他一般先是远远地观察死者的遗体以及死者周围的情况,然后再近距离地仔细观察尸体。这样的话,先前看到的那幅先入为主的静止画面会给许磊很多联想。他恍惚中看见死者从地上慢慢站了起来,这时从他身后的黑暗中走出一个身影模糊的凶手,手握一件巨大的利器,就像古时行刑的刽子手一样向死者的头部砍去,死者软软地倒在长满蒿草的地上……

"许队长,你看,接待大厅那里好像出什么事了。"女警小杨用手轻轻拍了一下许磊的肩膀。

"哦。"许磊从刚才的沉思中醒过来,顺着小杨指的方向看了过去。

许磊和他的女助手小杨赶到西木度假村的接待大厅门口的时候,发现一群人围着,不肯散去。

"让一下,大家都让一下。"小杨招呼着。

许磊两手分开人群,走了进去,只见一个身材瘦小的男青年坐在水泥台阶上,怀里抱着一个身穿红色羽绒服的年轻女子。只见她两眼紧闭,脸色苍白,人事不知地躺在男青年的怀里,纤细的手臂耷拉下来。

看到警察走了过来,男青年就像看到救星一样,坐在那儿嚷道:"警察同志,帮个忙吧,我已经快撑不住了。"

"这到底是怎么回事?"许磊冷冷地看着男青年。

"刚才她还好好的,当听到我说出早上那个凶案的死者姓名的时候,她就突然晕倒了。这不,她就昏倒在我身上了。"男青年小王两手仍然搂着古丽莎。

许磊听到小王的话以后,感到这个案件有些蹊跷,他用手习惯地捏了一下自己的下巴。许磊下巴的正中天生有一条深深的凹陷,每次当他思考问题的时候就会下意识地用手指去捏,这应该算是他下意识的一个小动作吧。

"警察同志,你就过来帮帮忙吧,我已经抱了很长时间了,手都发麻了。你看我也不壮实,是吧?这些围观的人看我就像看耍猴的一样,谁也不肯伸手帮忙。我已经打过电话给我的同事了,估计他也快到了。"小王的确很瘦弱,他那秸秆一样的双臂已经开始慢慢向下坠,他已经快承受不住古丽莎身体的重量了。

许磊弯下腰,用手指在女人的鼻子底下试探了一下,然后从小王手上接过古丽莎,强劲有力的大手一抬,抱着女人分开人群就往接待大厅里面走去。他刚刚把女人放在大厅的长沙发上,小杨和小王赶了过来,同时跟来的还有一人,许磊认出他就是总务科的老刘。

"又出了什么事,许队长?"老刘气喘吁吁地问道。

许队长站起身来,转脸看着老刘:"哦,没什么,那个谁——死者的爱人情绪好点了吗?"

"你说张敏啊,她现在又睡过去了,估计一时半会儿醒不过来。"老刘回答道。

"小古怎么啦?"老刘转脸去问小王。

"我哪知道啊?她总是不停地问我早上到底是谁出事了,我就告诉她了,谁知道她听到是秦凯出事了就一下子昏倒了。"小王很无辜的样子。

"是这样啊,都昏过去了?这情形怎么和张敏早上的表现那么像呢?"老刘撇撇嘴,嘀咕着。

虽然老刘的嘀咕声很小,但还是被听觉敏锐的许磊听见了。是啊,当得知丈夫遇难的噩耗,女人的第一反应就是眼前一黑,头顶上的整片天空瞬间变得阴沉暗淡,就像巨大的黑色玻璃急速下沉向女人袭来。早上刑警领着张敏去指认尸体的时候,张敏仅远远地瞥了死者一眼就身体发软,两眼一黑,昏了过去。那么古丽莎为什么会有同样的表现呢?一般来说,听到同事遇难应该不至于这样吧?古丽莎和死者之间到底有什么样的关系?她与这起凶杀案到底有没有联系?许磊一边冷眼观察着周围人的表现,一边在脑中飞快地闪现出这几个问题。

正在这个时候,站在一旁的女警察小杨突然蹦出一句:"看,那姑娘醒了!"

大家纷纷涌到长沙发前,古丽莎已经慢慢地睁开了那双美丽的大眼睛,神情迷惘地看着周围。她默默地坐在沙发上,泪水涟涟,让人心中不由生出怜爱之意。老刘走到她的面前,问道:"小古,你这是怎么了?"

古丽莎默不作声,垂着头,乌黑的秀发披散下来,遮住了整张脸,泪水如珠般落在大理石地面上。

许磊冷静地观察了半天。他向古丽莎走去,坐在她的身边,说道:"小古,我是刑警队的许磊,我想向你了解一些情况。你看现在可以吗?"

古丽莎慢慢地抬起头,用纤细的手指拨开面前的散发。她从口袋里掏出洁白的纸巾在眼角擦了擦,冲着许磊点了点头。

十六
到底是谁杀了他？

西木度假村接待大厅内，一间宽敞的办公室被临时征用，成为案件指挥中心。办公室内，刑警队队长许磊和女警察小杨端坐在办公桌前，古丽莎一个人坐在玻璃茶几边的皮质沙发上。办公室内就他们三个人。许磊默默吸着烟，小杨手执钢笔等待着，古丽莎慢慢摆弄着衣服上的拉链。屋内一片寂静，静得连墙上挂钟发出的"滴滴"声都能听见。

"小古，不要紧张，我们只是想向你了解一下情况。"许磊摁灭了烟头说道。

古丽莎坐在沙发上点了点头。

"我想知道你和死者之间是什么关系。也就是说你和秦凯之间是什么关系。"许磊在提这个问题的时候故意设下了一个小陷阱。既然已经得知死者的身份就是秦凯，那么为什么还要故意区别开来提问古丽莎呢？那是因为许磊想知道当古丽莎听到"死者"和"秦凯"这两个字眼时的不同反应，以便证明他的一些推测。

他那锐利的目光紧紧盯着古丽莎白皙的脸，果然，古丽莎在听到"你和死者之间是什么关系"的时候还能保持镇静，而当听到"秦凯"的姓名时，古丽莎立刻就紧张，不自然，脸上浮现出悲伤的表情。

这微妙的变化被许磊那敏锐的目光捕捉到了。接下去，他又问道："昨天晚上你在哪里？"

古丽莎虽然很不喜欢这样的问话方式，但她是一个受过高等教育的女性，明白这是警察查案的套路。她歪脖想了一会儿，答道："昨晚吃过饭以后我就回住处睡觉了，没做其他什么事。"

"昨晚你和哪些人在一起吃饭？"

"和单位同事。"

"吃完饭后就回去睡觉了？九点还没到就睡觉，可真够早的啊？"许磊奇怪地问道。

"是的，回去以后感觉特别困乏，倒在床上就睡着了，一直到今天早晨才醒。"

"那么今天早晨你是什么时候醒的？能记得准确时间吗？"许磊接着问，小杨在记录本上奋笔疾书。

"具体时间我没有注意，今天早晨醒来的时候你们都已经到了，大概也就是一个小时前吧。"古丽莎回答这个问题的时候心里很痛苦。她宁愿自己没有醒来，没有醒来就不会听到这个噩耗，没有听到这个噩耗她就依然活在自己编织的五彩斑斓的梦里。

"你是一个人住，还是和其他女同事合住一间？"许磊问道。

"就我一个人住单间，其他两个女同事合住一间。"古丽莎幽幽地说道。

"你来到西木度假村以后有没有发现秦凯有什么反常的地方？"许磊接着问道。

"反常?"古丽莎一脸疑惑地看着许磊,不明白他话中的含义。

"嗯,就是和平时不一样的举动或情绪。"许磊从烟盒里抽出一支香烟,在桌上轻轻地敲着。

"没有发现什么不一样,要说有什么不一样的话,那就是他更加关爱他的妻子了。"古丽莎话语中透出丝丝酸楚。

"秦凯生前不关爱他的妻子吗?"许磊对古丽莎的回答感到奇怪。

"这个我并不清楚!"古丽莎对许磊问话中用的"生前"字眼有点反感,她把头扭向一边,两手环抱在胸前,靠在沙发上不说话了。

"老刘,你对秦凯生前和张敏的关系怎么看?"许磊依然坐在办公桌前,小杨低头勤快地记录着。临时指挥中心的办公室里依然是三个人,只不过现在坐在沙发上的是老刘而不是古丽莎。

"这个嘛,夫妻之间争争吵吵很正常的,如果说有点小争吵就说他们夫妻感情不和有点过分,是吧?"老刘并没有正面回答许磊的问题。

"那你说说张敏和秦凯吧,谈点你对他们的印象。"许磊换了种问话的方式。

"张敏这个人很文静,脾气也好,比起现在的一些小姑娘要好得多。你知道,现在有些小姑娘生来娇生惯养,脾气也大,在单位动不动就好生气,不理睬人。"老刘停顿了一下,接着往下说,"张敏在我们单位财务科工作,认真负责,一笔账都没有错过。秦凯嘛,是我们单位生产科科长,工作方面也是没话说,很敬业。秦凯人长得帅,很讨女孩子喜欢,我们都夸他和张敏是天造地设的一对。"

听到老刘说秦凯人长得帅的时候,许磊的脑中不自觉地出现了凶案现场死者那令人恐怖的脸。他从座位上站了起来,踱到长沙发边上，与老刘并排坐着。许磊从口袋里掏出香烟，递给老刘一支，语调平缓地问道："那么，他们夫妇有没有小孩？"

老刘点燃了香烟，说道："他们结婚好几年了，一直没有要小孩。"

"秦凯和张敏平时喜欢小孩吗？"

"喜欢，非常喜欢，只要有同事带着小孩去厂里玩，秦凯都会乐呵呵地抱着小孩逗趣。"老刘吸了一口烟说道。

既然那么喜欢小孩，为什么婚后多年他们夫妇都没有生育自己的孩子呢？这个情况不正常啊，许磊脑中又有疑团出现。

"秦凯平时为人怎么样？我指的不是工作上，而是生活上。"许磊问。

"不错啊，秦凯平时待人很友善，说话客客气气的，没有什么领导的架子，对我们老同志也很尊敬，双休日如果在路上遇见，他都会主动打招呼。"

许磊听到这里，眉头皱了起来。这样一个与人为善的好好先生，平时和人无冤无仇，怎么会惨死他乡呢？看来这里面一定藏着不为人知的秘密。

"秦凯平时和古丽莎有没有什么交往？"许磊问出了关键性的问题，他想从这两人的关系中找出破案的突破口。

"他们平时就是工作上的关系，看不出有什么不寻常的地方。再说小古又是个单身女子，平时都是在外面租房子住，下班后我们就见不着她人了，我对她的私生活状况不太清楚。"老刘小心翼翼地在烟灰缸里摁灭了烟蒂。

"哦！对了，我想起来了。"老刘放下烟头后似乎想起了什么，"我突然想起一件和小古有关的事。"

"哦？什么事？"许磊眼睛放出光芒,精神了起来。小杨也直起腰板,翘首期待着。

"说起来已经过去好几年了。"老刘清了清嗓子说,"有一天,我下班骑着电瓶车出了公司大门,发现不远处有一对男女在拉拉扯扯,我停下车仔细一看,发现那个女的就是古丽莎。"

"那个男的呢?"许磊问。

"那个男的我没见过,好像不是我们厂里的人。"

"那个男的长什么模样,你还记得吗?"许磊似乎摸到了破案的线索。

"这么多年都过去了,那男的长什么模样我哪能记得清,就记得他个头挺高的。要知道小古的身材在女孩子当中就很高挑了,现在的年轻人营养好,个子都高。那个男的估计有一米八,挺瘦的。"

"那个男的有多大年纪?"

"和小古年纪差不多,是个年轻人。"老刘肯定地说。

"那后来呢? 他们看见你了吗?"

"没有,他们没有发现我。后来我就骑车回家了。我不喜欢管别人闲事的。"老刘狡黠地眨了一下眼。

"有意思。"许磊下意识地捏了捏下巴上的深沟,陷入沉思中。

半个小时后,小王拘谨地坐在沙发上,眼神闪烁地望着眼前身穿制服、不怒而威的刑警们。在这次问话中,年轻的刑警小胡也加入进来了。

"小王,你对秦凯的印象怎么样?"许磊还是按照常规套路问话。

"秦科长啊? 我……对他的印象挺好的。"

"平时秦凯为人怎么样？"

"秦科长脾气很好啊，很少与别人闹矛盾。"小王渐渐变得放松起来。

"你来公司有几年了？"

"我来的时间不长，也就三年的时间，还算是新职工。"

"秦凯在近几个月有没有与别人发生过争执？比如说争吵啊，有没有什么过激的言语？"许磊极力想从案件的迷雾中看到一丝光亮。

"让我想想啊。"小王低下头，沉思了片刻，突然抬起头，说道，"我想起一件事，有一天在单位，我去上厕所，听见里面有两个人在激烈地争吵。"

"接着说下去。"许磊愈发感觉到这个案件有些意思了。当你和不同的人在一起谈话的时候，你会发现许多不为人知的秘密，那些隐藏在日常生活背后的个人隐私。如果想要为对方保守秘密，那么随着你知道的故事越多，你就会感到越痛苦。人天生是需要宣泄内心情感的！刑警这行当不好干啊！他们在进行摸排工作过程中，不得不去倾听众人的谈话，同时还要为当事人保守秘密，他们的职责就是要还案件本来的真相。

"我听到厕所里有人在争执，就没再进去，里面两个人说话声音越来越大，我听出来是秦凯和老刘的声音。"小王看了许磊一眼，接着往下说，"老刘好像说：'秦科，我最近手头比较紧，能不能再容我几个月？'秦凯似乎有些生气，说：'都多长时间了？你不仅不还，连一句话都不言语，我哪知道你葫芦里卖的是什么药啊？'后来两个人就出了厕所，不欢而散。"

许磊捏着下巴，歪头看了一下小杨，只见小杨飞快地做着记录,他把目光又转移到小王身上。

"我觉得他们应该是为了钱的事情争吵。"小王补充了一句。

"老刘这个人怎么样?"许磊问道。

"老刘啊,心直口快,快人快语。"

"那他平时有没有什么不良嗜好?"

"那倒没听说,他除了爱喝酒以外,没什么其他爱好。他酒量挺大的,一坐到酒桌前就像打了兴奋剂一样。"

"老刘喜欢赌博吗?"许磊问道。

"据我所知,老刘从来不赌钱。我们有时候打麻将喊他,他头摇得和拨浪鼓一样。他连麻将有'筒、条、万'都搞不清,怎么会赌钱呢?"小王坚决不相信老刘会赌博。

送走小王以后,许磊靠在长沙发上,捏着下巴,用一种迷惑的眼神看着小杨和小胡。小杨和小胡,都没有吭声。许磊陷入一团混沌中。到底是谁杀了秦凯呢?

十七

雪 地 寻 踪

看见许磊坐在沙发里苦思冥想，小杨和小胡悄悄起身，推开办公室的门走了出去。

"这起案件真是有点诡异啊，把我们的许大队长都难住了。"小杨说道。

"是啊，我也不忍去打扰他的思考，我本人觉得老刘有作案动机。古语说'人为财死，鸟为食亡'嘛。很多案件到最后发现凶手都是为了钱财而动了杀机。老刘肯定是借了秦凯一大笔钱，想赖账不还，趁着这次外出旅游的时候找个机会杀了秦凯。"小胡显然刚才认真地听了许磊和小王的问话，做了一些逻辑上的推断。

"不错啊，小胡，你还真有点福尔摩斯的味道呢。"小杨笑嘻嘻地和小胡开着玩笑。

这个时候，办公室的门被打开了，许磊那高大的身影出现在他们的面前。

"走，我们再去案发现场看看。"许磊风风火火地走在最前面，两个年轻的警察紧紧跟在后面。

西木度假村的上空一片灰色,天气极为阴冷,屋檐上残留的积雪似乎正在等待又一场大雪的来临。三人穿过度假村那美丽的别墅群,快速地行走在山间小道上。

"许队长,我们好像不是往发现死者的那条路去啊,我们这是要去哪儿?"小胡提出了疑问。小杨看着他,耸了耸肩。

"到了你们就会知道了。"许磊头也不回,大步向前走。

许磊一边沿着小道走着,一边观察周围的地形。他们三人沿着山脉越走越高,等到他们气喘吁吁地走了二十多分钟以后,小胡这才发现他们来到了一处悬崖边缘。

许磊放慢了脚步,小心翼翼地站在悬崖边,探头向下面看去。

"小胡,你也看看下面。"许磊表情怪异地冲着年轻的刑警说道。

"幸好我没有恐高症。"小胡嘀咕着,满脸狐疑地挪着步子来到悬崖边缘,探身向下看去。

"咦? 许队长,悬崖下面不就是我们发现死者的山谷吗?"小胡向下一看,发出惊奇的声音。

从悬崖上面看下去,底下的景色一目了然。下面正是发现死者的深谷,就是那个长满蒿草的深谷,一片土黄色的蒿草覆盖在黑色的土地上。从悬崖上望下去,秦凯似乎依然安静地躺在那片黑色中。其实死者的尸体现在已经被运到丁口市公安局分局做法医鉴定去了。

"现在我们三个人在悬崖上面仔细地搜查一下,看看能不能找到蛛丝马迹,我敢断定深谷绝对不是第一案发现场!"许磊果敢地做出自己的判断。

三人在悬崖上面弯着腰,仔细地做着地毯式搜寻。许磊手执放大镜,一会儿在树丛里眯着眼看看树根,一会儿趴在地上检查地面上的泥印。他站起身来,拍拍身上的泥土,看着悬崖上的岩石沉思。许磊幻想着那些灰色冰冷的岩石以及成片的树林能够开口说话,告诉他这里曾经发生了怎样惊天动地的血案。

"看! 在这儿!"小胡突然兴奋地嚷了起来。

许磊和小杨赶紧走到小胡的身边。"你们看,这棵树的树根那儿。"小胡指着一棵树说道。

许磊蹲下身,用放大镜在树根处查看,只见有一团乳胶一般的东西,白里透黑地黏在树根上,树根上还附着一些暗红发黑的凝固血块。许磊顺着树根望去,发现泥土地上有两条长长的浅沟一直延伸到树林的深处。

"这里肯定有人拖拽过重物,要不怎么会留下两条浅沟呢。"小胡的脸上兴奋地泛起红晕,"一定是凶手拖拽尸体留下的。"

"那个白色乳胶状的不会是……"小杨扭头想吐。

许磊用食指沾了点树根上的胶状物,再用拇指将其磨匀,放在鼻下闻着。

"有股腥味,应该是在拖拽过程中从尸体里面流出的。"许磊站起身来,长吁了一口气,做出了判断,"现在可以肯定,下面深谷绝对不是第一案发现场,真正的案发现场我们一定要找到!"

"许队长,那我们现在该怎么做呢?"小杨仰着脸看着许磊。

"这样吧,你和小胡去度假村那边调查一下。去48号别墅看看死者的爱人清醒过来没有,如果她情绪稳定,你们可以先按照常规方法询问一下秦凯死前的精神状况以及行为情况,她是最了解死者的一个人了。这边我继续搜索作案现场。"许磊简单地做了一下安排。

"好的,许队长。"两个年轻的警察急匆匆往别墅区去了。

看着两人的背影渐渐地消失在自己的视野里,许磊转身又蹲在树根边,眯着眼睛看着那两条浅沟。他想象着一个身形彪悍的黑影在夜色的掩护下,拖着一个重重的躯体艰难地走过泥土地。躯体已经完全没有生命迹象,它那两条曾经结实有力的大腿已经和两条粗木桩没有什么区别,在泥土地上无力地划出浅浅的痕迹。凶手一路拖拽着死者来到了悬崖上面,蹲下,用力地将死者的躯体蹬了下去……

"哦,太可怕了。"许磊收回思绪,站起身来,沿着那两条浅浅的痕迹慢慢走进树林的深处。树林里面光线显得更加昏暗,许磊抬头向上看着,阴郁的天空已经被树木那茂密的枝叶遮住了。严冬带走了大地最后的一丝热气,一股寒气从脚上直窜心底。许磊竖起警服的衣领,借此来抵御寒意的侵袭。他脚步踯躅,弯着腰沿着浅沟向前走去,他一路搜寻着有价值的线索。当刑警队队长许磊走到树林的深处时,他停了下来。

"咦?那两条浅沟怎么没有了呢?"许磊纳闷了。

两条由物体被拖拽留下的痕迹不见了!消失了!不过许磊很快就有了新的发现——地面上隐约可见一串浅浅的鞋印。一般来说,人们脚上穿的不管是运动鞋也好,皮鞋也好,高跟鞋也好,踏在泥地上都会留下鞋底的纹路。奇怪的是,树林里面那神秘的鞋印居然没有纹路!

许磊蹲在地上,以手作尺,比划着脚印的大小,借此来估算脚印主人的身高。"大约是一双四十二三码的鞋子,这个人身高不矮啊。"许磊暗自思忖着。

许磊直起身来,双手叉着腰,动作轻柔地来回扭动着。"该不是要变天了吧?"许磊自言自语。他的腰曾经受过伤,一遇到阴雨天气或者气温骤降前夕就会隐隐作痛,真是比气象台的天气预报还要准啊!

突然,许磊发现不远处有东西在飘动。他赶紧拨开头顶上的枝叶走了过去,仔细一看,原来是一条布带挂在树枝上在风中飘荡。许磊大手一伸,摘下布条,这是一条黄色的布条,大约十厘米长,具有不规则的毛边。"它是怎么跑到这儿来的呢?不可能是自己长翅膀飞进树林里面来的啊。"许磊看着手中的黄色布条,自言自语。

这个时候,许磊猛地感觉到脖颈里面一麻,凉凉的,湿湿的,他用手摸了摸——是水。他抬头看天,发现正有许多白色的絮状物犹如天女散花般轻盈地飘落下来——西木度假村已经开始下雪了!

得抓紧了!许磊把那条黄丝带小心地揣进警服口袋,加快脚步继续向前搜查。

当许磊终于走出树林的时候,地面上已被染白。天空中鹅毛般的雪花随着寒风在空中打着旋飞舞着,远远看去就像一个神秘的舞者身着白色的礼服在雪中跳着舞。

透过片片飘散的雪花,许磊朦朦胧胧地发现不远处矗立着许多别墅住宅。他走近一看,发现那是一个尚未竣工的别墅群。一条宽广的街道从别墅群中间穿过,两旁的街灯是那种复古的煤气灯形状。抬眼望去,街道上欧式风格的建筑、层次丰富的复式楼房、高耸的尖顶屋檐在漫天飞舞的大雪中显得神秘莫测。

十八
神秘的别墅

许磊孤独地走在漫天飞舞的雪地里,偌大的别墅群内没有丝毫人气,杳无声息,这让他感到有些茫然和苦恼。突如其来的大雪已经染白了一切,为大地铺上了一层薄薄的白色毯子,这对刑警队队长来说可不是件好事情。因为大雪在净化大地的同时也掩盖了地面上众多的痕迹,使他的搜索工作陷入了困境。

洁白的雪花纷纷扬扬地落在许磊身上,将其变成雪人。许磊用手抹去脸上的雪花,从口袋里掏出香烟准备点燃。这时,从别墅群的深处隐隐地传来了"咚咚咚"的声音。这个时候还有人在放音乐?许磊一脸困惑,把烟卷重新放回烟盒,朝着音乐传来的方向走去。

这个没有完工的别墅群建造在西木山岭的另外一头,也属于西木度假村的范围,目前尚未对外开放,它的一端和西木风情园是相接的。

许磊辨别出这是一首欢快的迪斯科舞曲。他起初认为这是建筑工人们在停工休闲时播放着玩玩,但是他慢步走过一幢幢死气沉沉的别墅时,连一个人影都没有发现!成堆的石子和黄沙堆放在门前屋后,废弃的钢筋和木板横七竖八地散乱在地上。刑警队队长许磊继续循着音乐传来的方向走进了别墅群的深处。一路上,音乐随着寒风飘飘忽忽,在漫天大雪里时有时无。许磊竖着耳朵追寻了一段路以后,音乐声忽然停止了,抛下许磊一个人杵在那儿。

音乐声怎么会没有了呢?许磊揉了揉通红的耳朵,怅然若失地环顾四周。这个时候,虚无缥缈的音乐声又从许磊的身后飘荡过来。许磊转过身来,方才明白:原来这是山脚下的西木风情园传来的舞曲音乐,在山谷百转千回。

真是浪费我的宝贵时间!许磊微微地苦笑一下。他径直走向左边的一间别墅,站在门前的台阶上,从口袋里掏出香烟点燃。他望着袅袅升起的烟皱起眉头:搜查工作就这么轻易被雪天所耽搁了?他感慨着大自然的力量。

许磊疲惫地倚靠在木屋的门框上吸着烟,无奈地瞅着外面的雪景。他低下头的时候突然在门边发现了一个烟蒂,他弯腰捡起烟蒂,放在眼前转动着。"香烟?"许磊自言自语。这是建筑工人们随手乱扔的烟头?是工人们抽的烟头?还是游客们留下的?职业性的习惯让许磊脑子飞快地闪现出一个又一个问号。这里离度假村已经相当远了,游客怎么会到这里来呢?

这支小小的烟头引起了刑警队队长的注意,他开始重新审视这间尚未完工的别墅了。许磊站在客厅的中央向四周环视:虽然说尚未完工,但是房屋的地面已经铺上了木质地板。四壁雪白的墙上露出一个个小洞,电工们排线布置的红红绿绿的线头从里面探了出来。许磊踩在地板上,发出"吱吱"的声音,他沿着屋内长长的走廊缓缓地走着。在走廊的尽头,他发现了一个旋转向下的扶梯,扶梯周围的光线比较昏暗,狭长的扶梯台阶将黑暗一直延伸到底层的地下室里。许磊从口袋里掏出微型手电筒,手电筒发出耀眼的光柱指引着他慢慢地走到地下室去了。这是一间宽敞的地下室,地面上铺设了清漆地板。这里没有放置任何家具,显得空空荡荡。当许磊刚刚踏进那间地下室的时候,就有股阴森森的冷风向他袭来,空气中弥漫着呛人的灰尘味,但是许磊似乎闻到一股腥湿的味道夹杂在其中。

许磊摸到墙壁上的电灯开关,"啪"的一声,白炽灯亮了。但是屋内的光线却没有明亮多少,白炽吊灯在黄色光晕的笼罩下显得死气沉沉。站在屋子的中央,许磊警觉到了有股异样的味道充斥着整个空间。他的心跳开始加速,毛孔扩张,汗毛似乎都竖了起来。这种令人恐惧的感觉他以前也有过,那是他参与调查一些恐怖残忍的凶杀现场的时候才会有的,但是眼前这间空荡荡的地下室怎么也会散发出如此邪恶异常的味道呢？难道……？

许磊手持手电筒,蹲下身体,仔细检查着屋内的情况。在某些时候,观察者如果适当降低一下高度,将视线尽量贴近地面,就会发现一些不易察觉的细节。手电筒的光柱就像灯塔上的探照灯一样照着地面,许磊的视线随着光柱巡视着。终于他发现了蛛丝马迹——在屋内墙角的地板上居然铺上了一层水泥！"奇怪！屋内既然木地板都已经铺设好了,这里怎么还会有一层水泥呢？"许磊走近墙角,自言自语。他蹲下身来,将掌心贴在水泥表面上,还是湿乎乎的。没错！这层水泥是新铺上去的！

许磊直起身来,环顾四周,然后转身走了出去。不一会儿,他满身雪花地从屋外捡了个断把铁锹走了进来。许磊脱下外衣,跪在那块新鲜的水泥印迹旁边,小心翼翼地用铁锹锋利的边缘一点点地去铲那层水泥块。他用铁锹慢慢揭起一块水泥,拿在手上端详着,发现有一片黑色的印迹在水泥块的底部。低头看,地板上更是附着大片的黑褐色。许磊忽然意识到他目前的工作具有重要的意义,他的直觉告诉他:这就是第一案发现场!

当他跪在地板上,小心谨慎地将水泥块全部揭起来的时候,他已经是汗流浃背了。他站起身来,后退了两步,揉了揉已经麻木的大腿和酸胀的膝盖。他捡起警服,从里面掏出香烟,点上一支,目光始终停留在墙角的那块刚才还被水泥覆盖的地面上。许磊退到门边,两眼死死盯着已经被灰尘和水泥掩盖过的有些黑褐色的印迹。他仿佛看见眼前赫然躺着一具尸体,暗红色的血液正从死者身上向外流淌,沿着地板上的缝隙四处漫延。

许磊掏出手机,拨通了电话:"喂,技术科吗? 我是许磊,你们赶紧派人到西木度假村来一趟。对,带上工具,要快!"

十九
可怜的女人

时间在一点一滴地逝去，木屋里十分宁静。刑警小胡双手捧着茶杯，小心翼翼地放在茶几上。他生怕发出任何一点响声都会惊吓到对面的那位披头散发的女人。

西木度假村山顶上的独栋别墅内，卧室里挤满了人。女主人张敏就像一只受了重伤的小动物一样，无力地瘫坐在床上。张敏头发散乱，眼睛红肿得像个桃子，让人心生怜悯。陪着她坐在床边的是热心体贴的女同事小芳，女警察小杨和她的同事小胡默默坐在对面沙发上。小杨手执写字笔，静静地望着眼前这位刚刚遭遇不幸的女人。此时，小杨内心极其复杂，她对于张敏失去亲人的遭遇深感到同情，不忍心在这个不恰当的时候对这个可怜的女人进行调查。小杨甚至想搁下手中的笔和本子，走到床前，拥抱着张敏陪着她一起流泪。

有人说"只有女人最懂女人"，这句话在某些时候的确是很有道理的。无论从生理上还是心理上，女人是最懂得女人的苦楚的。

　　可怜的小女人张敏,几天前还开开心心地随同她的丈夫一起到这犹如水墨画般的山区来度假。秦凯在她遭遇到意外时的表现让张敏对夫君倍增爱意。昨天晚上夫妻俩还其乐融融地在小饭庄里共进晚餐,在48号别墅里共度良宵。怎么今天一觉醒来就会阴阳两隔呢? 这,到底是怎么回事?

　　屋内的气氛凝重。张敏坐在床前,脑袋耷拉着,两眼无神地看着窗外。两位年轻的刑警坐在沙发里不忍去打扰这位心灵受伤的女子。正在这个时候,"咚咚咚",屋外传来了敲门声,这紧张的敲门声打破了沉闷的气氛。

　　小胡走出卧室,来到门前,拉开门一看,刑警队队长许磊那高大的身影逆光出现在48号别墅的大门前。

　　"队长,瞧你身上,到处都是雪啊。"小胡赶忙用手拍打着许磊背上的雪花。

　　"谢谢你,我没事。"许磊冲着小胡笑了笑,转而低声地问道,"张敏的情况怎么样了?"

　　"她已经醒了,就是精神状况还不太稳定。"小胡小声地向队长汇报。

　　许磊听到小胡的话,大手一挥,两个人大步走进了卧室。

　　许磊走进卧室,颔首向屋里人打招呼,然后就坐在沙发里,正对着张敏。床上的女人微微抬起头,透过散乱的头发打量着眼前的男子,那双悲伤的眼睛里面闪烁出一种迷离的目光。

　　"嗯,你好,我是刑警队队长许磊。我知道你心里很难过,既然我们不能改变事实,那请你还是节哀顺变吧。有些问题我想问问你,你的回答对于我们来说很重要,对破案有很大的帮助。希望你能配合我们一下,好吗?"许磊尽量柔声细语地表达他的意思,透着一种与硬汉形象不符的柔情。

听到许磊的话语,张敏慢慢地坐正了身体,她双手将散乱的头发向脑后捋了一下,简短而沙哑地回答:"问吧。"

"我出去倒点水。"小胡不忍听到张敏那凄惨的声音,站起身来。

"昨晚你和秦凯在哪里?"许磊开始例行公事了,小杨在一旁认真记录着。

"昨天……晚上……"张敏摇了摇头,似乎脑中混沌不清。

"昨天……晚上,我和秦凯……在一起吃的饭。"张敏皱着眉头,痛苦地回忆着,似乎她每说一句话、一个字都像是有无数的钢针刺在心上让她痛苦不堪。她喃喃自语:"大黄狗,有条大黄狗……"

"大黄狗? 什么大黄狗?"许磊听得莫名其妙。

"我们在一起吃饭的时候,有条大黄狗在边上转来转去。"张敏眼睛呆滞地盯着窗外,神经有些错乱。

"那吃完饭呢?"

"吃完饭?"张敏出神地看着窗外,"吃完饭我们就回家了啊。"

"回家?"

"是啊,这里不就是我们的家吗?"张敏悻悻地反问道。她神情怪异地把视线慢慢从窗外转移到许磊的脸上。

许磊紧张地看着张敏的神情,猛然意识到眼前这个女人仍然处于一种失常状态中。张敏尚未从巨大的悲痛中走出来! 他想暂停这样的问话了,但是转念一想,时间紧迫,从接到报案到现在已经大半天过去了。对于他们来说,想尽快抓住犯罪嫌疑人就必须与时间赛跑!

"嗯,回到家中以后发生了什么事情?"许磊顺着张敏的思路接着问道。小杨停下笔,美丽的长睫毛向队长眨了眨。许磊示意她继续往下记录。

"秦凯啊,他对我可好了。回来以后,我们还在一起洗澡的呢,阿凯还为我擦背呢。"张敏脸上忽然泛起红晕,低头玩弄着自己的发梢,但是脑子里面的意识极端混乱。女性特有的矜持如堤坝被洪水冲垮了,说起话来没遮没拦了。一旁的同事小芳垂泪拉着她的手:"别这样,张姐,别这样。"

许磊闭上眼睛,用手指轻轻揉着疲倦的眼睑,抛出一个关键的问题:"你最后一次见到秦凯是什么时候?"

"是什么时候?"许磊忽然睁开眼,大声重复一遍,他企图用外界的干扰来唤醒张敏的意识。

这一招似乎起到了效果,张敏闻声浑身一抖,目光茫然地看着许磊。

"你最后一次见到秦凯是什么时候?"许磊再次发问。

"昨晚我躺在秦凯的怀里迷迷糊糊地睡着了,后来……我就没见到他了。"张敏的思路忽然变得清晰起来。

"一直到今天早晨有人通知你去认尸,这之前你再也没见过他吗?"许磊看着张敏恢复了正常,赶紧将一些难以开口的问题提了出来。

当张敏听到"认尸"两个字的时候,她两手将耳朵捂了起来,头摇得像拨浪鼓一样,厉声地喊道:"我不听! 我不听!"

这时候,许磊为自己急于求成感到后悔。如果张敏的神经再受到刺激,那么这次问话将会一无所获。

猛然,张敏停止了歇斯底里,她用一种神秘的眼光盯着许磊的眼睛,声音沙哑而且带有一种邪气地说道:"我知道……"

"你知道什么?"许磊被张敏盯得心里发毛。

"我知道……秦凯没有死。"张敏一边说着,一边挣扎着要从床上下来。

许磊顿时感到头皮一麻,一种寒意从脚下升起。虽然屋里空调的温度很高,他还是感到浑身过电般起了鸡皮疙瘩。

"昨天半夜里,我睡得迷迷糊糊的时候,听见有人在客厅里面走动。"张敏的思维涣散不堪。

"哦? 有人在客厅里走动?"许磊用手使劲地捏着下巴。

"我摸了摸身旁,没有人。"张敏眼睛里闪烁着奇怪的光。

"秦凯不在床上?"许磊有兴趣了。

"嗯,他不在床上。我随口就喊了一声'秦凯',客厅里面传来了一声回应'嗯'。"张敏脸上浮现出了诡异的笑容。

"你能肯定那个回应声就是秦凯的?"

"虽然没有开灯,但是我听出来了,那肯定是秦凯的声音。"张敏挣扎着下了床,慢慢地转身面向大家。她消瘦的肩膀微微颤抖着,声音哽咽地说着:"我和秦凯做了七年的夫妻……"

听着张敏怪异的语调,许磊这才感觉到一些不太对劲。张敏一边说着话,一边静悄悄地往门外挪动。"秦凯没有死! 我知道秦凯还活着! 我要去找他!"突然,张敏张开枯瘦的双臂,歇斯底里发作起来。

小杨赶紧丢下手中的笔和本子,和小芳一起拦住了张敏,连哄带骗把她重新扶回床上。张敏眼泪汪汪挣扎了好一会儿,最终还是安静了下来。小杨回眸,瞪了一眼许磊,眼神中带了些许责怪的意思。许磊脸色铁青,一言不发,从沙发上站了起来,慢慢走出卧室。

二十

队长有点兴奋

许磊沮丧地踱出了那所高大的建筑物——48号独栋别墅。这个时候,屋外的降雪已经小了很多,只有零零星星的小雪花在空中随风飘散,屋外已是白雪皑皑的美丽风景。一场突如其来的漫天大雪已经将西木山岭地区染成了一片纯洁的白色。

别墅的大门"吱呀"一声被推开,小胡走了出来。他低着头走到许磊面前,从口袋里面掏出香烟,递给许磊一支,然后抬眼看着雪景,面色凝重地说道:"许队长,张敏已经睡着了。"

许磊点燃香烟,转身面向白茫茫的雪景沉思着。他需要在这冷风中清醒地梳理一下思路。是啊,刚才他急于求成了!原本张敏渐渐恢复了平静,可惜他在提问的时候不小心又触及那个伤心女人的软肋,导致张敏的神经又开始错乱起来。不过,刚才张敏在发作前说的那一段犹如梦呓一般的话引起了许磊的重视。张敏说的到底是真是假呢?这段话有没有深刻的含义呢?

许磊感觉心烦意乱。他深吸了一口烟,用手轻轻地拍了拍脑袋,想让大脑快速地冷静下来,能在这个离奇的凶杀案迷雾中撕开突破口。

就在这个时候,许磊的手机响了。他接通,说:"喂,对。我是许磊……哦,你们到了,是吧?在哪里?好的,我马上赶过来。"

许磊挂断电话,转脸对小胡说:"技术科的人已经到度假村的接待大厅了,我下山去迎接他们。你呢,和小杨留在这里,整理一下笔录,一个小时后我们在接待大厅碰头。"说完,许磊竖起衣领,向山下赶去。

一个小时后,接待大厅的办公室内,年轻的警察小胡和女警察小杨坐在沙发上焦急等待着。他们的队长已经领着技术科的人员去了后山另外一边尚未建成的别墅群。他们去那里干吗?队长肯定在那里发现了什么。为什么不带我们去呢?是不是嫌我们经验太少?小杨坐在沙发里噘着嘴,一头雾水地看着墙上的石英钟,脑子里面胡思乱想着。

"咣当"一声,门被推开了,许磊满脸红光,冲了进来。

"怎么样了?许队长,发现什么没有?"小杨迫切问道。

"别急,听我慢慢说啊。"许磊一扫刚才在48号别墅的郁闷心情,脸上露出了笑容,"容我先喝口水啊。"

许磊拧开水杯,"咕咚咕咚"一饮而尽。然后,他不紧不慢地走到办公桌前,点上一支烟,然后转过身,面对两个年轻人说道:"我告诉你们啊,果然不出我的意料,那个山谷蒿草地不是案发第一现场。"

"哦?"小胡摸了一下后脑勺,"那会是哪儿啊?"

"你们还记得早晨的事吧?我们在悬崖边上分手以后,我沿着树林慢慢巡查过去,你猜怎么着?原来那片树林的尽头竟然还有一个别墅群。"许磊拎起水瓶,向茶杯里倒着水。

"原来树林后面还真别有洞天啊。"小杨噘着嘴语调轻快地调侃着,她为许队长没带上她去第一现场生着闷气。

许磊瞥了她一眼,心里想着:小姑娘就是小姑娘啊,脾气大,爱耍个小性子,你看,这公主脾气都发到我头上来了。"别有洞天",你以为我们是来旅游的啊?

许磊没有理会小杨的不满,接着往下说道:"那里的别墅还没有建好,目前只能说是一个施工地点,我在其中的一间别墅的地下室发现了蛛丝马迹。技术科的人已经做过现场勘查了。他们利用多波段光源在一个断把铁锹上发现了几枚指纹,他们采样了,等到了局里再做比对。另外还有个让人兴奋的事情,就是在那间地下室的地面上发现了大面积的血迹,技术科的人也已经取样带回去做化验了。"

"那血迹肯定是受害者的,而那铁锹上的指纹一定就是凶手的。"小胡两眼闪着兴奋的光芒,嘴里高兴地嚷嚷,"这个血案可总算有线索了!"

"这个还需要等技术科的检验报告出来才知道。"许磊显然很高兴,他微笑着冲着小胡抛过一支烟,自己也取出一支含在嘴里。

小杨站了起来,嘟着个嘴:"抽!抽!你们就知道抽!现在都几点了?你们没有感觉到肚子在'咕咕'叫吗?我到现在还没有吃午饭呢。"

许磊低头看了一下腕表,从嘴里取出香烟放回烟盒里,冲着小杨一笑:"哦,是不早了,都快下午两点了。经你这么一说,我还真感觉到有些饿了呢。不好意思啊,害得你们也跟着我挨饿。那我们赶紧先出去吃饭吧,这顿我来请。"

许磊说这话的时候眼睛放着光,脸上现出灿烂的笑容。他为自己在如此恶劣天气中能够找到第一案发现场感到兴奋。技术科的同志已经确定那尚未建成的别墅地下室就是第一现场。既然第一案发现场已经找到了，技术科的人员也在现场收集到了不少的证据，那么现在他只要等到结果一出来，就可以按图索骥去捉拿犯罪嫌疑人了。

三个人饥肠辘辘地来到了西木度假村的餐厅。这个时候餐厅早已没有客人用餐了，服务员在角落里玩着手机游戏。三个身着警服的人穿过空荡荡的餐厅，来到临窗的座位上。

"服务员。"许磊招呼着。

一个身着白色工作服的小伙子探头向这边看了看，走了过来。

"请问有什么可以帮忙的吗？"小伙子看着三人身着警服，拘谨地问道。

"哦，你能给我们三个人弄点吃的吗？"许磊站起来，声音洪亮地说道。

"扬州炒饭怎么样？现在就剩下这个了。"小伙子看了一眼许磊。

许磊看了看小杨和小胡，见他们没有什么异议，笑道："快点炒啊，我们都饿了。"

小伙子转身消失了。许磊转脸去欣赏窗外的风景。窗外层峦叠嶂，白雪皑皑，太阳好像害羞的姑娘，扭扭捏捏地从云层中露出了笑脸。阳光倾泻在茫茫的雪地上，折射出的光线格外耀眼。临窗而坐的许磊感到光线有些晃眼，将视线重新转回餐厅里。对面坐着的小杨和小胡正低声聊得起劲。许磊嘴角露出了不易察觉的微笑，年轻男女相处在一起，就是有聊不完的话题啊，如果继续相处下去，他们的感情就会加深，直至坠入爱河。男女近距离的接触,迟早会迸发出爱情的火花!

　　许磊将视线从他俩身上移开,开始打量起这间空荡荡的餐厅。餐厅内,餐桌已经被服务员收拾得干干净净,椅子也都码放得整整齐齐。高大的落地空调早已停机,餐厅里显得格外清冷。忽然,许磊的眼角不经意地扫到了一个人影,预感告诉自己那个人也正在盯着他!

二十一

第　六　感

　　站在餐厅送菜口处,小伙子远远地看着这三个身着藏青色警服的人坐在临窗的座位上谈话。他歪着脑袋,瞪着眼睛看着那个正望着窗外雪景出神的大高个,那个有着老鹰般锐利目光的高个子给他的印象很深。正因为小伙子自己身高仅仅一米六五,为此连续谈了三个女朋友都黄了,所以高大威猛的男子成为小伙子羡慕注意的对象了。

　　方才许磊起身和他说话的时候,那高大威严的气势震慑了他。同时,他不由得想起了昨天下午在餐厅遇见的那个人。那个人也是如许磊这般的高身材,也是坐在窗前,看着外面的山岭景色出神,此情此景竟然是如此相似。

　　当许磊的眼神从窗外回到餐厅里,又从餐厅的桌椅上扫到他身上的时候,小伙子被许磊那锐利的目光刺得有点发寒。他赶紧缩回脑袋,躲到厨房里去了。

　　一会儿,小伙子端出一个大的托盘,走到三人面前:

　　"你们的扬州炒饭。"

　　小伙子一盘接一盘从大托盘里取出三碗炒饭。许磊坐在椅子上,眯着眼睛盯着小伙子的脸,仿佛能猜到他脑中正在想些什么。

　　小伙子被盯得浑身发毛,匆匆说了一声:"请慢用!"慌慌张张离开了。

　　"许队长,您下次看人的时候眼神别那么凶巴巴的,"小杨一边拿起筷子,摆开架势准备吃饭,一边和队长开着玩笑,"瞧把他吓的。您看个服务员也和审讯犯人一样。"

　　许磊把自己的盘子拉到面前,并没有急着动筷子。他不置可否地冲两位年轻的警察笑了笑:

　　"你们相信第六感吗?"

　　"唔?什么第六感?就是老婆总是怀疑丈夫对她不忠的那种感觉叫第六感?"小胡嘴里包着饭,含混不清地说着。

　　"你就踏踏实实地吃饭吧,那叫第六感吗?那是猜疑!和第六感不搭界。"许磊笑着摆了摆手。

　　"什么叫作第六感啊,让我来给你们补补课吧。"许磊从口袋里取出烟盒,取出一支点燃。在烟雾缭绕中,许磊表情神秘地说道:

　　"一般来说啊,'第六感'有点像我们常说的那个词——直觉。当然,和"直觉"类似的词语还有'预感''灵感''洞察力'等等,只不过'第六感'和'直觉'更加吻合。"

　　许磊瞥了一眼狼吞虎咽的小杨和小胡,微微皱了一下眉头,吐出一口烟雾,继续说道:

　　"那么什么是直觉呢?直觉就是没有使用五官反射作用的感觉。在这点上面,'第六感'和'潜意识'在定义方法上是相同的。西方心理学家认为,意识是通过五种感官……小胡,你知道是哪五种感官吗?"

　　许磊感到有些无趣,因为面前这两位听众对他深奥的理论提不起精神,他们对扬州炒饭的兴趣似乎更大一点。许磊故意顿了顿,冷不防提出了问题。

　　"啊? 您说什么? 许队长,等等,我先喝点水。"小胡估计是饿坏了,嘴里的饭还没有完全咽下去,猛一听到队长的问题,有点噎着了。他伸手去拿水杯喝水。

　　"别急,我问,你知道五种感官吗?"许磊笑笑,手执烟头伸进烟灰缸里使劲地摁灭。

　　"五种感官是吧? 我想想啊,这还不容易,眼、耳、口、鼻、舌。小时候奶奶就和我说过的。"小胡得意地冲着小杨笑了一下,潜台词是:怎么样? 我有知识吧?

　　"你说的那是'五官',而不是'五种感官'。五种感官指的是听觉、视觉、嗅觉、味觉和触觉。意识是通过五种感官来接收外在的刺激,然后整理分析,最后确实认知。潜意识则会接收到更多意识层面所遗漏的东西,它们不是通过语言或逻辑推理而得到的。这些信息长年累月地储存在我们的大脑里面,是我们所不曾察觉的。但当它们浮现到意识层面,成为一种可以辨认的感觉时,就是我们所说的'直觉'或者叫作'第六感'。"

　　许磊说完自己有关心理学方面的知识,再看小杨和小胡张大着嘴,一副似懂非懂的样子,笑了起来:"呵呵,心理学知识对于我们刑警来说,有着不可比拟的重要性,对于我们揣摩罪犯的犯罪心理有好处。小胡啊,平时还是要多读读这方面的书啊。"

　　"您说的这个理论也太高深了! 许队长。"小杨为小胡打抱不平起来。

　　"理论是有些高深复杂,但是结合实际工作,加以运用,熟能生巧,自然而然就成为你自己的本事了。比如说刚才,我的直觉就告诉我,那个年轻的服务员肯定和秦凯接触过。"许磊说。

"真的啊?你是怎么看出来的呢?"小胡张大着嘴,难以置信。

"第六感。"许磊神秘地冲他们一笑,用手指了指脑袋,"从这里得出的结论。"

"哦,好神奇哦!难怪我们许队长能够侦破一些扑朔迷离的案子呢,原来善于运用犯罪心理学啊。"小杨双手抱拳放在胸前做敬佩状,仰慕地冲着许磊打趣道,"我们应该称许队长为'中国的汉尼拔博士',咯咯咯。"小杨忍不住笑了出来。

"好了,你们就不要给我戴高帽子了,我可不是那个变态的食人狂魔。"许磊随着小杨银铃般的笑声笑了。

"什么是'汉尼拔博士啊?"小胡在一边没有听懂,傻傻地问着许磊。

许磊狡黠地看了一眼小杨,转脸向小胡说道:"改天啊,让小杨给你找一部美国电影《沉默的羔羊》看看,你就明白了,不懂的地方再请教一下我们的小杨老师。"

女警察小杨听出了许磊弦外之音,不好意思地低下了头,两片红云飘上了姑娘的脸颊。

就在小胡丈二和尚摸不着头脑的时候,许磊说话了:"你们两个都吃好了吗?吃好了就回去一趟,问问技术科化验结果出来没有。我呢,打算和那位小伙子好好谈谈。"

说完,许磊又点燃了一支烟,视线又转回窗外的雪景上了。

二十二
与服务员的对话

　　冬季的阳光是多么令人珍惜啊！刚刚还露出笑脸的太阳很快就矜持地躲进云层的深处去了。山岭深处的雾气就像仙女的霓裳一样飘飘而来，遮住了整个山谷。许磊坐在餐厅临窗的位置上，出神地看着窗外。

　　这个时候，那个服务员换了一套休闲的服装走了过来，站在一边拘谨地问道：

　　"警察同志，听说您找我？"

　　许磊收回思绪，把视线从窗外转移到小伙子身上，顿了一下，然后招呼着：

　　"哦，对。我只是想和你聊聊天，谈一谈，没有什么其他的意思，不要紧张啊。来，坐，坐。"

　　小伙子拘谨地挨着桌子坐了下来，两只手乖乖地放在桌子上面，像一个挨训的小学生。

　　许磊看出小伙子有些紧张，就从烟盒里取出一支香烟递了过去：

"不要紧张，我们就像聊家常一样聊会儿天。喏，来一支。"

"谢谢！我，我不会吸烟。"小伙子连忙摆手，客气地说道。

"你不会吸烟啊？真的？在我看来，你不仅会吸烟，而且还是个烟瘾不小的老烟枪呢。"许磊笑眯眯地看着对方，眼神中收敛起办案时那种令人发寒的锐气。

"哦？您是怎么看出来的啊？"小伙子觉得眼前的这位警察有些神了，居然一下就猜出了他是个老烟民。

"唔，你没注意到吗？你右手的食指和中指最上面那一节已经被烟熏黄了，所以我断定你是经常手指夹着香烟，就像这样……"许磊边说着边做了一个吸烟的动作。许磊的动作有些夸张，把小伙子逗笑了，紧张的气氛一下子就缓和了许多。

"当然了，吸烟并不是一件好事情。你年纪轻轻的，能够把烟戒掉，不仅对身体有好处，还能省下一笔不小的开销呢。"许磊借着机会做起了戒烟宣传。

小伙子冲着许磊眉毛挑了一下，讪笑着，心想：那你怎么不戒烟啊？

许磊点燃了香烟，笑着说道：

"你不说我也知道你在想什么？干我们这行，生物钟都是颠倒的，有时候工作起来是不分昼夜的，香烟对于提神还是有一定的功效的。"

"我可没那个意思啊，警察同志，您别误会。"小伙子也点燃了香烟，掩饰道。

"好了，我们说点别的吧，你知道我为什么找你聊天吗？"

许磊巧妙地把话题过渡到正题上去了。就像刚才和小杨他们说的那样，他的直觉告诉他这个餐厅小伙子和秦凯或多或少有些关系。至于是什么样的关系,需要自己去慢慢地摸索。

"咳咳咳!"小伙子刚刚快活地吸进一口烟,猛然听到这个问题,神经一紧张,被呛住了,剧烈地咳嗽起来。

"您说是为什么啊? 我……哪知道啊。"小伙子面红脖子粗地说道。

"别紧张啊,我没别的意思,我只是看着你长得特别像我的一个远房侄子。"许磊不紧不慢地说道。

"哦,原来我像您的一个亲戚啊。"小伙子心情平静许多,脸上的红晕也渐渐散去。

"你相信一个人与另外一个人长得很相像吗? 行为举止,容貌长相,都很相似?"许磊吐出一口烟雾,将烟蒂放进烟灰缸里使劲地摁灭。他将脸凑近小伙子,轻声而又神秘地说道,"有一次我去北京学习,乘公交车回宿舍,迎面驶来了一辆公交车,借着对方车里面的灯光,我看见……"

"您发现什么了?"小伙子心里有些发毛。

"我忽然发现对面的车厢里站着一个男人,令我吃惊的是,他的长相酷似我,身高也差不多,这让我产生了一丝恐惧。"许磊一直盯着小伙子的眼睛。

"哦? 警察同志,您也有恐惧的时候啊?"

"当然啦! 小伙子,我们刑警也是人啊。不过说真的,对付穷凶极恶的歹徒我并不害怕,但是如果在某地突然看见另外一个自己出现,你说能不害怕吗?"

"您说的这个情况我还真遇到过哎。"小伙子心态平衡了,开始将自己的疑虑向外倒,"就在刚才我看你第一眼的时候,就不由地想到昨天下午我遇见的一位客人。"

"哦？你说说看。"许磊嘴角露出一丝不易察觉的微笑。

"他的身材很高大，和您的体型差不多。"小伙子忽然感到眼前的这个警察慢慢模糊起来，渐渐地幻化成秦凯的模样，正坐在自己的面前笑眯眯地看着自己。

"不过，这种感觉让我很不舒服，您知道吗？因为今天一大早我看见，他，他已经死了！"小伙子说话的声音有些激动，神情异常焦虑。

"嗯？'看见'？你看见死者了？"许磊从椅背上直起身来，坐正了问小伙子，眼睛里迸射出惯有的敏锐光芒。

"是的，一大早你们过来的时候，度假村里面就已经沸沸扬扬传开了有人死亡的消息，经理和我们说是有一位游客不小心摔下悬崖去了。我不相信那个胖子的话，他的嘴里没几句真话。当你们的救护担架抬着盖白布的死者下来的时候，我也挤在人群中看热闹。后来，你们让死者家属和同事认尸，白布被揭开了，我站在远处，看见那个死者的衣服就和我昨天下午看见的那位客人身上穿的一模一样。当时我吓坏了，心想天底下哪有这么巧的事情，昨天下午那位客人还拉着我说了半天的话，今天怎么就……死了呢？"小伙子竹筒倒豆子一般，一口气说了出来。

"昨天下午那位客人都和你说了些什么呢？"许磊用手指轻轻地在下巴的凹陷上摩挲着。

"我想想啊。"小伙子咬着嘴唇，眉头紧皱地回忆着："我想起来了，那位客人和我打听有关白塔寺的事情。"

"白塔寺？"

小伙子这时慢慢地从自己的口袋里面掏出皱巴巴的烟盒，从里面抽出一支，毕恭毕敬地递给许磊：

"警察同志,抽我一支烟吧。"

许磊接过烟卷,习惯性地去看烟的牌子。当他轻轻地旋转烟卷,直至烟的品牌出现在自己的眼前的时候,他脸上微微地有些变色,不由地脱口而出:"蓝天山?"

"嗯,是啊。'蓝天山',好香烟哦。"小伙子满头雾水,他实在搞不清楚面前的这位警察对香烟怎么也会有如此大的反应。

"你平时就抽这个烟?"许磊狐疑地看着小伙子。

"不,不是啊。我平时抽的都是低档次的香烟,这半盒'蓝天山'香烟是昨天那位客人留下来给我的。"小伙子赶紧解释,随后他又补充了一句,"警察同志,是不是死人的香烟不能抽,有晦气啊?我也是舍不得扔掉才揣兜里的哦。"

"晦气倒没有,只要不上霉就成。"许磊把烟叼在嘴上,"啪"的一声,打火机的火苗一闪,香烟被点燃了。在一片烟雾缭绕中,刑警队队长许磊又陷入深深的思考中去了。

小伙子坐在许磊的对面,神情紧张地吸着烟。许磊在烟雾中若隐若现的面容让他感到神秘。"我是不是说错话了?"小伙子的脑中掠过一丝不安。

"为什么他特地要问你有关白塔寺的情况呢?"许磊直起腰板,坐正了身体询问着。

"哦,这个我也不清楚。"小伙子说道,"那位客人昨天吃早饭的时候向我打听过,后来下午在餐厅又遇上了。"

"你都和他说了些什么呢?"

"呃,让我好好想想啊。"

小伙子摸了摸脑袋,梳理一下思绪,将昨天下午和秦凯的谈话内容复述了一遍,当然那五十元小费的细节就省略了。

"哦,是这样啊。白塔寺原来是大火过后重建起来的,名字是由西木寺改名而来的。"许磊愈发感到案件的复杂性了。

"是啊,那位客人的观察力还特别仔细哦。"

"为什么这么说呢?"

"因为他问到了一件事,连我在这儿工作这么长时间都没有注意到。"

"那是一件什么样的事情?说来听听。"许磊的大脑就像一台大型计算机一样,对每一个细节的搜集都不放过。

"他,他问到白塔寺里面有几个僧人。"说到这里,小伙子忽然感到一种莫名的恐惧。

"怎么了?"许磊看着小伙子的变化问道。

"他说他看见白塔寺里面有四个僧人,而我一直以为是三个僧人。"小伙子的呼吸有点急促,语速加快。

"那么到底有几位僧人?"

"是四个!那位客人说得对,其中有一个新来的僧人我给忽略掉了。"

"僧人?新来的?"许磊从烟盒里面抽出一支烟递给小伙子,自己却没有抽。

"原来白塔寺包括方丈在内,有三个僧人,但是在大半年前方丈新收了一个徒弟,所以现在就是四个人了。"

许磊听到这儿,不吭声了。他闭上双眼,身体向后仰着,手指在下巴处不停摩挲着。

二十三
古丽莎的悲伤

苍青色的群山一座连着一座，连绵起伏，像大海的波涛一样，无穷无尽地延伸到遥远的天际，消失在那云雾弥漫的深处。远处的丘陵高低有致，在缥缈的云雾中忽隐忽现。

山腰处一间单人木屋里，一个年轻的姑娘无力地趴在床上。她面容憔悴，双眼红肿得就像水蜜桃一样，枕巾已经被她的泪水浸湿。一头秀丽的长发披散在背上，有些凌乱。窗外一片寂静，屋檐上垂下来的冰锥闪烁着阴冷的光芒，正如她眼角边的泪水一样晶莹剔透。

古丽莎慢慢翻身从床上坐了起来，她那修长的手指从口袋里夹出纸巾在眼角边擦拭。这到底是怎么回事？仅仅是一日未见，现在却是阴阳两隔。"莎莎，你的歌唱得好动听哦。"一次在歌舞厅里，秦凯深情款款地盯着古丽莎美丽的大眼睛柔声说道。古丽莎羞涩地低下了头，歌厅里暖色的灯将红晕映照在姑娘的脸上……现在呢？秦凯的话依然回荡在古丽莎的耳畔，但是人已不在。

想到这里，古丽莎不禁颤抖起来，鼻翼处酸酸的感觉再次袭来，眼泪不自觉地再次滑落。古丽莎是一个自控能力很强的女人，但是她上午在西木度假村的接待大厅听到秦凯被害的噩耗，还是觉得眼前一黑，失去对身体的控制，倒在瘦弱的小王怀里。当古丽莎苏醒过来以后，她很快恢复了镇静，在接待大厅临时指挥中心里对许磊连珠炮般发问她神情自若，回答得条理清楚、不卑不亢。

古丽莎起身下床，赤着脚摸到门边，打开电灯。古丽莎感到光线有些刺眼，她眯着眼，用手遮挡光源，转身坐到沙发上，打开电视。电视里面某频道正放着一首节奏欢快的老歌《今儿真高兴》，里面男男女女一大堆人在乱蹦乱跳，领头的一个男歌星手执麦克风兴奋地吼着："今儿真高兴，真呀真高兴……"古丽莎修长的手指在遥控器上一点，电视荧屏上出现了重播多次的周星驰的喜剧片《大话西游》，正演到至尊宝被紫霞仙子用剑架在脖子上的情景。古丽莎非常喜欢这部喜剧片。曾经，她想过，如果有朝一日选择离开秦凯，那个男子是否也会像至尊宝挽留紫霞仙子一样说出温柔伤感的话。她曾幻想过秦凯失去她以后那种失魂落魄的样子，心里生出恋人之间互相斗气、报复对方的那种快感，但是现在的情况恰恰相反——秦凯离开了古丽莎，而且是永远离开了她。

想到这里，古丽莎感到心里一阵绞痛。她关掉了电视，蜷缩在沙发里，痛苦地咬着手指。

泪眼迷蒙中，古丽莎似乎看见房屋的大门被打开了，一个身形高大的男人在逆光中向她深情款款地走来。男人的面容被阴影遮住了，令人看不真切。随着男人面带微笑地继续走着，那张明星脸渐渐地浮现出来。"秦凯！"古丽莎大叫，挣扎着想从沙发里起来，可是似乎有种无形的力量在背后拽着她，让她没法起身。那个男人对古丽莎的喊叫充耳不闻，转身慢慢步入光圈之中……

"秦凯！秦凯！"古丽莎大喊着，但是没有人回应她，屋内依然是死一样的寂静。她从恍惚迷离中清醒过来，原来刚才只不过是一种幻觉。她心爱的男人已经不在了，秦凯已经迷失在这风景如画的大山里面，他的魂魄已经随着寒风在深谷里面四处飘散了。

直到现在，古丽莎依然不敢相信已发生的一切。她深深爱着秦凯，对于这个性格温柔、做事却有些优柔寡断的男人打心底里产生了一些不满和痛恨。她非常渴望能够与秦凯永远厮守在一起，可是这个已婚男人却迟迟不给她一个名分。因为他的身边有一个合法的妻子，而秦凯对那和他相濡以沫的妻子依然怀有深深的感情。

她想起一周前还在电话里与秦凯争吵过。

"莎莎，这次去西木度假村玩，张敏她执意要和我一起去。"秦凯打来电话，语气慌张地说道。

"那有什么？她想去就去呗。"古丽莎有些不快。

"这不太好吧？我感觉她好像对你已经有点感冒了。"秦凯说着他的担忧。

"她对我有什么好感冒的？我还对她有一肚子的意见呢。"古丽莎开始不高兴了。

电话那头沉默了。

古丽莎调整了一下心情，揶揄道："是不是她觉得自己是黄脸婆，对漂亮女人都有些感冒？"

"莎莎，你就别说了，我不想让太多的人发现我们的秘密。"秦凯在电话那头继续担忧着。

"那你到底什么意思呢？"

"我……我想……你最好还是不要去了吧。"秦凯在电话那头支支吾吾。

"凭什么?"古丽莎有些恼火了,"就凭她对我有些感冒就得把我藏着掖着?我是你的私人物件吗?我有我的自由!"

"去年我们不是去过西木度假村吗?我们不是已经在那儿浪漫过了吗?这次单位组织的你还偏要去啊?"秦凯在电话里面继续说着,"你知道女人的感觉是很敏锐的,单位上人多嘴杂,人言可畏,我担心张敏会发现一些蛛丝马迹。"

"哼!去年是去年,今年是今年。今年我还想去玩,我可不管什么张敏李敏。我有我的自由,我就是要和单位同事一起去西木度假村,你能拿我怎么着?"姑娘的倔脾气上来了。

"好吧,好吧,那你就去吧。但是一定要记住,不要在人多的时候露出我们的关系。"秦凯在电话那边"唉"了一声,挂断了电话。

想到这里,古丽莎不由地叹了一口气,她的内心泛起了丝丝的失落感。很长时间以来,她一直将张敏当成自己的情敌,看作她幸福之路上的绊脚石。实际上,如果换个角度来看,古丽莎却是一个为外人所不齿的小三,是一个意图破坏别人家庭的第三者。她要是和秦凯走到一起,社会上批评的口水会将他们淹没。人言可畏啊!当然对于这一点,古丽莎不是没有考虑过,在与秦凯初期接触的时候,她曾经陷入这种畸形恋情的痛苦中,她曾深深自责自己为何变成了这样。曾经那个心高气傲的漂亮姑娘到哪里去了?一片真心的付出难道只是心甘情愿做已婚男人的情人?那这又是为什么呢?但是随着与秦凯的频繁接触,他们之间那种不由自主的感情,使古丽莎将这些道德顾虑彻底抛在脑后,铁了心要和秦凯在一起,哪怕是等也要等到"媳妇熬成婆"的那天。

古丽莎回忆着她与秦凯在一起的美妙时光,想着秦凯那些如春风般温暖的甜言蜜语,那些令人陶醉的话语如同波涛汹涌的江水一样滚滚而来,直至将古丽莎这叶小舟彻底淹没……秦凯和古丽莎各回各家、不能聚在一起的时候,就频繁地用手机联系,打电话,发短消息。秦凯的确是一个温柔的男人,发给古丽莎的短消息里面都透出一种温柔的暧昧。为了不被外人察觉,秦凯还特地为古丽莎买了个新手机,特地选了一个新号码,尾数是1314。"亲爱的,这个手机送给你,以后我们就用这部手机联系。你瞧,1314,谐音就是一生一世,我要一生一世和你在一起。"听到秦凯那温柔如水的话语,古丽莎幸福躺在他的怀里。

古丽莎的目光在木屋里面不经意地游荡着。她把目光落在桌上的手机的时候,忽然想到了什么。那是她工作用的手机,那么,另外一部手机呢？她忙不迭地起身,在羽绒服的口袋里面急急忙忙地翻找起来——手机里面还存有秦凯发给她的一些含情脉脉的情诗。不管怎么样,睹物思人也可以减轻一点女人内心的创伤。

古丽莎将羽绒服的口袋里里外外地翻了个遍,都没有找到那部手机。她穿上拖鞋,在木屋里面跑来跑去,将所带的行李箱以及背包、挎包都翻了个底朝天,还是没有发现那部手机的踪影。

"奇怪了,它会跑哪儿去了呢?"古丽莎筋疲力尽地躺倒在沙发上,自言自语。

二十四
再访农家饭庄

夜幕已经降临,西木度假村热闹非凡。富丽堂皇的星级酒店大厅里那琳琅满目的吊灯射出的光芒甚是辉煌,灯火通明地将酒店的影像倒映在湖面上,折射出一种纸醉金迷的奢华。湖对岸的农家饭庄也是人声鼎沸,家家门口都悬挂着彩色的灯笼,星星点点地闪着五颜六色的烛光,显出一种别样的温馨。酒桌上的人们纷纷推杯换盏,笑逐颜开,似乎西木度假村的凶杀案带来的阴霾早已经随风散去了,席间偶尔有人谈起也只不过是他们餐桌上的一道下酒菜,一个茶余饭后的谈资罢了。

一家农家饭庄的柜台边,一个中年男子正神色紧张地看着眼前身穿警服的大汉。

"老板,我们早上见过面的,你还记得吧?"许磊笑着对老板说道,"这次我来找你是想再问些情况。"

"唔,好,好。警察同志,早上我要说的都说过了啊。"中年男子擦了一下额上的汗。

"你不要紧张,老板。早上你提到了一条狗,现在你家的阿黄在哪儿呢?"许磊提出一个无关紧要的问题。他的目的是想让老板紧张的心情放松下来,他知道身上的警服能够震慑犯罪分子,同时也会让无辜的老百姓慌张。

"阿黄啊?"老板扭着脖子寻找着,"喏,它在那儿呢。"

老板右手指了一下桌底,一条体格健壮的大黄狗正趴在那里摇着脑袋啃骨头呢。阿黄看见主人手指向它,以为又有什么好吃的,站了起来,摇着尾巴欢快地向老板这儿跑来。

这条狗蹿到许磊身边,开始用它的尖嘴在许磊的腿上蹭来蹭去。

"去,去,阿黄,一边玩去,我们这儿还有正事呢。"中年老板用手轰走了那条大黄狗。

"阿黄是怎么发现尸体的呢?"许磊冷眼瞅了一下阿黄。

"今天一大早,我在院子里面搞卫生的时候,我家的阿黄从山里面叼了一块带血的骨头跑回来……"老板从兜里掏出香烟,抽出一支递给许磊。许磊摆了摆手,没有接。

"接着往下说。"许磊说道。

"我们觉得很可疑。"老板吸了一口香烟,说话顺畅了很多。

"我和小四跟着阿黄一起去了山谷,后来就发现蒿草地上躺了一具尸体。"

许磊看了一眼老板:"后来呢?"

"我们被吓傻了,等我们回过神来就赶紧打110报警。"老板随手将烟头扔到了地上。

"你和那个小四搬动过尸体吗?"许磊问道。

"没有,没有! 我们都吓傻了,哪里还敢动。"老板飞快地摆着双手。

"这么说你们没有破坏过现场了?"

"什么现场? 哦,我明白了。现场,我们绝对没有破坏。我们就是赶到那儿,发现了死者,随后就报了案。"老板长吁一口气,用餐巾纸不停地擦拭额上的汗。

十分钟后,一个瘦弱的小伙子规规矩矩站在许磊面前。

"小四,你还是坐下来吧。"许磊坐在长凳上,客气地招呼着小伙子。

"啊,不,我还是站着舒服点,都习惯了。"小伙子拘谨地回答道,两手交叉规规矩矩地放在小腹前。

"是你和你的老板发现死者的?"许磊眯着眼睛看着小四。

"是的,那个场面真惨啊。那个死人的样子到现在还在我脑袋里转悠,搞得我一整天都魂不守舍的,今晚肯定是睡不着了。"小四沮丧地抱怨着。

"现场你们没有去动过吧?"

"没有啊。我胆子小,哪里敢去动尸体啊。"小四咽了一口口水,"我们老板胆子大,留在那儿的,我早就跑掉了。"

"报案的是你吧?"

"呃,是我回来喊人的,你想啊,谁见过死人啊,肯定是激动了。我跑回来这么一喊,大家都晓得了。至于谁打电话报警的我就不太清楚了。"小四生怕这个血案和自己有什么瓜葛。

"你不要紧张,及时通知我们警方是件好事。如果是你报的案,那么等我们抓到了凶手,还要对你进行奖励呢。"许磊安慰着小伙子。

"真的啊? 那有多少奖金啊?"小四眼睛里面顿时放射出光芒,好像凶手已经被警方缉拿归案了。

　　许磊看了一眼小四,从口袋里掏出香烟点燃,不说话了。小四也觉得自己显得太势利,缩在一边不吭声了。屋里陷入短暂的沉默中。

　　这个时候,许磊的手机响了。他掏出来瞥了一眼,摁下接听键:"喂,对,我是许磊……哦,你们回来了? 好的,我马上过来。"

　　许磊挂断了手机,站起身来,冲着小伙子微微一笑:"奖金嘛,到时候你就知道了。"

　　西木度假村的接待大厅里面空荡荡的,硕大的顶棚吊灯射出华丽的光芒,客人们在这个时候都已经去吃饭了,只剩下总台服务员在无聊地守候着。早上案发以后,西木度假村的查经理听取了许磊的意见,封锁了下山的通道,上山的旅游车自然没办法进来了,许多即将到达的旅行团接到通知感到莫名其妙,纷纷打电话到西木度假村询问。为此,查经理整个下午都泡在经理办公室里和各大旅行团耐心做着解释。

　　许磊接了电话后就离开了农家饭庄。山里夜晚的气温相当低,寒气夹杂在山风中侵袭着人。一阵冷风吹来,许磊打个冷战,他竖起警服的衣领,将两手插在上衣口袋里,加快步伐向西木度假村的接待大厅奔去……

　　来到接待大厅的门口,许磊跺了跺脚,鞋上的积雪就纷纷地洒落在地面上。他大踏步地跨上台阶,自动门"嗡"的一声张开了,许磊快速走了进去……

　　许磊实在是等不及了,他急切地想知道小胡他们带来的化验报告的结果。在漫天大雪中寻找第一现场是多么困难的啊。那些在现场收集的蛛丝马迹对破案起着关键作用。一旦检验结果出来了,那就是铁证。这样他就可以带领人马,按图索骥大干一场,直至将西木度假村凶杀案的凶手缉拿归案。

许磊推门而进,在里面等待的小杨和小胡立刻从沙发上站了起来。

"怎么样了? 你们这趟去局里技术科,那个化验结果出来了吧?"许磊问道。

"许队长,结果已经出来了,那个铁锹把手上的指纹也鉴定出来了。"小胡抿了抿嘴,慢吞吞地说道。

"那太好了,那个指纹对我们来说太重要了,它是给犯罪嫌疑人定罪的重要证据啊。"许磊兴奋地说道。

"检验报告在这里,许队长,您还是自己看吧。"小胡递过来一个牛皮纸质的大信封。

许磊的手指灵活地揭开信封,抽出里面的报告看着。渐渐地,他的脸色阴沉了下来。小胡和小杨两人面面相觑,默不作声。

许磊的脸色变得越来越难看,他的眼睛死死地盯着报告上的文字,自言自语:"铁锹把上的那个指纹是死者的?"

二十五

混乱的头绪

"那个指纹怎么会是死者的呢?"许磊感觉很奇怪,眉头皱成了"几"字形,失望爬满了他的脸庞。

"没办法,技术科给出的报告就是这样的。"小胡耸了一下肩膀。

许磊右手手指捏着下巴,左手背在身后,在办公室里来回踱着步子。他来到窗前,望着黑漆漆的夜空,脑中如一团乱麻一样。他点燃一支香烟,大口吸着。他用左手轻轻地拍着脑门,想把大脑中尚在沉睡的脑细胞唤醒,在茫茫的黑暗中找出一丝光线。

许磊在烟缸里狠狠地摁灭了香烟,转身面向另外两位刑警说道:"我们要相信技术科的报告,他们的报告是科学的、权威的、不容怀疑的。"

许磊停顿了一会儿,颇感无奈地说道:"我们要在自己身上找原因,要好好想一想我们在侦查过程中有没有疏忽遗漏的地方。"

小胡和小杨微微颔首。

"你们刚刚上山的时候看见我们队的同志还在关卡那里?"许

磊问。

"是的,许队长,他们还在关卡那里封锁出入西木度假村的通道。"小胡明白许磊的意思,迅速答道。

许磊沉吟了一会儿,回到办公桌前坐了下来。他向两位年轻人招了招手:"我们现在开一个短会,来回顾分析一下今天的工作进展。我们三个人发动一下集体的智慧,对案件做一下细致的分析。小杨,你辛苦一下,多份工作,做好整理工作。"

"好的。"小杨干脆地答应了一声,坐到沙发上,拿出笔和本子,做好准备工作。

三人围坐在办公桌前,对案件的可疑之处各抒己见。

"我觉得秦凯的死亡有些蹊跷,通过我们对他同事的走访,发现他们对秦凯的印象都很不错。秦凯在单位还是个业务骨干,平时待人也很和气,真看不出他为什么会遭此毒手?"小胡语速很快地发表着自己的意见。

"但是秦凯的确已经丧生在西木度假村的山谷里了啊。"小杨慢悠悠地说道。

许磊坐在椅子里面抽着烟,看着两位年轻人发表着各自的意见。他大脑里面的想法暂时还没有成形,他总觉得整个案件里面隐藏着一些不可告人的秘密,但是那些秘密到底是什么呢,他目前还不能做出准确的判断。时不我待,他需要尽快地找到正确答案。

"目前我觉得老刘作案的可能性最大。"小胡斩钉截铁地说道。

"福尔摩斯,为什么老刘的作案可能性最大呢?我倒想听听你的高见。"小杨眉毛一挑,打趣地问道。

"上午我们和小王谈话的时候,小王透露了死者生前曾与老刘有过激烈的争吵。你们还记得吗?"小胡清了清喉咙,扫了一眼大伙儿。

"嗯,对,我这儿有记录。"小杨飞快地翻到记录和小王谈话的那一页。

"在这里! 秦凯和老刘在厕所里有过激烈的争吵。记录上写着老刘说道'秦科,我最近手头比较紧,能不能再容我几个月'。秦凯大声地说道'都多长时间了,你不仅不还,连一句话都不言语。我哪知道你葫芦里卖的是什么药啊'。后来两个人就出了厕所,不欢而散了。"姑娘的纤纤玉指在记录本上慢慢划着,逐行逐句地念道。

"所以我认为老刘肯定是借了秦凯一大笔钱,想欠债不还,趁着这次来度假村旅游的机会杀掉秦凯。"小胡眼睛里面放着光,做出他的判断。

"这么说,你认为这是一起因为钱财引起的凶杀案了?"许磊从椅子里面站了起来,端着空茶杯走到靠在门边的水瓶前,摘下水瓶塞,向茶杯里倒水。

"那许队长的看法是?"小胡满脸狐疑地看着队长。

"对因财杀人的看法我并不否认。'人为财死,鸟为食亡',自古以来因为钱财引起纠纷最后导致死人的事情太多了。著名的昆曲代表作《十五贯》说的就是这样的故事。"许磊抿了一口水,然后徐徐地说着话。

"那么许队长是同意我说的意见喽。"小胡兴奋起来。

"许队长,《十五贯》是个什么戏啊? 好不好看啊?"小杨对戏剧产生兴趣了。

"呵呵,以后有机会再和你说吧。"许磊走回办公桌前,放下茶杯,从口袋里掏出香烟。

"不过,我看老刘那个人,怎么也不像那种穷凶极恶的杀人犯。"小杨说出了她的看法。

"是不是杀人犯,光从面相上是很难看得出来的。平时有些温文尔雅的人在特定的环境下也会产生所谓的'激情杀人',而有些长得五大三粗的壮汉在平时的生活里却是心细如麻、唯唯诺诺的人,连宰只鸡都吓得腿软。"许磊吸了一口烟,大手一挥,"这不是一定的!"

"古丽莎呢?"小杨突然想了起来,"今天在和她谈话的时候,凭女人的直觉,她与死者有不同寻常的关系。"

许磊满意地点了点头,的确,古丽莎不同寻常。这个美丽的女子在关键时刻所表现出的隐忍和遇到大事从容不迫的态度让他吃惊。许磊对小杨的判断还是赞赏的,她对于女人的心理活动把握得比男人更加准确些。因为只有"女人最懂女人"。

"不过,说到古丽莎是凶手,我就有疑问了。"许磊直起身,灭掉香烟,右手指关节轻轻叩着办公桌面,说道,"秦凯是一个高大强壮的男子,古丽莎怎么做到将他杀死? 还有,现在技术科已经肯定了那个未建成的别墅地下室是第一作案现场。一个女子将一个大男人杀害,并且要拖拽到很远的悬崖边抛尸,这……这可能吗?"许磊两手一摊,满脸困惑不解。

刑警队队长抛出来的这个问题难住了小杨,小杨愁眉紧锁地不吭声了。

想了一会儿,小杨又吱声了:"可能在古丽莎的背后还有个男同谋呢? 虽然古丽莎做不了这些粗活,但是那个男人可以充当帮凶啊。"

"是啊,许队长,小杨说的不是没有道理啊。"小胡也插话道,"下午我仔细地看过小杨的笔录,笔录中老刘谈话提过他曾经在下班的时候看见过古丽莎和一个高个男人在纠缠,说不定那个男人就是古丽莎的同谋。"

"嗯,这样的推断也是符合逻辑的。"许磊沉思了一会儿,说道,"这个案件,我感觉情杀的可能性极大。"

就在这个时候,许磊的手机铃声猛地响了起来。

二十六

局 里 很 忙

许磊手指轻按，接通手机。

"喂，对，我是许磊。"许磊脸色忽然严肃起来，"是，局长……我知道了，尽快破案，我知道……"

电话那头，丁口市公安分局局长态度严厉地指示道："关于西木度假村的案件，你们刑警队一定要抓紧时间尽快破案。现在省里和市里的领导都已经知道了这件事，他们对此都很重视和关注啊。西木度假村是我们丁口市对外旅游业的一个重要窗口，代表着我们丁口市的形象。在这快要过年的时候竟然发生了这么大的事情！你们刑警队务必要尽全力，火速破案，要不社会影响实在是太坏了。"

许磊听到局长的指示，表情愈发严肃："是的，我知道。我们早上已经进行了实地侦察，发现了一些线索。但是目前就手头上仅有的这些线索，这个凶案侦破起来有些棘手……"

"我不管什么棘手不棘手！我要求你们刑警队尽快把犯罪嫌疑人找出来并缉拿归案。"局长在电话那头不客气地打断了队长的话。

"唔,局长,您能不能在别的科室里面给我增派些人手?"

"没有人手可以增派了,其他的同志也都很忙,没从你那儿抽掉人手去帮他们就算是不错的了。现在临近过节,社会上发生的突发案件增多,大家都没闲着。所以,你目前只能克服一下困难,等破了案以后,我给你们摆庆功酒。"局长说完以后就挂断了电话。

许磊悻悻地将手机向桌上一放,苦笑道:"庆功酒?明明知道我不喝酒的。"

小杨从沙发里站了起来,笑嘻嘻地问道:"许队长,有好事啦?什么庆功酒啊?"

"还好事呢?局长要求我们尽快破案,越快越好。"许磊皱皱眉头,从口袋掏出香烟来,取出一支含在嘴里,忽然想起一件事,又把香烟放回烟盒里,面对两人问道,"你们还没吃饭吧?"

"是哦,许队长,你要是不说我们都忘了。现在我还真有点饿了呢,肚子开始咕咕叫了。"小胡嚷嚷道。

"那你们先出去弄点夜宵吃吧。"许磊挥了挥手。

"那您不去吃吗,许队长?"小杨关心地问道。

"我?你们先别管我,我暂时没胃口。"许磊没有什么食欲。

"我们队长抽香烟抽饱了,咯咯……"年轻的姑娘小杨半捂着嘴笑了起来。

"咳咳,"许磊配合着小杨的话故意干咳了两声:"小杨说得对,我抽香烟抽饱了。吸烟有害健康,我是得注意点了。"

"许队长,不吃东西可不行啊。伟大的领袖不是说过嘛——身体是革命的本钱,只有吃饱喝足才能更好地干革命哦。"小杨快步走过来,亲热地拉着许队长的手调侃道。

"好吧,那我就随便吃点,正好我们可以一边吃一边聊聊案子。"许磊感到有点不好意思,毕竟不能辜负了小姑娘的热情啊。

三个人去了度假村的一间小饭庄,随便点了几个家常菜,上了一大盆白米饭,围坐在饭桌前吃着。

小胡肚子的确饿了,他用筷子飞快地夹着菜,端着米饭狼吞虎咽地吃着。年轻人嘛,需要补充更多的营养,许磊笑眯眯地看着小胡想着。

"瞧你,不要吃得那么猛啊!好像从牢房里放出来的一样,细嚼慢咽才对肠胃有好处。"小杨嗔怪道。

小杨是个女同志,她纤纤玉指夹着筷子,动作轻柔地将菜放进嘴里,然后再慢慢地咀嚼,而且不发出一点声音。

许磊的确没有什么食欲,吃了两口饭后就把碗筷丢在一边不吃了。他看着眼前的两个年轻刑警,心里发出了一丝感慨:男生和女生就是不太一样啊,仅仅从吃饭的角度来看都有那么大的差别。男生的吃相属于狼吞虎咽,女生则秀气曼妙多了,让人觉得看女孩子进餐都是一种享受。男女大不同啊!男女在一起,从恋爱到婚姻,在生活方面,比如说生活习惯、饮食习惯,最重要的是思维方式,都需要慢慢地交流融合,真是一件不容易的事。

想到这儿,许磊的脑海里面又闪现出了张敏那张憔悴悲伤的面孔。是啊,一起共同生活了好多年的夫妻在某一天一方突然不在了,剩下的那个就会变得无依无靠,会感到整个世界都坍塌了。对于被害人家属,多同情一分,就会让许磊对凶手的憎恶感多一分。"你们刑警队务必要尽全力,火速破案……"局长在电话里威严的话语回响在许磊的耳畔。这个时候,许磊已经没有初听局长指示时的焦躁感了。他本能地产生一种冲动,恨不得立刻就将凶手缉拿归案。

"你们知道最近局里其他科室的人员都在忙些什么吗?"许磊收回思绪,两眼盯着小胡的脸问道。

"唔,不是很清楚啊。"小胡嘴里的饭还没有完全咽到肚子里面。

"许队长,我也感到很奇怪哦。今天下午我和小胡回局里,看见其他科室的同志忙个不停。到底有些什么重要事情发生啊?"小杨搁下筷子,单手托腮问道。

"这两天局里接到群众的举报电话,说是在市中心医院有好几个因为这样或那样原因流产下来的婴儿被偷了。"许磊忍不住还是点燃了一支香烟。

"被偷了?"小杨瞪大了眼睛,"谁会偷这些死掉的婴儿啊?"

"人性真的是一个很难捉摸的事情啊。"许磊感叹道,没有正面回答。

"我们很小就开始背诵《三字经》'人之初,性本善',但是社会上有些人连最起码做人的底线都丧失掉了。"许磊接着感慨道。

"到底是什么事啊? 让许队长会有这样的感慨?"小杨很是好奇,她托着腮歪着脑袋看着许磊。她和许队长共事很长时间了,知道许磊不仅是一个工作作风严谨的好警察,还是一个悲天悯人的好男人。

"有些人啊,真残忍啊!"许磊看着外面漆黑的夜空,幽幽地叹息道。就在这个时候,一个矮胖的人影迅速闪进了小饭庄。

"许队长!"一个沙哑的声音飘入许磊的耳朵。

二十七
撤 销 关 卡

许磊闻声定睛一看,说话的原来是西木度假村的查经理——就是那个个头不是很高,体积却不小的矮胖中年男子。

"查经理,晚上好啊。"许磊走过去客气地和矮胖子握了握手。

"许队长,你们在这儿,害得我好找。"虽然外面天气很冷,但是查经理的脑门上已经密密麻麻渗出了许多汗。

"哦?查经理这么晚了还来找我们,是不是有什么新的发现想和我们说说?"经过短暂的休息,许磊的精神已经恢复了不少。

"是啊,我来找您的确是有急事。"查经理擦了擦脑门上的汗,靠近许磊找个地方坐了下来。

许磊看着他,从口袋里面掏出香烟,递给矮胖子一支。

"许队长,您要知道,我们西木度假村这几年生意很好。"矮胖子接过香烟,冲着许磊点头表示感谢。

许磊点燃香烟,侧着脸去听查经理讲话。

"每天都有许多旅游团到西木度假村来旅游观光。"查经理吸了一口烟,拐弯抹角地说道。

其实查经理不说,许磊心里也清楚这个矮胖子葫芦里卖的是什么药。许磊手执香烟,心里想着:你肯定是为了封锁关卡的事情来的吧。

"那个关卡……"查经理脸露难色,说话的声音渐渐弱了下去,"当然我是很配合人民警察查案啊,早上许队长一说要封锁下山的道路,我就立刻配合你们其他同志去布防——严禁车辆行人出入西木度假村。"

许磊语调平稳地说道:"谢谢查经理的通力合作啊。"

"你们封锁了度假村的出入,既禁止了下山的车辆,又阻止了许多上山游玩的车辆。今天我一下午都在办公室接听各大旅行团打来的质问电话,那些旅行团老总说话的口气都像训孙子一样,我好说歹说、晓之以理、动之以情,才将他们稳定下来。"查经理吸了一大口烟,"噼噼啪啪"像竹筒倒豆子一样。

"好的,我知道了,查经理。我们的同志为了侦破度假村的案子也非常辛苦,你也看到了,在关卡那儿的几位同志今天一整天也没有吃上一顿安稳饭,他们都恪尽职守地蹲在通道那儿。"

许磊说完话,将手背到后面,转身走到窗前,抬眼看向那漆黑的苍穹,不吭声了。查经理坐在凳子上,惴惴不安,他生怕因为刚才那番话惹恼了许队长,警察会下令将关卡一封到底。胖子不再说话,脑门上又开始向外冒汗。那些密密麻麻的汗珠子在灯光的照耀下使胖子的脑门显得更加油光发亮。

许磊皱着眉头沉思了一会儿,转过身来,面向查经理做了一个出乎意料的决定:"这样吧,明天早上我们就撤关卡,你晚上可以通知你的客户,明天他们可以正常来西木度假村游玩。"

矮胖子听到刑警队队长这番话,如释重负,消失了的光彩终于回到了他的脸上。查经理满脸堆笑地站了起来,用两只肥手紧紧握住许磊的右手,嘴里忙不迭地说道:"谢谢啊谢谢,实在是太感谢了。理解万岁!许队长,我们度假村的确也有自身的难处。没办法,游客就是我们的上帝,没有游客,我们只能去喝西北风了。"

许磊脸上浮现出一丝笑容,他撤回自己的右手,客气地对查经理说道:"我还要代表刑警队对查经理的配合表示感谢,可能以后还要多多麻烦查经理呢。"

"好说好说。"查经理的胖脸绽放得像鲜花怒放。

"好了,我们还有些事,查经理要是没有其他事情就请回吧。"许磊说道。就在这个当口,许磊口袋里的手机铃声大作。许磊掏出手机,低头看了看号码,接通电话:"喂,你们在那边还好吧?嗯?有人私自偷偷下山?……谁?……哦,我知道了,我们马上过来。"

刑警队队长挂断电话,冲着小胡、小杨说道:"快!我们马上去一趟关卡那儿,有人想趁着黑夜偷偷下山。"

"许队长,谁在这个时候偷偷下山啊?"查经理还没有走出饭庄大门,转过脸来问道。

刑警们没有搭理胖子,迅速带上自己的物品,从经理的身边快步走过。三个人的身影很快就消失在茫茫的夜色之中,留下脸上挂着讪笑的查经理。

三个人来到自己的警车前,许磊拉开车门,钻进驾驶室里,小胡和小杨猫着腰坐进后排。许磊左脚慢慢松开离合器,右脚轻点油门,警车亮着大灯向着山下关卡急驶而去……

夜晚的山风凛冽而寒冷,两旁的树木被吹得枝叶摇曳。许磊眼睛紧盯着前方,右手紧握方向盘,左手手指摁了下开关,车窗玻璃缓慢地下降着,山风吹进车内,他感觉大脑变得清醒而兴奋。

驾驶室控制台上的仪表发出微弱的蓝光,映照在许磊那棱角分明的脸庞上。

小杨侧脸看了看小胡,他俩交换了一下眼神,同时开口问道:

"许队长,我们的同志在关卡那里逮着谁了?"

许磊放慢了车速,小心翼翼地绕着盘山公路。他嘴唇紧闭,默不作声,好一会儿,才轻声说道:"是老刘!"

"是他?"小胡和小杨一起发出了惊讶声。

在两人的惊讶声中,警车来到了位于山底的关卡那儿。

许磊三人下了车,顺着位于盘山公路尽头的一片开阔地快步走着。在这片开阔地的边上一个不起眼的地方,一间外形颇有点欧式风情的小木屋还在孤零零地亮着灯。许磊三人踩着松软的草皮,向着光亮处走去。

木屋的门前站着一个年轻英武的刑警,他看见逆光中走来三个面容模糊不清的人,立刻提高了警惕,大声询问:"谁?"

"是我,许磊。"刑警队队长的面容从黑暗处浮现出来。

"原来是队长啊,来得真快!"当许磊那高大的身形完全出现在木屋门口的时候,那个警察才松了一口气。

"他们在里面呢。"年轻英武的刑警向屋里一指。

许磊没有说话,向年轻人点点头,就径直走进木屋里去了。

二十八

老刘的故事(1)

小木屋里,昏黄的灯光下,老刘坐在椅子上一脸尴尬地看着走进来的刑警队队长。

"许队长,我……"老刘一边咽着口水说着话,一边摇晃着身体挣扎着从椅子上站了起来。

"老刘,你坐着吧。"许磊大手向老刘摆了摆,面无表情地说道。

小胡和小杨这个时候也从外面走了进来。老刘感到浑身一颤,全身的肌肉似乎都缩了起来。

"老刘,到底是怎么回事?"许磊从屋角拿过一张椅子坐了下来,小杨和小胡分别站在他的两旁。

"许队长,我……我真是有急事。"老刘张大着嘴,结结巴巴地说着话。

听到老刘的解释,许磊用眼角的余光扫了一下看守关卡的警察。

"报告队长,这个人说家里有急事,吵着要连夜下山,我们劝都劝不住,所以就把他带了进来。我们一分钟都没敢耽误,直接向您汇报了。"一位瘦瘦的男刑警赶紧走到许磊身边说着话。

许磊满意地点了点头,说了一声"很好",接着死盯着老刘的眼睛。

老刘躲闪着许磊锐利的眼神,瞥了瞥两旁的警察,低下脑袋,不说话了。

许磊看着垂头丧脑的老刘,蓦然起身走向门口。他小声地吩咐小杨:"我先去外面的车里,你和小胡把老刘带出来。"

十分钟后,西木度假村的接待大厅里那间作为临时指挥中心的办公室里,坐着四个人。

"好了,老刘,现在这里就剩下我们几个人了,你有什么话就痛痛快快地和我说吧。"许磊坐在办公桌前,声音温和地说道。

老刘慢慢地抬起脑袋,眼皮翻了一下。他看着办公桌后面说话温和、神情却很威严的刑警队队长。那高大敦实的汉子坐在椅子上让老刘感觉到自己的对面坐着的不是一个丁口市的警察,而更像是一尊寺庙里的佛像。那迎面扑来的一种不怒而威的气势让老刘有点害怕,一下子说不出话。

"小胡,给老刘一杯水。"许磊招呼了一下小胡。

小胡走到饮水机边上取出一个纸杯,盛满水递给老刘。

"谢谢。"老刘诚惶诚恐地接过水杯,端着杯子的手直颤抖,里面的水荡来荡去,滴在地上。

许磊静静地看着老刘,心里琢磨老刘为什么会偷偷摸摸地连夜下山,到底是什么事情把他紧张成这样。

"说吧,老刘,到底是什么原因让你连夜往家里赶?"刑警队队长从口袋里面掏出打火机,"啪"的一声,点燃了香烟。

老刘向两旁看了看,他的神情显得鬼鬼祟祟,似乎不太放心小杨和小胡。

"我想问一句,我今天所说的事情不会让其他人知道吧?尤其是我们单位的那些同事。"老刘想了一会儿,终于吭声了。

许磊吸了一小口香烟,慢悠悠地说着:"我们可以为你保守一些秘密,但是你必须要和我们警方说真话,说实话。"

小杨看着老刘,坐在一旁习惯性地拿起笔和本子准备做记录。

"哎哎,队长,我们今晚的谈话能不能不要记录了?我要说的事情绝对和秦凯的死没有一点关系。"老刘瞅见小杨拿出本子立刻急了,冲着许磊大声嚷道。

"可以,小杨,今晚不用记了。老刘,你也冷静一点,夜深了,你这么大声说话,是想让全世界的人都知道吧?"许磊俏皮地揶揄了一下老刘。

"哦哦,对,都已经很晚了。"老刘擦了擦额上的汗说着。

小杨悻悻地把笔和本子收了起来,两手抱在胸前不说话了。

老刘沉默了片刻,终于开口说出埋藏在他心里的故事。

他弯着腰坐在沙发上,垂着脑袋看着地板,憋红了脸,恨恨地说:

"说起这件事来,我……我感到真是他妈的丢脸啊!"

老刘的开场白冒出一句粗话,让在座的人感到诧异:平时看着温和豁达的老刘居然也会大爆粗口?许磊眯着眼,右手手指习惯性地在下巴上摩挲着。

"这一切都要怪我那不争气的儿子!"老刘说出的话没有什么逻辑性。

"老刘,喝口水,慢慢地说。"许磊安慰道。

老刘依然低头盯着地板,似乎根本就没有听见许磊的话,继续自言自语：

"我儿子三年前从职业学校毕业,在人才市场上跑了好几个月都没有找到工作。我那倒霉儿子从小就眼高手低,好的单位看不上他,差的单位他又不愿意去。要知道这年头名牌大学毕业生想找一份好工作都是那么难,更何况他才是个职高生……找不到工作,他就整天把自己闷在家里,除了睡大觉,就是上网玩游戏。我和他妈妈劝他不要沉溺于网络,他还和我们着急上火。唉……"

老刘叹出一口气,郁闷之情爬上了他的脸庞。他直起腰,端起水杯,喝了一口,接着说：

"在家里闷了三个月以后,他实在是憋不住了,就跑到外面和朋友玩。起初他和我们说他是出去找同学玩,后来不知道是怎么搞的,他在外面结交了一些坏人,和社会上的闲杂人等混在一起。渐渐地,我儿子学会了泡网吧,泡酒吧,常常搞得很晚才回家,有时甚至夜不归宿,通宵达旦在外面玩……"

"你儿子在外面和朋友玩是需要花钱的啊,他没有工作哪来的钱呢?"许磊的脑海里出现了一个发型像刺猬,穿着花里胡哨的衣服,脚穿布鞋的社会闲散小青年的形象。

"钱？刚开始他没有了钱就向我们要,一开口就是千儿八百的。我们问他要这么多钱干什么,他也不回答,只问一句'你到底给不给'。我们要是不给他,他在家里就冷言冷语,摔盆子砸碗。都怪我和我老婆管教不严,养出了这么个孽障!"老刘心酸而无奈地说着。

"后来他的胃口越来越大,我们也没有钱再给他了。看到在我们身上实在榨不出油了,他就和那些狐朋狗友瞎混在一起搞钱,搞到了钱就开始挥金如土,胡吃海喝。不过,我想儿子他在外面只要不做什么违法的事情，我们做父母的也就放心了。"

　　许磊坐在办公桌前，看着垂头丧气的老刘，心里不禁开始同情起这个年过中年的滨江人。不过想到上午小王谈到老刘和死者曾经在厕所里激烈争吵的事情，他眉头开始皱了起来。这一次的争吵在整个案情分析中起着什么样的作用呢？

　　许磊默默地思考着，而一边的小胡沉不住气了。毕竟是血气方刚的年轻人啊，他冲着老刘喝道："快说！你和秦凯的死到底有没有关系？"

二十九
老刘的故事(2)

西木度假村的晚上,夜深人静。接待大厅的办公室里,小胡那突如其来的一嗓子,不仅把如坐针毡的老刘吓得一哆嗦,同时也让两位同事吃了一惊。

许磊吓了一跳,他定了定神,看了一眼小胡,转眼去瞅老刘。老刘正手撑沙发,慢慢地将屁股向上移动,他差点被小胡吓得从沙发上滑了下去。小胡猛然想起以前许磊曾经和他说过:"我们在询问有关知情人的时候千万别把对方当成犯人一样大声呵斥,这样反而会增添知情人的压力。一定要记住,他们不是犯人!"小胡摸摸脑袋,不好意思地向后退了一步,不吭声了。

老刘眼巴巴地看着许磊,委屈地说:"队长同志,我可真和秦凯的死没有一点关系啊。"

他伸出双手,一脸苦相地说道:"许队长,您看看,就我这双手,平时连宰只鸡都不敢。您借我十个胆子,我也不敢去杀人啊!"

许磊点了点头,离开座位,慢慢地走到老刘身边,两眼死死盯着他说道:"老刘,你也别太紧张,到目前为止,我们刑警队也没有认为就是你杀了秦凯啊。"

"哦,那就好,那就好。"老刘躲避着许磊的目光,哆哆嗦嗦地从口袋里掏出纸巾,擦拭额上的冷汗。刚才被小胡那么大声一喝,他那光秃秃的大脑门上又湿了一片。

"老刘,你接着往下说。"许磊又背着手,踱回自己的座位上。

"哦,好。我……我刚才说到哪儿啦?"老刘用手指挠了挠头,茫然地问道。

"说到有一次你和秦凯在厕所里面有过一段对话。"许磊的话语从对面飘了过来。

这个时候,小胡已经从刚才的懊恼中走了出来,他看了一眼小杨,然后转眼惊异地瞧着他们的队长。小胡和小杨心里都很清楚刚才老刘的自言自语中根本没有提到这件事。他们的队长葫芦里到底卖的是什么药呢?

许磊心里当然很清楚老刘没有提到这件事。他为什么还要故意将老刘的思绪引向那件事呢?方才老刘坐在沙发上,两眼看着地面在那自怨自艾地滔滔不绝,忽然遭到了年轻的刑警小胡那么一呵斥,显然他的谈话思路已经被小胡打断了,也就是说惊慌不安的老刘现在根本就记不起刚才他所说的话题。

小胡的确有些急躁了,将老刘吓得不轻,但是许磊急中生智想到一个好办法,化不利为有利。许磊认为这个时候正好可以利用老刘思路被打断这个短暂的"大脑短路"空当,及时插入他想知道的问题,这样老刘毫无察觉。

"哦?我刚才说到和秦凯在厕所里面的对话啦?"老刘被许磊搞得有些迷糊了。

他歪着脑袋想了一下,接着说道:"其实秦凯真是个不错的人啊,可惜现在他被害了。那次我在厕所和他的确有过一次交谈……"

一个阳光明媚的早晨,滨江电子管股份有限公司办公楼里面很安静,狭长的走廊上一个人也没有,大家在自己的科室里面忙活着手上的工作。

这个时候,总务科的门被打开了,一个人走了出来,他关上门朝着走廊那头的厕所慢慢地走去。他的皮鞋踩在大理石的走廊地面上发出"咣咣"的声响,打破了走廊的宁静。

当他走到"WC"牌子下面的时候,从他的身后传来了一声浑厚的男中音:"老刘!"

老刘回首一看,脸上立刻堆满了谄笑:"原来是你啊,秦科长。"

秦凯不知道什么时候出现在走廊上,他那高大的身影向老刘慢慢地移了过来。

"你也上厕所啊?"老刘讨好地说了一句。

"嗯。"秦凯哼了一声,两人一起走进了厕所。

两个人站在小便器前面,两眼看着白墙。

"老刘。"当他们在洗手池那儿洗手的时候,秦凯终于开口了。

"什么事,秦科长?"

"唔,上次和你说的那件事你想好了没有?"秦凯在洗手池打着肥皂搓着手问道。

"秦科长,我最近的确周转不过来啊,这件事情估计还要请你再等一段日子。"老刘无奈地甩了甩手上的水。

"老刘,我们俩平时关系不错,所以你上次找我帮忙,我很干脆地把钱借给你了。你也知道,我秦凯不是黄世仁式的那种人,不会在年关的时候向你逼债。但是最近我手头的确很紧,所以还请你……"秦凯在水龙头下面清洗着手上的肥皂沫。

"嗯,我知道。秦科长,我要是有钱,肯定早就还你了。"

"哼!你是总务科的人,每个月的灰色收入就超过工资了,再加上奖金,总进账也有不少啊。你怎么老是说没钱呢?"秦凯有些急躁了。

老刘张口想要说点什么,但是他喉部动了一下,将想说的话硬生生给咽了回去。

"不好意思,我科室里面还有点事。"老刘转身就要走。

秦凯抓住老刘的手臂:"你不要走,今天你要给我一个准信。"

"干什么? 放开!"老刘的嗓门开始大了起来。

"说吧,你什么时候还我钱?"秦凯的声音也开始升高。

"我现在真还不了。"老刘的脸扭向一边。

"你既然连我的钱都还不了,还有钱在国庆节带着老婆跑到九寨沟去玩?"秦凯质问道。

"唔……"老刘有点语塞,"不和你说了。你要相信我,最近我手头真有点紧,再容我几个月吧! 我一有钱就还你,行不?"

秦凯有些生气了,脸色开始发红,大声地说道:"你就知道说这句! 我听得耳朵都快起老茧了,都多长时间了? 你不仅不还,连招呼都不和我打一个,见了我也不说这件事,我哪知道你葫芦里面卖的是什么药啊?"

"嘘! 有人!"老刘突然安静下来,手指放在嘴唇边竖着。

秦凯停止了争吵,仔细听着,走廊里一阵脚步声传了过来……

"以后再说吧。"

老刘快步离开了厕所,秦凯悻悻地走了出去。当他俩脸色铁青地走出厕所门口的时候,恰巧碰上了身材瘦小的小王……

三十
不能借高利贷

老刘讲完了这么一段回忆以后,两手羞愧地把脸捂了起来。刑警队队长许磊坐在他的对面,面无表情地看着他。

"老刘,你借了秦凯多少钱?"过了半晌,许磊开口了。

"六万块。"老刘微弱的声音从手指缝里飘了出来。

"六万块? 这可不是一笔小数目啊。你干吗找秦凯借这么多钱?"许磊感到了诧异。

老刘把手从脸上放下,露出一张通红的脸。许磊看着老刘,发现他的双眼不知道什么时候已经湿润了。

"我找秦凯借钱都是为了我那个不争气的败家子?! 天下父母哪有不疼爱自己孩子的呢? 虽然他不是那么优秀,甚至是比较糟糕的那种,但他毕竟是我们的独苗啊。"老刘有些哽咽。

小杨从边上递给老刘一张雪白的纸巾。

"谢谢。"老刘接过纸巾以后,擦了擦眼睛,又擤了一把鼻涕,"我儿子整天无所事事,在社会上赶场子赌钱,不仅把身上带的钱输得精光,还借了一屁股债,最可恨的是他居然在赌场上借了那些

'放漂'人的钱。"

"你的意思是你儿子在外面欠了高利贷的钱?"许磊问道。

许磊对社会上那些"放漂"的人深恶痛绝。"放漂"是皖南地区对那些整天在赌场里转悠,怀里揣着数万元现金,见缝插针放贷给赌徒的那群人的称呼。他们以此为生,专门将钱借给那些输光了老婆本又急于想翻本的赌徒。你可千万别以为他们是些什么好人,"放漂"的人借钱给你的时候态度亲热得就像你是多年不见的老朋友,你想借多少就借给你多少。那些在赌场上已经输红了眼的赌徒在那个时候已经完全丧失了理智,看见"放漂"的人就两眼放光,忙不迭地去找他们拿钱。结果呢?

结果就是,你输光了这些钱,又无力还债,等待你的将会是噩梦。他们会到处找你逼债,而且他们的利息像滚雪球一样向上递增,再加上借给你的本金,那个数目最后会大得令人窒息。

没错!"放漂"的其实就是专门放高利贷的人!

许磊作为刑警队队长,对这种屡禁不止的赌博之风深恶痛绝,对那些因为赌博而倾家荡产的人既感到可怜又感到可恶。只有让那些沉迷于赌博的赌徒们清醒过来,认识到赌钱是一种威胁家庭和社会的恶习,必须金盆洗手,远离赌博,才能从根子上切断那些"放漂"人的财路!

"是的,我儿子涉世不深,上了那些赌友的当,在赌场里找那些'放漂'的借了四万块钱想翻本,结果血本无归,大败而回。我儿子在外面赌博借钱这些事情我们一点也不知道,他也从来不对我和他妈妈说,直到有一天……"

老刘拍打着自己的脑袋,似乎想将一些令人痛苦的回忆给拍打出去:"在一个天气闷热的下午,有两个瘦高个拿着一张欠条,找到了我们家。当时就我一个人在家,他妈妈出去逛街了。'嗨!老头,你儿子欠我们八万块钱,赶紧给钱吧!'其中一个青年瓮声瓮气地说道。我打量着站在我家门前的两个人,只见他们穿着黑色短袖衫,胳膊上纹了一些吓人的图案,浑身上下散发着一种邪恶、无耻的味道。我说你们找错人了。他们态度很凶恶,对我推推搡搡。我大声地说道'你们再不走我就报警了'。他们听了以后,狂笑起来,态度猖狂地丢下一句'三日之内还钱,要不老子就把你儿子的腿给卸了',说完就大摇大摆地离开了。"

老刘浑身颤抖地回忆着往事,显然他对这一段不堪回首的事情至今还气愤不已。

"当天晚上儿子回来的时候,我就开始质问他是怎么回事。他'扑通'一声跪在我和他妈妈的面前,一把鼻涕一把眼泪地哭诉起来,说是上了别人的当,借了高利贷。他一边扇自己耳光,一边哭着表示今后再也不赌博了,想要痛改前非。我和他妈妈都是软心肠的人,毕竟是自己的孩子啊,所以我们就给了他一个机会,原谅了他,准备替他还那个八万块钱……"

"你儿子不是就借了四万块钱吗?"小胡很奇怪地问道。

"他借的的确是四万块钱,但是欠着一个月没有还,拖下来再还的时候利滚利就翻了一番,这样就成了八万了。"老刘说完了这些,闭上眼睛痛苦地皱着眉头。

"对一个普通家庭来说,一下子要拿出八万块钱来可不容易啊。老刘,你是从哪里搞到这么多钱呢?"小胡问道,他心里一种同情感油然而生。

"我家里的积蓄没有那么多,能够拿出来的也就两万块钱,想还上那些高利贷是远远不够的,所以我必须要到外面去借。

找谁借呢？我首先想到的人就是秦凯，因为秦凯这个人平时待人友善，乐于助人，属于热心肠的人，加上他又是我们公司的生产科科长，收入在整个公司属于高薪阶层。另外还有一个原因，我考虑到秦凯夫妇没有孩子，在生活上的开销并不是特别大，一定会有一笔不小的积蓄，所以我决定第二天就去找秦凯借钱。"

"后来秦凯借钱给你了？他借给你多少？"许磊这个时候开口问话了。

老刘想了一想，继续慢悠悠地说道："那天我找到了秦凯……"

"你要那么多钱干什么啊？"秦凯看着老刘那张堆着笑的脸问道。

"秦科长，我这不是看咱俩关系好才来找你的嘛，我有个同学在山里搞了一个万吨石油库，现在正在集资，利息非常高哦，有百分之四十的年息。"

"有那么高的利息啊？我听说社会上有些集资是非法的，你那个同学不会在走偏门吧？"秦凯满脸狐疑地看着老刘。

"怎么会呢？我和他可是二十多年的老关系了，他哪会骗我呢。"老刘围着秦凯转，脸上堆着笑。

"我还是觉得有点不靠谱，老刘，我要劝劝你，旁门左道是不能沾的。你没看到有些人投资一些擦边球生意，想投机取巧赚快钱，结果陪得连裤子都没有了吗？"

"秦科长，你这么说就没意思了，我老刘是那种人吗？你不借就算了，何必说那些难听的话呢？"老刘将脸一拉，佯装生气。

秦凯看见老刘的脸色黑下来，就勉强笑着对老刘说："你看你，我又不是说不借给你，我只是劝你看清楚再投资嘛。"

老刘的脸一下子多云转晴，简直就像是在玩四川变脸：

"我说就是嘛,咱们秦科长哪能这么抠门呢。"

"好吧,老刘,六万块钱也不是个小数字,等过两天我就把钱取出来给你。"秦凯想了一会儿,对老刘说。

"还要过两天啊?"老刘生怕夜长梦多。

"你怎么这么急啊?"

"好吧,秦科长,过两天就过两天吧,我等你。"老刘生怕把秦凯逼急了,他会变卦,放走了财神爷,他儿子的小腿可就保不住了。

"后来秦凯真借给你六万块钱?"许磊问道。

老刘点点头:"是的。"

"那你为什么不报警呢?"小胡的情绪从对老刘的同情发展到对老刘的愤慨,还有这样愚昧的人! 人民警察为人民啊,小胡认为老刘的第一反应就应该是去报警。

"报警? 我也想过去报警啊。但是以后呢?'放漂'本来就是在社会上打擦边球的,不算是性质恶劣的犯罪。就算警察把他们拘留起来,但没过几天他们又会大摇大摆地出来,到时候吃亏的还不是我们?"老刘不无担心地说着。

许磊听完老刘的话,闭上眼睛靠在椅背上不吭声了。

"那你为什么今晚想起来要下山?"过了一会儿,许磊睁开双眼问道。

"唉,我是真没办法啊。"老刘叹了一口气,"今天晚饭的时候,我接到一个电话,是我老婆打来的,她在电话里和我说了一件可怕的事情!"

老刘说完以后就有气无力地半躺在沙发上。

"可怕的事情?"刑警队队长从椅子上直起身来,眼睛里光芒四射。

三十一

要去滨江市了

刑警队队长听了老刘的话以后来了精神,他两眼炯炯有神地看着他。

"到底是什么可怕的事情?"许磊问道。

"我老婆在电话里面哭哭啼啼地说了半天,我差点没被气晕过去,原来我那个不争气的儿子在外面又闯祸了!他好了伤疤忘了疼,又偷偷地跑到外面去赌博。就在今天下午,债主们又追上门讨债了。"老刘说话的时候脸色惨白。

"我老婆又惊又气,在电话那边哭个不停,我在这里心里就像猫抓一样。要知道,我老婆这个人心里不能搁事的,她一旦急火攻心就会生病的,平时家里遇到什么事情都是我让着她,劝着她。我,我恨不得插上翅膀立刻飞回去。"老刘眉头拧了一下,接着说道,"可是你们刑警下了封山令,现在连只苍蝇都飞不出西木度假村。我,我真是没办法啊,只能偷偷下山赶回去。"老刘说。

许磊站了起来,和颜悦色地对老刘说:"不要着急,老刘。今晚就不要回去了,再说天这么黑回去也不安全。这样吧,明天一早,我就撤掉关卡,你就可以和同事一起回滨江市去了。"

在老刘离开办公室的时候,他站在门口停了下来,回头向刑警们说了一句意味深长的话:"其实秦凯还是个很好的人,我想他那些日子催我还钱肯定是他手头真很紧了。"

墙上钟的指针仍然在不知疲倦地转着圈。送走老刘以后,屋内安静了很多。

"你们的看法呢?"屋内灯光照在刑警队队长的脸上。许磊坐在椅子上,两手扶着把手,神情显得神秘莫测。

"我觉得老刘说的关于厕所里与秦凯争吵的事情能够和上一次小王的谈话记录吻合。我相信老刘的遭遇,其实我挺同情他的。"小杨姑娘用手梳理了一下她的秀发。

"我也同意小杨的看法,刚才老刘说话时的表现不像是在撒谎。"当许磊的目光转移到另外一个年轻刑警的时候,小胡赶紧说道。

听了手下两位年轻人的意见,许磊从椅子上起身,背着手走到窗前,他还沉浸在老刘的悲惨遭遇之中。

忽然,他转过身来,用一种怪异的目光盯着他们,问道:

"你们注意到没有,老刘在出门时候说了一句话?"

"哪一句话? 老刘说什么?"小胡问道。

许磊对小胡有点不满意,他从桌上拿起香烟要点。

"是不是这句话啊:其实秦凯还是个不错的人,如果他不是有急事是不会催我还钱的。许队长,大概就是这个意思吧?"要说还是女孩子心细,小杨复述着老刘最后那一句话。

"很好!"许磊肯定了小杨的观察力。

他手执香烟在屋里踱着步子,在烟雾中说道:

"为什么老刘会说出这句话？我们通过老刘的谈话，知道他和秦凯的私交不错，要不六万块钱这么大的一笔钱，一般朋友是很难借出来的。现在不是流行一句话嘛——谈钱伤感情。至于老刘所说的那件事情，就是他儿子借了高利贷的那件事情，这个很好验证，调查一下这件事，就能得到正确答案了。"

"队长，明天真就让他们回去啊？"小杨问道。

"嗯。"许磊点了点头，摁灭香烟，冲着两位年轻人说道，"你们准备一下，我们需要和我们的邻居打交道了。从明天开始我们就要去滨江市出差，西木度假村血案的侦破工作需要滨江市公安分局刑警队的配合。"

"哦，那好啊！"一听说要去滨江市追查西木度假村血案，小胡高兴地搓着手，他那苍白的脸上浮现出一股兴奋劲儿。

"不早了，你们去休息吧，养足精神，明天继续战斗！"许磊看着两位年轻人那疲惫不堪的面容说道。

"那许队长你呢？"

许磊从办公桌抽屉里面摸出两把钥匙扔在桌上：

"查经理在接待大厅二楼安排了两间房，这是钥匙，你们拿着先上去睡吧，我在这里想点事情。你们知道的，我一思考事情就会抽烟，房间里面就会像失火一样烟雾缭绕，我生怕把小胡熏晕了明天不能去办事呢，呵呵。"看来刑警队队长也不是想象中那么严肃刻板，偶然也会闪现出成熟男人的幽默。

办公室里面一片寂静，桌椅、沙发和办公用品似乎都已经沉睡，静静地在原处一动也不动。墙上的钟还在辛勤地运转着，现在只剩下它在陪着刑警队队长许磊了。

许磊拖着疲惫的身躯向沙发上一躺，真皮沙发立刻就深深地陷了下去。从早上赶到西木度假村到现在,他的大脑一刻也没有停止过运转。他实在是太累了,需要好好地休息一下。他躺在软软的沙发里,两眼盯着天花板出神。不知道是因为用眼过度呢还是灯光的缘故,在许磊的眼里,洁白的天花板上出现了一圈圈周边发毛的光晕。许磊闭上眼睛,想让眼睛休息一下,但是黑暗中又出现了老刘那凄凄惨惨的形象。他只好又睁开眼,眨了眨眼,天花板上的光晕依然没有消失,而且似乎越来越大,越来越低,像是要将下面这个人给融化进去。就好像是在放幻灯片,巨大的光圈内现出那间阴森森的地下室,一个模糊的身影靠在门上孤寂地吸着烟……

"快转过脸来,快转过脸来啊。"沙发里许磊在心里呐喊。天花板上光圈里的人似乎听见了许磊的喊叫声,他慢慢地转过身来……天哪! 那还是人吗?

许磊猛地从沙发里坐了起来,额上已经冷汗直冒了。他摸了摸脑门,一手汗,这才发觉自己刚刚迷迷糊糊睡着了,已经进入了浅睡眠状态。

他想从口袋里掏烟。

"嗯? 这是什么?"许磊惊奇地从口袋里面摸索到一件物品,掏出来慢慢放在眼前端详——原来是黄色的布条!

三十二
吴师傅出现了

　　翌日一大早,胖乎乎的查经理焦急地站在度假村接待大厅的门口。外面空地上已经站着许多等待下山的游客。他们聚集在一起,小声地交谈着,空地上"嗡嗡"声四起。他们当中有的人皱着眉头,站在一边抽着烟;有的人伸着脖子,漫无目的四处张望;还有些人搓着手、跺着脚,用来抵御山里刺骨的寒气。

　　滨江市的游客们夹杂在等待的人群中,他们默默不语,在整个人群中显得最为落寞和凄凉。老刘正嘴叼烟卷,两眼无神地看着远处。穿着时尚醒目的古丽莎和几位女同事簇拥在张敏周围。张敏的脸上毫无血色,山里清晨淡淡的雾气打湿了她的秀发,湿漉漉的头发顺着她那惨白的面庞垂了下来。

　　西木山岭的空气是清新的,虚无缥缈的云雾像一条条蚕丝薄纱一样缠绕在大山的腰间。焦急等待的人们已经没有心情去欣赏如此秀美的山区风景了,他们从来没有过如此迫切的回家念头。

　　"来了! 来了!"人群里面一阵骚乱。

　　查经理侧目一看,发现大厅门口多了三个穿戴整齐的警察。

他们站在台阶的顶端,望着下面黑压压的人群。三个警察身上所穿的警服衬出了一种正义感,与之相比,矮胖敦实的查经理显得平庸了很多。

查经理看见许磊三人出现在大门口,连忙迈开腿走上前去,笑容可掬地说道:

"来了啊,许队长,游客们已经在这里等了快半个小时了。"

"嗯。"许磊应了一声。刑警队队长的眼圈有点发黑,细细的波浪纹血丝布满了他的眼白,显然昨晚对他而言是一个不眠之夜。

"旅游大巴的司机都已经就位了,就等队长一句话了。"查经理脸上堆满了他那标志性的笑容。他递给许磊一支烟。

"好的,我知道了。查经理,我已经和关卡的同志说过了,关卡在今天凌晨已经撤销,游客们可以放心下山去了。"许磊接过香烟,说道。

"太好了!"胖经理兴奋地叫了一声,转身走下台阶,肥嘟嘟的手向山下一挥,等待的人群拖着大包小包向山下旅游大巴移去。

几天前,他们还兴高采烈地来到西木度假村游玩散心,享受着天然氧吧对身心的洗涤,享受着天然温泉给他们带来的欢乐愉悦。而现在呢? 一个个如同打了败仗一样。这强烈的反差刺激着查经理的眼球,而这一切的变故都是由那起血案造成的。人们需要一个安定的社会环境,这样才能真正地享受美好生活。通过短短几天内发生的事情,查经理的思想观念起了不小的变化。不能再一味地盯着度假村的收入和效益了,应该在安全上多下工夫,他暗暗想着。

滨江市的几个人脚步沉重地落在人群的后面,身材瘦弱的张敏忽然停止了脚步,转身回眸凝望了一眼身后那雄伟的青山以及错落有致的木屋别墅群。她那心爱的男人永远地留在西木山岭了,张敏不由地悲从心起,眼泪"哗哗"地顺着面庞流淌下来。经过一夜内心的痛苦挣扎,张敏似乎忽然老了很多,清晨的薄霜落在她的发梢上,呈现出白色,真的是"忽闻郎君随风去,一夜悲怆发染白"啊。

悲伤的不止张敏一个人。站在她身边的一个穿着时尚的年轻女子,表面上平静如水,其实内心里也是心如刀割。漂亮的单身女子古丽莎在其华丽时髦的外表下隐藏着的是一颗柔弱受伤的心。她一直以来眼光极高,对于爱情有自己独特的想法。不知道是上天的眷顾还是老天和她开了个玩笑,她进入单位以后居然爱上了一个有妇之夫——秦凯。古丽莎曾经幻想着有一天能够和那个英俊男子双栖双飞,终生厮守在一起。她并不介意秦凯是已婚男人,秦凯的成熟与温情是她抵挡不住的诱惑。就像是一杯浓烈的药酒,古丽莎明明知道药性很猛,但她还是不计后果一饮而尽,她对秦凯的痴迷已经太深!

现在曾经让她痴迷的那个男人已先走一步,彻底地和巍巍青山融为一体了,留下她孤单单一个人!

"一场空啊!"古丽莎心里悲凉地哀叹。

许磊站在接待大厅的门口,高高在上地看着下面的一切。他嘴里吐出一口烟雾,脑中的思绪却变得越来越清晰。通过昨天对一些相关人等的询问调查,他对整个案件的排查工作还是比较满意的。他认为现在缺乏的就是一根针,一根可以捅破覆盖在案件真相表面薄膜的那一根针!

他从口袋里取出那根黄色的布条出神地看着,黄色布条在山风的吹拂下飘扬着。许磊的脑中形成一团团迷雾:从树林里无意拾到的这根黄色布条在本案中到底能起什么作用？这根布条是否就是戳破那层薄膜的钢针？

许磊收起了黄色毛边的布条，转身对两位年轻人说道：

"游客们都已经回家了，我们也回局里去吧。小杨、小胡，你们回家准备一下，我们今天吃过午饭就去滨江市。"

许磊就是这样的人，做起事情来雷厉风行。

警车引擎发出"轰轰"声音。许磊坐在驾驶室里，招呼着两位年轻警察上车。小杨和小胡回首看了一眼群山，带着复杂的心情钻进了警车。

正当刑警队队长准备启动汽车的时候，从车外传来一声大喊："警察同志！请留步！"

许磊闻声，赶紧踩了一脚刹车，摇下窗户，回头望去，只见一个陌生人站在警车的屁股那儿挥手。

许磊关掉发动机，推开车门，跳下车，向车后走去。

"您好，警察同志。"那个陌生人迎上前去紧紧握着许磊的手。

"你是？"许磊看着对方。

"哦，您不认识我，我也是在昨天才认识了您。"陌生人操着山区口音慢声细语地说道。

"昨天我在这里听你们说，如果有什么对破案有价值的线索就来告诉你们，是不是？"陌生人继续说道。

"哦？你有什么新发现？"许磊眉毛一抖，脸上呈现出惊喜的表情。

陌生人小心地向四处看了看，小声地问道："能找一个没人的地方说吗？"

西木度假村偌大的空地上，两个人站在一部警车边上。抬眼仰望,除了缠绕着青山的浮云是运动着的,其余的景物依然是沉默不语。

许磊看看四下无人,冲着陌生人说道:"上车说吧。"

警车里,许磊坐在驾驶座位上,两位年轻人则坐在后排好奇地看着眼前的陌生人。

陌生人坐在副驾驶上,回头和小杨他们打了个招呼,扭头冲着许磊自我介绍:

"我是这儿餐厅的厨师,免贵姓吴。"一股浓浓的皖南山区的口音回荡在狭小的空间里。

"你好,吴师傅。"许磊冲着陌生人微笑着,"现在你可以安心地说出你所知道的事情了。"

吴师傅点了点头,不紧不慢地说道:"度假村自从开业以来还没有发生过这么大的事情!血案!太令人震惊了!真是令人害怕啊,而让我们感到更可怕的就是凶手到现在还没有被抓到,说不定就在我们这些人中间。这种恐慌像瘟疫一样已经在我们厨师内部蔓延开了,很多厨师都想辞职不干了,离开这让人恐惧的西木度假村。"

"我们会抓住凶手的,他不能逍遥法外!"许磊坚定地说道。

吴师傅低下头沉默了一会儿,感叹道:"是啊,我也想帮你们尽快抓住凶手。"

"谢谢你,吴师傅,要是这里的每个人都像你这样支持我们工作就好了。"许磊脸上露出了赞许的笑容。

"我昨晚躺在床上,怎么睡也睡不着。我在床上折腾了大半夜,忽然想起了一件事情,或许对你们破案有帮助。"吴师傅眼睛里闪烁着光芒。

"你想起了什么事情？"

"我……不好意思啊。在说这件事之前，我想问一下：我听说提供有价值的破案线索能够得到奖金，是吧？"吴师傅脸上泛起了红晕。

"会的，你放心吧。吴师傅，奖金肯定会有的！"许磊笑着，鼓励着吴师傅。

"好吧，我开始说了啊。"吴师傅露出笑容，抛开他最后一丝顾虑，说道："昨天一大早我下山采购食品的时候，我看见……"

三十三

被蒸发的行人

当警车里面的吴师傅抛开顾虑，正准备说出后面话的时候，前方有一辆满载着游客的大巴从转弯处驶了进来。体积庞大的旅游车停稳后，从里面走下来许多欢声笑语的游客。他们身着艳丽的服装，好奇地环顾着西木山岭的美景，对这里的秀丽风光赞不绝口。

"西木度假村又迎来了一批新的游客啊。"许磊感慨道。

看到一下子出现这么多游客，吴师傅又开始有些紧张了。许磊安慰道："没关系的，吴师傅，我们都在警车里面，你害怕什么？"

"是啊，有警察在，我还担心什么呢？"吴师傅自言自语。

他稳定了一下情绪，接着刚才的话题往下继续说道："我们厨师每天都要很早下山去采购，我们和市里面的大型菜市场是有协议的，他们负责每天给我们度假村供应新鲜的食品，我们只需要带着车把食品运回度假村就可以了。昨天早晨四点多钟，我和餐厅里一个小伙子驾驶着小型运货车慢慢向着山下开去。嗯，是那个小伙子开的车，我就蜷缩在副驾驶位置上打瞌睡。毕竟才四点多啊,起得太早了,路上气温还特别低。"

吴师傅坐在警车的副驾驶位置上回忆着昨天凌晨发生的事情
……

"开慢点啊,昨天刚刚下的雪,路上的积雪不一定就清除干净
了,现在可能都已经结冰了。要注意啊,小心地滑!"吴师傅转脸冲
着小伙子说着。

"知道喽,吴师傅。"小伙子答应得挺干脆。

吴师傅给小伙子提了个醒以后,就竖起衣领,蜷缩在副驾驶位
置上,合上了眼睛。小货车缓慢行驶在盘山公路上。

忽然,小货车像小老鼠被踩了尾巴一样发出"吱——"的一声,
小伙子猛地来了一脚急刹,小货车剧烈震动了一下,慢慢向路边滑
去,靠在路边的山体停了下来。正准备进入梦乡的吴师傅坐在座
椅上被震得弹了起来,两眼茫然地看着窗外。他被刚才那个急刹
惊出一身冷汗,半晌没有缓过劲来。

他看了看左边的驾驶员,恼怒地吼道:"你在搞什么? 你不知
道急刹会让我们连车带人都翻进山谷里面去啊?"

"不,不好意思啊,吴师傅。刚才我转过这个弯的时候,我,我
发现一个人走在路中间! 差点把他给撞了!"小伙子脸色苍白,惊
慌失措解释道。

"有人走在路中间? 怎么可能? 天都没亮呢,这时候哪会有什
么路人?"吴师傅对小伙子的解释感到不屑。

"是真的,我不骗你,吴师傅。快看! 他还在那儿呢!"小伙子
瘦弱的胳膊忽然向前一伸。

借着货车大灯的光,吴师傅顺着小伙子指着的方向看,只见不
远处有一个男人,慌慌张张地向山下奔跑着,他的影子在凹凸不平

的山体上扭曲拉长……"那个人极快地从灯光范围内跑了出去,很快就消失在黑暗里不见了。后来我俩发动小货车下山的时候再也没有看见那个人,他好像被蒸发掉了一般。"警车里吴师傅心有余悸地回忆着。

"你有没有看清楚那个人的长相?"许磊一边听着吴师傅的回忆,一边用手摩挲着下巴。

"很可惜,我没有看清楚那个人的长相。"

"那你大概能够描述一下你所看到的那个人的特征吧?"许磊还是希望能够得到更多有价值的线索。

"特征?让我想想啊。"吴师傅沉思了片刻,说道,"那个男人动作很敏捷,长胳膊长腿的。他穿什么衣服我没能看清,只觉得颜色淡淡的,很朴素的样子。他头上戴着一顶帽子,疯狂地向黑暗里飞奔着。"吴师傅皱着眉头,苦思冥想着。

"帽子?是不是那种和上衣连着的那种休闲服上面的帽子?"

"他跑得太快了,我没能看清楚。不过我感觉那顶帽子的形状应该不是连体的那种。"吴师傅实话实说。

许磊坐在驾驶位置上皱着眉头想了一会儿,然后把手慢慢地伸进口袋里摸索了一番,掏出来那根黄色的布条,递给吴师傅。

"吴师傅,你帮我看看,这根黄色布条你有没有见过?"

"我来看看啊。"吴师傅接过布条放在眼前仔细观察着。

"这好像是从一块布上撕下来的啊。"吴师傅做出他的判断。

"你再用手揉一揉,有什么感觉?"许磊提示着吴师傅。

吴师傅很听话地用手指捏着布条来回揉搓着,说道:"这种布料好像比较粗,应该是粗布。"

"没错!这就是一块粗布。我就是想问问吴师傅附近有没有人穿这种粗布衣服？因为我觉得现在已经很少有人拿这样的粗布来做衣服了。"许磊问道。

"有没有人穿这样的粗布衣服？让我想想啊。"吴师傅将布条放下，左手抱在胸前，右手支起下巴，苦想着："这个布条的颜色看起来倒是挺眼熟的，不知道在什么地方见过？"

警车里异常安静，小杨和小胡坐在后排上两双眼睛齐刷刷盯着吴师傅满是皱纹的脸。这个时候，许磊轻轻推开车门钻了出去，抬眼望着接待大厅门口熙熙攘攘的游客。

他从烟盒里面取出一支香烟，含在嘴里，拿着打火机点火。"啪"的一声，火苗从打火机的喷口中跳了出来，点燃了香烟。许磊深深吸了一口，烟雾慢慢从他的鼻孔里冒了出来。

"我想起来了！我想起来了！"车内传来一阵兴奋的叫嚷声。

许磊赶紧扔掉香烟，低头钻进了警车："你想起什么了？吴师傅。"

"是的，这种粗布我见有人穿过。"吴师傅兴奋地指着那布条，非常肯定地说道。

"太好了！"许磊脸上露出了笑容，他被吴师傅的情绪感染了，心情感觉舒畅了很多。

"接着往下说啊，吴师傅。"许磊迫不及待地想知道到底是谁会穿这样的粗布衣服，而他认为穿这种粗布衣服的人极有可能就是杀害秦凯的凶手。

三十四

白塔寺的疑团

　　靠在苍劲粗大的杉树树干上,环视广阔的西木山岭,只见下面群山起伏、云雾环绕。神秘莫测的雾气极富层次感地飘在山岭之间。山体两侧的积雪尚未融化吧,那里呈现出大片的铁灰色,山脉顶上大部分的积雪已经融化,露出了青绿色的树木。如果用长镜头远远看去,整个西木山岭就好像有一匹匹银白色的骏马隐藏在云雾之中……

　　"我在西木度假村当厨师已经有些年头了,"吴师傅停顿了一下,接着说道,"来这里游玩的不仅仅是从外省市慕名而来的游客,还有周围的山民和僧人……"

　　"僧人?"许磊猛地想起餐厅服务员曾经和他谈到秦凯死前去过白塔寺。

　　"是的,是白塔寺的僧人,他们有时候会从那边的山上来度假村里玩一玩。我们度假村的查经理对周边的邻居们还是比较友好的,任由他们来去自由。而这种黄色的粗布衣服就是这些僧人经常穿的衣服,难怪我眼熟呢。"吴师傅吐沫飞溅。

"吴师傅,你能肯定这布条就是那些僧服上的?"许磊在一旁渐渐冷静下来。

"这……这我也不敢肯定啊,不过依我看十有八九就是那些和尚的。"吴师傅说道。

"谢谢你,吴师傅,你今天提供的这条线索对我们来说太重要了。"许磊这个时候心里已经有一个行动计划了。他探出身去,伸出右手和吴师傅紧紧地握了一下,以示道别。

吴师傅开门下车后又绕到警车的主驾驶边上,不忘和许磊说了一句对他来说是非常重要的话:"你们抓到了凶手,我真有赏金吗?"

许磊胳膊搭在车窗上笑着说:"你就在家等着好消息吧。"

警车车厢里面,小胡身体前倾,笑嘻嘻地冲着许磊说道:

"队长,那个吴师傅可真有意思,一心想着领取赏金。"

"哦,人家前脚刚走,你就开始说三道四啦?"小杨心情轻松地和同事开着玩笑。

小胡侧脸和小杨争辩。

小杨佯装生气地说:"上一次警队里面大比武,你在攀登和体能三项中都取得了冠军,我看你也没请我们吃饭啊。"

"那次公安系统大比武啊,你不说我都快忘了。"小胡挠挠头,谦虚地说道,"攀登和体能三项都是卖卖力气,显露肌肉,没什么可以值得骄傲的。"

"那就说你拿了健美比赛的冠军也应该请我们吃一顿吧,咯咯……"小杨嘴上调侃着小胡,脸上绽放出笑容。

"你就知道吃,也不怕胖?"小胡冲着姑娘做了个鬼脸。

许磊坐在驾驶座上听着后面两位年轻人斗嘴,摇头笑了笑,说道："好了，你俩就别斗嘴了，等我们破获了这个血案，我来请你们吃大餐。现在我们言归正传，有一个计划要和你们说一下。"

"什么计划啊？"两位年轻人立刻安静下来。

"刚才吴师傅的一番话解开了我心头的一块疑团。他说这块布条是来自僧人的。我原来也认为这块布条是从衣服上撕扯下来的，但是一直不清楚在这个地方谁还会穿这样的粗布衣服。如果能够摸清这个问题，我想西木度假村的血案很快就会结案了。"

"哦？这根黄色布条有这么大的作用啊？看来白塔寺真是个很神秘的地方啊。"小杨撇撇嘴说道。

寺庙乃是僧人远离俗世、清净修身之地，但是这个白塔寺看来并不那么简单，许磊心里想着。

"待会儿你带上小杨把车开回分局去，你们回家准备一下。什么时候去滨江市，等我的电话。"许磊吩咐着小胡。

"那队长你呢？"小杨关切地问道。

"我打算去一趟白塔寺，找点有价值的证据。"

"我也要和你一起去。"小杨这次可不答应了，因为上次寻找第一案发现场的时候许磊没有带上她，她已经失望过一次了。

"嗯，好吧，小杨和我一起去。"许队长瞅了瞅小杨，松了口，"小胡，你还是按原计划进行，先回分局，顺便去法医鉴定中心那儿看看他们的尸检报告出来没有。"

"好的，许队长。"小胡欣然地接受了队长的安排。

刑警队队长许磊和他的年轻女同事小杨快步走进西木度假村的接待大厅。他们向工作人员打听好前往白塔寺的路径，就立刻向着山那边出发了。

两人沿着西木度假村边上的水泥路走着。西木山岭地区昨天刚刚降过大雪。两位刑警踩着积雪,脚下发出"噗噗"的声音。许磊解开衣领的扣子,向着白塔寺赶路。小杨跟在队长的后面,不停地用手擦拭着额上的汗。

"小杨,走累了吧?"许磊停下了脚步,回身笑着问道。

"还好,我不累。哎,队长,白塔寺快到了吧?"小杨仰着粉脸回答道。她的气息有些急促,额头上面已经渗出许多细密的汗珠了。

"唔,应该快到了吧。小杨,我们先休息一下,磨刀不误砍柴工嘛。"许磊抬眼看了看前方,笑着说道。

小杨点了点头,双手叉着腰慢慢地向路边一棵杉树走去。她单手扶在高大的杉树上面,微微地喘着气。清风拂过,吹起姑娘的秀发。风中依然带着料峭的寒意,但是小杨感到畅快。

"好漂亮哦!"小杨靠在杉树上鸟瞰群山,发出赞叹。

许磊点燃一支香烟,歇息片刻,笑着说道:"小杨,我们继续向前走吧。"

三十五

神秘的方丈

山路尽头就是寺庙殿宇了。昨日的落雪已经被勤劳的僧人清扫到路的两旁,一条清静幽深的小路直通寺庙的主体,隐藏在苍松劲柏后面的就是白塔寺的主体建筑——大雄宝殿。

大雄宝殿上面三个烫金大字"白塔寺"映入两人的眼帘。许磊抬头看了一眼那高耸的圆锥形塔顶,侧过脸,口中呼着热气说道:"小杨,我们已经到达目的地了,这就是——白塔寺!"

今天的白塔寺与往常有些不同,所有的大门都是紧闭着的,门前体积巨大的香炉静静地立着,寺庙两旁的树偶尔传来清脆悦耳的鸟鸣。鸣声悠远,千转百回,给白塔寺平添了一种神秘感。

"许队长,这里好安静啊。"小杨看看四周,小声地对许磊说道。

是啊,太安静了,安静得都让人心里恐慌。在这样一个安静祥和、与世无争的地方,能够找出与度假村血案有关联的线索吗?那黄色的粗布布条为什么会出现在西木度假村的树林里面呢?许磊想着。

就在这个时候,"吱呀"一声,偏殿的大门打开了,一个身材矮胖的僧人出现了。

"阿弥陀佛,警察同志,来此佛门清净之地有何事啊?"矮胖僧人低首垂目,双手合十地问道。

许磊微微眯着眼,快速打量了一下僧人,回答道:

"我们是丁口市公安分局的,想到白塔寺来了解一些情况。"

"哦? 这个? 警察同志,你们先在外面等一下啊,容我去里屋通报方丈一声。"

说完话,那个胖胖的僧人推开大雄宝殿的门走了进去,剩下两位警察依然站在门口。

等到僧人消失在他们的面前以后,许磊侧脸低声问小杨:"你注意到了没有? 刚才那个僧人身上穿的衣服是什么颜色?"

小杨点了点头:"是啊,队长,刚才我注意到了,那个僧人身上衣服的颜色和我们看过的布条颜色很接近啊。"

"哼。"许磊又视察了一圈周围的环境,判断道:"这个白塔寺绝对不简单!"

随着"吱呀"一声,厚重的正门被缓缓推开,一位老僧身披袈裟跨过门槛走了出来,后面紧紧跟着刚才那位胖僧人。

"阿弥陀佛。"老僧双手合十,向警察施礼。

"这就是我们白塔寺的方丈智能大师。"胖僧人在一边向警察介绍。

"您好,智能大师。"许磊和小杨合十还礼。

"是这样的,智能大师,我们这次来白塔寺想了解一些情况。"许磊说道。

"如果贫僧有什么能够帮助二位的,请尽管问吧。"智能大师依然双手合十在胸。

"大师,可否借一步说话?"许磊礼貌地问着方丈。

"里面请。"智能朝着大殿右手一挥,许磊和小杨跟随着方丈慢慢地走了进去。

大殿里屋内,光线还是那么昏暗,微弱的长明灯烛光随着空气的流动不停地抖动着。方丈闭目坐在靠墙的桌旁一动不动,许磊二人则隔着一张方桌坐在方丈对面。

"施主,有什么问题就尽管问吧。"方丈慢慢睁开双眼,语气中透出一种懒洋洋的倦怠感。

"大师最近不太舒服?"许磊一反常态,先不急着谈及度假村的案件,反而关切地问起方丈的身体健康来了。

女警察小杨侧目看了一眼队长,心里感到奇怪,不过她知道他们的队长在问话方面有很多技巧,所以只要和队长在一起,就能够学到不少的知识。

"山里面寒气较重,老衲不过是受了点风寒罢了,不碍事的。"方丈声音微弱。

许磊微微地皱了一下眉头,问道:

"我想问一下大师,就在前天,有没有一个男人来过白塔寺?"

"嗯?"一脸病相的方丈忽然睁开了眼睛。

刚才方丈那慵懒无力、恰似病人般的话语让人昏昏欲睡。当听到许磊提出的问题以后,方丈那一怔的表现把两个人吓了一跳。

许磊接着说道:"是的,一个男人,他来白塔寺为他妻子许愿。"

"他的身材是不是很高大?"方丈问道。

"嗯,和我差不多。"

"唉,血光之灾啊,他终于还是出了事。"方丈发出感慨后慢慢合上了眼睛。

"大师怎么知道他出了事?"许磊惊讶地问。

"唉……"方丈慢慢从黑暗中起身,不声不响地踱到两位刑警的面前。

"咳咳。"许磊干咳了几声,打破屋内那种神秘气息。

"方丈,您是怎么知道那个男人出事了呢?"小杨问老僧。

"前天,有位施主前来白塔寺进香。他身材高大、相貌堂堂,年纪三十几岁。老衲第一眼看见他的时候,就感觉到他的身上散发着一股邪气。"方丈操着沙哑的声音徐徐道来。

"当时他说是为了他的妻子前来佛门进香的,表面上他诚心诚意、毕恭毕敬地在叩拜,但是老衲不知为何感受不到他的诚意,反倒觉得他神情有些紧张。贫僧看着他的脸,发现他的印堂之中隐隐发黑,所以贫僧特地将他留下,为他占卜了一卦。"方丈继续说着。

"我握着那位施主的手开始为他算卦,一边看着他手中的掌纹命脉,一边去看那位施主的表情。他好像很不情愿把手伸过来让我占卜。我能感受到他的大手在往回缩。果然,从他的掌纹中,我看出他最近的确要经历一劫,而且是一种很糟糕的劫数——血光之灾。"

"大师,从手相上面真能够看出一个人的命运?"小杨小心翼翼地问着方丈。

方丈抬起他那满是皱纹的瘦脸,瞥了一眼姑娘,没有回答,继续神神秘秘地说着:

"老衲平生经历过许多事情,也遇到过许多人。

前天,当贫僧停止对那位施主占卜之后,老衲偶然抬头看了对方一眼,我忽然感觉到坐在我面前的似乎换了一个人,而不是那位施主！那个人的容貌是那样模糊不清，连五官都不能分辨。而那个人的身影我又似曾相识，就是一下子想不起来，那位施主身上显现出那种可怕的二位一体的幻影让我不知所措。阿弥陀佛。"方丈口念佛语，低下了头。

　　许磊听完方丈的话，感觉头皮发麻。小杨则缩着脑袋躲到队长的身后去了。

三十六
失踪的小僧

　　许磊意识到他应该立即走到屋外,去呼吸一下新鲜的空气,让大脑迅速冷静下来。他拉着小杨的手,头也不回地走出大雄宝殿。

　　两人站在院中,嘴里呼着热气。这个时候,在大雄宝殿的正门那儿,形如枯槁的方丈再次出现了。他面色苍白,步履蹒跚地跨出门槛,慢慢地向他们走来。

　　许磊感觉到身后异样,猛然转身,方丈已经悄无声息地走到了他的面前。

　　"呃。"许磊盯着那张精瘦的脸。

　　"施主不必太紧张。刚才我说的那些事情已经过去了,就如同现在的西木山岭一样,依然是那么端庄、宁静,就像什么事情也没有发生过一样。"方丈慢悠悠地说道。

　　许磊看了一眼群山,忽然想起一个重要的问题:

　　"嗯,大师,我想再问您一个问题。"

　　"施主请讲。"

　　"你们白塔寺现在总共有几个僧人?"许磊两眼紧盯着方丈。

"现在白塔寺人丁不旺,一共有四个僧人,包括老衲在内。"方丈没有躲避刑警队队长那锐利的目光。

忽然方丈想起来一件事,改口说道:"不过目前只有三个人了。"

"哦?为什么?"

方丈挪动脚步,慢慢地向院中的一隅走去。他站在一棵苍劲挺拔的柏树那儿沉吟片刻,又背着手走向刑警队队长。

"就在前天晚上,"方丈停顿了一下,接着说道,"本寺的一个小僧失踪了。"

"白塔寺有僧人失踪?"当听到有人失踪的时候,许磊的眼睛放射出兴奋的光芒,一扫刚才那种混沌的感觉。

"是的,当天晚上,本寺的弟子净空自从回到他的住处以后就再也没有人看见他出现了。"方丈说道。

"净空?"许磊问道。

"是的,净空,是本寺最小的弟子。我们四处寻找他都没有结果。"

"方丈,您能不能和我们详细谈一谈这个净空啊?"许磊眉头紧锁。

"说起这个净空,其实有一段故事。"方丈慢慢睁开眼,看着远处连绵起伏的山脉,思绪似乎回到了过去。

"大约在一年前,可能还不到一年。有一天,白塔寺来了一个衣衫褴褛的年轻人。当时老衲正在里屋午休,剩下净能在院子里面打扫着卫生。哦,净能就是刚才你们看见的那位个子不高、身材微胖的僧人。"

许磊看着方丈,聆听着。

智能看了一眼远方,接着说道:

"净能走上前去询问他有何事,他说有事要找方丈。净能告诉他我正在里屋休息,让他先在外面等候。于是他就开始有些焦躁不安了,硬要闯进大雄宝殿来找我。我在里屋被外面的争吵声惊醒了,我就披着衣服走出宝殿。"

雾气依然停留在群山之间,整个西木山岭地区都被笼罩在一片白茫茫之中。在高高的山顶上面,孤零零地矗立着一排排白色的庙宇。在枝叶繁茂的大树底下,安静地站着三个人。

许磊聚精会神地听着智能方丈的描述,眼前似乎出现了一个场景:

当穿好衣服的方丈刚刚迈出大雄宝殿门口的时候,他被眼前的情景惊呆了:一个身材高大、衣衫褴褛的年轻人正骑在胖乎乎的僧人身上,他一手摁住身下的和尚,一手挥舞着拳头要往下落。

"住手!"方丈见状大喝一声,赶紧向两人走了过去。

那个年轻人看着身穿袈裟的方丈走了过来,这才放下拳头慢慢地站了起来。他身下的那个胖和尚赶紧爬起来躲到一边去了。

"阿弥陀佛,施主为何出手伤人?"方丈盯着年轻人问道。

"你,你就是方丈吧?"年轻人用手拍了拍身上的尘土,眼神游离地反问道。

方丈仔细地打量着眼前的这位年轻人:只见小伙子二十七八岁,身材高瘦,脸色苍白,衣服上面满是污泥。年轻人精神显得有些恍惚,但目露凶光,就像一只受到攻击的野兽一样准备随时扑向对方。

"阿弥陀佛,老衲正是本寺方丈。"智能双手合十。

一听到眼前这位瘦弱的老僧就是白塔寺的方丈,那个年轻人眼睛里的凶光渐渐淡下去,取而代之的是一种说不清、道不明的朦胧感。

那个瘦高个慢慢地向方丈面前挪动步伐,一旁的胖僧净能高声提醒着方丈:"小心,师父!"而再看方丈,依然双手合十立在那里,仿佛就是泰山压顶他也无所畏惧。

但是,出人意料的事情发生了,那个年轻人慢慢地走到他的面前,"扑通"一声,跪在方丈的面前,眼泪奔涌而出。

"大师,你就收下我吧。"年轻人抱着方丈的大腿哭道。

"施主,快起来,起身说话。"方丈伸出干瘦的双手去搀扶年轻人。

"不! 我不起来,如果大师不肯收我为徒,我就跪在这里永远不起来!"年轻人很是倔强,任凭方丈怎样拉扯,他就是赖在地上纹丝不动。

"唉,你先起来再说。佛门乃是出家人修身养性的地方,必须六根清净才可以的啊。施主,我看你红尘之事尚未了结,从何谈起出家之言呢?"智能叹了一口气,幽幽地说道。

"大师,我已经走投无路了,恳求你发发慈悲,收下我吧。"年轻人仰起满是泪水的脸。

"这个……"方丈从年轻人的臂弯里拔出自己的大腿,退后几步沉思着。

三十七
小 僧 净 空

　　身材瘦弱的方丈静静地站在院中，身体随着寒风的吹过微微摇晃着。刑警许磊和他的助手站在他的身边，聆听着方丈的讲述。

　　"对于那个年轻人想在白塔寺出家的行为，起初老衲是不赞成的，要知道并不是每一个人都适合出家修行的。"方丈闭着眼睛缓缓地说道，他的眼前又出现了那天下午的情景：

　　"出家可不是儿戏，一入佛门，四大皆空。施主一定要想清楚啊。"方丈看着跪在地上的年轻人说道。

　　"我知道，我已经完全想清楚了。"年轻人擦干了脸上的泪水，仰起脸说道。

　　"出家人必须要能经受筋骨之苦，你能够承受吗？"

　　"大师，我现在已经没有家了，恳求您就收下我吧。"说到这儿，年轻人的眸子里忽然闪烁着一丝捉摸不定的光芒。

　　"唉……"方丈叹了一口气，面对刑警们说道："其实老衲那个时候已经感觉到这位年轻施主身上有股邪气，本不打算收留他。但我转念一想，因为白塔寺在去年遭遇大火之后刚刚重新修建好，正是需要增加人手的时候。贫僧本着慈悲为怀的心，就收留了他。"

"大师，那么后来呢？"许磊问道。

"老衲给他取名净空，就是希望他能忘却以前，四大皆空，皈依我佛。净空入我白塔寺以后，表现还算不错。早课、晚课都很认真，进步很快。净空出坡劳作非常勤快，平日的洒扫、搬柴、摘菜等事他做得都很认真卖力。阿弥陀佛，善哉善哉。出坡劳作，培修福德；提起正念，照顾脚下。"方丈看着群山之间缥缈如纱的云雾感叹道。

"提起正念，照顾脚下。"方丈重复了一遍佛语，接着往下说道，"经过一段时间的观察，贫僧觉得净空手脚倒是勤快，就是……"

"怎么了？"许磊插话问道。

"净空来到白塔寺一段时间以后，贫僧发现他偶尔会精神异常：有时候表情淡漠，神情抑郁；有时候则手舞足蹈，胡言乱语。要知道，身有癫狂的人是不能步入佛门的。阿弥陀佛，罪过罪过。"智能双手合十，"不过这一段时间以来，他已经没有发作过了。"

许磊站在方丈的对面，左手抱于胸前，右手摩挲着他那棱角分明的下巴。

"大师，你们是前天晚上发现净空师父失踪的吗？"刑警队队长眯着眼睛问道。

"嗯，前天晚上做完晚课以后，净空就回到自己的住处，之后就再也没有人看见他了。"

"大师能不能带我们去净空师父的住处看一下？"许磊问道。

"嗯，好的，随老衲一起去吧。"智能回答得很干脆。

两位刑警随着方丈一起走在安静的白塔寺里面。偌大的寺院里面静悄悄的,只有两个小僧在认真地清扫着地面。方丈引领着两人走在寺庙的回廊中。"扫地,扫地,扫心地,心地不扫空扫地。"智能一边踱着步,一边念念有词。他既像在和两位刑警说着话,又像在自言自语。

许磊随着方丈行走在宁静祥和的寺院里面。他看了看正在用心扫地的小僧,心中不由地感慨道:在远离大都市的西木山岭地区,还有着这么一方净土,供人修身养性,洗涤心灵。

方丈领着刑警们来到一间禅房前停下,双手合十道:"阿弥陀佛,施主,我们到了,这里就是净空的禅房。"

许磊将手搭在门上,回头看着方丈,问道:"可以进去吗?"

"施主请便。"

许磊用手在门上试了试,猛地一推,"吱呀"一声,禅房的大门被推开了。

两位刑警跨过门槛,走了进去。屋内光线很暗,空气里面弥漫着一股木制家具发出的陈旧腐朽的气息。许磊打开墙上的电灯,站在屋的中央,环视着四周,屋内陈设简单而朴素:一张单人床铺,对面摆设着一张书桌,书桌上有序地陈列着《大悲咒》《心经》等。

许磊走到书桌前,伸出右手,在桌面上轻轻抹了一下,放到眼前看了看,发现手上沾了灰。"时时勤拂拭,勿使惹尘埃",许磊心里一边念着,一边想着:这里已经有几天没有人打扫了,这个净空师父已经有几天没住在这里了。

刑警队队长在净空的屋子里踱着步子,他经过净空的床铺,发现床上的被子倒是叠得整整齐齐。他站在床边,挨着床沿坐了下来。许磊想象着那晚净空也如他一般坐在床边,两眼看着窗外,若有所思的样子。净空坐在床边,背后摆放着整齐的被褥,晚课结束以后他丝毫没有入睡的意思。

那晚他没有睡觉,到底在做什么? 刑警队队长暗想着。

许磊从净空的床上站了起来,用手轻轻地敲了敲隐隐酸痛的腰背。这两天辛苦的调查取证工作让这个男人的老毛病又犯了。他弯着腰走到那张床的尽头,忽然看见在屋内墙角放着一个老式的大木箱子。这种老式木箱现在在市面上是没有出售的,只有在一些民俗文化保存得比较好的地区才能得以一见。西木山岭地区的建筑风格属于皖南徽派系列,所以还保留了一些以前的老古董。许磊看着箱子,脑中联想到白塔寺经过大火以后得到了重建。虽然有政府的大力支持,但是从家具物品的陈旧来看,有些应该是周边的人们捐送到寺庙里来的,例如这个大红色的木箱。

刑警队队长回头向门口看了看,发现除了小杨依然静静地站在门边,没有看见方丈的身影。许磊蹲下身子,仔细地观察着木箱,随即他拎着箱子的锁扣用力向上提。

沉重的箱盖在许磊的提升下打开了,露出里面的内容,似乎压抑了很久的郁闷终于可以一吐为快了……

三十八
神秘的相片(1)

"咦？这是什么？"许磊的脸凑近木箱子,几乎将整张脸都埋进箱子里面去了。如果有个镜头是从箱子里面向外拍摄,就会发现此时许磊脸上的表情是如此扭曲怪异。

看着许磊蹲在墙角一动不动,小杨心里泛出一丝恐慌感来:一个壮汉趴在一个破箱子上面一点动静也没有,似乎整个人被箱子吸住了一样。这样的情景让人打心底涌起一种毛毛的、痒痒的、没有落脚点的那种感觉。

她从禅房门口慢慢地向着许磊走去,刑警队队长那宽大的后背正对着她。她走到许磊身边,蹲下身来,看见她的队长正两眼发直,表情严肃地盯着箱内的物品,微微地喘着气。

"队长,你发现什么了？"小杨轻声地问道。

许磊没有吭声,目不转睛地盯着箱子里面的东西。

小杨随着队长的视线看向那个鲜红的木箱,发现里面除了僧侣的换洗衣服,就是有几个假发。

"出家人怎么会有这些东西？"许磊从箱内拎起假发,侧脸看着小杨,脸上露出不解的神情。

"也许这个净空师父品味有点独特呢。"小杨抿嘴微笑,年轻的女警察想和她的队长开个玩笑,缓和一下屋内紧张诡异的气氛。

许磊摇了摇头,扔下假发,将目光投入箱子的其他角落里去了。他用手在箱子里面摸索着。嗯,好像有东西。他摸到了一个纸片。他小心翼翼地用手指将纸片从红色的箱子里面夹了出来。

"原来是一张照片啊。"小杨惊叹道。

许磊手执纸片,放在亮处观察。这是一张5寸照片,相片的主角是一位姑娘,只见姑娘身着一套纯白的连衣裙,手执一把犹如丁香花般的油布伞。这张相片的色彩早已随着岁月淡去,尤其是姑娘脸部那一块色彩褪得最厉害,模糊不清,不可辨认。

她是谁?这个姑娘究竟是谁?她是净空没有出家之前的姐姐?恋人?妻子?许磊脑中不停地为照片里的姑娘更换着角色。

白塔寺的上空已经布满了乌云,禅房里面光线昏暗。身材瘦小的方丈又出现在净空禅房的门口,双手合十,口中念念有词。禅房里面,许磊蹲在那里,两眼出神地看着那张泛黄的照片。

许磊将那张姑娘的照片揣入口袋,直起腰站在屋内,一双眼睛将净空的房间重新审视了一番。当他的视线落在净空的床铺上的时候,许磊的眼中恍惚出现了披着假发的净空身着黄色粗布僧服,坐在简陋的床上,手执姑娘的照片凝望着,偶尔抬头看着窗外。年轻僧人的眼神是那样阴郁,他的目光似乎渴望越过西木山岭地区,越过远方的山川河流,越过一座座现代化的城市,那么他的目的地是哪里呢?许磊思忖着。

寒冷的冬雨终于从天而降,密密麻麻地落在白塔寺的屋檐上、院落里以及门前的苍松翠柏上。

许磊和小杨站在庙前的屋檐下，默默地注视着从屋檐琉璃瓦上滚落的雨珠。方丈从旁边拿出两把油布伞，递给警察：

"冬雨密集而且寒冷，施主，你们带上雨伞下山吧。"

许磊和小杨手撑雨伞静静地站在空地上，回首看了一眼烟雨迷蒙的白塔寺，下山了。

他们沿着来时的路回到西木度假村。许磊站在接待大厅那儿，拨通了小胡的电话："小胡吗？我是许磊。你那儿怎么样了？……你马上开车到西木度假村来接我们。嗯，我们这边有了新的发现，需要立刻做技术处理。"

半个小时后，小胡开着警车呼啸着来到度假村的接待大厅，随即潇洒地将车来了一个大掉头。

警车内，小胡问队长："队长，白塔寺之行有什么新的收获啊？"

"我们在白塔寺的一个禅房里面发现了好几个假发，还有一张女人的相片。"小杨抢着回答。

"哈？还有这样的事？看来现在有些和尚也不怎么安分啊，都有着一颗'驿动的心'。"小胡咧着嘴开着玩笑。

"不要拿出家人开玩笑了，小胡，专心开车，赶紧回分局。"许磊没有笑，神色严肃地说道。

警车缓慢地拐过盘山弯道。

半晌，许磊询问小胡："你去法医鉴定中心那儿有收获吗？"

"报告许队长，他们的具体报告还没有出来。据张法医推测，如果排除作案人是个疯子，那么这么干肯定是有原因的。"

许磊闭着眼靠在后排座椅上，听小胡讲话。

警车呼啸着驶进了热闹非凡、繁华似锦的丁口市。

三十九
神秘的照片(2)

　　警车穿过冬雨浸润下的大街小巷,猛地拐进了一个机关单位大院,大院门口醒目地挂着"丁口市公安分局"字样的牌子。

　　许磊三人钻出警车,一路小跑地奔上机关楼的台阶。

　　许磊大步走进办公室,脱下脑袋上的帽子扔在桌上,拿起电话,拨通号码:

　　"喂,技术科吗? 你们做扫描信息的人员在吗? ⋯⋯好的,我马上就到。"

　　技术科的电脑前面,年轻的技术人员小叶手执鼠标、瞪大两眼紧盯着屏幕。

　　"对,对,就这里,你给我放大一下。"许磊的声音显得有点激动。

　　随着鼠标轻点,屏幕上的图像越来越大。刚刚扫描进去的那张相片在电脑屏幕上大得有些夸张,整个就像是一幅败了色的画布。这就是那张许磊从白塔寺净空禅房里面找到的照片。许磊俯下身来,仔细看着屏幕上的照片。照片上的姑娘面容模糊,任凭鼠标怎样点击,都不能改变相片中面容难以辨认的事实。

"许队长,照片中姑娘的脸部似乎被人用手指划过,要不再怎么褪色也不会如此难以辨认啊。"小叶坐在旋转椅上,对许磊提出自己的见解。

"嗯。"许磊应了一声,他那锐利的目光在屏幕上不停地扫着。

的确,在电脑的高倍放大下,相片中姑娘的脸部明显有指甲划过的痕迹,而指甲划过的地方留下一道道空白,犹如一个淘气的男孩手持一个刷子,蘸着白色涂料,在灰色的墙上轻轻扫过。

"小叶,你再给我放大一下背景。"许磊眨了一下眼睛,心有不甘地说。

技术员小叶手指轻点两下鼠标,相片的背景被放大了。许磊的视线从姑娘的脸上转向了她身后的背景。

姑娘的背后是一幢四层楼的建筑,建筑的两旁满是绿荫。建筑的底层是由多个拱门连在一起的,而入口则是在拱门里面。拱门的门楣上隐隐约约地有着几个小字,许磊眯着眼睛看不清楚。

"这里,对,就是这里,拱门的门楣那儿。"许磊要求小叶将之放大。相片再次被拉大,那几个隐藏在姑娘背后的字终于现出真实面目了。"佳秉楼?"当那几个小黑字被放大出现在刑警队队长的眼前时,许磊情不自禁地读了出来。

"是王佳秉?就是那个著名的企业家和慈善家?他所赞助的王佳秉中学可是遍布全国各地啊。"提到王佳秉,小叶对这位慈善家赞不绝口。

"我们这一带由王佳秉基金会赞助的教育机构有哪些?"许磊问道。

"您稍等啊,我来查一下。"小叶坐在椅子上,腿稍稍用力,带着滑轮的旋转椅一下就滑到另外一台电脑前。

小叶两手敲打着键盘,屏幕上变化着图案。一会儿,小叶放慢了动作,眼睛盯着屏幕,嘴里轻吐了一口气,右手手指潇洒地敲了一下键盘,发出"啪"的一声。

"好了,许队长。"小叶说。

许磊趴在电脑前,仔细地查看着那一行行的列表。他的目光扫到一行楷体字的时候就不动了,赫然映入眼帘的是——滨江财经大学。

净空师父怎么会有这么一张照片呢? 照片上的姑娘曾经去过滨江财经大学,并且在里面的"住秉楼"前面留过影。这位姑娘是谁? 当时的身份是学生还是游客? 现在这位姑娘又在哪儿呢? 她和净空师父有过一段怎样的故事? 可惜,单单从这张神秘的照片中还不能得到答案。许磊眉头皱成了"几"字形。

许磊带着满腹疑问回到自己的办公室。他走到办公桌前,拿起桌上的烟盒,从里面取出一支烟叼在嘴上。小杨和小胡两人站在一边看着他。

"许队长,技术科到底说了些什么啊? 那张照片有什么新发现吗?"小杨问。

许磊说道:

"大有突破啊,刚刚从技术科那儿得出的推论就是那张相片上的女人和我们的邻居——滨江市有着千丝万缕的联系,而白塔寺那个神秘的净空师父和这个女人有着不寻常的关系。"

"真的啊? 那我们赶紧去滨江市调查吧?"小胡按捺不住了,越是复杂的案子他的好奇心就越大。

"嗯,我们半个小时后就出发。"许磊看了一眼窗外,回过头来意味深长地冲着两位年轻人说道,"让我们去滨江市寻找答案吧!"

四十

滨 江 市

　　蜿蜒的长江像美丽的玉带一样镶在辽阔的长江中下游平原上，江南明珠——滨江市坐落在长江江畔。长江用她那甘甜的汁水孕育了滨江儿女，一代又一代，生生不息。滨江市拥有多家国有大型企业，以汽车制造业为龙头，带动着整个滨江市的经济蓬勃发展，滨江电子管股份有限公司就是其中经济效益比较好的一家。

　　烟雨笼罩下的滨江市安静地卧在玉带似的长江边，整个城市都被绵绵的冬雨浸湿着，城市上空一片雾气，透出一种说不出的神秘感。

　　位于江边的滨江大道已经被雨水完全润湿了。一辆小轿车由远及近疾驶而来，轮胎经过的路面飞溅起一朵朵的水花。车厢内，身着便服的许磊和小杨坐在后排，年轻的男警察小胡则坐在驾驶室里专心致志开着车。

　　"局长已经给滨江市的同行发过传真了，他希望我们这次去滨江市，能够和同行精诚合作，火速破案。我们这次去滨江市，身上的担子可不轻啊。"许磊说道。

"许队长,我们这次去滨江市该从哪里入手调查呢?"小杨看了一眼队长。

许磊坐正了身体,说道:"我们首先要去核实一些已经知道的情况,比如说老刘的事情,他那次偷偷下山是不是如他所讲的是因为家里出了状况。还有对古丽莎的调查也要展开,我觉得这个女人与本案有直接的联系。另外,对秦凯生平进行调查,比如死前的举动是否有所异常,包括对他的财务状况也要进行调查,这些都需要我们滨江市的同行大力协助。"

"秦凯的财务状况?"小胡一边开车一边问道。

"嗯,你想,六万块钱并不是一笔小数目啊。他一个国企的职工能轻松地拿出来这么多的钱是很不简单的事儿啊。我们应该去查查他的经济状况。"许磊解释道。

"还有吗?"小杨问。

"还有一个重要的事情,"许磊停了一会儿,从口袋里慢慢地摸出那张泛黄的照片端详着,声音低沉地说道,"就是弄清楚这张相片的来龙去脉。"

绵绵的冬雨还在下着,丝毫没有减弱的势头。小轿车带着风声,呼啸着穿过滨江大道……

"欢迎欢迎啊,鄙人姓陶,滨江市刑警队队长。我们一接到你们的传真就开始着手准备这件案子了。"一位体态稍显发福的男警官紧握着许磊的手摇晃着。

"感谢啊,我们领导对这个西木度假村案件非常重视,所以特地让我们赶到滨江市来调查此案,还请陶警官大力协助啊。我姓许,这位是小胡,这位是小杨。"许磊微笑着看着那个警官介绍道。

"一定一定,我们坐下谈吧。"陶警官收回大手,热情地招呼着。

滨江市公安局的会议大厅里面,众多的刑警坐在椭圆形的会议桌边上。小杨、小胡和许磊坐在一侧,滨江市刑警队的同行坐在他们的对面。

"下面我们用热烈的掌声欢迎丁口市公安分局的同志们。"陶警官带头拍起了巴掌。

会议室里面顿时响起了热烈的掌声。

身材颀长、体格硬朗的许磊站起来,礼貌地向同行点头致谢。

"许队长,你能简单地说一下西木度假村的案件吗?"掌声响毕,陶警官面向许磊问道。

"好的,我给大家说说案情吧。"许磊坐了下来,从桌上拿起香烟,点燃一支,将案情娓娓道来。

"西木度假村血案可以说是我们丁口市近年来少有的恶性刑事案件,领导要求我们尽快破案,抓住真凶,还社会一个安定团结的环境!"

听到许队长那斩钉截铁般的开场白,会议室里又响起一阵海潮般的掌声。许磊摆手示意,掌声停止。

"昨天早晨,我们刑警队接到西木度假村的报案,就立刻赶到案发现场。通过对现场的勘察以及对被害人尸体的分析,我们进行了细致的侦查,终于找到了第一案发现场,这一点我们分局的技术科已经证实了。第一案发现场距离发现尸体的地点有很远的一段路程,所以我们认为凶手应该是个男人,或者至少有一个帮凶是男人。"

许磊停顿了一会儿,吸了一口烟,打开小杨递过来的卷宗,继续说道:"死者秦凯,男,三十五岁,是滨江电子管股份有限公司生产科的科长,这次和单位同事一起去丁口市西木度假村度假。他的爱人张敏和他在一个单位,也一起去了。"

　　说到这里,许磊眼前又闪现出了张敏那凄惨悲切的面容。他将烟蒂放进烟灰缸里使劲地摁灭,想以此来消除那扰人的景象。

　　许磊停了一会儿,继续说道:"我们勘察了现场,对有关人员进行了询问,包括秦凯的同事和度假村的员工,得出的结论是:秦凯生平与人为善,积极帮助同事,并没有与人结仇,所以他的惨死似乎变成了一个谜团了。"

　　会议室里"嗡嗡"的声音响了起来,滨江市警察里面有人开始交头接耳议论起来。陶警官眉头紧皱,全神贯注听着许磊的讲述。他将大手向两旁摆了一摆,"嗡嗡"声消失了。

　　"我们在查案过程中,发现了一些非常可疑的地方,而这些疑团还恳请你们给予帮助调查,待会儿我的助手小杨同志会向你们详细说明。"

　　许磊的讲述结束,陶警官站了起来。他身体前倾,两手叉在办公桌上,目光如炬地看着许磊说道:

　　"你放心,许队长,我们滨江市公安局一定会全力配合你们,尽快地查清此案。"

四十一
利剑宾馆

　　会议结束以后,众多刑警陆陆续续地走出会议室。陶警官笑眯眯着拍了一下许磊的肩膀,说道:"他们现在就去查档案了,按照你们的要求追查秦凯、古丽莎以及老刘的情况。"

　　"那就太感谢你们的大力配合了,谢谢啊。"许磊笑了。

　　"没事,你们三人今晚就下榻在离我们局机关不远的招待所吧。一旦有了什么新的情况,我们也好及时地通知你们。"陶警官那微胖的脸上洋溢着滨江同行的热情。

　　"好,这样更方便一点。陶警官考虑得真是周到啊,谢谢啦。"许磊感激地握了一下陶警官的手。

　　冬雨渐止,夜幕降临,滨江市各条大道上已经华灯初上,雨后的路面在灯光的照耀下泛起星星点点的光,如同散落在大地上的夜明珠一样。陶警官领着许磊等人走在湿润的街道上,路上的积水倒映着脚步匆忙的四个人。

　　"喏,快到了。看! 利剑宾馆。"陶警官手指前方不远处的一幢五层楼的建筑。

　　许磊抬眼一看，只见利剑宾馆的门楼上高高地悬挂着庄严肃穆的警徽，在路灯的照耀下正发出神圣的光芒。

　　"服务员，我下午订的房间呢?"总台那儿，陶警官用指关节轻轻地敲了下大理石的桌面。

　　"在这儿，陶警官。404,405,请拿好。"服务员笑容可掬地递出两张早已准备好的房卡。

　　"喏，这张是许队长你和小胡的，这张是给小杨姑娘的。两个房间正好门对门，互相有个照应。"陶警官接过房卡分发给丁口市的刑警们。

　　"谢谢啊。"许磊接过房卡说。

　　"不用客气，都一家人嘛。就这样吧，许队长，你们三人先进房间休息一下，待会儿我让人喊你们去吃晚饭。"陶警官快人快语。

　　"谢谢陶警官了，实在不用这么客气。我们三人随便去外面吃点就可以了。"许磊不喜欢繁文缛节那一套。

　　"那哪行啊! 我们怎么也要尽尽地主之谊，为远道而来的朋友接风吧。"

　　"真不用了，我们三人先上去洗漱一下，待会儿出去随便弄点吃的就可以了。再说，我正好想欣赏一下滨江市的夜景。"许磊嘴角一扬，冲着陶警官笑笑。

　　"哈哈，那好，我就不勉强了，等破了案我们再在一起共饮庆功酒啊!"陶警官握住许磊的手上下摇晃着，发出了爽朗的笑声。

　　许磊三人乘坐电梯来到位于四楼的住处。站在405房间门口，许磊用感应房卡打开房门，转身和小杨说道:"你也休息一下吧，半小时后我们下去。"

　　许磊和小胡走进了利剑宾馆的405房间，插卡取电。

"许队长,这里的住宿环境不错啊。"小胡看着屋内的装潢和摆设惊叹道。

许磊"嗯"了一下。他缓慢地走到单人沙发那里坐了下来,两眼打量着房间的布置。

利剑宾馆的装潢如果和西木度假村那些星级宾馆相比,那就根本算不上豪华,甚至可以说寒酸。但是利剑宾馆的房间干净整洁,屋内布局合理,有办公桌、电视机、茶几、沙发和两张单人床。屋内四角的射灯以及天花板上的吊灯发出的光线让人感觉整个屋子格外宽敞明亮。整齐洁白、一尘不染的床单让人有回到家的感觉。

"许队长,您先去洗一把澡吧。"小胡说道。

"你洗吧,我在这儿坐坐。"许磊靠在沙发里说道。他从上衣口袋里面取出烟盒,从中取出一支烟正想点燃,犹豫一下,把烟放回烟盒里。

中央空调的出风口"呼呼"地向外吹着热气,室内温度很快就升上来了,屋内犹如春天一般。许磊脱下风衣,露出了紧紧绑在衬衣上的枪套。他摘下枪械,小心翼翼地放在茶几上。

许磊坐在沙发里,右手轻轻地按摩着颈部,脑袋轻微地晃动着。许磊感到疲惫,他合上双眼养精蓄锐。

"你们务必要尽快破案!"许磊闭上双眼,脑中回响着局长那严厉的命令。是啊,抓到凶手,尽快破案,是刑警们的共同愿望。

半个小时后,三人准时出现在楼下的大厅里。

四十二

不 夜 城

　　许磊三人穿过了几条大街,离开了霓虹灯闪烁的地方,来到稍微偏僻一点的小饭店里。这是一家装潢普通却很干净的饭店,餐桌擦得干干净净。三个身穿便装的刑警刚刚找了位置坐下来,老板娘就笑嘻嘻地端着菜单迎了上来:"各位,想吃点什么啊?"

　　"你们这都有什么招牌菜啊?"许磊问道。

　　"喏,菜单这一栏都是本店的特色菜。"

　　"嗯,我来看看。"许磊接过菜单,快速地扫了一遍,说道,"来一个鱼头火锅,一个炒菠菜。哦,对了,再来一盘花生米。"

　　"你们喝什么酒呢?"

　　"谢谢,我们不喝酒,来壶茶就可以了。"许磊把菜单递给老板娘。

　　老板娘接单而去,许磊回过头面对着两个年轻人,小杨和小胡正有说有笑呢。许磊点燃香烟,透过玻璃店门去观看门外的夜景。天气阴冷潮湿,不时有行人匆匆地经过饭店门口。

　　许磊正在出神地看着街景,这个时候有人从身后猛地拍了他一下："哟！你在这儿啊？"

许磊他扭头一看，身边站着一位不认识的男人。那人年纪约莫四十岁，正满脸通红地看着许磊。估计是喝高了，那人被酒气熏得满脸通红。他站在许磊旁边，手搭在刑警队队长的肩膀上。

"你是？"许磊疑惑地看着他，警惕感随之产生。

那个男人用他那通红的眼睛上下打量着许磊，蓦地把手收回，说道："不好意思，不好意思，我认错人了，我还以为是我家门口的小三子呢。"

"呵呵，小三子？认错人了啊，没关系的。"许磊继续盯着那个男人的眼睛。

"不好意思啊，他喝多了，认错人了。"这个时候，从楼上又走下几个中年男人，其中一人对许磊抱歉道。

"说你不能喝，你偏要喝那么多。你看现在出丑了吧，人都认错了。"那个中年男人一边搂着陌生人向外走一边数落他。

"我没喝多，从背影看，他是很像我家门口的小三子嘛。"陌生人一边摇摇晃晃地向门外走，一边嘀咕着。

许磊看见那一帮人消失在夜幕中，心中有些怅然。他若有所思地回味着刚才那个醉汉的话。从背影看，的确有认错人的可能。

老板娘端着小酒精炉放在餐桌上，用打火机点燃里面的固体酒精。蓝色火苗欢快地在炉中跳跃，偶尔迸出零星的火点。

"来喽，鱼头火锅。"老板娘从后堂又端上一盆热气腾腾的火锅，火锅里面的胖头鱼张大着嘴，翻着白眼，躺在浓汤里面。

"赶紧吃吧，大家辛苦一天，都饿坏了。"许磊从桌边拿起塑料包装的消毒餐具，用手撕开包装袋，取出里面的碗和杯子。

小胡一边笑着和小杨说着话，一边从桌边取过两副消毒餐具。"噗、噗"两声,小胡自上而下戳通包装袋,一副碗碟递给小杨,留了一副在面前。

"谢谢啊。"小杨姑娘赧然一笑。

通过这几天朝夕相处的侦查合作,刑警小杨和小胡的友情明显升华。爱情的火花在两人不断接触中迸发出来。

三个人以茶代酒,吃着火锅,嚼着花生米。小胡用筷子夹了一块鱼肉放进嘴里,立刻被辣得直咳嗽。滨江市的烹饪口味类似于徽派菜系,同时融入了川菜的麻辣特色,形成了独特的口味。

看见小胡辣得眼水直流,小杨赶紧端起茶杯递了过去,然后从随身小包里掏出纸巾递给他。

许磊在对面笑着调侃小胡:"你不能吃辣吧? 不能吃辣可就不会闹革命哦。"

小胡喝了一口茶水,平息辣味以后,不服气地冲着许磊嚷嚷:
"这菜实在太辣了,不信你来试试啊。"

许磊用筷子夹了一小块鱼肉,慢慢地放进嘴里咀嚼着:
"还可以啊,我吃着正好。你觉得辣是因为吃得太急,辣味全呛进气管里。"

小胡不服气地又在锅里捞吃了几块鱼肉。年轻人就是倔强,虽然小胡辣得满脸通红,额上热汗直冒,但是嘴上却直呼"好吃好吃",看得小杨和许磊忍不住偷笑。

吃完晚饭后,三人走出了小饭店,在滨江市的大道上行走着。迎面吹过一阵寒风,直扑人的脸颊,让三个人不由地裹紧衣服,加快步伐向下榻的宾馆走去。

三人刚踏进利剑宾馆,就发现在大厅沙发上坐着一个人。那人一见到许磊三人,立刻站了起来,笑着问道:"你们回来了?"

四十三

深 夜 密 谈

原来是陶警官。

"嗯,我们刚刚吃完饭在四周转了下。"许磊说道。

"这么冷的天气还在外面转啊?现在的室外温度已经很低了哦。"陶警官笑着说。

"呵呵,我们丁口市平常的气温比这里还要低呢,都已经习惯了。"许磊也笑了笑,转而问道,"陶警官还没有下班吗?"

"哦,我晚上来找你们,是有些情况要和你们谈的。"陶警官说。

"我们上楼去说吧,请。"许磊右手扶着陶警官的胳膊,亲切地说。

利剑宾馆405房间里,许磊和陶警官坐在沙发上,小杨和小胡并排坐在床上。室内温暖如春。

"许队长,下午一散会,我们的同志就去调查了滨江电子管股份有限公司总务科老刘的情况。"陶警官看着许磊说道。

"哦,结果怎么样?"

"结果证明老刘所说的事情是真的,他的儿子借了我们这儿有名的高利贷放债人'黑皮'的钱。"陶警官说道。

"那个'黑皮'是什么样的人?"许磊问道。

"这个家伙整天游手好闲,到处放债,以此为生。他曾经因为打架斗殴被抓进过看守所。在'黑皮'身上,可以说大的案件没有,小打小闹的事情却是不少。"

"那么昨天下午'黑皮'他们是不是又去老刘家逼债了?"许磊想起老刘急急下山的事情。

"这个我们也问过了。没错,'黑皮'昨天下午带了两个人去了老刘家里,老刘爱人报的案。"陶警官说道。

看来老刘昨晚说的全部是实话啊。许磊靠在沙发上沉思着。他的脑中飞快地制订着侦查计划:如果老刘所说的话都是真实的,那么下一步就应该去调查秦凯的问题了。秦凯很轻松地拿出六万块钱借给老刘,那么他的家底应该被掏得差不多了。借钱给老刘,他的爱人张敏应该知道这件事情。一提到张敏,许磊的眼前就出现了她那弱不禁风的样子。唉,不知道她现在精神状况是不是好些?

许磊睁开眼睛,从口袋里掏出香烟,递给陶警官一支,自己含上一支。陶警官从上衣兜里掏出打火机,先帮许磊点上,然后再点燃自己的烟。

"你们办事效率就是高,雷厉风行啊。你们下午的调查结果基本上可以把老刘排除在犯罪嫌疑人之外了。"许磊吐出一口烟雾赞叹道。

"哪里,做我们这一行的不就是与时间赛跑的嘛。"陶警官手夹香烟谦逊地说道。

"是啊,做刑警的接到一个案子就想早日把它破掉,要不我们的神经总是处于高度紧张中,这种痛苦不是常人所能体会的啊。"许磊用手指指自己的脑袋,颔首表示赞同。

"下面我希望陶警官能够派出人手和我们一起去调查死者秦凯的生平情况以及他的财务状况。"许磊摁灭了烟,说出了下一步做法。

"好的,没问题,明天我们就派人着手调查这件事。"陶警官办起事情来毫不拖泥带水。

"谢谢啊,明天我让小杨、小胡和你们的同志一起去调查秦凯的事情。"许磊站起身来。

"那许队长你呢?"坐在床沿的女警察小杨提出疑问。

许磊看着窗外那闪烁不停的霓虹灯说:

"明天我想去滨江财经大学了解一些情况。"

"哎,对了,陶警官,你们对古丽莎进行调查了吗?"许磊忽然转过身问道。

"我们初步调查了一下:古丽莎,今年26岁,滨江财经大学毕业,毕业以后就在市电子管股份有限公司工作,目前在财务科担任出纳。同事们对她的工作能力表示赞赏,都夸这个姑娘做事细心缜密。"

"古丽莎是滨江财经大学的?"许磊脑中闪过照片上面的那个姑娘以及她身后的"佳秉楼"。这个姑娘在整个案件中的重要程度果然非同一般啊,这次来滨江市一定要对她仔细查,许磊心里暗暗想着。

"是的,她是滨江财经大学的高材生。"陶警官咂了一下嘴,说出了告辞的话,"那好,如果没什么其他事儿,就这么定了,明天一早我就派人过来协助你们。"

送走了陶警官以后,许磊靠在窗边面向两位年轻的警察说道:

"明天我们三个人兵分两路,小杨和小胡你们去走访调查一下秦凯的情况,越详细越好。我呢,去滨江财经大学了解一下古丽莎的情况。直觉告诉我这个女孩在整个案件中有极其重要的地位。古丽莎在度假村里肯定对我们隐瞒了一些什么事情——那些不为人知的事情。"

两位年轻人坐在床沿那儿仔细听着队长的话。小杨笑着对许磊说道:"我知道,那又是我们许队长的第六感!"

"呵呵,好了,不早了,大家都去休息吧,养足精神迎接明天的工作。"许磊向床边走了两步,舒展了一下胳膊,"我也累了。"

熄了灯躺在床上,房间里面一片黑暗。小胡躺在另外一张床上已经鼾声渐起,而刑警队队长的大脑还没有停止思考。

四十四

佳 秉 楼

连续下雨,长江的水位又升高了。冬季的长江支流水流并不急,缓慢而平静地流向大海。天空上,大片的乌云遮挡不住太阳,初升的太阳在云层后面半露着脸。阳光穿过云层,射出丝丝缕缕的光线,广阔的田野里,一望无际的麦田随风摇曳着,绵延到天边。远远的乌云,如同淡墨轻泼一样挂在天幕上。

许磊三人一大早就起床了,漱洗完毕,在楼下的餐厅用完早餐,他们就开始向滨江市公安局方向走去。时间还早,但是大街已经车水马龙,川流不息,来来往往的车辆呼啸而过。早起的人们用厚厚的冬装将身体裹得严严实实,行色匆匆。骑着电瓶车上班的大军浩浩荡荡疾驶在非机动车道上。昨夜还在装扮着火树银花不夜城的霓虹灯似乎也累了,都已经停止了闪烁。那些娱乐城、宾馆和大酒店没有了绚丽光环的笼罩,似乎失去了夜间的光彩,恢复了本来面目。

许磊一边走在人行道上,一边看着这世间景物的变化。

远远地就看见公安局机关大楼门口站着一位身材微胖的警官

向他们挥着手，许磊加快步伐迎了上去。

"早上好。"许磊打着招呼。

"早上好，今天这雨终于停了，要不到处都是湿漉漉的。"陶警官说着。

看着许磊身后的小杨和小胡，陶警官拉着许磊的胳膊说道："我们进去谈吧，他们都在里面等着呢。"

公安局刑警队的办公室里，有两位年轻的男警察坐在沙发上，看见陶警官他们走了进来，迅速地从沙发上站了起来。

"我来介绍一下，这是我们队里的两位精英，这位是封元，这位是谈笑。"陶警官把两位年轻人介绍给许磊三人认识。

"叫我小封就可以了。"其中皮肤稍黑一点的年轻人眼睛里面闪着灵气，和许磊握手，笑着说道。

"今天小封就和许队长去滨江财经大学查案，小谈就和两位去查秦凯的事情。"陶警官依照昨晚和许磊的商议做了部署。

另外一个年轻警察谈笑抬起脸冲着小杨和小胡笑了笑。谈笑是个帅哥，天生一副娃娃脸，笑起来脸上还呈现出两个酒窝，腼腆得犹如小姑娘。

"你好，我是小杨。"小杨很大方地伸出手来和小谈握了握。

小胡看在眼里，嫉妒在心里：这小子是不是报错专业了？唇红齿白的，应该去报考电影学院啊，当刑警还真不是那块料呢。他满心不乐意地在小谈手上拂了一下，就算是打过招呼了。

皮肤有点黑的年轻警察小封眼睛盯着许磊的脸庞说道：

"许队长，早上我已经和滨江财经大学教务处的老师联系过了，我们现在就可以过去了。"

"好的。"许磊心里称赞小伙子。

许磊走到小胡面前,发现一丝沮丧的神情挂在他的脸上。许磊拍拍小胡的肩膀,打趣地说道:

"怎么了,小胡?昨晚没睡好啊?脸怎么是糊的啊?今天小谈带着你们去,一定要注意对细节的追查啊。"

"知道了,许队长。"小胡冲着许磊咧了一下嘴,表示服从。

许磊转身面向陶警官:"那我们……现在就出发吧。"

滨江市某一街区林荫大道上,不时有学生模样的行人三三两两地并排走着,滨江财经大学就位于这条林荫道的尽头。一辆小轿车从远处疾驶而来,快到学校门口的时候,驾驶员很熟练地将汽车减速,右拐,停靠在路边。车上跳下两个身形矫健的男人,他们径直向学校里面走去。当他们经过拱形校门的时候,悬挂在他们头顶上的六个鲜红色的大字——滨江财经大学,在朝阳的照耀下显得熠熠生辉。

两位来自不同城市的刑警因为一个共同的案件走到了一起。许磊身穿灰色风衣便装,成熟稳重。年轻的小封则一身警服,英姿飒爽。他们走在大学的校园内,引得众多学生好奇地驻足侧目。

两人并排快速走过校园的林荫小道,迈上台阶,穿过几道拱形小门,朝着教务处的方向走去。忽然,许磊停住了脚步。身边的小封转过身来,满脸狐疑地看着驻足发呆的许磊。只见许磊神情凝重地看着身旁的教学楼。晨曦洒在他那硬朗的脸庞上泛出金色的光芒。

"看什么呢,许队长?"小封好奇地问着许磊。

许磊没有回答他,而是慢慢地从风衣里掏出一张照片——就是那张泛黄的照片!许磊慢慢地将照片举在眼前,小封顺着照片看过去,不由地吃了一惊:眼前的建筑和照片上的背景一模一样,现在就真真切切地存在于他们的眼前。

"佳——秉——楼!"小封看着眼前巨大的教学楼上面的字,一字一顿地念了出来。

许磊仔细地观察着眼前这座巨大的佳秉楼。这间底层有着多处圆形拱门的教学楼造型实在是与众不同。外墙墙面斑驳,显示出它的厚重历史,满墙的爬山虎为佳秉楼增添了几分情趣。

许磊眼睛瞪得有些酸胀,视线跟着模糊起来。恍惚中他看见一位白衣少女撑着一把油布伞站在楼前微笑着。许磊努力地想看清姑娘的脸庞,可是就像一部坏掉的照相机一样,不管你怎样调着焦距就是聚焦不起来,姑娘的面目依然模糊不清……

"许队长,许队长。"小封用手轻轻地晃了晃许磊的胳膊,许磊的思绪方从那张照片里面走了出来。咦?眼前的白色怎么在移动?许磊定睛一看,原来在他的面前站着一位身穿白衣的人——约四十岁、身穿白色风衣的女士。

"我来给你们介绍一下,这位是滨江财经大学教务处的李主任,这位是丁口市刑警队的许队长。"小封站在两人的中间介绍着。

"您好,许队长,我已经在这儿等您多时了。"李主任眼中含笑地看着许磊,大方地向他伸出玉手。

四十五
旧 事 重 提

眼前的这位女士，修长的脖颈上扎着一条粉色的丝巾。她身材修长，白皙秀气的脸庞上架着一副金丝眼镜，浑身上下散发着浓郁的知识分子的气息。

许磊微笑着和李女士握了一下手，说道：

"给您添麻烦了。"

"不用客气，我们去办公室谈吧。"女士轻轻地缩回手，礼貌地发出邀请。

"对啊，外面冷，许队长，我们到屋里谈吧。"小封看着许磊说道。

许磊看着校园内被寒风吹得四处摇曳的冬青树枝叶，点了点头。

"教务处离这儿不远，穿过佳秉楼，再走几步路就到了。"李老师热情地说着。

"哦。"许磊回首，又看了一眼巨大的佳秉楼，然后随着李老师向教务处走去。

教务处办公室里,李老师热情地为两位警察沏上两杯茶。当滚开的热水浇灌进玻璃杯的时候,碧绿的茶叶就好似激情的舞者一样在杯中上下旋转飞舞着。在热气腾腾的雾气中,李老师拿起许磊递过来的照片端详着。

"这个姑娘的面目看不清楚啊。不过,后面的这个建筑是——佳秉楼?"李主任仔细地看了一会儿,放下照片,细声慢语地对两位警察说着。

"你能肯定这后面的建筑物就是'佳秉楼'?"许磊睁大了眼睛看着女士。

"呵呵,我在学校待了已经有二十年了,从学生时代就在这儿上学,对学校的样貌还是很熟悉的。这肯定是'佳秉楼',不会错的。"李主任扶了一下眼镜架,笑着说道。

"那么这个姑娘你能辨认出来吗?"

"这个……这个真没法辨认,就算是照片不模糊,我也不一定能够认出来啊。要知道,滨江财经大学每年要向社会输送多少人才啊。"

许磊沉吟了片刻,他端起茶杯,抿了一口茶,接着问道:

"李主任,你知道古丽莎这个人吗?她以前在这里念过书。"

"古丽莎?她是哪一届的毕业生啊?"李主任皱起眉头问道。

坐在一旁的小封从随身带来的小包里掏出一张表看了一眼,说道:"2008届的,古丽莎2008年从这里毕业的。"

"2008届的?让我来查一下吧。"李主任说完就开启办公桌上的电脑,熟练地敲打键盘,输入了密码,进入电脑里面的"学生管理"文件夹。

"是不是她?"李女士问道。

许磊和小封赶紧从办公桌的那边走了过来,几双眼睛齐刷刷地盯着电脑屏幕。

"就是她!"刑警队队长的眼眸里放射出兴奋的光芒。

"这就是古丽莎啊? 姑娘长得挺漂亮啊。"小封站在许磊身后称赞道。

李主任看着屏幕里面的姑娘,若有所思地想着事情。半晌,她才吭声:

"这个姑娘好眼熟啊,我好像在哪里见过她。"

"哦? 李主任,你见过这个姑娘?"许磊将视线转移到李女士的脸上。

"嗯,让我想一想,我肯定在学校里面见过她。"李女士用手松了松系在颈脖上的丝巾,靠在座椅上沉思着。

三人陷入了短暂的沉默中。时间在一分一秒地飞逝,挂在墙上的大钟发出"滴滴滴"的转动声,偶尔耳边传来窗外学生那青涩的叫喊声。许磊用他那深邃的目光紧紧盯着对面的那张脸——一张正在苦苦思索的白皙的脸。

"我想起来了!"忽然,李女士发出一声惊叹,"原来是她!"

"嗯?"许磊猛地从真皮椅子里站了出来,用一种询问的眼神看着对面。

"这个女孩可不简单啊。"李女士说话的语气里混着一种奇怪的感情色彩在里面。

"怎么个不简单法?"许磊有了兴趣,追问道。

"这个女孩人长得很漂亮,成绩也很突出,可以说在那一届的毕业生当中算是出类拔萃的。"李主任站起身,透过窗户看着对面那灰色的教学楼,脸色颇有些凝重。

刑警队队长对李女士这样的表现感觉有些奇怪,一般情况下,当老师在谈到本校优秀学生的时候都会神采飞扬,而不应该是如此凝重的表情啊。

李女士转过身来,眼神忧郁地看着两位刑警,声音低沉地说道:

"就在古丽莎即将毕业的那一年春季,发生了一件震惊学校的大事。"

许磊和小封都没有吭声。李女士站在窗前,身后是色调暗淡的教学楼,逆光之下女士的面容显得模糊不清。

女士走到桌前,拿起水杯,仰起细脖喝了一口茶水,接着说道:

"在我们的印象当中,那是一个因为感情纠纷引起的纵火案。"

"啊?纵火案?"许磊吃了一惊,因为他知道纵火可不算是一件小事情。

小封挠了挠头,似乎在他的记忆里面根本就没有这么一件事啊。实际上不是因为小封的记忆力不行,而是发生这件事的时候他还在警校念书呢,对于这件事情知之甚少。

"准确来说应该是纵火未遂!当时古丽莎的男朋友只是将整瓶汽油泼在她的身上,还没来得及点火就被校保卫处的人给制服了。"李主任慢条斯理地说道。

"那古丽莎的男朋友为什么要这么做呢?"许磊问道。

"听说是两人感情不和吧,女的想分手,男的不愿意就做出了过激的行为。"李主任姿态优美地转过身,面对着两位刑警说道:"所以我们不提倡学生在校园里面就谈恋爱!一来是耽误学习,分散精力。二来是少男少女们感情稚嫩,经不住考验的!但是现在社会风气就是这样,大学生谈恋爱的实在太多了,有许多学生把学校当成他们的浪漫后花园。"

许磊微微颔首,表示赞同。

"虽然那一次的纵火案没有造成人身伤害,但是坏的影响很快就传遍了整个学校,古丽莎一时间成了学校的焦点人物。"李主任在说到"焦点人物"这四个字的时候有意加重了语气,她的脸上流露出不屑。

"我们走访了古丽莎的同学,询问起这件事,她的同学说到她的时候……"李主任接着说道。

"怎么了?"小封好奇地问道。

"关于那件事,同学们告诉我的实际情况跟我们想象的一点也不一样!"李主任讲话的声音忽然大了起来。

四十六

周启亮纵火案(1)

"都说花季少女心地纯洁,情窦初开的时候更是惹人怜爱。但是这个古丽莎似乎跟一般的小女生不太一样。哎,警察同志,这个古丽莎你们见过吗?"李主任看着对面的许磊和小封问道。

看着眼前这位外表文静庄重的女士忽然有些激动,坐在真皮靠椅上的许磊没有吭声,身边坐着的小封摇了摇头。许磊的脑海中浮现出古丽莎的形象,美丽漂亮,时髦性感,惹人爱。

"这位古丽莎长得是很漂亮,身材又高挑,我听说喜欢她的男生特别多。"李主任眉头挑了一下,接着说道,"但是她同寝室的同学告诉我,古丽莎当时根本就看不上那些男生。"

"那她既然看不上那些男生又为何要在学校里面谈恋爱?"年轻的小封忍不住提出了问题。

"这个我不知道,连古丽莎的同学也不是很清楚她为什么后来找了一个瘦高个当男朋友。"李主任如实说道。

"那个瘦高个就是后来和她翻脸用汽油泼她的那位吧?"坐在靠椅上的许磊开口了。

"嗯,就是他。"

"瘦高个叫什么名字?"许磊深邃的目光直视着女士。

"好像叫什么亮……周什么亮吧?"李主任想了一会儿说道。

"许队长,这个不难查到。这件大事派出所肯定会有备案的,我去局里给你查查就可以了。"小封说道。

许磊扭头看了一眼年轻人,点点头,又面向李主任问道:

"后来那个瘦高个怎么样了?"

"还能怎么样? 学校把他开除学籍了,另外他也被公安局刑拘了。"李主任叹了一口气,说道,"唉,好好的一个年轻人,就这么给毁了。都说不要早恋不要早恋,就是不听,最后走向了自我毁灭的道路。"

当和李主任谈完话以后,许磊和小封走出了教务处,途中又经过了那幢四层楼的建筑——佳秉楼。

冬季的寒风迎面掠过,吹乱了刑警队队长的头发。许磊站在风口,目光如炬地看着身边的"佳秉楼",回味着刚才李主任送别时说的一句话——"其实我挺可怜那个男同学的"。

驱车回局里的路上,许磊靠在副驾驶座位上,眯着眼一句话也没说。一回到局里,小封就带着许磊直奔档案室,查询当年滨江财经大学纵火案的资料。当档案管理员端着档案材料交给许磊他们的时候,许磊笑了笑,用手拿起材料。许磊仔细看着当年滨江财经大学纵火案的审讯卷宗。他坐在那儿,看的是那样认真,连身边悄悄地走过来一个人都没有察觉到。

"许队长,喝点咖啡,慢慢看。"小封端来一杯香喷喷的咖啡放在桌上,咖啡杯上热气袅袅。

许磊抬头看了一眼小封,客气地说道:"谢谢,我上午不喝咖啡。"

小封找个邻近的座位坐了下来,调皮地对他眨着眼睛:"上午我也不喝咖啡。"

"哈哈!"两位警察相视一笑,档案室的一角洋溢着爽朗的笑声。

"看出什么名堂了吗,许队长?"小封将身体向许磊那儿挪了挪,眼睛看着材料。

"嗯,原来纵火的那个男青年叫周启亮,就是李主任说的那个'周什么亮'。"许磊身体偏向一侧,腾出空间以方便小封看材料。小封从桌上拿起材料,一行行地扫看过去,眉头渐渐皱了起来。

许磊坐在那儿已经很长时间了。他闭着眼睛斜靠在椅子上,用右手的食指和中指捏着鼻梁轻轻地揉着。

刚才许磊慢慢地翻着卷宗,仔细地研究着周启亮纵火案的供词。现在,当他闭上眼睛,似乎能够看见当时的情景:

一头蓬松的乱发堆在一个瘦高个青年的脑壳上,周启亮蜷缩着身体坐在铁制靠椅上,发梢处闪着亮晶晶的汗,眼神游离不定地看着对面坐着的威严的警察。

两位警察,年轻一点的埋头做着记录,而年纪约莫四十岁的警察严肃地看着那年轻的大学生。

"你知道今天为什么把你带过来吗?"警察的嗓音有些沙哑,但是很有力感,犹如钢针一样穿透了空气传入周启亮的耳朵。

"我……我不知道。"周启亮有些嗫嚅。

"你不知道?! 你知道你今天犯下了多大错误吗?"沙哑的声音突然大了起来,警察威严地看着他,眼中射出的怒火简直要将周启亮烧焦。

周启亮坐在椅子上一哆嗦，差点没从上面掉下去。

"说吧！你为什么要向古丽莎身上泼汽油？是不是早就预谋好了？"威严的声音回荡在审讯室里面。

周启亮的脑子一片混沌，警察那沙哑的嗓音充斥着他的听觉，只觉得对面每一次发问，他的鼓膜都会遭受一次重大的冲击。预谋？周启亮苦苦地想着。是啊，如果不是预谋，他为什么带着装满汽油的雪碧瓶去找古丽莎呢？可是，他真想烧死那个迷人的姑娘吗？

"快点说！别磨磨唧唧的！"对面传来一声呵斥，警察用手猛地拍了一下桌子，把身边的记录员吓了一跳。

"我真没……没有啊。"年轻的学生哪里见过这样的阵势啊，说话中带着哭腔。

审讯室里面，警察拿起桌上的香烟，点燃吸了一口：

"小伙子，希望你能好好配合，积极主动说清你的问题。我们的政策想必你也清楚吧？"

周启亮抬起头，迷惑地看着烟雾缭绕中的警察。

"坦白从宽！抗拒从严！"

周启亮纵火案(2)

不知道为什么,坐在审讯桌后面的警察老张看着下面这个低头耷脑的小伙子就来气。年纪轻轻的,做什么不好,偏要学社会上的二流子向别的姑娘身上泼汽油。

滨江财经大学是滨江市的骄傲,每年向全国输送的人才不计其数,仅在北京、上海等大城市担任注册会计师的就很多。今年夏季来临之际,在滨江市又要召开新一轮用人单位的恳谈会,到时候又有众多的用人单位签下不少优秀的毕业生。在这节骨眼上,眼前这个活宝居然公开在学校里面上演"纵火闹剧",这不是为他的母校丢脸吗?

"你那个雪碧瓶子里面装的是什么?"老张威严地看着周启亮。

"雪碧瓶子里面? 装……装的是雪碧。"周启亮低着头小声地回答。

"嗯?"听见小伙子说谎,老张这个无名火就上来了,"你不要和我们捉迷藏! 你泼到人家姑娘身上的那是雪碧吗? 明明是汽油! 古丽莎身上的那件外衣浸透了汽油,你还敢抵赖?"

　　周启亮默不作声地缩在椅子上。

　　"雪碧瓶子里面装的到底是什么?"

　　"是……是汽油。"蚊子哼似的声音从瘦高个周启亮那儿传了过来。

　　"汽油,记下,是汽油。"老张生怕身边的人没有听见,侧脸嘱咐着记录的警察,随后又大声地对周启亮说道,"汽油是吧? 我们没有冤枉你吧。说吧! 你为什么要向古丽莎身上泼汽油,是不是想烧死她?"老张目光严厉地盯着底下缩成一团的周启亮。

　　"我没有!"刚才还噤若寒蝉的瘦高个突然爆发出令人吃惊的力量。

　　"我没有想过烧死她!"周启亮瞪红了眼睛嘶叫着。

　　"是吗?"警察老张点燃一支香烟,眯着眼睛带着嘲讽的口吻说道,"周启亮,难道你泼人家姑娘一身的汽油是想给她凉快凉快?"

　　"真的,警察叔叔,你要相信我。我真的没有想烧死她的念头啊。"周启亮哀嚎着为自己辩护。

　　"哦? 那这是什么?"老张从桌子抽屉里拿出一个塑料袋,里面装着一个打火机。正是这个不起眼的打火机,现在成了指正周启亮蓄意纵火的重要证据!

　　周启亮抬眼看了塑料袋一下,又耷拉下脑袋了。

　　"这是你的打火机,上面还有你的指纹。这就是你在学校准备点火烧那姑娘的时候被学校保卫处的保安夺下来的犯罪证据。"

　　"反正我没想烧她……没想烧她。"周启亮思维开始有些涣散了,低着脑袋嘴里念叨着,"我……我只是想吓唬吓唬她。"

　　"你和古丽莎是什么关系?"

　　"我……我也不知道是什么关系。"周启亮回答得含含糊糊。

"同学？男女朋友？"

"这个你要去问她！！！"周启亮双手挥舞着，扯着嗓子嚷了起来，精神亢奋，犹如垂死之前的回光返照。

"你嚷什么嚷，给我放老实点。"老张站起来看着叫嚣中的周启亮，有一种想冲过去揍他的冲动。老张在警察这行当一干就是二十多年。他对于社会上的那些"杂碎"以及他们所做的丑恶行径深恶痛绝，他只想将他们定罪以后统统扔进监狱里面去。"老张啊，照这样下去，监狱里面床铺会不够的啊。"一次局长接见他的时候调侃道。

在对古丽莎进行询问的时候，地点改在派出所的办公室。阳光暖暖地倾泻在办公室里，显得温暖而又恬静。窗台上的杜鹃花迎着春风绽放着粉红色的花瓣，恰似那美丽的姑娘俏丽而稍显稚嫩的面容。

"姑娘，那个周启亮和你是什么关系呀？"警察老张和颜悦色地看着古丽莎的粉脸问道。

"同学啊。"古丽莎那个时候还是喜欢穿白颜色的衣服。

在老张眼里看来，面前的姑娘一袭白衣，清新而淡雅，秀气的眉目之间透着一丝淡淡的忧郁，这不正是情窦初开的小姑娘的真实写照吗？

"你和他不是恋人的关系？"老张小心翼翼地问道。

"唔，当然不是啦。我们大学生在学校里面的主要任务就是学好书本上的知识呀。叔叔，你说是不是？恋爱？我……我压根儿还没考虑过呢。"白衣古丽莎说罢羞涩地低下头，玩弄着衣服上的拉链。

老张看在眼里，心里愈发对古丽莎有了好感：看！新时代的大学生就应该这样,在学校就应该好好读书,不辜负父母、老师的殷切期待。

"姑娘,那你知道周启亮他为什么要向你泼汽油呢? 你和他有什么矛盾呢?"老张坐在椅子上面问着,记录员在老张身后伏案疾书。

"这个……"姑娘欲言又止,想了一会儿说道,"周启亮在学校经常追着要我做他的女朋友,我和他说得很清楚,我的立场就是在学校里面坚决不谈恋爱。"

老张赞许地点了点头,殷切的目光鼓励着姑娘继续说下去。

"可是周启亮根本听不进去,他的身上有着那么一股狂热的劲儿,没事就纠缠我。我有着自己做人的底线,作为一个姑娘,我是不能随便地答应一个不成熟的男生的。"古丽莎顿了一下继续说着。

多好的姑娘啊,老张在心里暗暗为眼前的姑娘喝彩。

"后来,你们都知道了。我在教室里面正在修改我的毕业论文,周启亮他就闯了进来,二话不说地泼了我一身的汽油,还用打火机想……他想烧死我,我好害怕啊……"说着话的当儿,两行晶莹剔透的泪珠从姑娘那眉清目秀的脸庞滚落。泪水落在办公室的地面上,也湿润了警察老张的心田。

"不要害怕,姑娘。现在没事了,一切都过去了,周启亮会得到他应有的惩罚的!"老张斩钉截铁地说着。

四十八
寻找周启亮

偌大的档案室里面,阳光透过窗户斜射进来。许磊和小封静静地坐在一角,眼前平摊着许多材料。桌上的咖啡孤零零地放在那儿一直没有人去动,杯上的热气早已随着时间的流逝而消失了。

许磊闭着眼睛,脑海中想象着当年审讯周启亮的场景。那个年轻的瘦高个和不久前发生的西木度假村血案有没有联系呢?许磊慢慢睁开眼睛,他的视线落在卷宗里面周启亮的照片上。那是由两张照片组合在一起的,一张是正面照,一张是侧面照。照片上那张瘦长的脸看上去紧张而沮丧。许磊凑近去看周启亮的眼睛,那是一双什么样的眼睛哦,愤怒、颓废、郁闷,多么诡异复杂的眼神啊!许磊靠在座椅上,面对小封问道:"周启亮案件最后是怎么定性的?"

小封看着许磊的眼睛说道:"原本纵火罪是一项性质恶劣的刑事案件,但是考虑到周启亮案件没有产生纵火以后的严重后果,所以最后是以故意伤害罪对周启亮进行刑事起诉的。"

"以故意伤害罪起诉的?"许磊舒展了一下身体。

"刚才您在看材料的时候,我打了个电话给陶警官,他还能记得周启亮这个人!"

"哦?那他有没有说最后是怎样定罪的呢?"

"说了,陶警官说周启亮的家人后来出示了一张精神分裂症的医学证明,证明周启亮作案当天正处于发病期。"

"周启亮有精神病?"听了小封的转述后,许磊不由地捏着下巴发出疑问。

"嗯。后来法院在量刑的时候考虑到周启亮毕竟是初犯,而且没有造成严重的人身财产伤害后果,再加上那张医学证明,最后周启亮被判处管制两年。"小封接着把话说完。

"有意思!"许磊听完年轻人的讲述以后,闭上眼睛发出感慨。过了一会儿,许磊慢慢地从椅子上站了起来。他背着手,在档案室的一角来回地踱着步子。一旁的小封手执材料,静静地望着他的背影。

"管制两年?那就是说周启亮服刑期满是在2010年?"许磊转过身来,神情严肃地对着小封问道,"那么现在周启亮在哪里?"

一会儿,警车载着许磊来到了一个派出所。大院门口站着个皮肤黝黑、年纪稍大的警察,他身材高大,约莫一米九,像座黑铁塔似地盯着从警车里下来的许磊和小封。许磊走到他的面前,仰望着他的脸,伸出了右手:"你好,我是许磊。"

"于警察,这位是丁口市刑警队的许磊队长,这位是我们陆风区派出所的民警于警察。"小封走上前去给两人介绍。

"你好,你好。"于警察脸上挂着笑,紧握着许磊的手。

许磊感觉手被对方握得有些疼了,心里却暗自赞叹着:这汉子的手劲可真不小,这身板天生就是块当警察的料啊。

"小封,我一接到你的电话,就立刻和周启亮的家里通了电话,他们现在就在家里等着。"于警察瓮声瓮气地说着话。

"那我们就赶紧去吧。"许磊大手一挥,三位警察风风火火地向着居民区奔去。

这是一处老式的居民区,在通往小区的路上,许磊他们看到众多卖鱼卖肉的小贩乐此不疲地占道经营着,地面上是污水横流、臭气熏天。小区门口停着几辆贩卖水果的三轮车,水果贩们坐在车上不断地高声吆喝着。

"这里原来是市统计局的职工大楼,周启亮家就住在这里面。"于警察大手一指,面向许磊介绍道。

老式的居民楼楼道很窄,三个汉子鱼贯而上。

"到了,502,没错,就是这儿,我以前经常上这儿来。"于警察擦了一下额上的汗,用他那粗手指摁了一下大门边上的电铃。

门铃没有响,于警察不好意思地回头看看另外两位,于警察又摁了一下门铃,还没有声音。他干脆用拳头在门上"咚咚咚"地敲了起来。

"来了啊。"里面传来了男人的声音。

门被打开了一条缝,一个中年男子探出半个脑袋来。"哟,是于警察啊。"中年男子看清楚门外的汉子后,打开了大门。

"我说老周,你家门铃坏了你都不修一下?"于警察走进客厅,瓮声瓮气地说道。

"唉,这不是有苦衷吗?"中年男子叹了一口气,从桌上拿香烟递给警察。

"怎么了,老周?"于警察接过烟卷问道。

许磊和小封跟在后面走进周家的客厅。面前这位中年男子年纪约莫五十岁,体型、脸庞都臃肿得不成样子,身上穿的那件质地柔软的羊毛衫将他凸起的肚子包裹得很紧。家里布置得很漂亮,客厅宽敞明亮,多宝格井然有序地摆放着一大堆古玩玉石之类的东西。

"你知道的,自从亮子出了那件事情以后,有事没事就有人喜欢摁我家门铃玩。我忙不迭地出去开门,经常门口连个人影都没有,后来啊,亮子一气之下就把门铃里面的电池给扔进垃圾桶了。"中年男子无奈地抽着烟。

"恶作剧!"于警察接着问道,"咦,老周,你家亮子呢?出去玩了?这两位是特地来找你家亮子了解情况的。"

老周手夹香烟,抬起他那肥嘟嘟的脸,仔细打量着老于身后的两位不速之客。他忽然好像明白了些什么,眼睛闪着光,看着许磊问道:

"你们找到亮子了?"

"找到亮子?老周,你在说什么呢?"老于有点奇怪了。

"哦,我们没有见到过周启亮,我们今天来是想找他了解一些情况的。"小封站在一边抢着回答周启亮父亲的话。

"你们没有找到亮子啊。"周启亮的父亲用手将烟摁灭在烟灰缸里,嘴里嘟囔着,"还是没有找到啊。"

"老周,到底怎么了啊?"于警察有些急了。

"亮子他……他早就失踪了!"老周忽然嚎啕大哭起来。

四十九
失踪的周启亮

看着那张肥嘟嘟的脸忽然扭曲变形地嚎啕大哭起来，三位警察都吓了一跳。

"周启亮失踪了?"许磊惊诧地问道。

于警察扶着那个胖子坐到椅子上，老周满脸眼泪鼻涕，手脚不停地颤抖。

"老周，这到底是怎么回事啊?"老于从桌上抽出一张餐巾纸递给周启亮的父亲。

老周用纸巾擦了擦眼泪，又擤了一把鼻涕，然后又抽了张餐巾纸捂住脸。"两年前，亮子……亮子他管制解除。按理说，他应该解脱了，开心了，但是这几年，我发现这孩子整天郁郁寡欢，闷在家里，不愿意出去玩。其实从发生学校那件事情以后，就没有人敢找他玩了，都在背后说他是个疯子。"老周说道。

"嗯，是啊。每次我来看望他的时候，你家亮子都躲在房间里不说话。"于警察在一旁附和着，周启亮被管制的两年内，他没少往周家跑。

"我和他妈妈都劝他,希望他能够忘掉以前发生的事情,调整好心态,重新来过。"周启亮的父亲放下捂在脸上的纸巾,眼睛红红地说道,"后来他也试着出去转转,可每一次回来都满脸不高兴,把自己锁在房间里不肯出来。"

三位警察默不作声,静静地听着眼前这位父亲讲述着以前的事情。

"我们问他出去感觉怎么样,他不肯回答我们。我的儿子性格倔强,在外面受不了刺激。有一次,楼下小店的伍阿姨找上门来,说我家亮子砸碎了她家的玻璃橱窗。那个时候亮子出去还没有回来。我就问伍阿姨到底是怎么回事,伍阿姨说我家亮子在她那儿突然发了疯,用砖头砸碎了她家的橱窗。"老周停止了抽泣,慢慢地讲述着。

许磊用手摩挲着下巴,仔细地听着老周的讲述。

"晚上亮子回来以后,我就质问他为什么要那么做。亮子那个时候怒气还没有完全消掉,大声地嚷道:'他们都说我是个疯子!是个神经病!我砸她玻璃算是客气的,我还要杀掉她!'"老周接着往下说道。

"听到亮子的这些话,我心都快要碎了。原来是多么好的孩子啊,考上滨江财经大学,我们一家人都很开心,为他感到骄傲,可是偏偏毕业前在学校里面出了这么大的一桩事情,把所有的美好前程都给搞砸了,一切都被改变了。"老周捂着脸低下头。

"那么周启亮是什么时候失踪的呢?"许磊眼睛盯着老周的脸问道。

"亮子失踪已经有一年多了,自从有天早晨出去以后就再也没回来。"周启亮的父亲皱着眉头,在大脑里面苦苦思索着。

"他走的时候有没有说些什么呢?"

"没有说什么啊,和平常一样,说了句'爸,我出去一下'就下楼了。"

"那么周启亮这么长时间都不回来,你们怎么不报案呢?"

"我们在电视上和报纸上刊登了寻人启事,也四方托亲戚朋友去找,周边的省市都找遍了,但是都没有消息。"老周想起那一段令人伤心欲绝的日子,激动地手又抖了起来,"因为亮子曾经被判过刑,所以我们对警察很是忌惮,没有选择报警。"

"那么周启亮在失踪前的那一段时间有没有反常的现象?"许磊仔细地询问着。他想知道到底是什么原因促使周启亮会在一个清晨出去后就不再回来。

"我想想。"老周抓着毛发稀疏的脑袋苦苦想着,过了一会儿说道,"经你这么一提醒,他那段时间好像与平常是有些不一样。"

"哦?怎么个不一样法?"许磊来了兴趣,身体向前倾着。

"平时我家亮子是不愿意出门的,怕别人说他闲话。但是那几天他出去频繁,经常到很晚才回来,我和他的妈妈以为他已经走出那件事的阴影了,还为他感到高兴呢。谁知道……唉!"老周叹了一口气,手摸着额头慢慢地闭上眼睛。

许磊从椅子上站了起来,慢慢地走到窗边。从窗户向对面望去,那一排排的住宅楼鳞次栉比,经过长久日晒雨淋,墙壁表面已经斑驳不堪。

"周启亮父亲,我能去你儿子的卧室看看吗?"许磊轻轻地拍了拍老周的肩膀问道。

"哦,好。"周胖子睁开双眼,急急忙忙地从椅子上站了起来,领着警察们向小房间走去。

一进入周启亮的卧室,许磊立刻感觉到一股阴森森的气息扑面而来。四面墙壁上贴满了花花绿绿的海报,上面尽是些乐队的海报。海报上的人装扮奇特,发型古怪,身上的穿戴也都是些链条、骷髅等令人恐怖的配饰。

"这都是些什么人啊?"小封好奇地看着四壁,小声地嘀咕着。

许磊没有吭声,眼睛在房间里四下搜寻着。他的视线落在周启亮的书桌上,发现在书桌的一角竖着一个不怎么起眼的相框。许磊走近书桌,拿起相框,发现上面已经落了一层厚厚的灰了。

许磊扭头看了看门口,周启亮的父亲正站在门口,看着三位警察在他儿子的房间里翻东西。

许磊用手抹去相框上的浮灰,相框里的人立刻清晰起来:照片上周启亮正意气风发地露着笑脸看着镜外的人。许磊拿着相框端详着,看着看着,镜框外的许磊猛然发现自己的脸倒映在镜面上和镜框里面的周启亮重合在一起,形成了似笑非笑、难以形容的影像。这个幻象着实地吓了刑警队队长一大跳。

许磊眨了眨眼睛,左手轻轻地拍拍脑袋,从刚才的幻觉中清醒过来。他把相框重新放回书桌上,忽然又发现了一个有趣的问题:因为相框面积小了点,而里面的照片大,插在相框里面,周启亮的上额部分被镜框给挡住了。这让许磊产生了似曾相识的感觉。好像在哪见过这张脸啊?许磊心里暗暗想着,快速地在脑中搜寻着相关影像。

突然,许磊一拍脑门,兴奋地自言自语:"我想起来了!"

五十

紧 急 会 议

　　在周启亮那贴满海报的卧室里面，刑警队队长的一声叫喊，把正在翻看物品的其他两位刑警吓了一跳。

　　"怎么了，许队长？你发现什么了？"小封走上前去，顺着许磊的视线看了过去：书桌上相框里面的周启亮正笑眯眯地看着两位警察。

　　"有什么问题吗？"小封追问。

　　"嗯，这张照片让我想到了一个人，具体情况我现在还不敢肯定。"许磊看着相框里的人对小封说道。

　　许磊转向周启亮的父亲，说道：

　　"周启亮的爸爸，这张照片能不能借给我用一下？"

　　"唔，你要是有用，就拿去吧。"周启亮的父亲犹豫了一下，接着问道，"警察同志，我家的亮子还能找到吗？"

　　"会找到的。"许磊看着眼前的胖子，安慰道。

　　"那就好，那就好。"周启亮的父亲眼睛一亮，重新燃起希望。

　　三个人走出卧室，重新回到客厅。许磊站在客厅中央，轻描淡写地问了一句:"顺便问一下,你家周启亮真有精神分裂?"

听到刑警队队长的问话,老周那张肥嘟嘟的脸呈现出难看的颜色,站在那儿憋红着脸,半天没有回答许磊。

离开了周家,三位警察再次穿过污秽不堪的菜市场,来到派出所的门前。

"谢谢你啊,老于。"许磊握着于警察的手感谢道。

"不用客气,我们警察不就干这事的吗。"铁塔似的汉子那黝黑的脸上现出笑容,接着感慨道,"唉,周启亮这孩子我是看着他长大的,以前还是很不错的,挺懂礼貌,就是性格内向了点。"

许磊望着远处尚未建好的高楼没有吭声,他回过头来对着于警察说道:"我们要回局里去了,下次再见面吧。"

警车飞快地行驶在滨江市的小街上,小封手握方向盘,两眼紧盯着前方。许磊坐在副驾驶座上看着窗外的景色。两旁的树木、房屋纷纷地向后跑去,窗户里面则是许磊那愁眉紧锁的脸。

许磊从口袋里掏出手机,拨通了一个号码:

"喂,你们那边情况怎么样了? ……我们这边的工作已经结束了。好,什么? ……半个小时后在滨江公安局会议室碰头。"

说完,许磊挂断电话,往椅背上一靠,闭上眼睛养精蓄锐了。

半个小时后,几位刑警准时聚集在宽敞明亮的会议室里,包括滨江公安局的陶警官。

"小杨,小胡,你们随同谈警察去了解秦凯的生平,怎么样了?"许磊吸了一口香烟,问道。

"报告许队长,我们去走访了秦凯的那些同事,包括在度假村我们询问过的那些人。电子管公司那边和我们谈了一些对秦凯的看法。另外我们还走访了秦凯的老街坊,对他的成长轨迹有了新的认识。这些情况我和小杨都做了详细的记录。喏,都在这儿呢。许队长,来看看我们的劳动成果吧!"小胡递给许磊一个文件夹,里面夹着一摞厚厚的记录纸。

许磊看见那一摞厚厚的材料,接过材料,压在自己的胳膊下,说道:"这个我待会儿慢慢地研究一下。现在我说说我们今天走访的结果吧。"

许磊站起身来,面向所有的警察说道:

"今天我和小封去了一趟古丽莎的母校——滨江财经大学。古丽莎这个女人让人感觉有些神秘而不可捉摸,这个印象从我和她在西木度假村刚开始接触到现在就一直没有消除掉。"

小杨和小胡在一旁颔首表示赞同,他们对于那个漂亮的古丽莎也是心存疑虑。一个女人在听到秦凯遇害的消息后会晕厥过去,而这个女人和死者仅仅是同事关系,这不合常理。虽然古丽莎对此没有进行解释,但是明眼人还是能够看出其中端倪的——就是古丽莎与死者有不同寻常的关系。

许磊点燃香烟,在青烟袅袅中继续他的分析:"在与滨江财经大学李主任的交谈中,我们得知了发生在几年前的一件事情。这在当年是一件震惊全校的大事件——周启亮故意伤害案!"

"周启亮?"听到许磊的陈述,下面警察们纷纷地小声议论起来,唯有陶警官和小封依然冷静地、不动声色地看着许磊。

许磊看了一眼大伙儿,接着往下说道:

"周启亮伤害案的女主角想必大家也应该能够猜到了,没错,就是那个神秘女人——古丽莎。她与周启亮有纠缠不清的男女关系,那种关系超出一般的同学关系,但也不是单纯的恋人关系。周启亮在毕业前做出了非常冲动的事情,意图用汽油焚烧古丽莎。"

"啊？这么狂妄？"底下的议论声越来越大，现在社会上只要一提起"汽油""焚烧""毁容"这些字眼，大家就有一肚子的怒火。

"幸亏校方及时赶到，制服了周启亮，才没有造成严重的后果。结果呢？那年古丽莎顺利毕业，周启亮被开除学籍，并处管制两年。"许磊手执烟蒂在烟灰缸里摁了摁，说完了当年那件震惊校园的事情。

"我来补充两句啊。"坐在一旁的陶警官站了起来，一双大手摁在会议桌上，身体前倾地说："关于滨江财经大学那件纵火伤害案我以前也曾经听说过，当时法院的判决是作案人被判管制两年。由于量刑的时候法官考虑到那个年轻人是初犯，没有造成严重后果，还有就是他的家人出示过一张周启亮具有间歇性精神分裂症的医学证明，所以判处得并不是很重。"

"陶警官说得很对，我今天在档案室里认真地阅读了一下有关当年周启亮伤害案的详细资料。当年的审判结果的确不算严厉，周启亮只是被管制两年。为了弄清这一事件与西木度假村血案有没有什么联系，我和小封又赶往周启亮的家里进行了解，这才知道又有一件奇怪的事情发生了！"许磊看了一眼窗外的天空，悠悠地说道，"周启亮在一年多以前就已经失踪了！"

"啊？"会议室里像炸了锅一样，一片哗然。

五十一

黎明前的黑暗

听完刑警队队长的一番叙述,警察们再也坐不住了,嘀咕变成了哗然。

"怎么会这样?""太有意思了,简直就像是拍电影。""太有戏剧性了。"议论声纷纷地传入许磊的耳朵。

"大家请静一静,听我继续把它说完。"许磊大手向下面摆了一摆,众人议论声停止。

"小封,在周启亮的卧室里,你发现了什么?"许磊扭头去问皮肤有点黑的年轻警察。

"我在周启亮的卧室里发现了他满墙都是一些玩另类艺术的海报图片,让人感觉整个屋子都缺乏人气,阴森恐怖。"小封面向大伙儿说着他的感受。

许磊点了点头,接着小封的话继续往下说:

"是的,我当时也有同样的感受,他的屋子里充满了令人压抑的气氛。周启亮的父亲对我们说他的儿子自从滨江财经大学那件事情发生以后就变得郁郁寡欢,不合群。到底是他受了当年那件事情刺激变成那样的还是他之前的确患有精神分裂症,目前我们尚不知晓。至于周启亮是不是患有精神分裂症,呵呵,其实想知道也很容易,我们只要找出那张医学证明是谁开的就可以了。目前有一点我可以肯定的是——周启亮精神的确有些不正常。问题是现在这个不正常的人居然失踪了。"

许磊打开水杯,水杯里的水早已经凉了。他抿了一口,润润嘴唇,接着说道:"我在周启亮的卧室里面偶然发现了他的一张照片,这张照片给了我一些启发。"

照片?又是照片?小杨仰起她的细脖,好奇地看着队长。

"那张比例失调的照片让我想到了一些人,一些似曾相识的人。为了不影响大家对本案的判断,我暂时还不想说出我的疑虑,我需要用实际的侦查来证实我的推断。"许磊目前还不想说出他心中的疑团,他已经有了自己的行动计划了。

"啪啪啪"的声音响了起来,陶警官带头鼓起掌来,他站起身来对许磊说道:"不愧是丁口市公安系统的侦破英雄,对案件的侦查分析都是一流的。这个周启亮的确让人觉得可疑,我的直觉告诉我他与本案有直接的联系。许队长,下面我们应该采取哪些行动呢?我们需要赶紧拟定一个行动计划啊。"

"陶队长说得很对,留给我们的时间已经不多了,我们要尽快制订出侦破方案,抓住凶手,不能让他逍遥法外。"许磊说道。

会议室里又响起了一片热烈的掌声,大家都被许磊所感染,受到了极大的鼓舞。

"我目前在脑中已经形成了一个方案,大家看能不能行得通?"许磊谦虚地说出已经在他脑中形成的行动方案,征求大家的意见。

听到此话,刑警们眼睛紧紧地盯着许磊,期待着他的发言。

"滨江市这边的侦查工作继续展开,小杨,你留在滨江市继续追查秦凯的财务状况,我相信西木度假村的血案中不会没有经济上的疑点,这个还要请陶队长予以大力协助。"许磊说道。

"这个你放心,许队长,我们一定会鼎力相助的。"陶警官笑眯眯地说道。

"另外,我还想请陶警官安排人手暗中去监视古丽莎的动向。"许磊接着向陶警官说道。

"嗯,对于古丽莎这个姑娘,我们要密切注意观察她的一举一动。"陶警官说道。

许磊赞许地点了点头,然后说道:

"我和小胡立刻回丁口市一趟,去追查一件事情。"

"这么晚了,还要回丁口市啊?"小胡满腹不解。

"是的,这件事情不解决,整个案件就不能明朗化、清晰化。"

"那我们回丁口市去做什么?"小胡还是不明白。

"我们要再访白塔寺!"许磊的眼中似乎出现了白云之下那神秘的寺庙楼宇,只不过这一次他的眉宇之间充满了自信。

"好的,大家就按照许队长的安排去实施吧。时间紧迫,大家要是没什么其他意见我们就散会,散会以后赶紧去落实行动吧。"陶警官大手一挥,眼睛在大家的脸上扫寻着。

"好的,散会。"

随着陶警官的一声令下,大家鱼贯而出,留下丁口市的三位警察和他自己。

"许队长,我们为什么又要去那古怪的白塔寺啊?"小胡满脸疑惑。

"是的,正因为它古怪,所以里面疑团很多。世界上很多事情看上去杂乱无序,但是冥冥之中自有安排。"

"咦?什么时候许队长也信起了命运?"

"呵呵,不能说完全相信命运,但是我们做刑警的也要多学点其他方面的知识。"

"真看不出来啊,许队长还这么博学。"小胡摸摸后脑勺,和许磊开起了玩笑。

"好了,时间紧迫,我们赶紧出发吧。"许磊做事雷厉风行,他真是一个和时间赛跑的人。

"希望许队长这次前往白塔寺马到成功,有所收获。"陶警官笑眯眯地伸出手,和许磊握了一下。

在连接滨江市与丁口市的高速公路上,一辆小轿车疾驶着。车厢里面,小胡坐在驾驶座上,手握方向盘,手法熟练地并道超车。小胡的车技还是顶呱呱的,虽然他把车开得飞快,但是坐在后排座位上的许磊丝毫没有不适感。

许磊坐在后排座位上,手中拿着厚厚的一摞资料翻看着,那是今天小胡和小杨去调查秦凯生平的辛勤成果。这堆由秦凯的街坊邻居和厂里的同事叙述组成的资料可以让刑警队队长更加清楚地认识秦凯的真实世界。

许磊坐在那儿,耳边响着"嗡嗡"的声音,那是汽车高速运行时带起的风声。在汽车后排狭小的空间里,许磊是那么仔细地看着那些关于秦凯生平的材料。他睁大眼睛盯着那些资料。他的神态是那样从容,身体保持着前倾姿态一动不动,似乎整个地球在他翻看资料的时候已经停止了转动……

当许磊终于阅读完那厚厚材料的时候,他长吁了一口气,闭上眼睛靠在汽车后座上,一个鲜活的男人出现在他的脑海中……

五十二
秦凯的故事(1)

　　秦凯小时候聪明活泼,嘴巴很甜,讨人喜欢,尤其是阿姨们非常喜欢他。"瞧这孩子,多俊啊,和他爸爸简直就是一个模子刻出来的,长大以后一定是个英俊小生。"一位和蔼可亲的阿姨捏着秦凯那胖乎乎的小脸蛋笑着对他妈妈说,而秦凯的母亲笑吟吟地站在一旁。

　　小秦凯上学以后,依然保持着聪明嘴甜的优点,深得老师们的喜爱。秦凯在学习上很刻苦,成绩一直名列前茅。班主任对他是赞赏有加,委以班长的职务来提高他的学习能动性。而秦凯也没有辜负老师们的期望,在班上主动团结同学,主动承担起班级的一些事务,同学们都喜欢和他在一起学习、玩耍。可以说,那段时间是小秦凯过得最开心、最无忧无虑的日子。

　　谁知,天有不测风云,在秦凯五年级的时候发生了一件事情,彻底改变了他活泼乐观的性格。

　　那件事情发生在秦凯刚刚步入小学五年级不久:秋高气爽的一个下午,小秦凯高高兴兴地背着书包回家了。因为数学老师生病了,下午没能来上课,所以提前一节课放学了。

小秦凯一路连蹦带跳地经过熟悉的街道和房屋。那个时候人们居住的房屋还是以平房为主,面积也不大,家家户户都在门前圈一块地,用竹篱笆或者砖块砌起一个小院,在里面养花养草,自得其乐。

小秦凯一路小跑地奔回了家。他打开院门的小锁,推门进去,走了几步,来到大门前,将钥匙插进锁眼。

嗯?怎么打不开啊?秦凯的小脑瓜里面产生了几个大大的问号。他又试了试,还是没能打开——门被人从里面反锁起来了。难道家里面有人?难道是屋里面有贼?想到这里,小秦凯的心里开始紧张起来了。他把小耳朵贴在门板上,想听听屋内的动静,可惜听了半天,什么声音也没有听到。

小秦凯蹑手蹑脚地穿过院子,来到位于院子角落的一棵大树旁。他顺着那棵枝繁叶茂的大树向上看去:那形状犹如避雷针、又像是十字架的室外电视机天线直直地插在房顶上,那可是他的父亲前些日子刚刚爬上去安装的,这样家里的那台黑白电视机就可以多收看几个频道。在那个年代,看电视可是广大人民群众为数不多的娱乐之一。

秦凯站在大树底下,一张天真无邪的小脸向上看着。大树的顶端正对着嵌在墙壁上的那高高的卧室窗户,而窗户的布帘被人从里面拉上了,留下了一丝小缝。秦凯心里盘算着如何能够爬上那棵高高的大树。如果他能够爬上那棵大树,站在枝丫上,就可以透过那条小缝看见家里卧室的情况。

小秦凯使出吃奶的力气艰难地爬上那棵大树,颤巍巍地站在枝丫上。他两只小手紧紧地抓住树干,两眼机警地透过窗帘的缝隙向里面看去。

他透过缝隙看到卧室里的情况时,不由地大吃一惊,眼前的景象就像一团烈火一样将小秦凯炙烤着:

床上有一对男女,啊! 他们在干什么? 那个女人不是妈妈。小秦凯感到眼前一黑,浑身无力。爸爸怎么会和其他阿姨在一起? 难道他们不觉得羞愧吗?

小秦凯手脚一松,身体滑下大树,皲裂的老树皮蹭破了他幼嫩的小腿肌肤,鲜血向外渗。他顾不上腿上的疼痛,背上书包,头也不回一瘸一拐地跑出了院门,而那不堪入目的景象依然在他的脑中盘旋,像一种邪恶的诅咒一样挥之不去。

秦凯虽然年纪很小,但是很懂事。他没有将这件事情告诉妈妈,他生怕妈妈知道后会和父亲吵架,会和父亲离婚,那个时候秦凯脑袋当中已经有了"离婚"这个让人感到恐惧的字眼。

接下来的日子里面,小秦凯发现家里的空气越来越凝重,欢声笑语越来越少,父母之间的交谈几乎没有了。渐渐地,父亲频频晚归,母亲对秦凯发出的无名火越来越多了,家里充满了令人窒息的压抑氛围。

"你和那个狐狸精到底是什么关系? 现在所有人都知道这件事情,只有我像个傻子一样被蒙在鼓里,你这个没良心的!"一天深夜,小秦凯在迷迷糊糊中被妈妈的哭声惊醒。他并没有睁开眼睛,而是假寐着偷听大人世界的秘密。

"你知道了? 既然你都已经知道了,那我就不想多说什么了。我们离婚吧,她肚子里现在已经有我的孩子了。"这个是父亲的声音,秦凯躲在被窝里听出来了。

听到父亲的话,小秦凯的内心有一种非常麻木的感觉,他即将要有一个弟弟或者妹妹了,但是心里没有一点喜悦感。

"你这挨千刀的! 你这个不要脸的! 你会遭到报应的!"母亲哀嚎着诅咒父亲。

随着"砰"的一声巨响,父亲悻悻地摔门而去,剩下母亲一个人孤独地失声痛哭。

秦凯那美好的童年至此画上了句号。很快地,秦凯父母就离婚了,父亲跟着那个狐狸精鬼混去了,而可怜的母亲一个人带着小秦凯生活。

母亲还是像以往一样勤奋工作,对待小秦凯还是那么慈爱,每天都会炒秦凯喜欢吃的菜给他。但是,秦凯发现母亲不再微笑了,面容也明显变得苍老了,还经常一个人坐在那儿,目光呆滞,自言自语,不论他在旁边怎么呼唤她也回不过神来。小秦凯在学校里面依然学习刻苦,成绩优异,深受老师们的喜爱,但是他开始远离往日的伙伴,更愿意将自己交给蓝天白云下的大街小巷,更喜欢一个人孤独地走在冷冷清清的大街上,一个人想着心事。

母子就这样相依为命地生活了两年,小秦凯也已经步入中学。一个休息日的下午,他又在滨江市的大街小巷转悠了半天才回家。他推开房门、走进卧室的时候,发现母亲安详地躺在床上,两手无力地瘫在床沿上,眼角处留有泪水流淌的痕迹。

五十三

秦凯的故事(2)

当爱情随着眼泪慢慢滑落的时候,你能够做些什么?

一个女人无力挽回失败的婚姻,又止不住对那个负心男子的思念,那么她又会做些什么呢?

秦凯小时候在街角看见一个光着身体到处乱跑的女人,妈妈那个时候捂住他的眼睛并发出同情的感慨:"哎,可怜的女人啊。"

后来秦凯渐渐大了,知道那个女人的行为是失恋造成的。那个光着屁股到处乱跑的女人曾经谈过一个男朋友,后来遭到了那个男人的无情抛弃,导致精神失常,经常在阴郁的天气裸奔在大庭广众之下。她的家人起先还把她锁在家里,不让她出去,但是后来经不住那个女人在家里闹腾,就由她去了。

秦凯的母亲离婚以后,心里还是思念着那个负心男子,正所谓"一日夫妻百日恩,百日夫妻似海深"。在夜深人静的时候,母亲看着熟睡中的秦凯,看着秦凯那可爱的小脸蛋,那眉宇之间无不透着他父亲的影子,这就更让她想起以前夫妻恩爱时候的点点滴滴。想到这里,她不由地感到一种强烈的屈辱感向她袭来,那种无形的社会舆论以及道德伦理压力让她感到窒息。那个时候的社会观念是比较保守的，对于一个离了婚的女人，在她的背后总是会有这样或者那样的人在指指点点，这样的感觉让生性刚烈的母亲不堪忍受。

终于，在与心魔斗争了两年以后，秦凯的母亲吞下了整瓶安眠药，苍白的手臂无力地垂在床前，走完了她三十多年的人生。

母亲去世以后，秦凯被寄养在他的舅舅那儿。舅舅对小秦凯很好，把他当成自己的儿子一样照顾着。"小凯啊，以后就把这里当成自己的家吧。"当秦凯胆怯地站在舅舅家客厅的时候，舅舅怜爱地摸着小秦凯的脑袋说道。

后面的岁月里，秦凯把所有的精力都投入学习里面去了。他全身心地沉浸在知识的海洋里，两耳不闻窗外之事，在中学里面学习成绩一直名列前茅。闲暇之余，秦凯偶尔会坐在书桌前面，托着腮，两眼出神地看着那蔚蓝色的天空，心中想念着远在天堂的妈妈。

高考结束以后，秦凯以优异的成绩顺利地考入了江南名校西京大学的信息物理系，成为一名不折不扣的象牙塔里面的骄子。当他收到高考录取通知单的时候，他前往母亲的坟前祭拜。"妈，我不会辜负您的期望，我一定会好好地学习知识，在社会上成为人上人的。"秦凯跪在母亲的坟前说。

大学时代的秦凯已经长成了一个大小伙子，英俊硬朗的脸庞加上一米八的个头，使他自然而然成为姑娘们注意的焦点。"瞧那个男生，长得多像刘德华啊。""我看呀，他比刘德华还要帅呢。""他可是信息物理系的高材生哦。"当秦凯端着饭盒出现在校园食堂的时候，许多娇艳如花的姑娘就会在他的身后小声议论着。她们频繁地向帅哥发出含情脉脉的电波,但是秦凯完全没有理会那些暧昧的眼神,他谨记着在母亲坟头前发过的誓言,一心扑向专业课知识的海洋。

大学里面的平淡生活让秦凯感到很舒服。每天就是上课、吃饭、读书这些事,简单而充实,心如止水的他就像海绵吸水一样汲取了大量的书本知识。在大学四年里,除了学习,秦凯几乎不去想其他的事情,但是有一件事却在他的脑海里留下了深刻的印象。

那是在一个夏季的黄昏,秦凯和室友吃完晚饭以后走出校门,散步来到离学校不远的一家音像商店。在大学里面,秦凯迷上了欧美摇滚音乐,他觉得在那摧枯拉朽般的音乐轰鸣声中可以暂时忘却尘世的烦恼。

当时音像商店里面人并不是很多,店里正在播放的音乐是那种软软的爵士乐,营造出一种浪漫的气氛,沁人心脾。秦凯在架上翻看着刚刚到店的磁带。

秦凯的眼睛瞄到了一盘珍珠果酱乐队的新专辑,他满心欢喜地取了下来。就在这个时候,走来了一位漂亮的女生,一身红色连衣裙,身段婀娜多姿。她径直地走到柜台边,盯着秦凯问道:

"这位师兄,你也喜欢珍珠果酱乐队的歌?"

秦凯奇怪地看了姑娘一眼,转头去看身后的室友,发现他正靠在一角捂着嘴在偷笑。

"唔,对,我比较喜欢那个主唱。"秦凯脸有些红。

"我也很喜欢他们的音乐呢,这盘专辑我找了半天了。"姑娘"咯咯"笑了起来,她转身面向老板,眉毛一挑,"老板,给我也来一盘珍珠果酱的。"

"呵呵,就剩这么一盘了,给这位帅哥捷足先登了。"老板坐在柜台后面叼着香烟笑着说。

"哦？太可惜了。"姑娘脸上浮现出失望的神情。

"要不要看看其他乐队的啊？"老板显然不想放走一个顾客,况且这位顾客还是一位年轻漂亮的姑娘。

"谢啦。"姑娘婀娜的身段一扭,转身就要向外走,这个时候,后面传来一声:"这位同学,你先别慌走啊。"

姑娘回头一看,秦凯正站在柜台那儿,手持那盒磁带冲着她微笑着。

"你如果喜欢就拿去吧,毕竟能够喜欢这种音乐的女生很少哦。"秦凯腼腆地说道。

"那就太感谢了。"姑娘笑着对秦凯说,"我姓刁,你以后叫我小青就行了。"

"我叫秦凯。"秦凯将那盘珍珠果酱乐队的磁带慢慢递到小青那柔软的手中。

姑娘在临出门的时候冲着秦凯回眸一笑,表示感激。就这么一个夕阳下的剪影竟然深深地刻在了秦凯的记忆里,在日后多少次的午夜梦回中出现过:晚霞映红了街道、树木和房舍,红衣少女站在音像商店的门口,暗红色的衣裙随着徐徐的晚风飘扬着,夕阳的余晖将姑娘那俏丽的脸庞和柔美的五官映照得光彩四射、美轮美奂——秦凯心中的女神出现了!

爱情是什么？爱情的火花又会在何时何地绽放出那耀眼的光芒呢？年轻的男子秦凯偶尔也会在午夜梦回的时候想起这些。

秦凯回到宿舍以后,躺在床上辗转反侧。那个姑娘的甜美笑容深深地刻在他的脑海中,让他久久不能入眠。他已经深深地陶醉在那晚霞中的美景佳人之中了,但是"努力学习,不能分散精力"

的志向成为他行动上的束缚,所以秦凯日后并没有主动去寻觅那位姑娘的芳踪。当秦凯还在一个人慢慢品味着那场黄昏邂逅的时候,一个不幸的消息传入他的耳中。

"秦凯,你知道吗?"室友问秦凯,一脸恐惧。

"怎么了?"秦凯不解地问道。

秦凯听完室友的讲述,感到天空一下子就暗淡了下来,内心绞痛得要窒息。

原来,与那个姑娘在音像商店匆匆一别,两个月后,她便遭遇了不幸!

当这个令人惊恐的案件传遍校园的时候,秦凯怎么也不愿意相信,那一晚在音像商店初次见面的女孩已经不在了。当秦凯的脑海中再次出现那个傍晚的曼妙剪影的时候,他深深地怀有一种恍若隔世的感觉。午夜噩梦惊醒之时,姑娘的音容笑貌在脑中烟消云散,秦凯不由地暗自啜泣。

一些令人悲伤的事情总是伴随着青葱岁月的流淌而适时出现,秦凯用了很长的时间才摆脱了那件事情对他的影响,不过留在他脑海中的那件红色长裙永远不能忘记。

大学四年很快就过去了,秦凯毕业以后回到了滨江市工作。他进入了滨江市的一家大型国企单位——滨江电子管股份有限公司。工作上秦凯兢兢业业,很快就被提拔到领导岗位上去了。几年后,他在单位内部的一场联谊舞会上认识了温柔姑娘张敏,很快,他们在单位同事的撮合下共结连理。秦凯和张敏一直幸福地生活着,直至他们夫妇俩一同来到风景秀丽的西木度假村……

五十四

问世间，情为何物？

　　天色渐渐暗下来。进入山岭地区后，两旁巍峨的青山在黑暗中显得模糊不清，透着一种说不出的神秘感。一辆小轿车亮着雪亮的大灯由远而近地行驶过来。小轿车缓慢地爬行在西木山岭的盘山公路上。

　　车厢里面，许磊脸色严峻，他忧郁的目光投向了车窗外面。经过这么几天对西木度假村案件的侦查，他已经深深地沉浸在那些让人难以释怀的故事中了。人间总是有些难以解释的事情，那些复杂冗长的社会活动归根结底是不是能够用一个"情"字来概括？

　　小轿车停在度假村的接待大厅门口。许磊和小胡跳下车，顺着小道向白塔寺方向前行。

　　两个人行走的速度很快，不一会儿就已经走到山腰处了。冷风吹了过来，拂乱了两人的头发。许磊解开上衣的纽扣，嘴里喘着粗气，他望着四下黑沉沉的夜色，稍微做了一下调整就又往山顶赶去。

　　当他们终于赶到白塔寺的时候，门前已经杳无一人了，只有大雄宝殿前那高大的香炉孤零零地立在黑暗中。

许磊走到白塔寺的偏门,"咚咚咚"用力敲着门。过了好一会儿,两个人在门外才听见里面有了声音。大门"吱呀"一声被打开了,那个胖胖的僧人提着一盏灯出现在大门的后面。

"你好,我们有事情要见方丈。"许磊喘着气焦急地说道。

"施主,方丈已经休息了。"

"我们是丁口市的刑警,有要紧的事情拜访方丈,请你通报一声。"身着便装的许磊从口袋里掏出证件给僧人看。

胖僧人看看证件,又瞥了一眼许磊,提灯转身进去了。许磊和小胡两人跨过门槛,跟在他的后面。

来到方丈的禅房前,只见里面亮着微弱的烛光。胖僧人站在门前,毕恭毕敬地敲了敲门:"师父,外面有人找您。"

过了一会儿,禅房的门被打开了,方丈穿着粗布衣服出现在众人面前。

"阿弥陀佛,两位施主这么晚找老衲有何贵干?"方丈看了看眼前的许磊。

"不好意思啊,大师,很抱歉这么晚来打扰你。"许磊靠近方丈,从风衣的内怀里掏出一张照片递给方丈说道,"你能认出照片上的人是谁吗?"

"施主里面请。"方丈接过照片,缓步走到里屋的方桌前,在烛光下眯着眼端详着照片。

禅房里面一片寂静,昏黄的烛光在桌上摇曳着,众人站在一边静静地看着方丈。

方丈放下手中的照片,用手扶着额头,沉默了一会儿才吭声:"你们找到他了?"

"他是谁?"许磊收回桌上那张周启亮的照片,问道。

"他就是白塔寺的净空啊。"智能深深地叹了一口气。

"啊? 他就是净空?"站在一旁的刑警小胡大吃一惊,他盯着许磊那张坚毅的脸,难道许队长早就知道周启亮就是小僧净空? 看来许队长对整个案件有清晰的思路了,那么这个案件水落石出就指日可待了。想到这,小胡抿嘴微笑地看着许磊。

"果然和我猜测的一样,这样说来,我们去周启亮家里查询并不是一无所获啊。"下山的时候许磊有些兴奋地和小胡说着。

山风伴着寒气侵袭着行走的两个人。风吹在脸上,许磊丝毫不觉得冷,反而感到一种说不出的痛快。

"我们已经知道了周启亮和白塔寺的僧人净空就是同一个人,那么下面我们应该做什么呢?"小胡一边快步下山一边问许磊。

"你想想,秦凯、古丽莎和周启亮三人之间会有什么样的关系呢?"许磊停下脚步,问小胡。

小胡一怔。在他的记忆里,许磊这还是第一次提出了如此明确的问题。是啊,他们三人之间到底有什么关系呢? 小胡回答不上来。

"好了,我们赶紧回滨江市吧,到车上我慢慢和你说。"许磊拍拍小胡的肩膀。

夜幕下,高速公路上,一辆小轿车飞驰着。车厢里面,坐在副驾驶位置上的许磊慢慢地和小胡说着案情。

"古丽莎在学校的时候曾经和周启亮相处过,无论他们是男女朋友关系还是一般普通同学关系,周启亮喜欢古丽莎是铁板钉钉的事情,而且他还带着那么一种狂热的激情在里面。"许磊说道。

"既然周启亮那么喜欢古丽莎,那为什么还要向她泼汽油想置她于死地呢?"小胡眼睛盯着公路前方,不解地问道。

"你没有理解我刚才说的那句话。'狂热的激情'指的是什么?我的意思是指周启亮对古丽莎的爱恋之中含有一种不稳定的狂热情绪在里面。"

"那是什么啊?知道我笨,队长你就直说吧。"

"也就是说周启亮爱恋古丽莎,到最后的确有些精神不正常。这有点像我们平常所说的那种病——花痴。"许磊看了一眼窗外黑漆漆的世界幽幽地说。

"啊?花痴啊?花痴就要向恋人身上泼汽油?"小胡惊讶道。

"'花痴'这种疾病一般以女性患上的居多,但是也不排除少数男性。因爱生恨,乃至发病做出伤害对方的例子举不胜举啊。"许磊叹了一口气,接着说道,"而我们通过侦查,发现秦凯和古丽莎有不清不楚的暧昧关系。我的推理就是,当古丽莎和秦凯来到度假村游玩时,他们的关系被净空,也就是周启亮,偶然发现了,刺激了周启亮那本来就很脆弱的神经,导致了周启亮半夜起来暗杀秦凯。"

年轻的刑警小胡发出"啧啧"的惊叹声,手中紧握方向盘,不说话了。

"一段孽情,几条生命。问世间情为何物,直教人生死相许。"许磊闭上双眼靠在座位上,嘴里吟着。

五十五

古丽莎的星期天

自从那一天离开了西木度假村，古丽莎带着一颗破碎的心回到滨江市，一直沉浸在悲痛中，连白天上班都有点无精打采的。她甚至没有勇气和单位同事们一起去张敏的家里慰问。不是古丽莎不想去，而是她不想在面对张敏的时候，在众人的面前，被张敏的悲痛情绪传染而失态。秦凯人已经去了，就让他留下一个好的名声吧，至于他和她的那段地下恋情就永远埋藏在心底吧。

又是一个星期日，古丽莎早早地就醒了。平日的古丽莎可不是这样，她对于一周中难得的休息日当然是非常渴望的。在往常，古丽莎肯定是先睡一个懒觉，不到自然醒是不会起床的，然后就是梳洗打扮，出去吃个中饭，吃饭地点可以是热闹的中式快餐店，也可以是优雅的西餐厅。下午再去逛逛街，买点时装、化妆品什么的。"女为悦己者容"嘛，精心打扮都是为了给心上人看的喽。到了晚上，在夜色的掩护下，她就可以和秦凯偷偷约会了。至于秦凯对妻子撒的谎，就是晚上单位有应酬，或者就是单位要求他双休日出差，等等。张敏对她的丈夫深信不疑。

可是现在,那种美妙的日子已经一去不复返了。西木度假村之行彻底改变了她的人生。事实上在她来到这里工作遇到秦凯以后,她的人生之路就已经被改变过一次了。最为明显的是她的时装颜色起了变化,由以前钟情的白色变成了现在的红色。红色——那是秦凯喜欢的颜色。至于秦凯为什么喜欢红色,古丽莎从来就没有去问,她认为和秦凯在一起没有必要去追问一些没有意义的问题,而应该好好享受两情相悦带来的快乐,哪怕那种快乐是短暂的、压抑的、不能见光的。

古丽莎躺在床上胡思乱想着,时光就这样在她的思念中一分一秒地逝去。她抬眼看了看墙上的钟,已经早晨八点。古丽莎从床上爬起来,穿着内衣披散着头发走进了洗漱间。十分钟过后,等她再从洗漱间里走出来的时候,已经将一头柔美的秀发高高地盘在头顶上,并用一款漂亮的发夹固定住。对于走时尚性感路线的古丽莎来说,平时在公众场合她经常以一头大波浪卷发现身,她将头发盘起这种做法并不多见,她仅仅在与秦凯幽会的时候才将长发盘起。"你的长发又为谁盘起?"电视里面正播放着一首老歌,悠扬的歌声飘荡在屋里。古丽莎今天又将长发盘起,那意味着什么呢? 那是对秦凯的一种别样的思念吧,是一个女子对心爱的人的一种寄托吧!

冬季的阳光穿过高高的落地窗射进屋里,照在仅仅穿着单薄内衣的古丽莎身上。姑娘走近落地窗,面对着阳光,巨大的光圈将她全身暖暖地包围着,古丽莎闭上眼睛,梦想着能够融化在这冬季的阳光之中。

室内的空调机出风口缓缓地向外送着暖风,但古丽莎还是感到有些冷。她从冥想中回过神来,赶紧在身上套了件长袖线衫。

那是一件白色开领线衫,白色是古丽莎曾经疯狂喜欢过的颜色,象征着高雅纯洁,纯真无邪。在学生时代,古丽莎大多数情况下都是以一袭白衣出现,这种习惯一直保持到秦凯的出现才得以改变……

古丽莎穿着线衫在屋里溜达,质地柔顺的线衫衬出她那修长丰腴的身材,两条白玉无瑕的长腿优雅地显现在阳光之下。古丽莎感觉到肚子有些饿了,她微皱着眉头,扭着优美的脖颈在屋里四处张望着,屋里已经没有任何吃的东西了。

古丽莎穿上牛仔裤,在外面又套上一件红色的羽绒夹克衫,准备下楼去转转。临出门的时候,古丽莎反复检查了一下家里的防盗门,那是一年多以前安装的超强不锈钢防盗门。古丽莎看了看那坚实牢固的防盗门,心里感到踏实,转身下楼去了。

冬季阳光暖暖地倾洒在小区的花园里,许多居民都走出家门,来到花园里进行户外运动。古丽莎走在花园里,看着那些结伴而行的老年夫妻,看着那些欢声笑语的孩子以及依偎在一起眉目传情的情侣,感到一种强烈的落寞感包围着她,同时在心底里面还生出了微微的嫉妒之情。

古丽莎快步走出她所居住的小区。她在一年多以前才搬进来。之前她已经搬过一次家。参加工作以后,单位安排的集体公寓她仅仅住了几个月就没再继续住下去,原因是周围都是单位的同事,抬头低头都能遇上,实在有太多的熟悉面孔了,根本没办法与秦凯进行地下活动。后来她搬到城南的一个偏僻的住处去了,条件是简陋了一点,但是经过古丽莎精心巧手的布置,那可就是她与心上人约会的爱巢哦,每一次的约会都会让她回味很久。

“自古多情空余恨,此恨绵绵无绝期”,她恨自己为什么不能早一点认识秦凯,恨自己的骨子里还不够自私泼辣,恨自己为秦凯的前程考虑得太多。因为她不想让大家知道她与秦凯的那层关系,一旦暴露,会让秦凯在单位里身败名裂,抬不起头来,而秦凯的个人仕途也就会因此画上句号了。

在那个爱巢住了两年,古丽莎又进行了一次搬迁。而对于这一次搬迁的原因,古丽莎至今还有巨大的心理阴影——那种令人绝望的、孤立无援的痛苦感猛烈地侵袭着姑娘的身心。

想到了这儿,古丽莎浑身开始颤抖起来。她走到路边的一棵大树下,靠在树干上暗自哭泣起来。路人经过的时候,都好奇地看着她,姑娘那啜泣抖动的柔弱肩膀让人看了感到无比怜惜。那么,到底是一件怎样的事情会让古丽莎如此悲痛万分呢?

五十六

秦凯与古丽莎的秘密

那还是发生在一年前的一件事情,当时古丽莎还住在城南。那个时候春节刚过一个月,街上张灯结彩的喜庆气氛还未完全消退,人们走在街上的步伐依然是那么悠闲。只不过街边枝头上高高悬挂的红灯笼在风雨的侵蚀下开始褪色,在阵阵的冷风中摇晃着。

滨江市的城南与城北是截然不同的两个世界。由于市政府领导多年来一直致力于城北的开发建设,大量的资金都投入城北市区的改造里面去了,滨江大道的新建,中心广场的崛起,以及鳞次栉比的高楼大厦平地而起,都为滨江市的现代化进程涂上了浓重的色彩。

而城南呢,则是一派萧瑟的景象。以前这里也曾经红火过,那个时候这里拥有多家国有企业,人们在政策的庇护下安居乐业,过着逍遥自在的日子。但是,在20世纪90年代国有企业重组的大潮下,滨江市城南很多企业经不住冲击,纷纷倒闭了。而失业的人们就涌入城北,为城北的建设添砖加瓦去了。破破烂烂的城南看上去落后城北至少十年,不过相应的,城南的房价也就低很多,包括出租房的价格,那是非常低。

　　就是在这样一个倒春寒的日子里,外面虽然是寒风瑟瑟,但是位于城南的一间出租屋里是春意浓浓,音响里正放着爱尔兰女歌星谢妮德·奥康纳的歌曲。

　　"你这次出来,又找了一个什么样的借口啊?"一个身着薄薄内衣的女人躺在床上慵懒地问道。

　　"唔,我和她说有朋友喊我出去钓鱼,需要一整天的时间。"一个穿着三角内裤的男子扭头回答。灯光下,那张酷似刘德华的脸庞轮廓分明。

　　"那你老婆相信吗?"女人接着问道。

　　"唔,应该相信吧,她对我的话从来不怀疑的,再说钓鱼也是有益身心健康的活动啊。"男人扭头看了看屋内墙角边放着的渔具,开着玩笑说。

　　"哼,你呀,是到我这里来钓美人鱼了吧。"床上的女人笑着和男人调情,"你啊,就知道欺骗老婆。"

　　"还不是为了你吗?"男人也笑着走近床边坐下,凝望着女人那美丽的脸庞。

　　"阿凯,你爱我吗?"女人深情地看着男人的眼睛,希望能从那深邃的眼眸里得到她所想要的答案。

　　"当然爱你了,莎莎。"秦凯搂住古丽莎说道。

　　"我也好爱你,阿凯,你不知道我有多么想念你。"古丽莎将脑袋歪靠在秦凯的肩膀上,出神地看着墙上的钟说。时间正随着指针的运转一分一秒地消逝着。

　　"咣当"一声,门外传来了物体坠落的声音,将屋内正拥抱在一起的男女吓了一大跳。

"有人?"

秦凯警觉地看了门口一眼,松开了古丽莎,迅速地穿好衣裤,蹑手蹑脚地向门口走去。他静静地站在房间的门口,将耳朵贴在门上听着外面的动静,古丽莎则一个人坐在床上用毛毯遮住身体,大气也不敢出。

听了一会儿,秦凯用手慢慢地抓着门把手,用力一拧,猛地打开房门冲了出去。

外面走廊杳无一人,显得格外冷清。走廊过道的一侧堆放着许多生活废品,就像小山一般。而走廊的中央,一个锈迹斑斑的水壶远离小山,孤零零地躺在那儿。

秦凯慢慢地靠近水壶,蹲下身来,迷惑地看着那个水壶。过了一会儿,他站起身来,向两边张望着,四周是死一般寂静,一个人影都没有。

"活见鬼。"秦凯将水壶踢到一边,嘟囔着走回古丽莎的房间。

"阿凯,外面有人吗?"看见秦凯进屋,床上的古丽莎紧张地问道。

秦凯走到床边坐下,看了一眼依然用毛毯裹住身体的古丽莎,笑着安慰道:

"没事,一个人也没有,估计是风将东西吹倒了。"

"吓了我一跳,真是虚惊一场。"古丽莎长吁了一口气,双手松开毛毯,露出里面的无限春光。

"有我呢?你怕什么呀?"秦凯将身体歪向古丽莎,凑近她的脸庞说道。

"我怕你老婆来抓你哦,咯咯咯……"床上的女人拽起毛毯遮住丰满的胸部笑了起来。

男人没有笑,他对这个玩笑很是反感。秦凯的脸转向了别的地方,坐正身体,不说话了。刚才还欢声笑语的屋内顿时安静下来,两个人都不吭声了,只有墙上的钟还在"滴答滴答"响着。

秦凯板着脸从床上站了起来,转身准备离开。古丽莎从后面猛地抱住他,毛毯滑落在地板上。

"你不要离开我,阿凯。"泪水猛地从姑娘的眼眶里奔涌出来。

秦凯像个木桩一样杵在那儿一动不动,任由古丽莎搂住他的腰哭泣着。

过了许久,秦凯叹了口气,转身捧起古丽莎那泪流满面的脸,柔声地说道:"不要这样,莎莎。"

"我不许你这样对我,我不许你离开我。"古丽莎紧紧地抱住他。

"哦,不要这样,莎莎。"秦凯感受到了来自对方那强烈的诱惑,他那刚刚平息的欲火又开始死灰复燃……

与此同时,屋外的天色已经黑了,静谧的走廊里那个锈迹斑斑的水壶依然躺在那儿,随着冷风的吹过轻微地晃动着。

五十七
噩梦降临(1)

　　滨江市的城南一片萧瑟景象,街道两旁的树木在寒风中瑟瑟发抖。黑夜已经降临,街边的路灯正发出昏黄的光。大街上面行人很少,只有那零星的灯光点缀着这寒冷的黑夜。一只黑猫悄无声息地爬过屋顶,落在街边的垃圾桶旁,发出犹如婴儿啼哭的嚎叫。

　　一幢老式的筒子楼里面,一个形如鬼魅的黑影沿着楼梯台阶缓慢而上,街边昏黄的灯光映出他的影子,拉长着贴在墙壁上。沿途没有遇见一个人。他穿过长长的走廊,绕过那锈迹斑斑的水壶,径直走到一间房屋的门口,小心翼翼地把耳朵贴在门上偷听着里面的动静。

　　房屋里面,古丽莎将脑袋靠在秦凯的肩膀上。

　　"阿凯,你晚上可以不回去吗? 留下来陪我吧。"古丽莎央求着秦凯。

　　秦凯皱皱眉头,侧脸看着古丽莎说道:"那可不行啊,我还从来没有因为出去钓鱼而不回家的。如果我不回家的话,张敏她会怀疑的。"

　　古丽莎听到这话,心里觉得堵得慌,任性地一扭头不吭声了。秦凯见此情景,赶紧转过身体,捧着姑娘的脸看着——晶莹的泪珠又挂在古丽莎的面庞上了。

　　"别这样,好吗? 莎莎。"秦凯忙不迭地吻着姑娘眼角的泪花。

　　"我一个人住在这里,每天晚上都担惊受怕的,还要一个人默默承受着相思之苦,再这样下去,我会得相思病的。你知道吗? 阿凯,我真好爱你。"古丽莎抽泣着。

　　"我知道,莎莎。我知道你很爱我,我也很爱你啊。不过你知道的,我们这样的关系是见不得光的,我们只能进行着地下工作啊。"秦凯不合时宜地开着玩笑,逗着姑娘。

　　"哼,还地下工作呢? 媳妇还有熬到婆婆的那天呢,阿凯,你说我们到底什么时候能够不再偷偷摸摸啊?"古丽莎噘着小嘴抱怨道。

　　"莎莎,你放心吧,会有那么一天的。"秦凯一边说着,一边用手爱抚着姑娘的脸庞。

　　古丽莎心里明白,这是秦凯敷衍的话,不由地产生一丝烦躁。她一把掀开盖在秦凯身上的毛毯,用力地把他推到床下,冷冰冰地说道:

　　"走吧! 赶紧回家陪你娘子去吧!"

　　秦凯裸着身体表情尴尬地站在屋中央。他对于床上的这个女人真是又爱又恨。他对眼前这个尤物爱极了,要不也不会费那么大的心思瞒着所有人来与她约会。恨的是这个小姑娘一点也不会换位思考,每一次约会结尾都搞得像生离死别似的,古丽莎身上那股黏糊劲儿很是让秦凯感到头疼。不过话说回来,恋爱中的姑娘不都是这样的吗?

想到这里,秦凯不言语了。他看了看墙上的挂钟,从地上捡起自己的衣裤,手脚并用地穿起来。古丽莎则端坐在床上一言不发地冷眼看着这个慌张的男人。

"我走了,莎莎,你要保重啊。"秦凯穿戴好以后,从墙角边拎起渔具,看了古丽莎一眼,打开房门径直走了出去。

"滚!"姑娘发出一声低吼,从床上抓起枕头狠命地向门口扔去。"哐"的一声,大门被秦凯反带起来,枕头无力地滚落在门边,床上的姑娘失落地掩面哭泣起来……

古丽莎泪眼朦胧地坐在床上暗自神伤,她痛恨自己为什么偏偏要爱上这么一个已婚男人。是因为他长得帅吗? 当然不是,受过高等教育的古丽莎显然没有那么庸俗肤浅。她是被秦凯身上独特的气质所吸引,那种成熟男子身上散发出的睿智和幽默将姑娘深深地迷住了。偶尔,古丽莎在秦凯的身上又嗅出了一股淡淡的、忧伤的气息,让人感觉到他就像是个急需妈妈关怀的大男孩一样,不由地心生怜悯。

"咚咚咚",门外响起了轻轻的敲门声。

是秦凯! 他改变主意了! 古丽莎精神为之一振。夜晚那突兀的敲门声在她耳朵里如一曲轻音乐,让人变得温情起来。

古丽莎赶紧从床上翻身下来,用宽大的毛毯紧紧地裹住胸部以下的身体,走到门前,拧动门锁。

房门被打开了,一个身形高大的男子站在门口,浑身上下散发着寒气。他的帽子遮住了他的容颜。

"阿……凯?"古丽莎看着眼前这个身形与秦凯有些相似的男人,感到有些发憷,她不由自主地向后倒退几步。

"嘿嘿嘿！"屋外的男人狞笑着走进了屋内，反手锁上了大门。

"你是?"古丽莎头皮一阵发麻，她下意识地向后退去。那个神秘的男人随着古丽莎的倒退而步步逼近。

站在屋内，那个高个子男人将帽子向后一掀，露出了他的真面目。

"是你！"古丽莎已经退到床边了，无路可逃。她本能地两手死死攥住毛毯护着身体。她感到有些晕眩，一股凉气从头传到脚。

"对！是我！周启亮！"那个瘦高个狞笑着逼向古丽莎，"你不是已经和那个野男人厮混了一整天了吗？还没过瘾?"

周启亮死死盯着姑娘身上的毛毯，眼睛里面射出一种野兽般贪婪的目光。

"你想干什么?"古丽莎吓得花容失色，嗓音开始走调了。

"我想干什么？嘿嘿嘿……"周启亮那张因为兴奋而扭曲的脸凑近古丽莎，嘴里说着让人绝望的话，"我来夺取原本属于我的东西。"

"你这个臭流氓！给我滚开！我要喊人啦！"古丽莎慌乱地嚷着。

"啪"的一声，周启亮甩手扇了姑娘一记大耳光，打得古丽莎眼冒金星，雪白粉嫩的脸上立刻出现五条红色的指印。

"你还敢骂我臭流氓?"周启亮青筋暴露地指着古丽莎低吼，"你还记得吧？在学校里面我被你整得有多惨？啊？你还敢骂我?"

周启亮控制不住自己的情绪，暴躁地冲上前去，粗鲁地把古丽莎推翻在床上……

五十八

噩梦降临(2)

古丽莎无力地躺在单人床上,毛毯已经完全滑落在地板上,而那丰腴诱人的胴体则完完全全暴露在周启亮的面前。

大街上那只黑猫依然扯着嗓子哀嚎着,屋内的周启亮就像发了狂,鼻子里面呼着粗气,眼睛向外喷着欲火。古丽莎无力地用双手遮住胸部,这个时候她恨不得自己立刻变成千疮百孔、丑陋无比的丑八怪,这样眼前这个男人就不会对她心生歹意了。可惜现在,在这间城南的出租屋里,她变得好无助。

"不要怪我没有提醒过你。"周启亮抹了一下汗,继续说道,"我早就找过你,希望你能够回心转意,可惜你也太不识抬举了,你把我周启亮当成什么人了!"

躺在床上,已是惊弓之鸟的古丽莎忽然想起不久前这个可怕的男人的确出现在公司门口。她在意识尚存的时候努力地回忆着……

有一天傍晚,周启亮疯疯癫癫地跑到单位门口堵截古丽莎。

"莎莎,你就给我一个机会,让我们重新来过吧。"瘦瘦高高的周启亮两手拉扯着古丽莎的衣服。

"不可能的！周启亮，我已经和你说了多少遍了，我们是不可能在一起的。"古丽莎气急败坏地挣脱着。

"我保证不会计较以前的事情，发生过的事情就让它过去吧，莎莎，我会好好爱你的。"周启亮纠缠着。

"周启亮！你知道什么叫爱吗?"古丽莎正视着瘦高个的眼睛。

"我不知道什么是爱，我只知道我满脑子装的都是你，我实在是忘不掉你啊!"周启亮躲避着古丽莎的目光，两手无力地放开了古丽莎，痛苦地抱着头蹲下身来。

古丽莎看着他抱着脑袋蹲在一旁自怨自艾，赶紧一溜小跑地逃开了。古丽莎怎么也没有想到，周启亮纠缠她的整个过程被不远处的一双眼睛全部收录进去了，那个人就是他们公司总务科的老刘。

"不要怪我对你不客气，我周启亮做事——先君子，后小人。"小屋里面，周启亮面目狰狞，开始慢慢地脱下衣服，解开皮带……

古丽莎咬着嘴唇，绝望地闭上双眼，晶莹的泪水如念珠般滚落在她那秀美的脸庞。

女性的自尊在那一个夜晚完全地被剥夺了。窗外的月亮似乎也不忍目睹这一幕惨剧，渐渐地收起了那银白色的月光，留给大地的是一片死亡的黑暗。屋外依然是寒风凛冽，狂风掠过地面，卷走了路面上残存的落叶。

密集的雨点终于从那冥冥夜空中如线一般地垂落在默默忍受的大地上。雨顺着屋檐向下滚落，敲打着窗棂。街边大树的枝叶完全被雨淋湿，叶片上的积水在昏黄的灯光下闪闪发亮。

古丽莎渐渐恢复了知觉，她动作僵硬地从床上挣扎着坐了起来,胡乱地拉着毛毯遮住身体,两眼通红地看着周启亮。

"周——启——亮——我——告——诉——你——我——会——去——警——察——那——告——你——的——"姑娘眼中透着一股坚毅的神情,一字一顿地说着话。

靠在床头的男人听到古丽莎的话后,情绪重新变得激动起来,他两眼充血地盯着她的脸说道:

"你又想去告我?你又想把我给关进大牢?我不怕!"

古丽莎蜷缩在床的一角,惊恐地盯着眼前这个可怕的男人。

"我进过监狱,我不在乎再次进去。那种丧失人身自由的感觉你尝过吗?"周启亮慢慢挪到古丽莎的面前,"那种走到哪里都要遭受白眼的滋味你尝过吗?"

看着瑟瑟发抖的古丽莎蜷缩在床角那儿一语不发,周启亮的情绪平缓了一点。他脸上呈现出一丝难以琢磨的笑容,声音低沉地说道:

"莎莎,我是太爱你了。只要你不去警察那儿告我,我会好好待你的。"

看着姑娘脸上渐渐有了些血色,周启亮口气缓和地说道:

"我会娶你的!"

古丽莎内心一阵翻腾,有一种想吐的感觉。眼前这个男人实在是令人作呕,而可悲的是周启亮一点都没有意识到他的无耻,他还在那儿手舞足蹈地说话。

"莎莎,你说好吗?"周启亮靠近古丽莎的脸,嘴里喷着臭气。

"不——可——能——"姑娘在那一刻表现出无比的勇敢和坚忍。

周启亮怔在那里,看着古丽莎那坚毅的神情,他涨红着脸半天说不出话来。

突然，他抬起手来狠狠地抽了姑娘一记大耳光。这记耳光来势之猛，力道之大，让古丽莎猝不及防。姑娘那柔弱的身体哪里经得住这个疯子的袭击，古丽莎的身体像风中落叶一样被抛到床下，她的脑袋撞在床头柜的尖角上，顿时就昏死过去了。

周启亮看着古丽莎歪倒在床头柜边一动不动，他被吓坏了。他下了床，走近姑娘查看，灯光下，只见古丽莎的额头那儿正向外流着血。

怎么办？她已经死了？周启亮的脑子里面像被人抽空了一样没有主见，在小屋里面不停地搓手，跺脚，转着圈子。

雨越下越大，密集的雨丝在风中飘荡，就像姑娘那秀美柔顺的长发迎风飘扬一样。

看着窗外黑漆漆的雨夜，回首再看看歪倒在地上的姑娘，周启亮脑中渐渐恢复了清醒——不能在这里逗留，赶紧逃走。三十六计，走为上！

五十九
熟悉的身影

当古丽莎再次睁开双眼的时候,屋内那个可怕的恶魔早已不知去向。

头部感觉有些木木的,古丽莎左手艰难地撑着地面,右手去抚摸额头。她摊开右手的手掌放在眼前观察,只见掌心里鲜红的血就像一大片鲜艳欲滴的玫瑰花瓣一样。

古丽莎挣扎着从地上爬起来,她想:我该怎么办?去警察局报警?那个疯子被抓住以后又会怎样呢?关上几年出来还是会来找我麻烦的。而且事情闹大,人们都知道我曾被歹徒侵害过,社会舆论对我的看法又会怎样呢?

想到这里,古丽莎内心冰凉,犹如身陷冰窖一样感到了彻骨的寒冷。是啊,她平日里是个多么高傲美丽的女子啊,在男生眼里简直就是神圣不可侵犯的女神!如果这件事情被曝光,还叫她如何抬头做人呢?她是否有勇气还能一如既往地坚强下去,扬起那高贵自尊的头颅呢?

在经过一番激烈的思想斗争以后,古丽莎还是屈服了,她没有将这件事告诉任何人,包括她心爱的男人——秦凯。古丽莎独自一人偷偷地去医院做了身体检查,医院的大夫水平再高,也只能治好女人身体上的创伤,却抹不了留在她脆弱心灵上的巨大阴影。古丽莎离开了那个令人恐惧的城南出租屋,搬到繁华热闹的城北闹市区去了。她选择了一处建成不久、居民众多的小区,虽然小区内的保安不停地在小区内巡逻着,古丽莎还是为她的新住所装上了坚不可摧的防盗系统。她一如既往地和秦凯进行着地下活动,表面上就像什么事情也没有发生过一样。至于那场梦魇,姑娘始终把它深埋在心底,没有告诉任何人。

古丽莎倚靠在树干上,擦干眼泪,两眼看着那蔚蓝的天空,停止了对那痛苦不堪的往事的回忆。

今天的天空格外蓝,那种可以洗涤心灵的蓝色染遍了整个天空,朵朵白云飘浮在半空,一幅多么美丽的风景画啊!

古丽莎稍微整了整衣衫,她准备去市中心广场散散步,顺便去那儿的日本料理店弄点吃的。说到中心广场边上的那家日本料理店,那是她与秦凯经常约会进餐的地方。实际上古丽莎并不是很喜欢那种日式料理,小碟小盘,寿司芥末,都显得过于精致,小里小气。吃不饱,价格还贵。不过,正是因为那儿的东西不是很实惠,光顾的客人又少,所以秦凯和古丽莎每次的约会进餐大都会安排在日本料理店这儿。他们不希望在进餐的时候遇到熟人,在日本料理店进餐,这样的尴尬事情发生的概率会小很多。如果真不巧和熟人碰上了,同事之间吃个饭也是很正常的事儿啊。古丽莎曾经盯着秦凯的眼睛,戏谑地说过这句冠冕堂皇的套话,而她并没有捕捉到当时秦凯苦笑着,眼睛里面飘过一丝心绪不宁的眼神。

因为是星期日,中心广场涌进了许多人。人们不畏严寒,在广场上放飞着形状各异的风筝。"瞧啊,妈妈,那是一条大龙。"一个小男孩指着天空,童音稚嫩地和妈妈说着话。

古丽莎看了看身边的母子俩,笑着摇了摇头,她缓慢地走向滨江市中心广场的中央。古丽莎身高一米七,在女性当中属于个子很高的那种,靓丽的脸蛋、高挑的身材加上醒目的红色羽绒服,使她站在广场上与众不同。

滨江市的中心广场是环绕着一泓面积不算小的湖水建立起来的。放眼城市之中,到处都是鳞次栉比的高楼大厦,一派钢筋森林。而在喧嚣的闹市区,能够拥有这样美丽的一泓湖水就显得格外别致和珍贵。

古丽莎坐在湖边的长凳上,两眼凝望着波光粼粼的湖面,岸边的杨柳倒垂在如镜的湖面上。

坐在长凳上的古丽莎心里感到有些异样,这种发自心底的麻麻酥酥的不安感自她下楼以后就一直存在着。也许是她神经过敏吧? 总之,古丽莎一直感觉有人在暗中窥视着她。

她故意将身体歪坐在长凳上,右手随意地搭在椅背上,脑袋再靠在右臂上,慢慢地扭过脸去窥视身后的状况。远处的孩子们还在广场上兴奋地嬉戏打闹,大人们则悠闲自得地背着手散步。

忽然,古丽莎瞄到远处花坛后面藏着一个人正在探着脑袋向这边张望着。古丽莎看了看自己的周围,除了一面平静的湖水以外,并没有其他人在身边。

古丽莎站起身来,拍拍身上的灰尘,径直向花坛那儿奔去。她快步赶到花坛那儿的时候,发现除了一条哈巴狗正呆呆地冲着她伸舌摇尾以外,一个人影也没有!

姑娘茫然地看着四周,她的目光在广场中央的那群人堆里搜寻着。忽然，在那拥挤的人群中，她看见了一个似曾相识的身影——一个让她魂牵梦绕的身影。难道我眼花看错了？还是因为思念过度而产生了幻觉？古丽莎揉了揉眼睛，想看个清楚。她再次把目光投到那群人当中，却再也看不到那个熟悉的身影了。

古丽莎不甘心地向着那堆人群跑去，她在人群中旋转着身体，眼睛快速地寻找着那个身影，但是结果令她失望。来来往往的人们从她的身边经过，都用好奇的目光看着这个靓丽的女子在人群当中打着旋，好像一个舞姿优美的芭蕾舞演员在展示她的旋转基本功一样。

那个熟悉的身影到底去哪儿啦？古丽莎焦急地眺望着，就像长颈鹿一样伸着顾长的脖子向人群外看去。

难道真是我看错了？古丽莎眼眶里涌出思念的泪花。

六十

追　逐

　　圆形镜头之内，一个身材高挑的姑娘在拥挤的人群中旋转着身体四处张望着。

　　"队长，我觉得古丽莎应该在寻找某人。"

　　小胡坐在长凳上，手持军用望远镜，眼睛眨也不眨地盯着镜筒，嘴里自言自语。

　　距离滨江市中心广场不远处有一公园。园内绿色苗圃边，有三个身着便装的刑警密切监视着广场中心的姑娘。

　　"哦，我来看看。"正坐在长凳另一头吸烟的许磊灭掉香烟，转过身来接过望远镜。

　　"嗯，你说的没错，看上去古丽莎的确是在找人。她会找谁呢？"许磊看着镜头里的姑娘慢慢地说道。

　　"谁知道呢？"小胡捡起许磊丢弃的烟头，扔进旁边的垃圾桶。

　　"小胡，你继续监视。"许磊把望远镜还给小胡，转脸对小杨问道，"你们这两天跟踪古丽莎，有没有发现她有异常举动？"

　　"许队长，我们还真没发现她有什么异常的举动。"坐在公园石凳上的小杨面对着许磊说道。小杨脱去一身警服,换上粉红色的休闲小棉衣,再搭配纯蓝色的牛仔裤,整个就一青春活力美少女的形象啊。

小杨看着许磊,接着说道:

"古丽莎每天就是上班,下班,下班以后就回她的住所,她回到家中就再也没有出去过。今天是星期日,我还是第一次看见她走出小区来到大街上呢。"

"这么说,古丽莎这两天都是深居简出喽。对于一个年轻的姑娘来说,休息的时候出去逛街是常见的,一直把自己闷在家里可是不多见的啊。"许磊摸着下巴,皱着眉头说道。

"是啊,她好像在单位里面没有什么朋友,很少和其他人来往。这个姑娘看上去就给人一种高傲不易接近的感觉。"小杨做出她的判断。

"冷美人。"刑警队队长说出了三个字。

"是啊,古丽莎的确很漂亮,难怪会有人不要家庭要美人呢。"小杨皱着眉头,饱含醋意地说道。

许磊看着小杨那皱着眉头的可爱样,笑了笑,不吭声了。

"队长,古丽莎好像找到什么了。你们快看,古丽莎准备要走了。"这个时候,小胡盯着望远镜向两人急切地说道。

许磊闻言,赶紧抢过望远镜,向古丽莎那边看去。

圆形镜头里面,古丽莎在人群中似乎发现了什么,只见她分开人群,快步地跑出了监视镜头。

"快,我们赶紧赶过去,她往雕塑那边跑去了。"许磊放下望远镜,对两位年轻人说道。

三人动作迅速地从凳上起身,急急忙忙地向中心广场雕塑那边赶去了。

在市中心广场的入口那儿,屹立着该城市标志性的建筑雕塑。说来也很奇怪,滨江市标志性的雕塑既不是伟人的塑像,也不是现代风格之作,而是一群鸟的铜像——上面一只,中间三只,下面一群鸟的塑像。据说在古代,大批的这种鸟生存在城外的芦苇荡里,给百姓带来了风调雨顺的好年景,故被后人所纪念,俗称"吉祥鸟"。就这样一个巨大的群鸟雕塑托起了一个圆乎乎的球体,象征着滨江市的人们用自己的辛勤劳动托起滨江市的未来。

古丽莎刚才站在中心广场的人群里转着圈,焦急地寻找着那个熟悉的身影,可是周围尽是陌生的面孔。那些面孔在她的眼里越发模糊,他们嘴里说的话也变得含混不清。就在这个时候,姑娘的眼睛一亮,远处一个男人的身影映在她的瞳孔里。就是他!古丽莎分开人群,朝着那个身影跑去。

古丽莎目不转睛地盯着那个身影,追逐着,而前面的那个男人似乎知道身后有人在追赶他,加快脚步向前奔着。就这样,男人在前面跑,古丽莎在后面追,一会儿就来到"吉祥鸟"雕塑之下了。

古丽莎追到巨大的群鸟雕塑下面的时候,发现那个人已经不见了!就像雪糕融化在太阳下一样,那个人仿佛一下子在空气中被蒸发掉了一般!古丽莎茫然地站在那儿看着周围来来往往的人。她抬头迷惑地看着那巨大的群鸟雕塑,似乎在责怪众多神鸟叼走了那个男人一般。

许磊三人躲在树荫底下,远远地看着雕塑之下的古丽莎。

"她肯定发现了某人!一个和她关系不一般的人!"小胡对许磊说道。

"看她那着急样,是这样的。"许磊低沉地说道。

"会是谁呢?"小杨姑娘问。

是啊,像古丽莎这样一个高傲的姑娘会不顾形象地在广场上狂奔猛追,可以肯定那个人对她相当重要。但是那个人会是谁呢?许磊紧锁眉头思考着,只有一个人会让她这样啊?这……不可能啊?

古丽莎在那个巨大的铜雕下面绕着圈,搜寻,无果,只好悻悻地离开广场。原本想出来散散心的计划被那个神秘的身影搅得心神不宁,兴致全无。她在广场附近的超市买了些生活用品和方便面,又在卤菜店里随便买了些烤鸭,准备带回家。

古丽莎拎着大包小包的食品和生活用品回到了小区。一直远远地跟踪在她身后的三位刑警一路目送着姑娘走进她的住所。

"要对古丽莎进行严密监视。"

当三个人走进停靠在小区路边的轿车,许磊对另外两个刑警下达命令。

"通过今天古丽莎的表现,我看这个案子远不像我想象得那么简单。"许磊坐在副驾驶位置上,歪靠在车门上,点燃一根香烟慢悠悠地说道。

"这个案子中间肯定有一些我所忽略的细节,而这个细节如果不能被发现,我们……可能会走入歧途。"许磊的表情在烟雾缭绕中显得格外神秘。

"队长,您不是说西木度假村案件最大的嫌疑人是周启亮吗?"小胡显然还记得队长从白塔寺得知小僧净空就是周启亮以后所说的那番话。

"嗯,从目前我们所掌握的情况来看,周启亮情杀秦凯的可能性最大。"许磊转身面向后排的小杨说道,"不过,今天古丽莎的表现却让我心里多了些疑问,让我不得不重新审查我的推理中有没有疏忽的地方。"

"也许她看错了人呢?"小杨解释道。

"古丽莎肯定是看见情人被杀,吓得脑子里进了水,精神变得不太正常了。"驾驶座上的小胡嘟囔着。

许磊冷眼看了一下小胡,说道:

"我们做刑警的,一定要尽可能地把所有的细节都考虑进去。要不到时候抓错了人怎么办? 我们绝不能放过一个坏人,也不能冤枉一个好人哪。"

听到队长的话,小胡和小杨都不吭声了。

六十一
财务问题

在古丽莎居住的小区里面,三个便衣刑警坐在小轿车内小声地交谈着。

"我认为古丽莎是打开整个案件谜团的钥匙。"许磊说着。

正在这个时候,许磊口袋里面的手机猛烈地震动起来。他取出来,看了看手机屏幕,手指摁了一下接听键,声音低沉地说道:

"喂,是我。嗯……哦?有新情况?……好的,我马上赶过来。"

简短的通话结束后,许磊放下手机,面色严峻地看着两位年轻的警察:

"我立即赶往滨江市公安局,他们在追查秦凯财务方面的时候还真发现了问题。"

小杨和小胡面面相觑。

"秦凯在单位上有贪污现象?"小杨问道。

许磊没有吭声,他径直打开车门,长腿伸了出去,临关门的时候,他回头嘱咐了两人一句:"一定要密切注视古丽莎的举动。"

滨江市公安局内，许磊急急忙忙地跨上台阶，穿过长长的走廊，走进刑警队的办公室。

办公室里面，小谈、小封和陶队长正坐在办公桌前热烈地交谈着。

"来了啊。"陶警官看见许磊风风火火地走了进来，立刻起身迎接。

"嗯，陶队长，你们这边有了新发现？"许磊顾不得寒暄，开门见山问道。

"小封、小谈，说说你们的调查吧。"陶警官面向两位警察说道。

"好的，我先来说说吧。"年纪轻轻、皮肤稍黑的小封起身说道，"今天，滨江电子管股份有限公司曹总打电话给我们刑警队，说他那里有了一些新的发现。"

小封停顿了一下，扫了一眼大伙儿，开始长篇大论起来：

"我们接到电话立刻赶了过去，找到了曹总。曹总看见我们以后，神色慌张地对我们说：'有一件事情我觉得应该告诉你们警察。'我问他是什么事情。他面露难色地犹豫了一会儿，才慢吞吞地说道：'这个事情我们今天才发现。秦凯以前不是生产科科长嘛，他现在人已经死了，我们就让他们科室里的副科长老温暂时主持工作，担任代科长。'"

"我觉得找一个人代替死去的同事很合理啊，就问道：'这不是很正常的事情吗？'曹总接着说道：'你听我说嘛。温科长今天在审核秦凯遗留下来的工作的时候，发现了一些可疑之处。他立刻给我们的合作单位，也就是给我们供应原材料的单位打了电话，询问当初秦凯在担任科长时候的进货价格。起初对方还吞吞吐吐不愿意透露，后来温科长直截了当地告诉对方秦凯已经死了，对方才把真实的价格说了出来。你猜怎么着？'"

"我看到曹总那副神秘兮兮的样子，就知道在这中间环节里面秦凯肯定做了手脚。但是我表面上说'不知道'。曹总叹了一口气，说道：'唉，看不出来啊，平时秦凯做事情小心谨慎，老实巴交的，居然也会在经济上面栽跟头啊。秦凯报给厂里的价格和他真实采购的价格中间差价很大。也就是说我们厂这么几年平白无故地损失了一大笔钱啊。'曹总还说他知道我们正在侦查这个案件，所以一有什么线索立刻就向我们通报了。"

听完小封的叙述之后，许磊身体向沙发里一靠，手指不自觉地摩挲到下巴那个凹陷上了。他闭上眼睛，没有说话，脑中却在飞快地思考着一件事情。既然秦凯自己是生产科的科长，电子管公司的经济效益在滨江市又算是中高水平，按理说秦凯的收入应该挺高的啊，不应该再去犯一些经济上的错误吧？平时的日常生活开销对于他们夫妻俩来说简直就是毛毛雨，根本不存在任何压力，那为什么他还要冒着风险去做这些事呢？难道真是人一旦身居高位就开始变得贪婪起来了？那么秦凯贪污的那些回扣钱又流向哪里去了呢？这件事情他的爱人知道吗？他的爱人张敏可是电子管公司财务科的哦。该不会是夫妻二人共同做假账，贪污公款吧？

陶警官看了看沉思中的许磊，转向大家开口道：

"我建议下面着重调查一下电子管公司的财务科人员，因为秦凯进货的价格是需要财务科的人审核监管的，看看到底是谁在暗中帮助秦凯做假账。"

许磊睁开眼睛，微微地点了点头，心里对陶警官的判断表示佩服。

"我很赞成陶队长的看法，想弄清楚秦凯是怎样贪污到这些钱的,需要审计部门的配合,他们可以去查一查秦凯这几年经手的账目。"身材高大的刑警队队长许磊站在办公桌前,神色严峻地看着大家说道。

一个小时后,滨江电子管股份有限公司曹总办公室里面,身穿警服的陶警官、小封和小谈坐在长沙发里面,身材高大、身穿风衣的许磊则站在一幅画前面出神,那是已故国画大师徐悲鸿的《八骏图》。大师的绘画水准极高,画面上八匹骏马争先恐后地扬蹄飞奔着,欲从画面腾空而出。

"各位,我刚刚召集公司里的领导班子和财务科的人员开了个会,也分别找财务科的人问过话了,他们都说不知道这笔账的情况。从账面上看不出蛛丝马迹,每一笔进货、出货款项做得都很细,找不出一丝漏洞。"曹总说着。

曹总是一个四十多岁的中年人,身材适中,相貌堂堂。看得出,他对于秦凯的死感到非常意外和痛心,如果秦凯没有去世,如果秦凯没有经济上的问题,那么秦凯极有可能是下一任的老总候选人。

"曹总,财务科的人都到齐了吗?"许磊转过身来,面对着那个中年人问道。

"嗯,除了张敏在家里休息以外,其余人员都到场了。"曹总如实说道。

"张敏还在家里养病?"许磊问道。

"是啊,出了那么大的事情,我们公司经过商议以后决定让她在家里多休息一段时间,等情绪稳定了再来上班。现在做事都要以人为本嘛。"曹总说道。

"那么古丽莎来了吗?"许磊有意地问了一下,其实他已经接到小杨他们的电话说古丽莎已经到公司来了，而小杨和小胡他们现在正在公司门口的小轿车里面待命呢。

"古丽莎？她也来了。"曹总想了一下，说道。

"她现在人还没走吧？"

"是的，他们现在都在财务科办公室。"

"很好，我想单独和她聊聊。"许磊盯着曹总的眼睛说道。

六十二
人 为 财 死?

偌大的办公室内,只剩下许磊、小杨,还有坐在沙发里的美丽姑娘古丽莎,其他人回避了。

许磊眯着眼睛瞅着古丽莎,他用一种研究的眼神仔细地看着眼前这位美丽的姑娘。才几天不见,他发现古丽莎憔悴了不少,黑色的眼圈显出她这两晚都没有睡好。不过古丽莎那与生俱来的脱俗气质还是让人眼前一亮:搭配得体的时装,高贵大方的盘头,美丽的双眸里面透出淡淡的哀愁,让人不禁心生怜意。

"你和秦凯以前经常出差吧?"许磊问道。

姑娘脸上闪过一丝不自然的神情,半晌才应了一声"嗯"。

"那么秦凯在这几年内与南京金属丝网厂进行业务来往的时候,你也全部参与了?"许磊忽然抛出这个问题。这是许磊刚刚从曹总那儿得来的信息,也正是这家金属丝网厂为秦凯在中间环节拿回扣提供着保护伞。

许磊从桌上拿起香烟,点燃,在袅袅升起的烟雾中,窥视古丽莎的表情。

果然,古丽莎听到"南京金属丝网厂"的时候,眉头皱了一下,浑身不自在起来。办公室里面陷入一片寂静,只听见空调出风口那儿发出"呼呼"的送风声音。

许磊吸着烟,观察着姑娘一举一动。只见古丽莎时而像职业女性那样两脚合并歪坐着,时而又很随意地支起二郎腿,时不时地用手抚摸着胸前的装饰别针。这些下意识的小动作都被刑警队队长许磊看在眼里,记在心里。许磊曾对乔·纳瓦罗所著的关于肢体语言的书做过研究,得知人们在接受审讯的时候某些动作会暴露出他们内心的真实想法,比如说两腿不自觉地抖动,或者女性不经意地抚摸胸前饰品,都是一种下意识的表现。

乔·纳瓦罗一生致力于身体语言的破解工作,即通过面部表情、手势、身体移动、身体距离、接触、姿势甚至包括服装来揭示人们的思想、意图和真诚度。许磊认为通过对人们肢体语言的推敲可以让他们露出真相,当然光靠猜测是不够的,依然还需要铁一般的事实根据才能让犯罪嫌疑人服法。

"是不是,古姑娘?"许磊又问了一遍。

"嗯,你不是都知道了吗?"古丽莎眉毛一扬,两眼一翻,扭头看向窗外了。

"那你知不知道秦凯在你们公司与南京金属丝网厂的业务来往中吃了多少回扣?"许磊被姑娘不屑一顾的表情激怒了,问话的声音大了起来。

"我真不知道秦凯在业务上的事,他让我报多少账,我就报多少,再说那边厂家也没有什么异议啊。"古丽莎反问起来,两腿不由自主地抖动起来。

"好,关于经济上面的事情会有部门查清的。"许磊努力按捺内

心的怒火。他明显发现古丽莎在撒谎,但是现在古丽莎一口咬定
她没有问题。找秦凯?他人都不在了,还查什么?真叫死无对证!

"我可以走了吗,警官?"古丽莎站起身来,带着挑衅的口吻
问道。

许磊摇了摇头,大手向门外摆了摆,古丽莎带着浑身浓烈的香
水味,扬长而去。

"这叫什么事啊?还有这样的女人?真是又臭又硬!"轿车里
面,小胡听了队长关于古丽莎的描述,愤慨地说道。

"小胡,你别气了,还是安心开车吧。"许磊现在的心情平静了
很多。他脑子里考虑的是该如何面对张敏,因为有些问题必须去
打扰这位目前正在家里养伤的女人。

这一次由许磊带着小胡和小封去张敏家里探访,而监视古丽
莎的任务交给了小杨和英俊的男警察谈笑去执行。

坐在汽车副驾驶的位置上,滨江市公安局的小封充当向导,指
引着小胡把车开到一个漂亮的小区门口。

这个小区有一个很温馨的名字——避风塘小区。避风塘小区
在滨江市算是高档小区了,每个月的物业管理费就高得令人咋舌,
而且这里的房价是见风就涨,真是一点也不避风啊。

避风塘小区保安忠于职守,不管三七二十一,就把许磊他们的
小汽车给拦了下来。

看着车窗外的保安向他们招手示意,小封降下汽车车窗,从上
衣口袋里掏出证件在保安面前晃了一下:

"我们是市局的,有公务在身。"

保安规矩地给警察们敬了礼,打开了栏门,小车缓缓地驶进避
风塘小区。

"如果我们开的是警车就好了。"车内小胡一边张望着看楼号，一边悻悻地说着。

"好了，你以为警车是保护伞啊。警车那么醒目，太招人了，对我们查案不方便啊。"许磊解释道。

"咦，许队长，我们到了。64栋，曹总给我们的地址就是这儿。"小封手里攥着一张纸条，面向许磊说道。

他们乘坐电梯上到17楼，走出电梯，走廊里静悄悄的，一个人影也没有。三人走在走廊上，发出"哐哐"的脚步声。

小封摁着1713号住所的门铃，里面没有人应答。

"嗯？不会弄错了吧？曹总给我们的地址对不对啊？"小封带着疑惑的表情看着两位同行。

许磊和小胡看着他，没有吭声。

小封又使劲地摁门铃，这次他多摁了两下，听见屋内门铃声不绝于耳，就像飘荡在山谷里的回声一样。

许磊快步走上前去，把耳朵紧紧地贴在门上，试图听见屋内的动静。许磊屏住呼吸，听了半天。

奇怪，屋内的人呢？张敏去哪儿了？许磊眉头紧锁着。

"喂喂，曹总吗？您给我们的张敏家的地址对不对啊?"小封走到一边打电话去了。

"哦，1713……对，64栋……好的，我知道了，谢谢啊。"小封挂断电话，冲着许磊说道，"没错，就是这儿。"

小胡站在一边说道："也许张敏走亲戚去了呢。"

"没办法，我们先回去吧。"许磊肩膀一耸，两手一摊，说道。

就在这个时候，电梯门口发出"叮——"的一声，清脆的声音回响在寂静的走廊上，有人乘坐电梯来到了17楼。

六十三

奇怪的张敏

电梯门打开了，三人紧盯着门口。一个瘦小的女人手里拎着大包小包走了出来。

"是张敏!"眼尖的小胡兴奋地叫了起来。

电梯门口的女人听到有人在喊她的名字，两眼紧张地向家门这边看着。

张敏发现门口站着一个身着警服的男人和两个似曾相识的男人，脚步不由地向后面挪去——她想退回电梯里。可是因为等待的时间过长，电梯门已经合了起来，留下她一个人尴尬地站在那儿，无处可逃。

许磊迎了上去，两手接过张敏手中的大包小包。

"这么沉啊，你身体不好，我来帮你。"许磊热情地说道。

"啊，不用，我自己就行。"张敏认出眼前这个男人正是几天前在西木度假村里见过的那位刑警队队长。

许磊那电光火石般的眼神快速地扫了包里的东西：一些袋装的卤菜，一大堆的方便面和卫生纸，还有一些家用物品。不过里面还有一件物品引起了许磊的注意，虽然那件物品被家用品覆盖住了，但是细心的刑警队队长还是看出来了——一个纸盒包装的男式剃须刀从透明的塑料袋里面映了出来。许磊敏锐地将这一切捕捉在眼里。

许磊不动声色地拎着大包小包走到张敏家的门口，放了下来。

"哦，您是张敏吧？我是市局的小封。"站在门口的小封向张敏出示了他的证件。

"我们找您是想了解一下你们公司的情况。"小封笑眯眯地看着张敏说道。

"这两位同志是……"小封指着许磊二人准备介绍。

"不用介绍了，我们见过面。"张敏冷冰冰地打断小封的话。

"里面请吧。"张敏把钥匙插进孔眼里面，拧了好几道保险，打开了大门。

三个刑警随着张敏瘦小的身体走进她的家里。

怎么这么黑啊？这是张敏家给刑警队队长留下的第一印象。进屋以后，他们发现高高的落地厚绒布窗帘将整个客厅遮得严严实实，密不透风。

"哗"的一声，张敏一把扯开了落地窗帘。一缕阳光透过明亮的落地窗户照了进来。

"请坐吧，我去给你们沏茶。"张敏礼貌地招呼着三位刑警，但是言语里没有一丝热情，反而有着一种端茶送客的冰冷感。

张敏弯下腰，拎着塑料袋进里屋去了。

一台42寸液晶电视机正面对着长沙发端放在电视柜上面。纯黑的屏幕上面映出几个影子。许磊三人坐在沙发里，看着张敏在屋里忙活着。

"喝吧。"张敏端出一个托盘，上面放着三杯热茶。

"你不要太客气了，我们问你几个问题就走。"许磊直视着张敏的眼睛说道。

"好吧，我洗耳恭听，你们问吧。"张敏把茶水放在茶几上，独自坐在单人沙发里望着许磊。

张敏迎着太阳光坐在沙发上。阳光直射到她的身上，将女人连同沙发照得雪亮。在许磊的眼里，阳光下的张敏身上的颜色正在渐渐褪去，变成一张发黄的旧相片。

许磊看着眼前的张敏，发现她的精神状况和他预想的完全不一样。在西木度假村，当秦凯遇害的噩耗传来时，那个哭得死去活来的小女人是多么让人心痛和爱怜。而眼前的张敏虽然不能说是容光焕发，但是绝对给人一种已经完全走出悲伤的印象。当穿着得体、脸色红润、发型一丝不乱的张敏坐在许磊面前时，那种舒适休闲的感觉让刑警队队长吃了一惊。

这是怎么回事？许磊心里很是疑惑，但是表面上不露声色地说着话。

"听说你在家里面养病，所以我们今天特地来看看你。"许磊寒暄起来。

"哼，谢谢啊。"张敏依然不冷不热地应付着许磊，"我很好，过两天就会去上班。"

许磊接着问道："嗯，好，那我就开门见山吧。我们在调查西木度假村的案件过程中，发现了你们公司的老刘曾经向秦凯借过几万块钱，这件事情你应该知道吧？"

许磊说完这句话就开始注意观察张敏的表情了。

果然，许磊这个问题刚一出口，张敏的神情就有了变化。她的眉头微微地皱了一下,原本摊开的右手猛地攥成了拳头,随即又松开了。

"这个嘛?"张敏脑中飞快地转着。

许磊把这一切尽收眼底,他看着张敏那游离的眼神以及下意识的肢体动作,知道她正在脑中迅速地编着谎话。

"嗯,是的。这个借钱的事情,秦凯曾经和我提过一次。"张敏想了一会儿,谨慎地回答。

"那么我想问一下,老刘向你们夫妻俩借那四万块钱的时候有没有打借条?"许磊故意说错借款的金额。

小胡在一边诧异地看着队长。明明老刘找秦凯借了六万块,老刘也亲口承认了,许队长怎么会记成了四万呢?

"唔,我们和老刘关系那么好,而且大家都是同事,抬头不见低头见的,哪好意思要他打欠条啊。"张敏用手在下颚处不经意地抹了一下。

"四万块钱可不是小数目啊,你不怕老刘欠债不还?"许磊故意刺激一下张敏的神经。

"不怕!"张敏的嗓门猛地提高,将正在端杯喝茶的小封吓了一跳。茶水泼洒在他的身上,他赶紧放下茶杯,用兜里的纸巾去擦拭。

"嗯,另外还有一个问题,就是你知道秦凯在公司里面进货时吃回扣的事情吗?"许磊随即抛出另外一个尖锐的问题。

"有这样的事?"张敏那满脸惊愕的表情显然不是装的,而是一种本能的受到刺激时所表现出来的面部表情。这种面部表情来得快,去得却慢。张敏面部表情的细微变化被许磊及时抓住了。

"你还不知道啊?"许磊坐在沙发里面问道。

"不清楚,我没有听他说过,也没有听见公司其他人这么说。"张敏回道。

"哦,没事,你既然不清楚这件事,我们就告辞了。"许磊从沙发里站了起来,向张敏伸出右手,"感谢你的热茶,你在家好好休息吧。"

张敏礼貌性地拂了一下许磊的大手,随即就缩回去揣进兜里了。

当三个人下楼钻进小汽车的时候,许磊看着两位年轻的警察,脸色严峻地说道:

"我们现在所做的事情,除了监视古丽莎,对于张敏也不能放过,这个女人有很大的问题!"

六十四

蹲　点

听到许磊这么一说,两位年轻的警察来了兴趣。

"哦,许队长,你对张敏也产生了怀疑?"小胡问道。

小封在一边也饶有兴趣地等待着许磊的解释。

"是的,你们注意到没有,张敏家里面一片黑暗,窗帘整日拉着不见阳光,这说明了什么?"许磊看着小胡说道。

"说明什么呀?"小胡问。

"是不是张敏身体不好,不能见阳光?"小封插话问道。

"呵呵,我的猜测是在张敏家里藏着一个人,而且是一个男人!"许磊说出了他的推断。

"啊?"两位听众目瞪口呆。

"队长,你是怎么看出来在张敏家里藏着个男人啊?"小胡兴奋地涨红着脸问道。

"你们还记得刚才我们上去的时候,在张敏家门口摁门铃等了半天吗?"

"记得啊。"

"当时我把耳朵贴在门上想听听里面是否有人在慌张地走动。如果我的听觉还算灵敏的话,里面有一些轻微的声音还是被我收进耳朵里了。所以当时我就猜测里面应该有人在蹑手蹑脚地躲藏。"许磊点燃了香烟说道。

"那么后来是怎么肯定的呢?"小封忍不住地插话进来。

"后来?后来当张敏拎着大包小包出现在电梯门口的时候,我上前去帮她拎东西。我发现她的包里装有男士剃须刀,试问她一个女人需要什么男士剃须刀?"许磊说出了他的疑问。

"也许……也许她用来刮体毛呢?现在女性用男士剃须刀刮体毛的很多啊。"小胡迟疑了一会儿说道。

"你这都是从哪里听来的啊?"许磊笑了笑,看着小胡问道。

"唔,我在网上看到过。"小胡红着脸说道。

"有些女士是用男士剃须刀来刮体毛,但那是在夏天啊,因为女性爱美,喜欢穿一些无袖的裙子啊什么的,为了美观,所以将腋下的体毛刮掉。现在呢?现在可是冬季啊,我的小胡同志。"许磊耐心地给小胡纠正错误。

"是这样啊,所以许队长你就开始怀疑起张敏来了?"小封恍然大悟。

"是的,我们现在不仅要对古丽莎进行监视,更要对张敏进行监视,因为张敏家里面很可能藏有一个男人。"许磊说着,眉毛皱了起来,"不过,那个男人会是谁呢?"

"哦,对了,队长,关于刚才你对张敏提问的事情,我有些疑问。"小胡说出了他的疑惑。

"什么问题?"许磊抬眼看了一下小胡。

"就是老刘向秦凯借钱的事啊。明明老刘借了六万块,你为什么偏偏和张敏说是四万块?"小胡迷惑不解地问道。

"呵呵,小胡啊,你也太老实了。我故意这么问,是有我的目的的。"许磊话语中透出一种神秘感。

"哦?什么目的啊?"

"我就是想弄明白一件事情:张敏到底知不知道秦凯借钱给老刘这桩事。"许磊脸色沉了下来,"从张敏连四万还是六万都搞不清来看,她根本不知道秦凯借钱给老刘这件事。"

避风塘小区里面的住户三三两两地经过停靠在小道上的车,丝毫没有发现里面正藏着三位刑警。小车里面小胡正用军用望远镜远眺着那高高的17层楼的住户。

"有什么情况吗?"许磊问小胡。

"唔,目前什么状况也没有。她家里面的窗帘始终是拉着的。"小胡眼睛盯着望远镜,头也不回地回答。

"还要注意64栋楼下的出入口啊。"许磊叮嘱了一句。

"你放心吧,队长,他们的楼就一个出入口。"

"那就好,我先眯一会儿。"许磊说完,闭上眼睛靠在座位上。

朗朗晴空,风轻云淡。小区的地面上,人们走来走去……

日落西山,人们匆匆忙忙地赶往自己的住处。暗夜不期而至,小区的路灯一盏盏地亮了起来,由近及远,照亮了整个小区。

64栋楼层的小道边上,那辆不起眼的车依然停靠在花坛旁。

一宿无事。

第二天一大早,旭日东升,暖暖的阳光照着整个小区。此时的路灯尚未熄灭,比起太阳光来,微弱得可以忽略不计了。

"来,吃个口香糖,清新一下口气。"

小封看着刚刚醒过来的小胡和许磊,递过两片口香糖。

"哦,谢谢。"许磊揉着惺忪的眼睛,接过小封的口香糖。

小胡打着哈欠说道:"我到半夜实在坚持不住了。小封,你一直在这盯着吗?"

"是啊,我从午夜接班到现在还没合眼呢。瞧我已经嚼了多少口香糖哦。"小封笑着指了指车内的糖纸。

"有没有什么新发现啊?"许磊嘴里嚼着口香糖,拿起放在后排的望远镜,看着楼上。

"报告许队长,昨夜没有发现什么新的情况。"小封回答。

"嗯,小封啊,你辛苦了。"许磊一边看着望远镜,一边感谢着。

许磊看了半天,没看出有什么变化。他失望地把望远镜放下,从兜里掏出手机。

"喂,小杨吧? 你们那边有没有新发现?"许磊将手机贴近耳朵,嘴里说着话。

"哦,没什么情况……古丽莎一直窝在家里没有出去……好的,我知道了。"许磊挂断通话,满脸疑惑地看着小胡。

"我们监视的这两个女人好像事先串通好了一样,都窝在家里没有出去。"许磊自言自语,"按道理她们应该会有所动作的啊,难道我的判断出了问题?"

"小杨昨晚一个人在古丽莎居住的小区蹲点的吗?"小胡忽然漫不经心地问了一句。

"哦,不是的,小杨姑娘和我们市局的谈警察昨晚在古丽莎居住的小区执行蹲点任务。"小封没有品出小胡话中的醋味,他热情地回答着小胡。

"哦。"小胡把脑袋一扭,看向窗外,不吭声了。

忽然,小胡发出低声:"快看! 张敏出来了。"

六十五

出　　逃?

避风塘小区内,64栋楼的大门口,张敏身穿厚厚的浅色羽绒服,并且将羽绒服的帽子扣在头上,仅露出一张苍白的小脸。她身上还斜挎着一个女士小包,好像是要出门。

虽然张敏的面容藏在帽子底下,而且还特地戴了一副紫色的太阳镜来避人耳目,但还是被眼尖的小胡认了出来。

"这么早,她去哪儿? 还打扮得这么奇怪?"小封坐在后排问道。

"是有点怪。我们沉住气,看看她后面会有什么举动?"许磊坐在副驾驶位置上小声说道。

张敏站在楼道口,四下张望着,就像在冬季雪后现身觅食的小松鼠一样警惕。她看看周围没有什么异常,就沿着小路径直向花坛这边走了过来。张敏快步经过停靠在路边的小车,并没有注意到车内的人。

许磊三人早已慢慢地摇上窗户,透着茶色玻璃观察着外面的变化。张敏那裹着厚厚的羽绒服、头戴羽绒帽、脸庞上架着框边眼镜的移动影像在车窗上面出现并且快速地消失了。

"她会去哪儿呢? 你们在这儿继续蹲点,注意张敏家里其他的人,我去尾随跟踪。"许磊急急地说了,打开车门下去了。

张敏快步走在花园式的小区里。避风塘小区里面到处都是绿色的冬青树,正在北风中摇曳着。

身着便装、戴着墨镜的刑警队队长许磊不紧不慢地跟在张敏身后,保持着一段距离。他竖起风衣的衣领,遮盖了一部分的面容,而脸上的墨镜将他那与众不同的锐利目光隐藏了起来。

张敏戴着紫色的太阳镜走在前面,脑袋不停地向两边张望着,神情紧张。

她在紧张什么呢? 真是奇怪,丈夫刚刚去世,她就会在家里藏着一个男人? 难道张敏早就在外面有了情人? 许磊慢慢地跟在身穿厚厚羽绒服的张敏后面。

走出避风塘小区大门,张敏拦了一部出租车。她拉开车门,钻了进去。车门刚刚合上,计程车就一溜烟地开走了。

许磊赶紧伸手叫停了另外一部计程车。

"快! 师傅,给我盯住前面那辆尾号8848的出租车。"许磊急急忙忙地说道。

出租车司机看着眼前这个戴着墨镜的男人,没有吭声,依然不紧不慢地放手闸,松离合。

"快点! 我是警察,执行公务!"许磊从兜里掏出证件,出示给司机看。

司机向证件瞅了一眼,嘴上没说什么,脚下一用力,出租车立刻就蹿了出去,汇入熙熙攘攘的车流中去了。

张敏坐在出租车里,摘下镜框很大的太阳镜,露出了一张忧郁的脸。她神情茫然地看着车窗外的景色。车窗外面依然是车水马龙的热闹景象。她无力地靠在座位上,脑中胡思乱想。

出租车在市区里面快速地行驶着,穿过了一个又一个十字路口,向市郊驶去。

许磊坐在汽车副驾驶位置上,眼睛始终紧盯着前面那辆出租车。

"咦?那辆车好像是要往高铁站方向去啊?"司机忽然开口了。

高铁站?张敏想要去别的城市?她究竟是什么意思?许磊面无表情,没有吭声。

出租车拐进了一条宽敞的、类似高速公路收费站前引道一样的三车道。许磊抬眼看了一下路标,只见十字路口处高高悬挂着"高铁入口"的指示牌。

不一会儿,出租车稳稳停靠在巨大的高铁车站前面,车门打开了,一个女人伸出了她细细的右腿……张敏关上出租车车门,径直向售票大厅走去。

许磊乘坐的出租车也赶到了高铁站门口。许磊坐在车内,并没有下车,而是默默地盯着远处的张敏走进售票大厅……

"警察同志,你怎么不下车啊?"司机忍不住问道。

"嗯。"许磊应了一声,眼睛没有离开售票大厅。

"我们小老百姓还要靠这个车吃饭呢,你不下去,我怎么做生意啊?"司机看上去心情有些急迫,他恨不得立刻就把眼前的警察赶下车去。

"你放心,我会给你钱的。"许磊摘下墨镜瞅了他一眼,冷冷地说道,司机不吭声了。

一会儿,那个醒目的紫色太阳镜又出现在售票大厅门口。张敏站在那儿,眼睛紧张地观察着四周。许磊把这一切都看在眼里,静观事态发展。他心里暗自发笑:真有意思,这个女人真够笨的,如果她真想要避人耳目,就不应该戴这么招人的紫色眼镜出门啊。这也许就是女人爱美的天性吧,在欲盖弥彰的同时还要带那么一点时尚在里面。

张敏并没有走进高铁的候车大厅,相反,她又伸手拦了一辆出租车。出租车载着这个神秘兮兮的女人离开高铁站,飞速地向市区驶去了。

出租车回到了热闹拥挤的市区,停靠在一家银行的门口。张敏关上车门,警觉地看了看,快步走进了营业大厅。

一刻钟以后,张敏走出银行,身上依然挎着那个女士小包,只不过这一次那个小包似乎鼓了起来。

许磊依然坐在那辆出租车的副驾驶位置上。他扔掉烟头,抬起左手,看了看手腕上的表。一旁的司机焦虑地看着许磊,不停地摇着脑袋,欲言又止。

这一次,张敏没有再坐汽车。她向两旁看了看,缓缓地靠近一家服装专卖店的门口,从小包里面掏出手机,快速地按着键盘。

张敏拨通电话以后表现很是奇怪。她把耳朵贴在听筒上,没有说出一句话。许磊藏在出租车里,好奇地看着这个神秘的女人。

她到底在做什么?

六十六

神 秘 男 子

避风塘小区内，人们陆陆续续地走出家门，来到户外活动了。老人拎着鸟笼子在花园里面散步，孩子们兴高采烈地在大人的周围欢蹦乱跳，家庭主妇们拎着菜篮子去菜市场抢购新鲜食材去了。

小胡和小封依然坐在路边的小车内。

"哎，小封，你有没有什么新发现？"小胡歪靠在驾驶座上，嘴里嚼着口香糖问着小封。

"嗯，还是没有，窗帘遮得严严实实的。"小封眼睛盯着望远镜说道。

"真逗，队长说张敏家里会'金屋藏娇'。别人老板家里藏着小蜜，张敏家里会藏着大老爷？"小胡一脸不屑地说道。

"你说这叫什么事？我们两人像傻子一样在这儿蹲点，一点意思都没有。你说对不对？"小胡显得有些焦躁不安了。

"呵呵。"小封看着望远镜，不置可否地笑了笑。

"不行，这儿太安静了，我得上去看看。"小胡站了起来。

"怎么？你想上去看看？"小封放下手中的望远镜。

"嗯,小封,你在这盯着,我上去打探一下。"小胡打开车门说道。

身着一套墨绿色运动服的小胡关上车门,两手插在口袋里面,在北风中向两旁看了看。两位正在晨练的姑娘顺着小道从远处跑了过来,姑娘们脸上红扑扑的,洋溢着青春的活力。她们并排跑着,经过小胡的时候侧目抿嘴笑了一下。看着两位姑娘越跑越远,小胡摇着头笑了笑,转身向着64号楼大门那儿走去。

楼道口那儿正好有位老大爷出来,小胡冲着老大爷笑笑,老大爷立刻警觉地看着他。小胡没有理睬老大爷脸上的警惕神情,身体一转走进楼道里面,留下老大爷呆呆地站在他的身后张望着。

电梯缓缓而上,小胡百无聊赖地看着电梯内的摄像头。他把手从兜里拿了出来,冲着摄像头做了个鬼脸。

"叮——"的一声,电梯停靠在第17层。电梯门缓慢地向两边分开,小胡的长腿敏捷地跨出了电梯。

电梯门无声地又合上了。小胡看着长长的走廊,空无一人,大理石的地面上折射出冷冷的光芒。户外现在已经是阳光普照了,而楼层里面冷清的走廊让人感觉到阴森森的凉意。

小胡放慢脚步,缓缓地走到"1713"住户的门口。他站在"1713"的门口,没有去摁门铃,也没有去敲门,而是身体前倾,将耳朵贴在门上面去听屋内的动静。这个动作是队长昨天刚刚做的,今天小胡也想来试一下。

年轻的刑警小胡将他的耳朵紧紧贴在门上面,没有听到里面有响动。他疑惑地看了看门牌号,心里想着里面哪有人啊,队长的判断是不是搞错了……

就在小胡耳朵贴在门上听着响动的时候,在门的另外一侧,也就是在那个黑漆漆的客厅里面,有个男人正屏住呼吸,紧张地贴在墙上,像壁虎一样一动不动地听着外面的响动。

小胡放弃了努力。他贴在门上听了很久也没有听出什么名堂。他做了一个自嘲的表情,把两只手插进口袋,转身就要离去。

小胡迈开长腿走了几步路,猛地听见"1713"屋内传来一阵手机的音乐铃声。他警觉地停住了脚步,脑中闪出一个念头——真的有人!他扭过头来大步流星地往"1713"门口奔去。

小胡刚刚走到门口的时候,还没等他掏出手枪,"1713"门突然被打开了。势头之猛,速度之快,让小胡猝不及防,他被铁门重重地撞了一下。小胡眼冒金星地倒了下去。说时迟,那时快,一个身材高大的男子,戴着口罩,闪电般地从里面冲了出来,越过被撞倒在地的小胡,飞快地向着电梯口跑去。

"不许跑!给我站住!"倒在地上的小胡顾不得头晕目眩,挣扎着爬了起来,拼命追赶那个戴着口罩的男子。

那个男子动作迅速地摁开电梯大门,随手操起电梯门口的铁皮垃圾桶向正赶来的小胡身上扔去。就在小胡伸出胳膊阻挡飞来之物的时候,男子身体一拧,缩进电梯里面,关上电梯门下去了。

"妈的!"小胡差一步就能挤进电梯里,现在只能站在门口使劲地摁着按钮发脾气。

小胡从口袋里掏出手机,快速地拨着号码,放在耳边:"快啊,快点接啊……喂!小封吗?对!是我,小胡……别问那么多了,现在有一个戴着口罩的高个子从张敏家里逃出去了!"

电梯门开了,小胡手里仍然抓着手机和小封通着话:

"什么?他已经跑掉了?……你在追啊?好的,我马上赶来。"

等到小胡冲到底层大门口的时候,屋外已经没有一个人了,似乎人在刚才那短短的时间内就人间蒸发了一样。小胡用手遮住刺眼的阳光,看见停靠在路边的汽车。

小胡忍着痛跑到车边,拉开车门钻了进去。

车内空无一人,车钥匙孤零零地插在方向盘的下面,军用望远镜也被扔在后排的座位上。小胡一手捂着前额,一手用钥匙发动车子……

停在路边已经快一天的小车终于发出轰鸣声,车内的小胡手法熟练地转着方向盘,倒车,掉头,前进,车像离弦的箭一样飞驰在小区的道路上。

车很快地开到小区大门口,远远地就看见一个男人正在焦急地拦着出租车呢。

"快上车,小封。"小胡语气急促地喊着小封。

小封回头看了一眼小胡,赶紧拉开车门钻了进去。

小胡加油,车猛地就蹿了出去。

"那个男人跑到哪里去了?"小胡问着。

"唔,他刚才跳上一辆出租车,往北边去了。"小封说话的时候支支吾吾,他已经失去了对局面的掌控。

"唉——"小胡叹了一口气,没有说话。

车飞快地沿着大道向北边驶去。小胡两眼紧盯着前面,没有说话。

"你的额头怎么搞的?都红了一大块。"小封率先打破沉默。

"没事。"小胡苦笑了一下。

过了一会儿,小胡放慢了车速。他将车缓慢地开到马路边上停稳,遗憾地冲着小封说道:

"我们好像跟丢了。"

六十七
爱你不是两三天

服装专卖店门口人来人往,戴着紫色太阳镜的女人站在那儿显得异常落寞。她听着手机里面发出"嘟——嘟——"声音,脸上现出一副茫然的神情。她实在弄不明白这个时候对方怎么会不接电话。

张敏悻悻地将手机放回小包里面,朝两旁看了看,快步走到街边,伸手拦了一辆出租车,钻进了车内。

不远处的一辆出租车内,戴着墨镜的许磊将一切都收进眼底。他右手夹着香烟搭在车窗上,两眼始终没有离开那个戴着紫色眼镜的女人。

这个时候,他兜里的手机剧烈地震动起来,他掏出手机。"喂,什么? 张敏家里冲出一个男人?"许磊声音变得激动起来,"给他跑了? 我……"

许磊听到小胡汇报的情况,脸色气得铁青。他生气地丢下一句"你在那儿等着我!"就挂断了电话,转而继续监视着张敏。

"哎,警察同志,那个女人又上了一辆车了,我们是不是还要继续跟着啊?"这个时候,已经半天没吭声的司机说话了。

许磊看着他苦笑道:"你做出租车司机太可惜,应该去做警察。"

出租车载着刑警队队长尾随着前面那辆出租车在滨江市里面走街串巷,回到了避风塘小区。

看着那个戴紫色太阳镜的女人快步走进小区里,许磊推开车门,下了出租车。他从怀里掏出钱包,从里面抽出一张百元大钞递给司机:"不用找了。"

许磊快步走在避风塘小区的小道上,紧跟着前面那个行色匆匆的女人。刚才随着张敏在市里面绕了半天,高铁站,银行,她到底想干什么? 是自己想出远门? 还是为某个人买车票? 很可惜,小胡他们没有抓住那个从张敏家里跑出来的神秘男子,让他的精心部署落空。

张敏急匆匆地走进64号楼,乘坐电梯上去了。许磊看了看路边的车依然停靠在花坛旁边,但是地上的轮胎印告诉他这辆车已经移动过了。

"到底是怎么回事?"许磊一钻进车里面,就板着脸问起来。

"呃。"小胡看着队长阴沉着脸,一时语塞。

"嗯,许队长,是这样的。"小封倒是沉稳,不紧不慢地说着话,"胡警察刚才上楼去张敏家门口试探动静,里面居然有人冲了出来。胡警察猝不及防,让他给溜了。那个家伙速度太快,跑起来像风一样,我在后面没有追上,只看见他跳上一辆出租车向北边跑去了。"

许磊听了小封的讲述,抬眼看了看小胡那红肿的额头,语调缓和不少:"唉,额头上都起包了,疼不疼啊?"

"没事,队长,可惜没有抓住那个家伙,要不这个案子就可以真相大白了。"小胡笑了笑。

"你是怎么发现张敏屋里有人的?"许磊问道。

"我是学习队长你的方法啊。"小胡不好意思起来,"我把耳朵贴在门上,偷听里面的动静。"

"那你听出来什么了?"许磊微笑地看着小胡。

"什么也没听到。"

"后来那个男人自己就冲了出来?"许磊眯着眼睛问道。

"正当我要离开的时候,我听见屋里面有音乐响起。"小胡有些迷惑地回答道。

"哦? 什么音乐?"许磊问道。

"音乐声音不大,有点像手机的音乐铃声。唔,而且那个歌曲我听着还很耳熟。"小胡挠了挠脑袋说道。

"那个男人的长相你看清楚了吗?"许磊问道。

"他冲出来的速度太快,我没有看清楚,我只看见他戴着口罩,身材好像挺高的,动作很敏捷。"

"嗯,那个男人估计是觉得已经被我们发现了,不想在屋里束手就擒,所以就冲出来冒险一搏。"许磊捏着下巴若有所思地说道。

"哦! 我想起来了,那首歌曲名字叫作《爱你不是两三天》,很好听的一首歌曲。"小胡一拍脑门,兴奋地嚷道,接着"哎哟"一声,他正好拍到红肿的额头上。

许磊看着他那副龇牙咧嘴的痛苦相,说道:"没错,很好听,也正是这首好听的歌曲暴露了他。"

"那我们下一步行动应该怎么做啊?"小封在一旁插话。

"立刻询问张敏,查清这个男人的来历,不能再耽误时间了。"许磊面色严峻地说道。

当许磊三人再次敲开张敏家门,那三副正义凛然的面庞出现在张敏眼眸之中的时候,身材瘦弱的张敏竟然显得异常平静。

她已经脱去了那浅色的羽绒服,身上只穿着薄薄的线衫,站在门口微微颤抖着。

"说吧!藏在你家的男人到底是谁?"许磊声音低沉而威严。

张敏被三位刑警那不怒而威的气势逼得步步后退,一下跌坐到沙发里。"什么男人?我不懂你们在说些什么。"张敏靠在沙发里,脸上挂着一丝讪笑。

"你还在装蒜!你家要是没有男人,我这额头上的包是我自己撞墙的?"小胡忍不住大声地吼道。

"哼,说不定真是你自己撞的呢。"张敏从鼻孔里冷笑了一下,揶揄着小胡。

"我——"小胡身体向前倾,欲扑向张敏。

许磊用手拦着小胡,在张敏面前找了个位置坐了下来,两眼紧紧地盯着女人的脸庞。

"那个男人是谁?"许磊问道。

张敏被许磊那锐利的目光刺得有些睁不开眼了,她将身体侧了侧,眼睛看向别处,对许磊的问话来了个徐庶进曹营——一言不发。

"西木度假村血案已经过去好几天了,我们也一直在追寻凶手。我希望你能配合我们警方,早日抓到凶手,好让你的丈夫在九泉之下瞑目啊。"许磊诚恳地说道,晓之以理,动之以情。

听到刑警队队长的一番话,张敏这才慢慢地把身体转过来,面向许磊。

"好吧,我说。"沙发里的张敏慢慢地开启她那紧闭的双唇。

六十八

放肆的情人？

　　"那个男人是……"张敏一边歪着脑袋想着，一边吞吞吐吐地说着话，"那个男人是……我的情人。"

　　许磊听了这话，嘴角流露出一丝不易察觉的冷笑。情人？真是情人吗？情人会连命都不要地夺路而逃？

　　"情人？那你说说那个男人家住在哪里，叫什么名字。"许磊心里虽然对张敏的小伎俩不屑一顾，但是表面上不露声色。

　　"嗯，咳咳，他不住在本市，他是我大学同学。"张敏干咳两声，说出一个男人的名字和住址。

　　"他不住在本市，怎么会出现在你家里？"站在一旁的小胡忍不住插话问道。

　　"他这次是到滨江市出差啊，顺便过来看看我。"张敏轻声地回答，乌溜溜的眼珠四下乱看。

　　张敏刚才那僵化的思维似乎活跃起来了，她顺着谎言这根藤条越爬越高。小胡显然考虑得没有那么多，信以为真地问着话：

　　"你们是怎么……碰上的？"

小胡其实想说"你们是怎么勾搭上的"，但是话到嘴边，还是硬生生地用"碰上"这个词代替了"勾搭"这个不中听的词。

张敏眼珠转了一下，皱着眉头思索着。

"就在上个月，我们大学同学聚会，他也来了，他在大学里面曾经疯狂地追求过我。在大学里面谈恋爱不算犯法吧？"张敏眉毛一挑，看着许磊说道。

许磊看着眼前张敏那拙劣的表演，联想到了前两天调查古丽莎和周启亮的事情。大学里面谈恋爱当然不算犯法，如果法律连这都管的话，那么岂不是严重地践踏了人性？但是大学生们在学校里面谈恋爱又有多少是美好的结局呢？"王子牵着公主的手，从此过上幸福快乐的日子……"那，不过是童话故事而已，残酷的现实则经常是以争吵、堕胎、分手而告终。

一切还是需要自律！

"你丈夫尸骨未寒，你就这样做似乎有点不合情理和道德吧？"许磊开口了。

刑警队队长的话像一枚炮弹一样重重地击中了张敏，她的脸色忽然变得很难看。"咳——咳咳——咳——"，张敏猛烈地咳嗽起来，这次不是故意装出来的干咳，而是因为心情突然变得焦躁紧张而导致气息调节不匀。

张敏的脸被突如其来的咳嗽憋得通红，她起身进厨房取水喝去了。看着张敏穿着拖鞋"踢踏踢踏"地消失在客厅后，许磊回头瞅了瞅身后的两位年轻人，交换了一下眼神。

当张敏那瘦小的身影再次出现在众人面前的时候，她已经恢复了平静，脸上的红晕已经消散，苍白的面容再次浮现在许磊的面前。

"我和秦凯的夫妻感情很好,他生前也知道我曾经在大学里面的这段初恋。他以前就和我开过玩笑,说如果他有个什么三长两短,他不希望我整日以泪洗面,而是希望我能够鼓起勇气,去寻找自己的未来和幸福。"张敏看着眼前的警察平静地说道。

许磊显然被张敏的一番话给震惊了。他怎么也没有想到眼前这个瘦弱女子的内心居然如此强大,强大到让听者不由地怀疑起身在何处:是身在因循守旧的东方,还是处在思想开放的西方?

就在众人面面相觑,被张敏的一番话弄得云里雾里、极为尴尬的时候,许磊忽然感到兜里手机强烈震动。许磊拿出手机,看着上面的号码——是小杨的来电。

"喂,是我。"许磊站起身,手执手机贴在耳边走到门边低声地说着话,"嗯? 谁? 她出门去了? 好的,我马上赶过来。"

"想不到这个张敏容貌不怎么出众,说起话来却有点石破天惊的感觉。她刚才那番话把我镇住了,真是新时代女性的宣言啊。"

在三位警察坐车离开避风塘小区的时候,小胡手握方向盘调侃着。

许磊坐在副驾驶座位上闭着眼,没有吭声。

"队长,刚才电话谁打来的啊?"小胡接着问道。

"是小杨打来的。"许磊慢慢睁开眼睛,"她和小谈在古丽莎居住的小区蹲点的时候发现古丽莎慌慌张张出门去了,就在刚才。"

"啊? 古丽莎也出动了? 看来这一切都如同许队长预料的那样在进行啊。"小封坐在后排赞叹道。

许磊对小封的赞赏只是微微笑了一下,心里却没有一丝得意。接手这件案子已经快一个星期了,到现在犯罪嫌疑人还没有真正显现出来,唯一可疑的人就是周启亮,可是现在他也失踪了。

如果说周启亮是凶手,那么从张敏家不顾一切冲出警察包围圈的那个男人又是谁呢? 他不可能如张敏所说只是她的一个情人,那么他为什么要藏在她家里那么长时间呢? 真是疑团重重啊!

这个时候,许磊的手机又开始猛烈地震动起来。

"喂! ……嗯,古丽莎往银行去了? ……光明大道上面的建设银行? 我知道了,我们立刻赶过来。"简短的通话以后,许磊挂断了电话,面向小胡说道,"快,去光明大道建设银行。"

"我知道光明大道建设银行在哪,我给小胡指路。"小封两手搭在前排靠背上冲着许磊说道。

"很好,小封,你就给小胡指路吧。"许磊眉头紧皱,额头形成"几"字形,自言自语,"银行? 又是银行? 这两个女人都去银行干什么?"

车呼啸着走街串巷,直奔光明大道而去。

六十九

神秘的电话

滨江市区热闹非凡,许多市民兴致勃勃地来到商业区购物。街道两边人头攒动,一派生机盎然的景象。

一辆不起眼的车停靠在路边,坐在车内的小杨正手握手机,头转向窗外,看着紧挨人行道而坐的两座石狮子。石狮子的身后是高大雄伟的建筑物——建设银行。

光明大道上的建设银行门口站着一位身材高挑、穿着时尚的女青年。她戴着一副深色墨镜,肩上斜挎着一个棕色的女士小包,两手交叉横抱于胸前,不停地在银行门口踱来踱去。

一阵冷风吹过,街边大树飘落枯黄的叶子,年轻的女人打了一个激灵,抱于胸前的双手交叉得更紧了。她那美丽的大眼睛躲在墨镜背后正紧张、快速地搜寻着路人,似乎在那熙熙攘攘的人群中藏着一位极其重要的人物,而这个人正是她不惜站在寒风中所等待的那位。这个戴着墨镜的年轻女人就是古丽莎。

车里面,谈警察手搭在方向盘上,歪着脑袋,盯着路边的古丽莎。自从古丽莎刚才下楼离开小区,他们就一路跟踪着她来到了位于光明大道上的建设银行。

这个时候,小杨的手机在掌心里面震动起来,她打开一看,原来是许磊的电话。

"喂,队长。哦,你们到了啊……你们就在我们后面? 你们已经发现古丽莎站在银行门口……好的,按兵不动,静观其变。"小杨微微点着头,小声地对着手机说着话。

距离小杨他们的车不远处停着一辆车,里面正坐着小胡、小封以及刑警队队长许磊。他们三双眼睛齐刷刷地盯着路边那个戴着墨镜的女子。

"队长,古丽莎在等谁呢?"小胡忍不住问道。

许磊脑袋靠在车窗上,没有回答小胡。他的视线始终没有离开不远处的年轻女子。眼前的古丽莎这个姿势和神态与刚才在滨江市里面兜一圈的张敏是多么相似啊,难道她们等待的是同一个人? 会不会就是那个从张敏家里不顾一切冲出警察包围圈的神秘男人呢?

"快看,古丽莎正在接电话。"小封说道。

许磊闻言,立刻坐正了身体,死死地盯着街边的那个女人。

戴着墨镜的古丽莎站在银行门口,脑袋歪向右侧肩膀,右手拿着手机贴近耳朵,披肩的秀发遮住了她手中小巧的手机。不一会儿,她从秀发里面抽回右手,把手机放回包里,来到街上,拦了一辆出租车,往北边去了。

古丽莎乘坐的出租车行驶不到两百米,停靠在街边的两部不起眼的车缓缓跟了上去。

三部车行驶在浩浩荡荡的车流中。前面那部出租车里面,古丽莎靠在车窗上,任由美丽的秀发披散在汽车靠垫上。她紧张地咬着自己的嘴唇,不时地盯着手机屏幕。后面跟踪的两部小车里坐的是丁口、滨江两市的警察。小胡和小谈分别开着自己的车,眼睛始终盯着前面那辆出租车。

出租车载着古丽莎在滨江市里不紧不慢地行驶着,越过一道道斑马线,穿过一个个十字路口。

"咦,她这是要去哪儿啊?前面那辆车好像方向不对啊。"小胡手握方向盘忽然诧异地说道。

"是啊,我也觉得奇怪呢,好像换了一条道往回开了。"小封身体前倾,看着前面的出租车说道。

许磊见此情形,赶紧通过手机向后面的小杨提醒道:"紧紧跟上啊,不要掉队了。"

刑警们说得一点也不错,出租车里,古丽莎又接到了电话,电话里面那个神秘的人让她把车往庐山大道开,实际上也就是往南开。古丽莎挂掉手机,朝着出租车司机挤出一个勉强的笑容:"师傅,不好意思啊,向庐山大道走,谢谢。"

一会儿,出租车来到了庐山大道,姑娘的电话又响了。

"哦……好的,我知道了。"古丽莎挂断电话,对司机说道,"师傅,不好意思,请……"

出租车继续前行,载着古丽莎折回到最初的出发地——光明大道上的建设银行。

古丽莎把车费付给司机,推开车门出去。她再次站在银行门口,面对来来往往的人流,她忽然感觉到了空气中飘浮着一种熟悉的气味。难道是我神经过敏?还是我过于思念他了?思念得连神经、呼吸系统都出现了问题?这怎么可能呢?古丽莎不由地摇了摇头,她努力地让自己的大脑清醒起来。她想到在一个小时前,当她还在家中无聊地看着肥皂剧的时候,她接到的那个神秘电话。

小区内,古丽莎家中,她当时正在沙发上两眼呆滞地盯着电视屏幕。电视里面一对俊男靓女一边说着甜言蜜语,一边做着夸张可笑的表情。

这个时候,放在桌上的手机响了起来。"喂?……喂?是谁啊?……"古丽莎走到桌边,对着手机不耐烦地问。

电话那边只听见细微的电流声,并没有人说话。

"真讨厌!"古丽莎悻悻地挂断手机,重新坐回沙发。

古丽莎屁股刚刚落进沙发里,手机又响了起来。古丽莎看了看桌上的手机,没有动,继续看她的肥皂剧。但是那扰人心弦的手机铃声不绝于耳。姑娘生气地从沙发里站了起来,拿起手机摁下接听键。

"喂?……你倒是说话啊!"姑娘有些急躁起来,"你再不说话我可就挂电话了。"

似乎经过了一万年漫长的等待一样,在冥冥的无线电波中,电话那头传来了一个男人"咳咳"的咳嗽声。

听着那头神秘男子的咳嗽声,古丽莎顿时觉得一股凉气从脚猛地窜到头上,浑身冰凉,头皮上是一阵过电般的酥麻。

"是你?"古丽莎面对电视机,身体一晃,无力地瘫倒在沙发里面,电视节目还在继续着。

七十

小 胡 快 跑

"你现在到哪了?"古丽莎站在建设银行门口,又接到那个神秘男子打来的电话。电话中,那个男子说话的声音透着焦虑不安。

远处街边一直跟踪监视古丽莎的小车内……

"瞧,队长,古丽莎又在接电话了。"小胡坐在车里冲着许磊小声说道。

"嗯,这个奇怪的古丽莎,没事居然坐着出租车在街上绕圈子玩,她一定是在等待与某人接头。"许磊从嘴里慢慢吐出烟雾悠悠地说道,"待会儿准有好戏上演。"

小封疑惑地看着许磊,觉得这个刑警队队长有些不简单,在这么紧张的时刻,他脸上的表情居然还如此轻松,这在他见过的警察中是不多见的。难道许磊队长对这个案件已经成竹在胸了?

"看,古丽莎走下银行台阶了。"车里发出一声低语。

古丽莎站在建设银行那高高的台阶上,视线越过两只模样温顺的石狮子,落在街边的垃圾桶上。按照电话里面的约定,她将刚刚从银行取出的两万元现金——整整齐齐的两叠钞票扔进可回收的垃圾桶里面。她小心翼翼地踩着台阶走了下来,两手背在身后,若无其事地踱到垃圾桶边。她姿态优美地在垃圾桶边上踱来踱去,两只美丽的大眼睛躲在墨镜后面警觉地看着四周。

当古丽莎确认没有人在注意她时,她悄悄地将右手伸进了随身小包里面。当手指在小包里触到那两万块钱的时候,她心里产生了一丝波动。古丽莎眼眶上方那被修理得细长而弯曲的眉毛微微抖了一下。那是一种什么样的眼神哦,她的眼睛里面充满了一种绝望、迷惘的神情。

古丽莎手握那个存放有两万块钱的包裹慢慢地从挎包里面向外提升,这个动作就像持续了一万年之久。等到那个包裹彻底被她提出挎包的时候,古丽莎就像扔掉一个火红滚烫的山芋一样动作迅速地将包裹扔进了那个可回收的垃圾桶里面,然后秀发一甩,头也不回地大步流星向北方走去。

"瞧,古丽莎已经离开那里走了,我们要去跟踪她吗?"小胡猛地从座位上坐正身体说道。

"嗯,刚才她的动作你看清楚了吗?"许磊眼睛里面光芒四射,案件越是复杂,谜底越是扑朔,刑警队队长则越是兴奋。

"我……"小胡一下子说不上话来。

许磊拿起手机,拨通电话:

"喂,小杨,你和小谈给我盯好古丽莎。"

挂断电话后,许磊看见街边停靠的一辆小车里钻出一个皮肤白皙、长相俊朗,穿着一身休闲西服的年轻男子,他两手插在口袋里,就像无所事事的人一样悠闲地跟在古丽莎的后面。这个年轻人就是滨江市的刑警小谈。

"队长,我们不跟过去吗?"这边车内小胡有点着急了。

"嗯,我们有自己的任务。"许磊两眼始终不离那个垃圾桶,"刚才我看见古丽莎向垃圾桶快速地扔进去一样东西,待会儿肯定会有人来取的,所以我们要注意观察,静观事态的发展。"

小胡瞅了许磊一眼,打心底里生出一种敬佩感。他在心里对许磊暗暗地竖起了大拇指,他的队长将所有的细节都收入了眼中,而他根本就没有注意到古丽莎的手在包里做着什么动作。

"注意!那个石狮子前面的垃圾桶边上出现了一个戴口罩的男子。"许磊忽然急促地说道。

小胡和小封赶紧将目光聚焦到垃圾桶那儿。

那个绿色的可回收的垃圾桶边上,不知道什么时候出现了一个身材高大的男子。他身穿一件灰色的大衣,面部被口罩遮挡着,两眼警觉地四下打探。

他弯下腰去,伸手在那个绿色的垃圾桶里面探寻。当他侧着脑袋,手指刚刚夹到那个鼓囊囊的包裹的时候,突然他神情大变,抽出手臂,拔腿就跑——他的眼前出现了两个身材健硕的男人正在向他飞奔过来。

戴着口罩的男子两手粗鲁地推搡着行人,拨开一条逃生之路。他冲出熙熙攘攘的人群,没命地向前飞奔着,身上的灰色大衣随风高高地扬起,好似一只巨大的灰色蝙蝠在玩命飞行着。

许磊快速地冲到垃圾桶前面,一猫腰从里面拿出那个厚重的包裹。年轻的警察小胡则没有停止飞奔的脚步,他跑过许磊的身边,径直向着那只灰色蝙蝠追了过去。

那个神秘的男子跑在前面,就像是身后有一只猛虎在追赶着他。"站住!快给我拦住他!"小胡一边在后面追,一边大喊着。路人见此情景,纷纷地躲闪在两旁,唯恐惹祸上身。两个男人一前一后地跑过他们的身边,人们抱着好奇的心情凝望着两人的背影。

　　还是小胡训练有素,奔跑的时候手脚配合合理,摆动频率极快,看上去很快就要追到那个神秘的口罩男了。前面那个男子非常机灵,眼看就要被小胡追上,他忽然身体一拧,向着右侧的十字路口飞奔而去。他沿着非机动车道向前飞跑着,小胡则在后面穷追不舍,前面那片灰色的云始终没有逃离他的眼界。

　　神秘男子手撑护栏,猛地一纵身,灰色的云飘到机动车道上去了。

　　真是不要命了!小胡心里想着,脚下丝毫没有松劲。他翻过护栏,继续在车水马龙的机动车道上追逐着那飘忽不定的云。

　　"嘟——嘟——"机动车道上,来来往往的汽车发出了刺耳的喇叭声。司机狂按喇叭。

　　戴着口罩的男子似乎早已把生死置之度外,他疯狂地向前奔跑着,丝毫不理会身边汽车奔来驶去。

　　年轻气盛的小胡体力充沛,他憋着一股气在后面追赶着,心里暗暗发誓:这次一定要将前面这个亡命之徒逮到手。

　　眼看离那片灰色的云越来越近,就在这个时候,"嘟——"一声刺耳的喇叭声从小胡右边传了过来。小胡转头一看,一辆别克车正向他冲来。看到前面有行人,别克司机右脚拼命踩着脚刹。

　　小胡见势不妙,一个大跨步想躲避侧面驶来的别克车。小胡那犹如刘翔跨栏一样的矫健身姿在空中划出一道优美的弧线,但还是差那么一点点,没等他脚落地,别克车已经撞上了小胡的腿……

　　"哎哟!"小胡被别克车撞得在地上打了几个滚,重重地撞在护栏柱子上。小胡趴在地上,忍着剧痛看向那个神秘男子,他看到那片灰色的云飘出了护栏,消失在人群中。

七十一
愤怒的陶警官

　　救护车迅速赶到了事发地点。几个身穿白大褂的医护人员跳下了车,抬着担架风风火火地跑到护栏边。

　　小胡面色死灰地躺在许磊的怀里,痛苦地咬着牙皱着眉头。许磊脸色铁青,一句话也没说。小杨又气又急,一汪眼泪在眼眶里直打转。小封和小谈站在一边,手执手机向局里汇报刚刚发生的情况。围观的群众远远地站在人行道上指手画脚。

　　救护车顶上红灯闪烁,载着众人飞快地向滨江市第二人民医院驶去。二院骨科里面,小胡躺在病床上,在灯光的照耀下他的脸色显得苍白,周围的医生和护士就像热锅上的蚂蚁一样紧张地忙碌着。

　　楼梯门口,小杨拿着片子哭哭啼啼地对许磊说:"队长,小胡小腿粉碎性骨折。"

　　"没关系的,小杨,你放心吧,小胡的腿会好起来的。"许磊拍着小杨的肩膀安慰着她。

　　许磊接过片子走进骨科,迎接他的是一位满头银发的老医生。

"医生,您好,我想问一下我们这位同志的腿怎么样了?"许磊语气温和地问着。

"哦,他的片子我已经看过了——小腿粉碎性骨折。我们需要对他做进一步观察和治疗。"老医生和蔼地看着许磊说道。

"医生,那么他的腿以后会好起来吗?"许磊急切地问道。

"唔,现在我们首先需要控制感染,我们控制了感染以后立刻对他进行手术。你们这位同志体质很好,又很年轻,手术以后不会有什么问题的,就是恢复期长了一点,其他没有什么。"满头银丝的老医生解释说。

"那就好,谢谢您了。"许磊听了这话,高兴地握着老医生的手摇晃着。

许磊转身出门以后,把这个消息转告给小杨。小杨抹了抹眼角的泪花,露出一丝少女那腼腆的笑容,去看小胡了。

这个时候,一个身材微胖的中年男子匆匆忙忙地走了进来,一看见许磊就开始喊道:"哎,许队长,小胡怎么样了?"

许磊一看,不是别人,正是滨江市公安局刑警队的队长陶警官。

"嗯,陶队长,我刚才问了医生,他们说问题不大。"许磊说道。

"那我就放心了。"陶警官掏出餐巾纸,擦去额头上的汗,接着问道,"那个案件今天有什么进展?"

许磊闭目沉思了一会儿,抬眼看着陶警官的脸说道:"我们已经查出张敏和古丽莎都与一个神秘男子有联系,而且这个神秘男子肯定是需要钱。今天我们在他们接头地点截获了两万块钱,可惜要不是出了车祸,小胡就快要抓到那个家伙了。"

"哦,这样啊。那我们下一步行动应该怎样展开?"陶警官问道。

"下一步行动?"许磊右手手指摩挲在下巴上,想了一会儿,说道,"我们分别传讯那两个神秘古怪的女人——张敏和古丽莎!"

"那我们先从哪个下手呢?"陶警官问道。

"张敏!"许磊毫不迟疑地回答。

避风塘小区属于滨江市黄山街派出所管辖。

一个小时以后,黄山街派出所二楼一间办公室内,许磊和陶警官坐在办公桌后面虎视眈眈地盯着坐在椅子上的张敏。

"没想到我们在这里见面了吧,张敏?"许磊神态威严地看着椅子上那个瘦弱的女人说道。

张敏眼睑向上翻了一下,白了他一眼,没有吭声。

"希望你能够配合我们,说出你所知道的事情。"陶警官声音洪亮地说道。

"你们不是刚刚找过我吗?怎么又把我带到派出所来?我可是个刚刚失去丈夫的寡妇啊,身体和精神都还没有恢复过来。你们这样折腾我,小心我到妇联告你们去!"张敏说起话来一板一眼的,她反过来要对警察们将军了。

"你上次说从你家跑出来的那个男人是谁?"许磊看着张敏那副胡搅蛮缠样,心头涌出一股说不出的厌恶感。眼前的张敏和他在西木度假村看到的那个楚楚可怜的女子判若两人,说起秦凯的死她一点儿不避讳,要知道前几天在西木度假村的时候,只要一提到秦凯的名字她就会精神恍惚。难道真是时间可以治疗一切?

"不是和你们说了吗?那个男人是我大学的同学,现在的情人。"张敏两腿不停地晃动着,说起话来脸不红心不跳,好像这些台词已经在心里默默排练了很多遍。

许磊从口袋里掏出香烟点燃，一句话都不说，静观张敏拙劣的表演。

屋内的张敏坐在椅子上，默默地咬着嘴唇，眼神游离不定地看着四周，脑中若有所思。她的面前端坐着两位表情严肃的警察，他们正在一边吸着烟一边交头接耳。

"咳咳。"许磊干咳了两声，视线又集中到了张敏身上，语重心长地劝说道，"张敏，我们警察是尊重你个人隐私的，但是我希望你能放下思想包袱，和我们谈谈那个神秘的男人。因为我们认为，他根本不是你的什么情人！"

张敏听了许磊的话，抬眼看了一下许磊。她对于许磊的怀疑似乎根本不吃惊。她语调平稳地说道："不信你们去查啊，地址、姓名不是已经给你们了吗？"

就在这个时候，"啪"的一声，身材微胖的陶警官大手一挥，拍案而起："张敏，你放老实点，我们已经查过了，根本就不存在你说的这个同学！"

听到陶警官的断喝，张敏那瘦弱的身体晃了一下，差点从椅子上翻落下来。她脸色苍白，紧咬着嘴唇，额上渗出了细细密密的汗。张敏对两位警察视而不见，眼睛看向别的地方。

冬日那温暖的阳光从窗外斜射进二楼的办公室内。

就在这个时候，一件意想不到的事情发生了……

陷 入 困 境

　　大街上车水马龙,人来人往,到处都是一派热闹的景象。小商贩占据着路口的有利地形,向来来往往的行人兜售着水果、炒货。

　　"老板,能不能便宜点啊,那边路口一斤就卖两块二,你怎么三块五呢?"一位家庭主妇手握橙子掂量着。

　　"我这可是正宗的蜜橙啊! 大姐真是好眼光。"小贩满脸堆笑地解释道。

　　就在这个时候,人群中忽然发出一声惊呼:"有人跳楼了!"

　　听到有人跳楼,人们纷纷搁下手中的事情,像潮水一样涌到出事地点去了。

　　黄山街派出所一间办公室内,传来一声:"根本就不存在你说的这个同学!"一个身材微胖的警察激动地站起身来冲着坐在椅子上的瘦弱女人吼道。

　　身躯庞大的陶警官气场逼人。他站在办公室里怒目紧盯了张敏一阵子,但是让他失望的是坐在底下的那个女人丝毫没有理睬他。陶警官感到有些失落,就像一个武艺高强的大侠面对冷冰冰的石块挥舞拳头一样，无人喝彩。他揉了揉眼眶，感到眼睛有点酸胀。他重新回到办公桌后面，从桌上拿起烟卷，递给许磊一支。

就在两位警察互相取火点烟的时候，拖在地板上的那长长的人影忽然飘向窗户，坐在椅子上的女人快步走到窗前，纵身一跃，从大开的窗户跳了下去！这一切发生得实在太突然了，就在两位警察瞠目结舌的当口儿，女人的影子已经消失在暖暖的阳光中，身体重重地跌落在楼下街道上。

"从派出所楼上摔下来一个人喽！""是个女人哎！""哎呀！她还在动呢，不知道死没死啊？"人们叽叽喳喳。

等到许磊和众警察跑下楼，分开拥挤的人群，走到张敏身旁的时候，发现张敏两眼微睁着，鼻孔里面尚存着气息，脑袋那儿正在汩汩地流着血。

很快地，张敏被白色的救护车送进了离派出所最近的医院——滨江市第二人民医院。

二院急诊室里面，一位身着白大褂的中年男子面向许磊和陶警官说道：

"真是幸运啊！经过我们的检查，伤者的腿虽然摔断了，但是她的头部只是受到了轻微脑震荡。现在伤者的头部创口已经缝合好了，只需要在我们医院住院观察一段时间，做个腿部骨科手术就可以了。依我看，她应该没什么大碍的。"

许磊听到医生的一番话，和陶警官交换了一下眼神，走出急诊室。

"还算幸运的了，张敏虽然腿摔骨折了，但是命捡了回来。"陶警官递给许磊一支香烟，如释重负地说道，"另外，我已经通知了各大汽车站、火车站、轮渡码头的同志们去留神一个穿灰色大衣、戴着白口罩的高个男人。一旦有发现,就立刻通知我们。"

许磊接过香烟,没有说话。他点燃了香烟,两眼出神地看着二院急诊大厅里面众多面黄肌瘦的病人和身穿白衣的医生。

"想什么呢?"陶警官吸了一口烟看着许磊问道。

"你看每天都有这么多的病人在忍受着病痛的折磨,他们来到医院看病就是想早日康复,恢复健康。可为什么还有人想不开,要跳楼呢?"许磊回答。

"唉,你也别想那么多了。这件事情也不能完全怪我们啊,是她自己想不开跳下去的,我们也没有逼她啊。"陶警官又吸了一大口烟。

话虽如此,但是……许磊心里想着,嘴上却没有说出来。他想说的是,现在坏的影响已经传出去了啊。老话说:"好事不出门,坏事传千里。"有人在派出所里跳楼,而且还是个女人,指不定老百姓会怎么猜测这个事情呢。

许磊摇了摇脑袋,一声不吭地靠在墙上。

这个时候,许磊的手机震动起来。他掏出来一看,脸色变得凝重起来。

"对,局长,是我……"许磊走到急诊大厅的一角,将手机贴在耳朵上,好像生怕有人偷听他的电话内容一样,对着话筒小声地说着话。

身材微胖的陶警官站在远处一边吸着烟,一边茫然地看着他。

过了一会儿,许磊心情沉重地慢慢走回陶警官的身旁。

"怎么了? 许队长,出了什么事?"陶警官急切地问道,他已经发觉许磊的神情有些不对劲。通过这么几天的接触,陶警官知道许磊是一个心胸坦荡的男人,不会因为一些个人的得失而脸色阴郁,长吁短叹。许磊现在这个表情说明他肯定是有事了。

"唉——"许磊叹了一口气,心情郁闷地从口袋里掏出烟盒,从里面抽出一支香烟递给陶警官说道,"陶队长,刚才我得到了我们局长的电话通知,西木度假村案件现在已经转交给我们那儿的副队长孙警官处理了。"

"啊?怎么会这样?"陶警官瞪大了眼睛看着许磊。

许磊点燃了香烟,吸了一口,苦笑道:"我也没有办法,这是局长的命令,不能违抗啊,我待会儿就要赶回丁口市了。陶队长,你放心,我们那位孙队长侦破经验也挺丰富的。"

许磊吐出一口烟雾,心里感到失落。跟踪西木度假村血案已经有好几天了,对于案件的来龙去脉他已经渐渐地摸清楚了,涉案人员在他的脑中也逐渐清晰起来,现在缺乏的就是弄清那个关键人物——逃走的神秘男子。只要抓住那个神秘男子,一切疑团就可以解开了。可惜啊,在这关键的时候,张敏跳楼事件让他的工作陷入了被动。

"你们是怎么搞的?凶手没有抓到不说,还逼迫一个无辜的女人跳楼自杀。你知道现在这件事情在社会上闹得沸沸扬扬吗?市里面的领导非常生气。现在,你——许磊,马上给我回丁口市来,到我办公室给我一个合理的解释!……"刚才在电话里面局长那气急败坏的声音回响在许磊的耳畔。

许磊临走的时候,陶警官陪着他一同去了住院部的骨科病房。许磊想在回丁口市之前去看看小胡的伤情怎么样了。另外,他也想和手下的两位年轻人——小杨和小胡道个别。

"怎么?队长,你要回丁口了?"小杨抓住许磊的大手问道。当许磊告诉她这件事的时候,姑娘简直不敢相信自己的耳朵。

"没事的,局里有一些紧急的事情需要我回去处理,你就留在滨江市好好地照顾小胡吧。"许磊看了一眼病床上熟睡的小胡,向姑娘解释道。

"可我们手上的案子怎么办啊? 西木度假村案件侦查可不能没有你啊!"小杨急得眼泪直在眼眶里打转。

"没关系,孙副队长过一会儿就会从丁口赶过来,你们要好好地配合他的工作啊。"许磊抽回自己的手,笑着对小杨说道。

陶警官站在一旁,见此情景,无奈地摇了摇头。

"好了,各位,我就先回去了。小杨,照顾好小胡,配合好两位队长的工作,我走了。"许磊毅然地和众人告别。

"许队长——"两行热泪滚落在小杨的脸庞。

许磊脸上露出一丝笑容:

"我还会再回来的。"

七十三
恍 然 大 悟

　　窗明几净的高铁候车室里面,南来北往的旅客背着大包小包,在大厅里奔走着。他们神色匆匆,手持火车票,眼睛快速地扫着大型电子屏幕上显示的车次,找到自己的候车站台。候车大厅的一处拐角,一个男子正无精打采地坐在塑钢长椅上。他抬眼看了看那高高悬挂的电子屏幕,再看看手中的车票,目前离列车到达的时间还有一会儿。男子无聊地站起身来,摸着口袋向四周张望着。忽然,他看见不远处有着一个小小的吸烟区——他的烟瘾犯了。

　　身形高大的男子缓步向吸烟区走去,他的步伐看上去是那么沉重,神情是那么落寞,精神是那么疲惫。

　　"唉。"当许磊快要走到吸烟区的时候,他不由自主地叹了一口气。他为这次一个人孤零零地乘坐高铁回丁口市感到遗憾。他以前侦破过那么多离奇古怪的案件,曾经在侦破过程中也遇到过困难,但是没有哪一次像西木度假村案件一样让他感到困惑不已,深陷泥潭。他和手下的年轻人小杨、小胡追查这个案件已经有好几日了,现在只要一闭上眼睛,张敏、古丽莎、老刘以及那个神秘男子的形象就会栩栩如生地出现在他的脑海中,像走马灯一样绕来绕去,挥之不去。

许磊对这件离奇的西木度假村案件研究得越深,就越感到这宗案件的复杂性。他把已经搜集到的事实证据放在一起推理的时候,能够隐约地摸到这宗案件的脉络。他基本已经能够对这个血案的来龙去脉有了一个清醒的认识,可是……可是就还有那么一个环节让他感到困惑不解。那个失踪的周启亮到哪儿去了?周启亮,就是那个净空,他又能到哪儿去呢?他为什么要深夜偷偷下山?难道秦凯真是他杀的吗?那么周启亮的杀人动机是什么呢?

许磊脑中被巨大的疑团充斥着,他用右手擦了一下额上的汗水,慢慢走进了吸烟室。

吸烟室的面积并不是很大,里面有两三个人在里面吞云吐雾。最里面有一位个子不高的男人背对着许磊,正冲着墙角吐着烟雾呢。

是孙警官?他怎么会在这儿?他不是应该已经到滨江市公安局和陶警官碰面去了吗?看着那个男人的背影,许磊嘀咕。

"哎,老伙计,你怎么在这儿?"许磊热情地走上前去,拍了一下那个男人的肩膀。

那个矮个子男人被许磊这么一拍,吓了一跳。他转过身来,两眼茫然地看着眼前这个身材魁梧的男子。

"唔,不好意思,请问您有火吗?"许磊发觉自己认错了人,赶紧改口向对方借火。

那个矮个子男人白了他一眼,不情愿地将手中的烟头递给了许磊。

"谢谢啊。"许磊接过对方的烟头点燃了自己嘴里的香烟,捏着烟屁股递还给对方。

小个子男人接过烟屁股,悻悻地看了看,没有再吸,直接将烟头扔进位于吸烟室正中的烟灰缸里面,拎起背包转身走了出去。

唉,真让人发窘啊,许磊在心里暗暗地责备着自己,堂堂一个刑警队队长,居然也会认错人啊。看来这几天侦查工作搞得他也筋疲力尽了。没有充分的休息,睡眠质量保证不了,看,连眼神都不好使了。不过话说回来,那个男人的背影也的确像极了孙队长啊,恰巧脑中又联想到孙队长即将赶到滨江市来接替他的工作,可能就这么认错了吧,许磊在心里为自己找借口。

许磊摇着脑袋笑了笑。他深吸了一口烟,目光停留在烟灰缸中那个小个子男人刚刚扔掉的烟头上。

香烟?怎么又是那个牌子的香烟?难道刚才这个偶然的误会里面会藏有什么玄机?

许磊猛然想起了前几天在西木度假村,也就是在那个飘雪的日子,他一个人独自去寻找第一案发现场。就在那神秘的、没有建成的别墅群那儿,他曾经捡到过这个牌子的香烟头。

想到这里,许磊扔掉香烟,走出吸烟室,来到一个无人的角落,从口袋里面掏出手机,拨通丁口市公安分局技术科的电话。

"哎,我是许磊……对,我想问一下上一次我用一个小塑料袋装着的那个香烟烟头,你们检验了吗?"许磊急切地问着。

电话那头,张法医笑声爽朗地说道:"我说许大队长,你可要请我吃饭啊。你提供的那个香烟头虽然体积很小,但是害得我可是工程巨大啊。告诉你一个好消息,我们已经顺利地从香烟的烟嘴里提取出了唾液,我已经得到烟嘴主人的DNA了。"

"那么那个DNA和死者的DNA一致吗?……哦?是这样

……"许磊手执电话,声音渐渐弱了下去。他双眼中交织着疑惑、惊讶、迷惘的神情,甚至还夹杂着一丝害怕的意味在里面。

挂断电话以后,许磊定了定神,他坐回塑钢椅子里。刑警队队长许磊摸着下巴沉思着。他将脑中混沌的思绪重新梳理了一遍,从最初接触这个西木度假村案件一直到刚才他打的那个电话。想着想着,忽然有一个大胆的推论在他脑中形成。这个大胆的推论让许磊本人都感到很吃惊——难道这才是事实真相?只见他满脸红光地仰靠在椅子上,面向着候车大厅的顶棚,两只老鹰般的眼睛冲着遥远的天际射出异于常人的光芒。

就在这个时候,高铁候车大厅里面车站服务员那温柔的女声回荡在许磊的耳畔:"开往丁口市的高铁7747次列车即将到达本站,有前往丁口市的旅客请做好登车准备……"

许磊蓦地站起身来,大步流星地走了出去。他没有向高铁登车处走去,而是头也不回地走出了候车大厅。许磊快步来到了高铁车站的广场上,大手一挥,拦停了一辆出租车。他钻进了车内,冲着司机说道:"快!去滨江市公安局。"

七十四

吻　合?

　　出租车很快就来到了滨江市公安局的大门口。从车上跳下一个身材矫健的男子,只见他行色匆匆,刚一关上车门就转身向公安局机关大楼里面跑去。

　　他沿着高高的台阶大踏步地冲进大楼里面,他并没有乘坐电梯,而是沿着安全通道的楼梯快步跑了上去。上了三楼以后,他扶着楼梯微微调整了一下呼吸,然后径直走向刑警大队的办公室。

　　"哦,你来了,许队长。"陶警官坐在办公桌前,带着一种期待的目光看着他,"我一接到你的电话就立刻赶到办公室来了,说说,你又有了什么新的发现?"

　　"陶队长,时间紧迫,我们边走边说吧。你赶紧陪我去一趟你们市局的档案室,我有一些疑问需要在那儿找到答案。"许磊顾不上和眼前这个微胖的警察寒暄,风风火火地转身就要向门外走。

　　他们两人来到了位于公安局大楼四楼的档案室,前两天许磊还坐在这里面,详细地查看、了解纵火案件的始末。

　　"快,请给我调出周启亮案件的审讯记录。"许磊急切地要求着。

陶警官站在许磊的身后,冲着档案管理员点头示意一下。

很快,那本前两天刚刚翻过的周启亮的审讯卷宗又出现在许磊的面前。许磊俯下身体,快速地翻看着审讯记录,然后目光停留在材料上的某一个地方仔细地观察着。

"许队长,你在看什么呢?"站在一旁的陶警官好奇地问道,因为他发现许磊并没有去阅读材料里面的内容,而是仔细地观察着每一页材料上面印着的那个鲜红的指纹。

"刚才我在高铁候车室里面等车的时候忽然想起在犯罪嫌疑人接受审讯以后都必须要在审讯记录上面留下他的指纹,所以我想在这个材料上面也一定会留有周启亮的指纹。你看!果然如此。"许磊兴奋地瞪大眼睛说道。

"那么我们知道周启亮的指纹又有什么用呢?他已经失踪了,光靠指纹是找不到他这个人的。"陶警官一下子还没有明白过来。

"呵呵,这个指纹对我们来说具有非常重要的意义,以后你就会明白的。"许磊冲着陶警官微微一笑,转脸冲着档案管理员说道,"请帮我将这些指纹扫描一下,好吗?"

"好的。"档案管理员拿着那些材料,走出档案室,上技术科做扫描去了。过了一会儿,档案管理员腋下夹着卷宗材料回到了档案室。他看着坐在里面的两位队长,手指伸进卷宗里面,抽出一张白纸递给许磊:"您看看,这样行不行?"

许磊接过白纸一看,赞许地点了点头,脸上露出了满意的神情。现代的高科技对于警察的侦破工作做出了很大的贡献啊——白纸上面扫描出清晰可辨的指纹。"谢谢你啊。陶警官,我们走吧。"许磊拉着陶警官的手,向档案管理员点头示谢。

　　许磊通过传真机连线丁口市公安分局的技术科，将这张印有周启亮指纹的白纸传了过去。

　　"喂，老张啊，请给我比对一下这张传真上面的指纹……对，就是和他的做一下比对……我等着你的好消息啊。"

　　许磊挂断电话以后，面向陶警官露出了会心的笑容。他走到陶警官的身边，从口袋里面掏出烟盒，抽出一支香烟递给陶警官："现在我们能做的就是等了。"

　　陶警官点燃香烟以后，吸了一口。他用一种疑惑的神情看着许磊："等？我们等谁？等你们那位孙副队长吗？孙副队长已经去第二人民医院了——他看望小杨和小胡去了。"

　　"哦？他已经到滨江市了？速度还真快啊！他在二院陪着小杨和小胡，我也就放心了。"许磊自己也点燃了香烟，在烟雾缭绕中说着话。

　　许磊现在的心情紧张而激动，他为自己刚才在高铁候车室里想到的大胆推论而兴奋激动着。就好像一个人去山中探险，当他在茫茫云雾中迷失了方向，无路可寻的时候，从天边吹过来一阵清风，吹散了迷雾，露出一条小径，那是多么让人感到愉快和兴奋的事情啊！

　　很快，许磊就接到了丁口市公安分局技术科的回电。

　　"嗯……原来是这样，我知道了……谢谢你，你给我的帮助实在是太大了，等案子破了以后我们一起痛饮庆功酒。"许磊言语之中表示着感激，在感谢之余他诙谐地引用了他们局长常挂在嘴边的那句话，看上去许磊的心情真不错！

　　"陶警官，现在我有个大胆的想法。你带上你的得力干将，我们一起赶去第二人民医院和孙副队长他们碰头，部署下一步的行动计划。"许磊面向陶警官说道。

"哦？你对这个案件胸有成竹了？"陶警官疑惑地看着他。

"嗯,应该是到了收网的时候了!"许磊将香烟头放进烟灰缸里用力摁灭,两眼放出坚毅的目光。

滨江市第二人民医院里面,众多的警察身穿便衣聚集在办公室里面。这间办公室是医院腾出来给刑警们临时办公用的。

办公室门外,两个一高一矮的身影站在走廊里面说着话。

个头不高、皮肤白皙的孙警官伸手和许磊握了一下,自我解嘲地说道:"没办法啊,许队长,我这次匆忙赶到滨江市既不算是临危救驾,也不算是赶鸭子上架。只能说我是遵命来到这里接手这个案件的,希望许队长不要有任何想法啊。"

许磊笑着摇了摇头,点上一支香烟调侃道:"我明白。你也知道我们那个局长的脾气,将命令一股脑儿发下去,只想听到好的结果,哪管什么案件的复杂程度。我今天没有赶回去到他办公室里接受再教育,也应该算是'将在外军令有所不受'吧。呵呵……"

两位丁口市的警察互相对视了一眼,转而开怀大笑起来。许磊笑得是如此爽朗开心,驱散了这些天来一直笼罩在他头上的阴霾。

随着笑声渐渐弱去,孙警官面向许磊问道:

"许队长,西木度假村这个案件,你现在有什么看法?"

"嗯,现在对这个案件我基本上搞清楚了。"许磊话语中充满了自信,他拍着孙警官的肩膀说道,"我们一起进屋去吧,我会好好地和同志们解释一下案情,是到了揭露谜底的时候了。"

孙警官面露微笑,跟随着许磊一同走进那间办公室。

七十五
许磊的推理

在滨江市第二人民医院那间特别的办公室里面,众多的警察坐在沙发、椅子上,盯着身材高大的许磊讲述着案情。那些警察当中有滨江市的陶警官、小封和小谈,还有丁口市的孙副队长和小杨。整个西木度假村专案组缺席的就一个人——他就是刚刚负伤、现在正在住院部里休养的小胡。

"大家坐好,现在就请许磊队长简短地说一下他对这个西木度假村案件的推理过程。"陶警官声音洪亮地说道。

许磊站在办公桌前,冲着陶警官笑了一笑。他先点燃了一支香烟,定了定神,然后面向众多警察,开始讲述他对整个案件的推理过程。

许磊手执香烟,慢慢地走到房间的中央,徐徐地说道:

"从接手这个案子以来,我就一直在思考这个问题,为什么秦凯会在西木度假村被杀,而且是被残杀。你们说,凶手为什么一定要对尸体进行残害?"

许磊说到这里,顿了一下,眼睛看着小杨说道:

"小杨,你还记得有一次小胡告诉我们张法医在检查尸体的时候发现了什么?"

小杨茫然地看着许磊:"小胡?什么时候?"

"呵呵,看来你都忘了啊,可我没有忘。你还记得我们俩有一天从白塔寺带回来那张白衣女子的照片这件事吧?"

"对对,有这件事,我记得。"小杨点头回答道。

"同一天,小胡从张法医那里带来了一个新发现——就是死者的下体曾经被人狠狠地踩过,导致他的睾丸破裂变形。"

小杨姑娘听到许磊的话,满脸通红地低下头去了。

许磊转过身来,面向大家,继续说道:

"凶手与死者有着什么样的深仇大恨?非要对他的性器官进行踩踏,以发泄心中的仇恨?所以当时我判断这应该是一起情杀案——凶手和死者之间是情敌关系。但是从我们日后的侦破结果来看,秦凯在单位小心谨慎,口碑甚好,情敌似乎只有周启亮一个人。同样,也只有周启亮有作案的动机,因为周启亮在大学里面曾经疯狂地爱过古丽莎。通过我们这几天的观察,发现虽然他们公司里的人对秦凯和古丽莎的恋情知之甚少,但是我还是可以肯定古丽莎就是秦凯的情人。周启亮很有可能是因为古丽莎而加害秦凯的,所以当时我就把寻找周启亮列为侦破的重点。"

"但是周启亮在一年前失踪了。真是奇怪,他会去哪儿呢?"说到这里,许磊停顿了一下,他环顾在场的警察们,接着说道,"周启亮其实在一年以前藏进位于度假村边上的白塔寺里面去了。他为什么要玩失踪躲进白塔寺?这个我还不是很清楚,需要由知情人来告诉我们事实真相。我们去过白塔寺进行调查,询问了智能方丈,得知度假村血案案发的前夕周启亮又一次神秘失踪了,之后一直没有再回白塔寺。这是怎么回事？难道是他杀了秦凯后亡命天涯去了？"

"案件在我们来到滨江市对张敏进行了再次拜访以后有了新的进展。有一天，居然从张敏家里蹿出来一个神秘男子，张敏对我们解释说那是她的秘密情人。呵呵，又是一对地下情人，但是她的解释显然不合逻辑。试想丈夫刚刚去世妻子就在家里和情人幽会，这怎么可能？另外我们又发现了那个神秘男子还尝试着与古丽莎接头。那个神秘男子经过我们辨认发现就是从张敏家里蹿出来的那个男人，那么那个男人显然不是周启亮了，因为我们都知道古丽莎对于周启亮是特别厌恶。那么这个神秘男子不是周启亮又会是谁呢？直至今日，我在高铁站忽然想起：凶手也许另有其人？我们以前假设的凶手有可能就是错误的？在今天发生了一个偶然事情——就是我在车站认错了人，这使我猛然想到了一个问题。这个疑团已经得到了我局技术科的证实，有证据证实了我的判断。这样一来，整个案件就真相大白了，许多发生的事情都得到了合理的解释，凶手也就浮出水面了。我认为，凶手就是……"

许磊将他对西木度假村案件的推理过程完完全全地讲述给大家以后，只见底下坐着的警察惊呆了。尤其是小杨听到许磊说出疑似凶手的名字的时候，她禁不住跳了起来，声音变调地叫了起来："啊？是他？怎么会是他?!"

"没错，就是他，这样我们就会对这几天侦查过程中所遇到的奇奇怪怪的事情有了个合理的解释。"许磊坚信不疑地说道。

年轻的小杨低下头，坐回沙发里。她皱着眉头，涨红了脸，想了半天，喃喃自语："太不可思议了！真是不可思议啊！"

"是有些不可思议，但是很合情理，我赞成许队长的推理。我们下一步的行动计划就是依照许队长的推理结果去抓捕凶手。"孙警官站了起来，面向大家说道。

滨江市的陶警官坐在沙发里面沉思着，他微微地皱着眉头，单手托腮在那儿思考着。过了一会儿，这个微胖的警察站起身来，"啪——啪——"鼓起掌来。

"许队长的逻辑推理真是思维缜密，有了你这个推断，最近发生在古丽莎和张敏身上的疑点都可以得到合理的解释。"陶警官停止了鼓掌，面向警察们说道。

"刚刚发生的张敏跳楼事情让我一度陷入沮丧之中，但是我后来想想，这也许对案件的早日结案有帮助呢？"许磊又点燃一支香烟，不紧不慢地说道。

"哦？许队长，张敏跳楼对我们结案还有好处啊？"陶警官好奇而兴奋地看着许磊。自从张敏跳楼以后，陶警官就一直处于内疚之中，他深深地责怪自己在询问张敏的时候不应该操之过急，要不她也不会跳楼的。跳楼事件让刑警们处于很被动的状态。现在陶警官听到许磊说有可能化不利为有利的时候，当然来了精神啦。

"是的，通过我对这个案件的分析，我认为那个神秘男子一定会来医院找张敏的，也许就在今晚。"许磊手执烟蒂在烟灰缸里使劲地摁灭掉。

"啊？那个神秘男子会到医院来？"小杨瞪大了眼睛说道。

"他一定会回来找张敏的！"坚毅的目光从许磊那老鹰般的眼睛里面射出来。

七十六

凶 手 落 网

夜幕降临，月亮好似银盘一样高高地悬挂在滨江市第二人民医院的上空，如水般的月光温柔地洒进二院住院部里。

临近午夜，住院部里一片寂静。病房走廊里面空无一人，冷冷清清。陪床的家属都已经休息了，值班室那儿只剩下一个当班护士趴在台子上打着瞌睡。

安全通道的楼梯口那儿，一个巨大的黑影缓慢地贴着墙面扭曲而来。一个男人轻轻地踩着台阶缓慢而上，他落脚是那么轻，轻得就好像踩在棉花团上一样，生怕发出一点点声响。

他找到住院部的骨科病房，来到了值班室，用手指轻轻地叩了叩桌面。当班的胖护士抬头看着眼前身材高大的男子。

"今天被送来的那个女的住在哪间病房？"男人小心地问道。

"哪个女人？"胖护士揉着眼睛问道。

"就是那个从派出所楼上摔下来的那位。"

"哦，那个跳楼的啊，她住在6号病房，沿着走廊直走就到了。"胖护士想起来了。

　　男人听到护士说到"跳楼"二字的时候,嘴角不自然地微微抽动了一下。"谢谢。"男人小声地道谢,转身看了看四周,没有发现异常情况,就往里面走去了。

　　胖护士探着脑袋狐疑地看了一下男人的背影,但还是经不住瞌睡虫的诱惑,又趴回桌上了。

　　男人一个人走在寂静的走廊里面。他一边轻手轻脚向前移动着,一边抬头看着病房的号码。

　　6号病房。还在里面啊?他停下脚步,回头看了看身后,除了那个护士依然趴在桌上,白色的灯光下没有其他人。一切正常。

　　男子继续向里走着。他来到了6号病房门口,停下了脚步。向里面看去,屋内漆黑。那位跳楼的女子经过一天的折腾,可能已经进入梦乡了。

　　希望她能做个好梦吧,男人心里想着。他用手抓住房门的圆形把手慢慢地旋转,好像经过了一千年的等待一样,房门终于缓慢地被拧开了。走廊里的灯光透过虚掩的房门照射进来,屋内呈现出半阴半阳的景象。

　　6号单人病房里面,首先映入男子眼帘的就是一张宽大的病床。病床上洁白的盖被下面有一个人背对着他侧躺着,从盖被隆起的形状来看,这是一个身体不算庞大的人。

　　这就是那个可怜的女人,那个可怜的傻女人。哦,为什么要选择跳楼这样的方式来逃避现实呢?唉,愚蠢的人啊。男人静悄悄地走进病房,反手关上了房门,他并没有打开屋内的电灯,而是摸着黑绕过病床,蹑手蹑脚地来到床头前。

　　病床上的人已经进入梦乡了,她似乎很怕从气窗射进来的廊灯灯光,将脸缩在被窝里面,只露出一头青丝温顺地躺在枕头上。

她还是那么怕光啊,哪怕就是一点点光线的影响她就睡不好觉。男人蹲下身来,用手抚弄着她的青丝,男人那细长的手指像织布的梭子一样穿过女人的秀发。"穿过你的黑发我的手……"一首老歌回荡在男人的脑海中,他像被人拨了心弦一样呆呆地蹲在那儿,眼泪止不住地顺着脸庞滑落在手中的青丝上。

就在这个时候,"啪"的一声,屋内突然一片光明,已经习惯了黑暗的男人被突如其来的白光刺得有些睁不开眼。白色的盖被一下被掀翻在地,病床上躺着的那个人顺势翻了下去,站立在床的另外一边,男人手中捧着的秀发也随之而去。

男人看着眼前站立着一个似曾相识的年轻女子,感到有些茫然,旋即,他发现在他的身边又多了两个身材高大的男子。

"不许动!你被捕了!"其中一个身材高大的男人冲着保持蹲姿的男人喊道。

"我……"蹲着的那个男人嘴里发出一声低吼,蓦地起身就要向门外冲去。站着的那个年轻女子看见他想逃跑,一个箭步拦在他的面前。那个穿着风衣的男子冲到女人面前,大手一摆,长袖一挥,推得女人站立不住,后退了好几步倒在病床上。

那个神秘男人拉开房门,正准备向外冲的时候,只听见门外传来一声"你给我进去吧",他的胸口忽然重重地挨了一脚。男人身体重心把持不住,踉踉跄跄地后退几步,倒在地上,身后的两个男人一跃而上,死死地把他压在身下,使他动弹不得。

门外走进来几个身材魁梧的男子,当中站着一位身材微胖的中年男子。"你还想逃跑?"他看了看地下那个已经被制服的男人恨恨地说道。正是他刚才踹出那重重一脚,他就是滨江市公安局刑警大队的陶警官。

压在上面的男人将底下的男人双手反剪,从腰间拿出雪亮的手铐,"咔哒"一声将他铐上了。

"小杨,你没事吧?"陶警官看着从病床上爬起来的女人问道。

"没事,这家伙力气还真不小呢。"小杨涨红着脸说道。

"让我们来揭开这个神秘人物的面纱,看看他到底长得是什么模样?"许磊和小封用手铐锁好那个神秘男子以后,将他从地上提了起来。

许磊仔细地看着眼前这个头发凌乱、相貌却很英俊的男人说道:"嗯,和照片上长得差不多。"

"我老婆呢?你们把她怎么了?"站立着的男人脸红脖子粗地发出了野兽一般的嚎叫。两个体格健壮的警察一左一右地夹住他的手,把他架在中间,使他动弹不得。

"你别急,张敏没事,不过……"许磊看着他那布满血丝的双眸,冷冷地回答道,"你有事!"

滨江市公安局的审讯室里面,灯火通明,许磊、孙警官、陶警官以及其他几位办案刑警的目光都落在坐在下面椅子上、双手被手铐牢牢铐住的男子。

那个男子垂头耷脑地坐在椅子上,汗水顺着他的脸庞不停地滑落,英俊的脸庞上浮现出满是悔恨的表情。

许磊坐在审讯桌后面干咳了两声,他点燃了一支香烟,眯着眼睛看着下面坐着的嫌疑人。

"说吧!说说你是如何杀人的?"许磊率先打破了僵局。

七十七
达摩克利斯之剑

"我想抽支烟,能不能给我一支烟?"坐在下面的男子看了一眼面前众多的警察问道。

许磊没有吭声,他从办公桌后面站了起来,缓慢地绕到桌前,从桌上的烟盒里面抽出一支香烟,走到了男子的面前。许磊弯下腰,将香烟递到男子的面前,男子抬眼看了看许磊,冲着他点了点头,表示感谢。他用双手接过香烟,叼在嘴里。"啪"的一声,许磊点燃了打火机,透过跳动的火苗静静地看着面前男子那棱角分明的脸。

男子贪婪地吸了一大口,脑袋向后靠去,从鼻孔里面冒出丝丝烟雾,袅袅地飘在他的头顶上。

达摩克利斯之剑终于落下,男人闭着眼睛,默默想着,所有的快乐和贪欲都随着这烟雾飘散了,再也回不来了。他睁开眼睛,看见手上那闪着冷光的手铐,那由表皮渗入内心的凉意使他清楚地意识到自己已经沦为阶下囚了。

"看见墙上的字了吗?'坦白从宽,抗拒从严',我想你是一个有文化、有知识的人,我们的政策就不用和你再说了吧。"许磊坐回自己的座位,声音平稳而威严地说道。

"我知道会有这么一天的。"底下那个男子沉默了半晌,从嘴里吐出一圈烟雾,开口说道,"只不过没有想到这么快就被你们抓到了。"

"说吧,交代你所做的一切。"许磊两眼炯炯有神地看着那个男子。

"是的,是我杀了他。"那个男子低头想了一会儿,终于开口承认了他就是凶手。

坐在许磊身边的陶警官和孙警官互相看了一眼,没有说一句话。从刚才还没有进审讯室之前,他们几位队长在一起开了个碰头会——这场审讯由许磊主问。

"你为什么要杀他?"许磊接着问道。

"我属于正当防卫,他想杀我。"男子为自己辩解道,但是他那平缓的语气中缺乏一种自辩者应具有的焦躁感。

"他想杀你? 你认识你所杀的人吗?"

"我根本不认识他。"男子说道。

"是吗? 你不认识他? 那你为什么要对他进行残杀?"许磊的问题就像炮弹一样一波接着一波地投了过来。

听到"残杀"这个字眼的时候,那个男人的眉头皱了一下,脸色开始变得有些难看。他看着眼前的警察,目光中露出丝丝惊恐的神情。

"说! 你为什么要残杀周启亮!"许磊忽然大喝一声。

啊? 那个死者是周启亮? 队长不会搞错了吧? 周启亮前两天还是头号嫌疑犯呢,今天怎么会变成被害人呢? 女警察小杨和几位警察面面相觑。

"什么周启亮？我根本就没听说过。"底下的那位男子随手扔掉烟头，侧身而坐，脸朝向白色的墙壁，嘴巴一撇，不吭声了。

"秦凯！我告诉你，我们已经掌握了你犯罪的所有证据，你想抵赖是不可能的。"许磊看着底下那个男子，脸色阴沉地说道。

啊？这个男子真是秦凯？虽然在滨江市二院里面许队长做推理的时候已经说出了凶手的姓名，但是在这间审讯室里再次听到这个熟悉的姓名，小杨还是感到头有点晕眩。

听到有人喊出自己的名字，坐在底下的男子开始发抖，他的眼神变得游离不定，精神有些涣散。

"阿凯——！"恍惚中他似乎听见一个女人在喊他。是妈妈的声音？他抬眼在眼前的那些警察中寻找，失望地摇了摇头。

"秦凯，你的老婆为了对你的罪行守口如瓶，宁可自己从楼上跳下，现在还躺在二院里面。你就忍心看着张敏备受折磨吗？"许磊一边说着话，一边观察着秦凯的面部表情。

果然，听到许磊的这句话，坐在底下的那个男子嘴角微微颤动，脸部肌肉不自然地抽动着。

"张敏现在有事吗？"男子神情焦急地问道。

"张敏只是摔断了腿，并没有什么大碍。不过断腿的疼痛也会折磨她一阵子的。"许磊不紧不慢地说道。

"唉——，都是我的错啊。"他双手捂着脑袋，哀叹了一下，悲伤地自责着，话语中透出一种绝望的无奈感，"没错，我就是秦凯。"

听到秦凯承认他就是西木度假村血案的凶犯，滨江市公安局的记录员手下的记录笔疾走如飞。他一字一句地记录着秦凯的供词，从这些供词中，人们可以对西木度假村案件有一个详细完整的了解。

"我现在已经成为你们的阶下囚了,插翅难飞,我会把这件事情原原本本地告诉你们,请再给我一支烟。"秦凯看着许磊要求道。

许磊看着眼前的秦凯,听到他说"插翅难飞"的时候,心底不由地升起一团无名火,就是因为追捕这个该死的杀人犯,他手下的爱将小胡现在躺在二院骨科住院部呢。

秦凯身体歪坐在椅子上,他从嘴里吐出一口烟雾,斜眼看着警察,慢悠悠地说道:

"我想你们能够抓到我,肯定也是做了不少功课的,对于我和我爱人的事情了解得也不少吧,要不你们也不会追到我家里去了。"

前两天那个从张敏家冲出来的神秘男子原来就是秦凯啊。难怪我们登门拜访的时候,张敏会显得那么古怪呢。原来张敏是为秦凯打掩护呢,这样就根本不存在什么张敏的情人了。小封坐在许磊的后面暗自思忖着。

"谢谢你的夸奖,我们的确做了不少工作,不仅仅掌握了你和你爱人的事情,而且也知道了你和古丽莎那不同寻常的关系。"许磊眯着眼睛冷冷地说着话。

"莎莎?你们对她怎么了?"

"呵呵,我们并没有把她怎么样啊,我们只是从她的嘴里知道了我们应该知道的一切。"许磊冷笑着说道。

"好了,我所有的秘密你们都清楚了。"秦凯垂下了脑袋,低声说道,"既然我已经落到你们的手里,你们现在能够做的就是把屁股坐稳当,听我将故事的全貌说给你们听吧。"

椅子上的秦凯似乎已经彻底放松了,他已经摒弃身上所有的恐惧和顾虑,准备将事情的真相完完整整地说出来。

七十八

时光倒流一年

一年前的一个初夏,那是一个阳光明媚的日子,阳光温暖地撒在西木度假村的山路上。山路上走来了一对卿卿我我的情侣,男的相貌英俊,仪表堂堂,而女的身材高挑且女人味十足。两个人一路走来,窃窃私语。男人用强有力的大手搂住女人的杨柳腰,女人则小鸟依人般靠在男人的身上。他们缓慢地向着山顶上的独栋别墅走去。

他们来到了山顶的一栋别墅面前,推开院门,男人潇洒地用房卡打开了别墅的大门,弯下腰做了一个夸张的请安动作:"公主,里面请。"美丽的女孩笑吟吟地大步迈进屋内。

"好漂亮哦!"女孩发出了惊叹。

"当然了,这可是西木度假村最好的别墅——48号,亲爱的。"男的深情款款地望着女孩的眼睛,柔声说道。

女孩柔情回眸,千娇百媚。她顺势倒在男人的怀里撒着娇,两人紧紧地拥抱在一起。

两人温存了一会儿,女孩起身去了浴室冲凉。她嘴里哼着小曲,大大方方地从男人面前经过,留下幽兰的香味。这个时候,地板一侧的男式长裤中响起了手机音乐铃声,那是一首很好听的流行歌曲《爱你不是两三天》,男人特地作为铃声的。男人光着健硕的身体,走到裤子前,从里面掏出手机一看,脸色立刻阴沉了下来。他慌乱地穿好衣裤,推开木屋的大门,走到院中,接听电话。

"嗯,是我。对,我在外面。今天出差在外地,不能回来了……不是和你说过了吗?这次出差很突然,科室里的人都不知道……没办法,我必须赶过来。好了,别生气了,过两天我就回来了……我也不想出差啊,没办法啊……"男人挂断了手机,长吁了一口气。他从上衣口袋里掏出皱巴巴的烟盒,取出一支香烟点燃。

男人吸着香烟,在屋外溜达。外面光线刺眼,男人待在屋旁的树荫里面,围着这座欧式造型的建筑观赏起来。

浴室里面,女孩通体舒畅地冲着凉。她将香气扑鼻的沐浴乳均匀地抹在身上,沐浴乳抹在她那光滑的脊背上显得油光闪闪。"爱你不是两三天……"女孩的歌声愉快又幸福。突然,伴随着一声尖叫,她本能地两手护在胸前。浴室里的歌声戛然而止,女孩从窗中看见了一个酷似刘德华的男人正站在窗外笑眯眯地看着她。

"是你啊!吓我一跳。"女孩娇嗔道。

"不能怪我呀,你洗澡也不把窗户关紧。"男人嬉皮笑脸道。

"天气这么热,再说山顶上也没什么人啊。"女孩一边在莲蓬头下沐浴,一边笑着说:"谁像你这么坏,偷看女生洗澡。"

窗外的男人摇头笑了笑,扔掉烟蒂,顺手帮女孩关上了浴室的窗户,转身从树丛中绕了出去。

"那一次我们去西木度假村游玩,感觉特别幸福,我们更像是度了一次蜜月旅行。"审讯室里面,秦凯手戴手铐坐在椅子上,满脸陶醉地说着他的故事。许磊侧脸瞅瞅身旁的警察,他们都面无表情。

"请不要说与本案无关的内容,我们对你的私生活不感兴趣。"许磊冲着秦凯说道。

"但是有一天,莎莎突然有了一丝反常。"秦凯似乎根本没有理会许磊的话,继续自言自语。

秦凯靠在椅子上,目光看着审讯室的白墙,那一幕幕的影像似乎在白墙上面放映出来……

西木度假村内的小道上,女孩急急忙忙地跑在前面,一头秀丽的长发在风中飞舞着,秀发舞动的后面是一个英俊男人在追着。他们一前一后跑回了48号独栋别墅。

"莎莎,你怎么了? 刚才我们还在风情园玩得开开心心的,你怎么突然掉头就跑了啊?"男人抱着女孩奇怪地问道。

女孩背对着男人,默不作声。

"到底怎么了? 莎莎,你看着我啊。"男人将女孩的身体扭转过来。天啦,她那美丽的脸庞上竟然满是泪水。哦,看那迷离而充满泪水的眼睛啊,男人的内心一片潮湿。

"到底出了什么事啦? 快说啊。"男人吓坏了,他轻轻地捧起女孩那泪水涟涟的脸追问道。

"别问了好吗? 阿凯,你只要知道我是爱着你的,只爱你一个人就行了。"女孩猛地将脸埋在男人那宽大的胸膛上,不停地抽泣起来,柔弱的肩膀不停地抖动着。

"不管我怎么问她,她都没有告诉我。"审讯室里,秦凯不停地摇着脑袋,"我原来以为莎莎是对我们的前景看不到希望而绝望地哭了。希望,绝望,呵呵,人生到底有多少个希望和绝望呢?"

　　许磊从烟盒里面抽出一支香烟点燃,坐在审讯桌后居高临下地看着秦凯。

　　"后来,我才知道这到底是怎么一回事,莎莎为什么会那样的痛苦不堪!"秦凯的嗓门越来越大,神情也越来越激动,他双手在空中无力地挥舞着,"我一定要为我的女神报仇!"

　　秦凯两眼渐渐地露出了凶光,一扫刚才文弱颓废的样子。到底是什么样的事情会让这个文质彬彬的男人如此疯狂?

七十九
那　一　夜（1）

　　一间独栋别墅的地下室里面，昏黄的吊灯灯光下，一个男人双手被绳索反绑着躺在地板上。一个瘦高个兴奋地在他的身边转着圈踱来踱去。他嘴里嘀嘀咕咕，不时地蹲下身来看看地板上的男人是否已经苏醒。

　　眼前依稀有了一丝光亮，模模糊糊的，看不真切，一种强烈的炸裂感在大脑里蔓延开来，秦凯躺在地板上，努力地睁开双眼，渐渐地看清楚了眼前的景象。他发现偌大的房间里，在昏黄的灯光下，站立着一个年轻男子。这个男子身穿黄色粗布僧服，头戴着一顶圆顶棉帽，脚穿着僧侣布鞋，站在灯光下。逆光下那个人的容貌看不真切，脸部只是黑乎乎一团。秦凯试图爬起来，但是没能成功——他的两手已经被紧紧地捆绑了。

　　"你醒了啊？"那个年轻的男子看到秦凯已经苏醒，从远处居高临下地走到秦凯的身边。他蹲下身体，目的是想让秦凯能够近距离地看清楚他那得意的脸。

　　"是你？你为什么要偷袭我？"秦凯已经认出眼前这个瘦高个

就是白天在白塔寺看见的那个小僧。可是他不明白这个奇怪的僧
人为什么要在歪脖树林里面偷袭他,他与这个小僧仅仅见过一面
而已啊。

"你说呢?呵呵……"小僧带着诡异的笑容反问着秦凯。

看着小僧那因为兴奋而扭曲的脸渐渐凑近,秦凯心里不由地
害怕起来,他两腿用力蹬着地面,屁股摩擦着地板向后滑去。

"你害怕了?你也会害怕?"瘦高个狞笑着逼向秦凯,"你在地
板上和古丽莎亲热的时候我也没看见你害怕嘛。"

"莎莎?你怎么知道莎莎?你到底是谁?"秦凯内心一阵绞痛,
一种无名的恐惧感袭来,他压根没有想到眼前这个神秘的小僧居
然知道他和古丽莎的私情!

"呵呵,我老实告诉你吧,我根本就不是什么白塔寺的净空,我
叫作周启亮。周启亮!你听说过吧?"那个瘦高个凑近秦凯的脸
说着。

秦凯被周启亮逼到了墙角,他双手被紧紧地反捆在身后,背贴
着墙,眼露恐惧地看着眼前这个忘乎所以的自大狂。

"周启亮,古丽莎应该跟你提过吧?"周启亮又一次大声地问着
秦凯。

秦凯摇着头,茫然地看着周启亮的脸。

周启亮那疯狂的眼神中闪过一丝失望的神情。他站起身来,
脸对向天花板,双手挥舞着,大声地叫喊着:

"她居然没有跟你提起我?"

"咚——咚——咚——"癫疯的周启亮忽然跳起来,再落下来,
双脚狠狠地踩向地板,发出巨大的声响。

"你冷静点,净空。"秦凯看着眼前这个疯子,想让他冷静下来。

"去你的！我和你说过多少遍了？我不是什么净空！我是周启亮！"周启亮愤怒地摘下头上的棉帽向秦凯狠狠地掷过去。

脱去棉帽的周启亮那长满密密短发的脑袋在灯光下显得格外刺眼。吊灯在周启亮刚才大幅度的动作带动下晃来晃去。在那快速移动的光影中，周启亮的脸庞忽明忽灭，阴阳难辨。一种深深的邪恶感在这间地下室里慢慢升起。

瘦高个周启亮依然骄傲地站在秦凯的面前，秦凯被动地抬头望着他。

"我看见你和古丽莎在一起苟合了，怎么样？"周启亮淫笑着。

"你不要胡扯！你什么时候看见了？"秦凯的声音显得虚弱，没有底气。他的内心里面就像打翻了五味瓶一样，一种说不出的滋味漫上心头。

"哈哈，若想人不知，除非己莫为。你和古丽莎在滨江市的出租屋里过露水夫妻的日子你想不起来了？去年你和古丽莎在西木度假村度过神仙般的逍遥时光你这么快就忘了？"

"你一直在跟踪我们？"秦凯叫了起来。

"是的，我周启亮明人不做暗事，我就是跟踪你们了！怎么样？我在滨江市跟踪你们，你能拿我怎么样？我在西木度假村跟踪你们，你们又能拿我怎么样？我就是跟踪你们了。可惜去年你们在西木度假村的时候我被古丽莎发现了，这让我的复仇计划推迟了一年，你这傻瓜还一点没发觉吧！"周启亮恶狠狠地说道。

原来去年我们在西木度假村的时候，莎莎是因为发现了度假村里面的周启亮而感到害怕、哭泣，难怪她不肯告诉我呢。那么到底莎莎为什么如此害怕这个疯子呢？秦凯心里暗想着。

周启亮又挪了两步，更加靠近秦凯的身体，说出让秦凯绝望的话语：

"我还告诉你一件事，就是你那个心目中的女神——古——丽——莎——已——经——属——于——我——了。听——见——了——吗？"周启亮故意一字一顿地说给秦凯听，他妄图用这种方式来羞辱眼前这个没有还手之力的猎物。

"她在学校里面戏耍了我整整四年，最后还把我弄进大牢里去了。"周启亮咆哮道，"你知道吗？那种天天被人瞧不起的日子是多么难熬啊！派出所的人有事没事就往我家里跑，周围邻居像避瘟神一样避着我。我不就是爱上了一个漂亮女人吗？我怎么就成了一个十恶不赦的罪人？"

"你懂得什么叫爱吗？你配吗？"秦凯渐渐放下身上的恐惧感，取而代之的是强烈的愤怒感。

"嘻嘻，我是不知道什么叫爱，就你知道。你是个有老婆的人，我俩比一比，到底谁不配？"周启亮狞笑着，反讽秦凯。

"我是真心爱着莎莎的。"秦凯伸着脖子绝望地喊叫着。他双手被反绑在身后，纵然有浑身的力气也无法使出半分。

"我——周启亮不懂什么叫爱，我承认，但是我已经狠狠地教训过她了。哈哈哈，怎么样？你心里难过吧？"周启亮发现地板上坐着的秦凯眼角流下了两行热泪，晶莹的泪珠在灯光下闪烁着光芒。

"这件事情你的女神没有告诉你吧？没关系，我来告诉你也行啊。呵呵！"周启亮邪恶地笑道。

八十
那 一 夜 (2)

　　秦凯坐在地板上。周启亮对他百般侮辱。刚才苏醒过来的时候,秦凯对于这个陌生的地下室和瘦高个还感到恐惧害怕,但是当听到周启亮说出曾经凌辱过古丽莎的时候,他已经渐渐地放下恐惧和惊慌,他的脑中想的就是要狠狠教训一下这个不知廉耻的疯子。

　　秦凯的双手虽然被反捆在身后,但还是能有一点点活动余地的。他小心翼翼地向两旁触摸着,试图摸到有用的东西。秦凯眼睛盯着周启亮,心里想着:绝对不能让这个疯子发现我的意图,他现在越是癫狂,越是对我不设防备,我得抓紧时间想办法脱离困境。

　　嗯?这是什么?当秦凯反绑着的双手触摸到一个冷冰冰的硬物的时候,他心中产生了一丝希望。就像在漆黑的寒夜里,一堆燃烧的篝火会给孤独的旅客带来温暖和光明一样。是一个铁锹?秦凯的手指摸出了硬物的形状。太好了,就指望它了。秦凯不动声色地将双手靠近铁锹,动作轻微地在铁锹锋刃处磨着绳索。

昏黄的灯光下,周启亮得意忘形地看着秦凯。

"哈哈哈……"突然,周启亮仰脸发出一阵狂笑。他张开双手向上,"老天终于让我等到这一天了,哈哈哈……"

"'真是踏破铁鞋无觅处,得来全不费工夫',当你白天去白塔寺的时候,我一眼就认出你了,可你还道貌岸然地来到寺庙为你的老婆烧香拜佛。你这个伪君子!"周启亮面向秦凯说着话。

"于是你就跟踪我了?"秦凯坐在地上问着。他背着手继续暗暗磨着绳索。

"从白塔寺的后门有一条小道,能够很快地来到西木度假村,就是路难走了一些。不过,没关系,我不在意,为了能够追踪到你们的一举一动,我不在乎辛苦点。"

"一举一动? 这么说,你在我住的48号别墅附近也出现过?"秦凯心里一颤,他想起张敏曾经在浴室里受过惊吓。

"嘻嘻,我当然出现在你住所的附近了!"周启亮喉部动了一下,笑道。

秦凯心里恶狠狠地咒骂着。其实他不知道周启亮这么说是故意刺激他,羞辱他,让他的尊严在这么一个夜黑风高的时刻完全地丧失。

秦凯脸色铁青,热血沿着全身的经脉奔腾着。他的脖子青筋毕露,脸涨得通红,但是言语上没有去激怒周启亮。他一方面尽量说些话来分散疯子的注意力,另一方面赶紧磨断绳索好逃出这个令人恐惧的地方。

"有一个问题我想问你,今晚你是怎么把我骗到歪脖树那儿的?"秦凯问出这个问题以后,忽然感到不安。莎莎呢? 我是接到莎莎的手机短信才去赴约的,难道莎莎已经被这个疯子……想到这里,秦凯心里一急,说话的声调变得尖声尖气起来,听起来颇像女人的声音:"你把古丽莎怎么了?"

"想英雄救美啊? 你这个懦夫!"周启亮向秦凯啐了一口吐沫,"你现在是泥菩萨过河——自身难保了。还想着她?"

秦凯脸一撇,坐在墙角默不作声。

看着秦凯坐在墙边不吭声,周启亮似乎平静了一些,他背着手开始在房间里踱起步子来。

"古丽莎没事。"周启亮突然停下脚步,面向秦凯,眼睛射出凶光,"我正是用她的手机约你出来的,本以为你不会来了呢,想不到你还是跑出来了。"

"你没对莎莎做什么吧?"秦凯双手背在后面问道。

"哈哈哈……"周启亮爆发出一阵狂笑。

"我没有对她怎么样。哈哈,是的,我现在没有对她怎么样,不过,等我解决了你以后,我就会对她怎么样了。"周启亮眼露凶光地狞笑着。

"你想对我怎么样?"秦凯的声音渐渐颤抖起来。

"为什么今晚我会对你说出那么多的事情? 因为从今天开始,你这个伪君子会彻底地消失在我和古丽莎之间了。呵呵呵……"周启亮慢慢地走到门边,操起靠在墙角的一根粗木棒,来到秦凯的面前。

"你说我用这根木棒砸在你的脑袋上,你会是个什么样的感觉?"周启亮眼神迷离地说着。

秦凯坐在地板上蜷缩着身体,全身颤抖着,两眼死死地盯着周启亮。

周启亮双手慢慢地举起那根粗木棒,当他把木棒举过头顶,准备砸向秦凯的时候,突然,一直坐在地板上的男子从地上弹了起来,猛地一头撞向周启亮的脑袋。

周启亮冷不防挨了秦凯这么一撞,"噔噔噔"向后退了好几步。周启亮感到眼冒金星,脑门剧痛,手里的木棒也滚落到一边。秦凯乘机赶紧挣脱已经被磨断的绳索,拔腿就往地下室的大门跑去。

"咚"的一声巨响,还没等秦凯跑到门口的时候,一根木棒就向他飞了过来,擦着他的脑袋砸在门上面。

秦凯扭过头来,只见那个瘦高个手里又抄起了个断把的铁锹,正向他慢慢逼近。

周启亮手执铁锹向秦凯的脑袋削过来。秦凯见势不妙,赶紧脖子一缩,身体向旁边一跳,铁锹带着风声从他的头顶挥过。

秦凯躲过了这致命的一击,浑身已经惊出了一身冷汗。他抬眼看着面前那个人,那个人依然不依不饶地瞪红了眼珠子,手执断把铁锹向他步步逼近。

我该怎么办?这个疯子一心想置我于死地啊。这个时候,秦凯已经清楚地认识到周启亮今晚不是只想教训他一下那么简单。从周启亮那浑身散发出来的杀气来看,他找秦凯是专门来索命的!

秦凯已经退无可退,他决定不逃了,而是站稳脚跟,眼睛紧紧地盯着周启亮。

八十一

人性的另一面

秦凯渐渐冷静了下来。面对发了狂的周启亮,他稳稳地站在屋中央,两眼紧紧地盯着那张变形扭曲的脸。

"啊——"周启亮突然大喊着跳了起来,手中的铁锹再一次挥向秦凯。这一次,已经下定决心要和他血拼到底的秦凯没有慌张地逃开,而是站在原地敏捷地一侧身,躲过了铁锹的袭击,然后看准周启亮的脸挥出重重一拳,"呼"的一声,秦凯的重拳狠狠地砸在疯子的鼻子上。昏黄的灯光下,一股热血从黑影的面部喷射出来。

"啊!"周启亮猛地挨了秦凯一记反击,疼得扔掉了断把铁锹,双手捂住了鼻子。他怎么也没有想到眼前这个刚才还是一副失败相的男人竟然爆发出惊人的力量。

当周启亮捂着鲜血淋漓的鼻子的时候,秦凯又飞起一脚,狠狠地踢在他的胸口。那个瘦高个禁不住秦凯突然迸发出来的冲劲,"砰"的一声巨响,身体就像挨了炮弹一样轰然倒地,疼得在地板上直打滚。

秦凯阴沉着脸,慢慢地弯下腰,捡起那把断把铁锹,径直向躺在地上的周启亮走去。秦凯那布满血丝的眼睛里面一片通红,隐隐闪烁着令人胆寒的光芒。

"哈哈哈……你想干什么?你这个伪君子!懦夫!"周启亮忍住剧痛,躺在地上冲着秦凯狂笑道。

秦凯面无表情地走到周启亮的面前,用一种好奇的眼神瞅着他。地板上的周启亮似乎狂热渐消,有气无力地躺在那儿,丝毫没有抵抗的意图。

"杀了我吧!你这个懦夫!胆小鬼!快点,杀了我吧!"周启亮向着秦凯伸出双手,敞开了怀抱,似乎他异常渴望秦凯快点带着他去遥远的天际。

一丝冰冷的寒光闪过秦凯那阴郁的眼眸,瘫坐在地板上的周启亮那灰暗的瞳孔里闪过一道白光,犹如一道闪电划破黑沉沉的天空。秦凯挥起断把铁锹,朝着周启亮的脑袋劈去……

"咔嚓"一声,周启亮立刻就停止了挣扎,一动不动地躺在地面上。但是诡异的是周启亮的脸上竟然残存着笑容。

秦凯站立着,狭长的背影映在白色的墙壁上。秦凯扔掉铁锹,无力地瘫在地上。

空气已经彻底地在这间昏暗的地下室里凝固了,时间也似乎无力继续转动,秦凯浑身在哆嗦。他瘫坐在一旁,看着已经一动不动的周启亮,一种巨大的恐惧感包围了他。

怎么办?我杀人了!怎么办?这个时候的秦凯已经渐渐恢复了理智。他站起身来,慌慌张张地在地下室里踱着步子。

自首?不可能,这样等于束手就擒。逃跑吧,还是逃之夭夭比较好。秦凯转身就向大门走去。他摇摇晃晃地走到地下室大门的时候,突然想起了一个问题。如果我就这么跑掉了,警察肯定会知道是我杀了他,怎么办? 秦凯苦恼地又转回房间中央。

有了! 秦凯的脑中浮现出一个大胆的计划。他看着地板上瘦长的身躯,忽然想起了一个调包计,由周启亮冒充自己,让大家都以为死者是秦凯,这样秦凯的失踪就顺理成章了。

秦凯穿上周启亮的僧服,开始慢慢地为他换上自己的衣服。秦凯眼神专注地做着手上的事情,就像是殡仪馆的化妆师一样,动作轻柔地为周启亮舒展着四肢穿好衣裤。

他站起身来,四处张望着,忽然发现墙角边有两个黑色的塑料袋,可能是施工工人提着盒饭带来的吧。他拎着塑料袋小心翼翼地包裹好周启亮的头部,打上结。

他拿起那个断把铁锹沉思着,又去找碎布擦拭上面的指纹。他用碎布包着铁锹把柄来到周启亮身旁,好让死者的指纹留在上面。

做完这一切,秦凯站起身来,舒展了一下身体,突然他神经质般地笑了起来。铁锹断把上留着死者的指纹有什么意义呢? 警察们绝对不会相信是他自己杀了自己啊,唉,既然做了就由它去吧,也好留给警察们一点悬念和侦查难度。秦凯心里想着,嘴角露出诡异的微笑。

秦凯拖着周启亮慢慢地移出那件阴森恐怖的地下室。当他费了九牛二虎之力将尸体弄到别墅大门口的时候,他实在是有点吃不消了。刚才和周启亮厮打格斗耗尽了他的体力。他歪靠在门边,从口袋里掏出香烟,看着屋外那黑暗阴沉的天空。他在脑中飞快地思考着还有没有疏忽遗漏的细节。

地板上的血迹怎么办? 他开始慌张起来,如果血迹被人发现,那么警察就会知道这间地下室是第一案发现场啊。秦凯以前从书本上、影视剧中获取过这方面的知识,通常警察破案都需要第一现场的证据。

怎么办？秦凯扔掉烟头,赶紧跑到屋外,借着微弱的月光寻找有用的物品。忽然他看见远处堆着一些黄沙和已经开了封的水泥袋。太好了！真是天助我也！秦凯拿着小桶,装满了水泥,再掺进自来水,用枯树枝使劲搅拌着。一切准备就绪,他拎着小桶又走进那间地下室……

秦凯掩饰好现场以后,又来到别墅的门口。这一次他的脑袋上面多了一顶圆顶棉帽——那原本是戴在周启亮脑袋上面的。秦凯弯下腰,艰难地背起沉重的尸体,步履蹒跚地走进黑暗中……

八十二

解　惑

　　滨江市公安局审讯室里，秦凯双手戴着锃亮的手铐侧身坐在椅子上。他那平静的目光一直盯着审讯室里白色的墙壁，语调舒缓地说着他的故事。而坐在他对面的警察们一个个听得汗毛直竖，心惊胆战。小杨更是觉得浑身发冷，一股寒意顺着脚部升至心底。

　　"咳！咳！咳！"许磊忽然感到嗓子眼那儿一阵酥痒，忍不住咳嗽起来。

　　小杨从侧面递来水杯，许磊接过来喝了一口，平息了一会儿，接着问道："于是你就背起尸体穿过小树林来到悬崖边？"

　　听到许磊的问话，一直盯着白墙的秦凯慢慢地转过身来，歪着脑袋，迷惑地看着许磊反问道：

　　"那个晚上你也在场吗？"

　　许磊冷笑着。

　　"我背着他走了一段路，又黑又冷，我在树林里面跌跌撞撞地摸着黑向前走，我的脸都被枝叶划破了。后来，我实在是背不动这个家伙了,只好把他放下来,拖着走。我费了九牛二虎之力,终于穿过那片该死的树林,来到了悬崖边上。

"我站在悬崖边上,望着底下黑漆漆的一片,什么也看不见。冥冥中,我似乎听见有声音从谷底向我呼唤,山里的冷风吹拂着我的脸,我感到脸上有种火辣辣的疼痛,但是我的脑子比任何时刻都要清醒。我弯下腰,费力地把尸体拖到悬崖边缘,小心翼翼地揭开他脑袋上面包裹的塑料袋,其实塑料袋在拖拽过程中已经破损了,上面有几个窟窿眼。我蹲下身体,用双手……"

秦凯说到这里,举起被手铐铐在一起的手,大声地喊道:"我就是用这双手将那个家伙推下去的!"

"我们在现场除了发现水泥印迹下面隐藏的血迹,还找到了印有指纹的断把铁锹,但是铁锹尖刃上并没有发现血迹。是不是被你处理掉了?"许磊不解地问道。

"哈哈,当然是被我处理掉了。但是我算对你们不错的,还留下那个指纹方便你们去侦查。"秦凯颇有点得意。

"你那是想混淆视听!指纹是死者的。"许磊悻悻地说道。

"我杀了人,一直在潜逃。每天夜里都睡不好觉,一闭上眼,那个人就会出现在我的脑海中。他似乎在嘲笑我,一直在冲我笑,不停地笑。我害怕极了,这会让我精神错乱的。所以我在想,只要你们抓住我,我就将整件事情原原本本告诉你们。我不想再这样担惊受怕下去,苟延残喘在精神错乱的边缘。"秦凯喃喃地说着话。

"你抛尸之后就沿着下山小路跑下去了?"许磊问道。

"嗯,我是想直接逃走的,但是我穿着那个僧人的衣服,这个家伙身上居然没有一分钱。"秦凯说道,"我偷偷地溜回48号独栋别墅里面,洗了洗手和脸,然后从我的旅行包里拿出备用的两千块钱,飞快地下山去了。要知道,经过一夜的折腾,那个时候已经不早了。"

"你偷偷回去张敏知道吗?"许磊冷冷地看着秦凯问道。

"她起初并没有发觉,我洗脸和拿钱的时候动作很小,但是不知道为什么她还是醒了过来。我在客厅蹑手蹑脚的时候,她在里面卧室喊了我一声,我随口"嗯"了一下。等了半天她也没有回音,有可能在说梦话吧,于是我就打开大门,溜下山去了。"秦凯回忆着案发后的事情。

难怪张敏在最初接受刑警们询问的时候曾经说过她在案发当夜听见有人在客厅里面走动的声音呢,我们还一直以为那是她神经错乱时的胡言乱语呢。不应该啊,我应该从一开始就该怀疑到秦凯没有死啊。许磊自责着。

"下山的时候,你差点被一辆小货车撞到了吧,秦凯?"许磊看着秦凯说道。

"咦? 你是怎么知道的? 我逃下山的时候慌慌张张的,当那辆汽车大灯照射过来的时候,我赶紧慌不择路地跑到一块岩石后面躲了起来。"秦凯觉得眼前这个硬朗的警察有些神奇,"警察同志,我已经说了这么多,嘴都干了。到现在我始终不明白你们是怎么查到我身上的啊。那个晚上,我现场伪造得天衣无缝,你们怎么还能认定我没死?"

这个时候,许磊嘴角抽了一下,露出一丝浅浅的微笑。他离开审讯桌,走到秦凯面前,弯下腰来,从地上捡起一枚烟头。

"这是你刚刚抽完丢弃在地上的烟头,而我在第一案发现场——也就是那幢没有完工的别墅门口也捡到了一个烟头。我问你,你是不是喜欢抽一个牌子的香烟。"许磊看着秦凯的眼睛问道。

"嗯。"秦凯被许磊那犀利的目光刺得低下脑袋。

"就是那个牌子的香烟烟头,暴露了你当时出现在案发现场。我们通过采集你残留在烟头里的唾液DNA,知道烟头不是属于死者的,而应该是属于凶手的。现在我们只要取出你身上的DNA样本,比对一下,就知道我的推理是事实了。"

"你的推理?"秦凯不解地看着眼前这位身材高大的警察。

"我们既有合理的推理,也有如山般的铁证,你是逃脱不了法律制裁的。不过有一点可以告诉你,案发当晚,我们并不在场,没有看见你在做什么。但是你要记住一句老话:'若想人不知,除非己莫为。'"许磊盯着秦凯的眼睛,意味深长地说道。

两个壮如铁塔般的年轻警察一左一右地将秦凯夹在中间押了下去。当秦凯被押出审讯室的时候,众多警察长吁了一口气,高度紧张的神经终于得到了缓解。

"真是没有想到啊,西木度假村的凶手居然是我们一直认定的死者。"陶警官抬起他那胖手在额上抹了一把汗说道。

许磊面带微笑地看了他一眼,没有吭声。他转而把目光投向了审讯室里面的白墙——就是刚才秦凯陈述案情时一直盯着的那面白墙。

八十三
回　家　了

　　街边两旁的长臂灯发出耀眼的灯光。一路灯火辉煌,延伸到远处。眼前的街灯静静伫立在路边,一盏盏、一列列,发出犹如明珠一般的璀璨光芒。远处灯光汇集、流光溢彩,渐渐融化为一片金黄色,黄里透红,连成一条长长的光带,远远看去,就像一条火龙横卧在大地上,正燃烧出熊熊火焰。

　　夜色沉沉,高高悬挂在天边的月亮,发出了冷冷的光。月色之下,而滨江市公安局的大楼依然灯火通明。

　　众多警察鱼贯地走进了会议室,走在队伍最后的是许磊和陶警官。他们一边慢慢地走进会议室,一边小声交谈着。

　　“好了,同志们,安静一会儿,听我说两句话。”陶警官站在会议桌的前面,挥着大手让大家静下来。前两天警察们还围在这张桌前分析着案情,听着许磊发表对于案件的推理。现在好了,西木度假村的真凶已经被缉拿归案了,大家可以轻松地坐在会议室里了。

　　“这些天来,大家为了捉拿凶手没日没夜地蹲点和辛苦地取证,辛苦了! 明天大家可以放一天假,好好休息一下。"陶警官微笑着说道。

"就一天啊? 队长,是不是太少了啊?"小封开着玩笑嚷道。

"呵呵,先放一天假休息调整一下。后面的事情我还需要向局长汇报呢,能不能放个大假需要局长批示才行啊。"陶警官笑着对小封说道。

许磊坐在一旁静静地看着陶警官,一脸疲惫。已经有几天没能好好梳理一下了,许磊那日渐消瘦的下巴上面爬满了密密的胡须。他摸着下巴,若有所思地想着问题。

"过两天我来请大家吃饭,许队长、孙队长你们一定要赏光啊。"陶警官冲着众人大手一挥,面向许磊说道。

许磊向陶警官笑了笑,没有说话。

"一定一定。"孙队长回答得很干脆。

不知道是谁带的头,底下响起了热烈的掌声,看来年轻人非常赞同他们队长的建议。时间已经过了午夜,警察们拖着疲惫的身躯走出会议室。大家打着哈欠,伸着懒腰,相互道别。

"许队长,你们也早点休息吧。小胡现在在医院里养伤,他的腿很快就会好起来的。"陶警官面向丁口市的警察说着话。

"谢谢陶队长的关心啊。这件案子已经水落石出,凶手也已经落网了,我们四个人也要回丁口市了。要知道我这可是违背了我们局长的命令,私自留下来协同破案的呢。"许磊微笑着看了看身边的孙副队长。

"呵呵,许队长啊,这件案子要是没有你缜密的推理,我们哪能这么快就破案了呢。"身材不高的孙副队长拍着许磊的肩膀笑着说道。

　　"能够破案也不是我一个人的功劳,那是两市的刑警协同合作的结果。与陶警官和他的手下大力支持与配合是分不开的啊。"许磊谦虚地说道。

　　"哈哈……好,现在也不早了,我们这些客气话还是留到喝庆功酒的时候说吧。"陶警官爽朗地笑着和丁口市的警察告别。

　　当许磊、孙副队长还有女警察小杨三个人走出公安大楼的时候,许磊看了看腕上的手表。"不早了嘛,已经快凌晨一点了,我们也该回宾馆休息了。"许磊惊讶地说道。

　　"许队长,明天一早我们就赶回丁口市,去局里汇报情况。我已经在电话里向局长汇报了案件结果,局长非常高兴。"孙副队长看着许磊说道。

　　"嗯。"许磊微微地点了点头,没有吭声。女警小杨则站在他的身边,两眼紧紧地盯着他。

　　三个人沿着街边的人行道慢慢地向着下榻的宾馆走去。

　　街景好美啊,许磊暗自赞叹道。他侧目看了一眼身边的小杨,发现姑娘的脸上愁云密布。

　　"怎么了,小杨?"许磊轻声地问着姑娘。

　　"队长,明天就我们三个人回丁口市吗? 那小胡呢? 他还躺在滨江二院呢,他怎么办呀?"一想到小胡,姑娘就急得泪水直在眼眶里打转。

　　"呵呵,我当是怎么回事呢,原来是这样啊。你放心吧,明天丁口市人民医院会派一部救护车过来,把小胡接回家去。"许磊微笑着说道。

　　"真的啊? 那我们明天可以一起回家了。"姑娘破涕为笑,一片红晕飘上了她的脸颊,愁云一扫而空。

是啊,回家,在外面一连好几天了。西木度假村血案已经告破,我们也应该回家了。许磊听了姑娘的话,心里颇有点感触。

翌日,一辆白色的救护车行驶在连接滨江市和丁口市的高速公路上。救护车驾驶室车门上有"丁口市人民医院"字样。

车厢内,小胡躺在简易移动病床上,胳膊上吊着盐水瓶。小杨紧紧挨在小胡身边坐着,她那修长的玉指轻轻地在小胡的伤腿那儿摩挲着,柔情问候道:"疼吗?"

"呵呵,早就不疼了。"小胡勉强撑起身体,靠在车厢壁上问着许磊,"许队长,秦凯真是凶手啊?你是怎么猜到他是凶手的?"

许磊看见小胡起身,赶紧从车厢那头过来,扶起小胡,笑着对他说:"这个不是猜的,这是需要推理的。"

"那你是怎么推理的呢?"小胡歪着脑袋看着许磊问道。

"嗯,那你坐好,我慢慢地和你说吧。估计等我说完了,我们就到丁口市了。"许磊幽默地回答着。

"小胡,你还是好好休息吧。队长,你让小胡躺下休息吧,他的伤还没有好呢。"小杨不答应了,她扶着小胡的肩膀坚持让他躺下休息。

"好好,等小胡伤好了,我再慢慢地和他说。"许磊笑着帮助姑娘放倒了小胡的身体,让小胡重新回到床上休息。

"唉——"小胡深情地看了一眼姑娘,叹了口气不吭声了。

高速公路上,白色的救护车风驰电掣般地驶向丁口市。

八十四

愤怒、嫉妒、羡慕

　　三个月后的一天下午,街边树木的枝头已经长出了许多嫩芽,春天已经来临。湖边倒垂的杨柳在平静的水面上边立着,偶尔有顽皮的孩子向湖里扔进石子,激起一片涟漪。湖水的波纹一圈圈地向外散去。

　　湖边走过来三个人。一个身材高大的男人走在前面,一个年轻的男子手拄双拐慢慢地落在后面,身边有着一位漂亮的姑娘不时地搀扶着他。

　　"小胡,你的腿恢复得挺不错的啊。"身材高大的许磊回首看了一眼小胡的腿。

　　"是啊,医生说我很快就能扔掉拐杖了。"小胡开心地说着。

　　"你不要那么心急嘛,还是要多注意休息。另外,这段时间你还是要多吃点排骨,补补钙。"小杨姑娘连忙提醒小胡。

　　"那我也要出来活动活动筋骨啊,医生都说了要适当运动一下,不能老是躺在床上哦。"小胡深情地凝望着姑娘的俏脸说道。

　　姑娘被小胡那火辣辣的眼神刺得低下了头,乌黑的秀发在暖暖的春风中微微飘荡,一如湖边那青青柳条。

"哎,许队长,真没想到西木度假村血案的最终结果是这样的啊。"小胡转身看着许磊说道。

"是啊,西木度假村案件最终审理的结果竟然是这样。"许磊感慨地说道。

"我们局长也是,破了这么大的案,而且破案时间也很短,居然我们队长一点奖赏都没有。"小杨姑娘愤愤不平地说道。

"没事的,说真的,我接手一件案子就是想快速地找到真凶,还死者一个公道,没有想去邀功请赏这个念头。"许磊笑着对两位年轻人说道,"不过,很奇怪的是,这件度假村案子破了以后,我没有往常结案后的愉悦感,反而感觉到心里面装进了一些沉甸甸的东西。"

许磊说完话以后,转眼望向湖水。微风拂过,湖面荡漾起涟漪。在那微微散开的波纹里面,许磊似乎看到了对爱情忠贞不贰却遭遇悲惨命运的张敏,似乎看见了集柔弱和野性于一身的秦凯,似乎看见了看似理智却又坠入婚外情的漂亮女子古丽莎,西木度假村案件的涉案人员一个个像走马灯似的,栩栩如生地出现在微波荡漾的湖面上。

"队长,你说秦凯杀了人,按理说应该一命偿一命啊,但是一审判决结果是死缓,是不是有一点意外?"小胡拄着拐杖,陪着许磊一起望向湖面。

"秦凯的辩护律师在法庭上面说的也有一些道理啊。秦凯原本没想杀死周启亮,他是在遭到周启亮的袭击、羞辱之后奋起反抗的,也算是一种自我防卫吧。虽然周启亮有精神病史,袭击秦凯的时候处于发病状态,但是秦凯的律师在庭上称'对于精神病人实施的不法侵害行为,也可以实施正当防卫'这一点是合理的,只不过秦凯在防卫过程中动作失控,带有明显的'激情杀人'的倾向。"许磊从口袋里掏出一支香烟叼在嘴上,缓缓地说着。

"'激情杀人'? 你说秦凯属于'激情杀人'?"小胡疑惑地看着许磊。

"是啊,秦凯是在被周启亮反复羞辱之后,处于一种绝望、暴怒的精神状态下实施的杀人行为,虽然我国的刑法里面没有明确规定'激情犯罪',但是在立法和审判实践中还是考虑到了'激情犯罪'的因素,所以才会在对秦凯量刑时判处死刑,缓期两年执行。"许磊吸了一大口烟,解释道。

"也是啊,周启亮是个令人憎恶同时也是个令人同情的可怜虫。"小胡两眼出神地望着那随风飘散的烟雾说道。

"其实你们知道吗? 在这个案件中,最可怜的不是周启亮。"许磊转身看着小胡和小杨。

"那是谁啊?"小杨问道。

"是张敏和古丽莎,唉……"许磊叹了一口气,接着说道,"张敏在整个案件中是一个悲情角色,因为久久不能生育而导致丈夫移情别恋。一桩畸形的婚外情导致秦凯卷入一场突如其来的杀身之祸,其中的确有一些偶然的因素,但是也包含了一些必然因素在里面。"

"是啊,那个妻子真是可怜。"小杨心生恻隐之心,"原来检察院准备以窝藏罪起诉张敏的,后来发生了一件神奇的事情,让张敏得以获得自由。"

许磊吸着烟,脑中想到了那个身材瘦弱、神经脆弱的女子。张敏在秦凯被捕的一个月后感到身体不适,恶心呕吐,跑去妇科一检查,医生居然告诉她一件喜事——她已经怀孕了!

这真是极大的讽刺啊!许磊心里想着,世上有着许多不可思议的事情。当你拼命去追寻通的时候,它不属于你,而真当你已放手的时候,它又会像断线的风筝一样,会在某一时刻突如其来地落在你的怀里。

"古丽莎呢? 她后来怎样?"小胡好奇地问许磊。

"听她厂里人说,她已经递交了辞职报告,远走他乡,不知所踪了。"许磊眼前恍惚出现了那个身材高挑的姑娘。

"唉,要是我,也没办法再在那个城市、那个单位待下去了。"小胡拄着拐杖摇了摇头。

"你呀,又不是女人,瞎猜想什么?"小杨用纤纤玉指轻轻地戳着小胡的脑袋娇嗔道。

"好好,我不做瞎猜想,你满意了吧?"小胡笑嘻嘻地回应着姑娘。

"女人自有女人的难处啊。"小杨表情严肃起来,转身面向湖面,悠悠地说道。

是啊,"问世间,情为何物,直教人生死相许",许磊默默念着。

外一篇

小 心 地 滑

一

眼前依然是一片黑漆漆，伸手不见五指。我不断地蜷缩着身体，仿佛幻化为一条湿滑的蛇，在黑暗的空间里，用肚皮贴着冰冷的地面用力地前行着。一种如同锯齿摩擦着玻璃的令人心悸的声音由远及近，不断地被放大、扩大，肆无忌惮地充斥着大脑……

我睁开双眼，头痛，几乎要炸裂开来。每次醒来都要与头痛做斗争是件令人痛苦的事情，长期的无规律生活以及经常通宵达旦与我那些狐朋狗友鬼混让我的身体虚弱不堪。

我叫方重，今年二十六岁，在北京的一家商贸公司任职。公司老总曾经是我父亲的一位老下属，后来他趁着国内大好的创业热，自己下海单干，闯出了属于自己的一片天地。我大学毕业后找不到工作，就来到这家公司，被安排了一个闲差，当然每个月他还要支付给我些钱。

二

我迷迷糊糊地下了床，穿着拖鞋，踢踏踢踏，打开音响，房间里飘荡着约翰·列侬的作品。我点上一支烟,脑子里就像是积雾的山谷,混沌而空荡。

自从来到了这家公司以后,我自己一个人在北太平庄那儿租了一间房屋。租金很贵,但是令我满意的是屋里装了宽带。搬家那天,我开着公司的车,带着全部家当——一个笔记本电脑和一部小型的迷你音响,住进了这间不大的屋子。

我的网龄可不算短了,以前登录过ICQ(一款即时通讯软件),觉得用英文和其他国家的人聊天是件很酷的事。后来才发现,网上许多人如"迈克尔"啊"莉莎"啊"约翰"啊都是和我一样,统统是中国人,都是在里面找乐子。于是,ICQ也不去了,后来ICQ的账号、密码都记不住了。世上很多事情就是这样,只不过是一种习惯,都会随着时间、空间的改变而改变。我的记忆如同老式的磁带一样,磁粉纷纷剥落,留下的都是些不完整的回忆,我称之为"片段失忆"。

打开电脑,登录QQ,立马就看见一个帅哥头像在闪烁。"又是这丫啊。"我嘴角上扬了一下。他,姓佘,名有锋,是我的一个朋友。他的生活概括起来就是"网上泡美眉,网下搓麻将"。这小子现在体重严重超标,两腮帮子上多了几倍的"婴儿肥",我们给他起了个外号——胖子。这家伙在QQ上精挑细选了个帅哥头像,忽闪忽闪地透着份暧昧,引无数的美眉翘首驻足。

点击对话框。

胖子:"在?"

我回一笑脸。

胖子:"干吗呢?"

我随手就拍出"SB"。

胖子："你丫大清早就不吐象牙啊?"

我笑："不好意思啦,胖子,纯属笔误,智能输入法还没切换过来。本来想打'上班',却用英文字母直接发出去了。"

胖子："你别扯了,我打电话去你们单位啦,你都好几天没上班了,他们都准备贴寻人启事了。"

我不耐烦地回复道:"说吧,什么好事?"

还能有什么好事呢? 胖子约人基本是打麻将砌长城。晚上依然老时间,老地方,老一班人马。

"好!"为什么不去呢? 反正我在家也是无所事事,出去找点群居的感觉也好。

三

黄昏时分,我驾驶着奇瑞车行驶在外环线上,前往胖子的家。他家挺远的,在大兴区。北京正值深秋,晚风穿越公路灌进车内,让人不由地感到丝丝凉意。我竖起衣领,关上车窗。这时,一辆红色的跑车伴随着轰鸣的声音急速地从左侧掠过,像一团火一样消失在前方。就在那团火经过我的时候,我瞥见司机是个红衣女郎。恍惚中,她扭头看了我一眼。

一个小时后,奇瑞车驶进了一个居民区。我关掉大灯,点上一支烟,胖子的家就在前面,屋里亮着灯。

我推开门,一股热气扑面而来。三个人正围着一桌麻将在"开会"呢。

"重儿,你怎么才到啊? 都等你半天了。"胖子估计等得有点急了。"抱歉抱歉,没办法啊,路上堵车。"我脱下外套,和其他两位打招呼。梳着中分,戴着眼镜,满脸笑容的那位叫周群,在机关上班。另外一位是医生常建,我的中学同学。

晚上的牌局，我开始手气比较顺。

"我说重儿，来的时候是不是踩着狗屎了？手气这么好。"胖子一面笑，一面去抓牌。他打出一张牌后，侧脸去问常建："哎，你们医院那事儿怎么样了？"

"别提了，这两天病人家属把院门都快给堵起来了，天天在那要死要活的。"常建郁闷地看着手中的牌说。

我知道他们所指的事。一个星期前，有人半夜潜入常建他们的医院，进入产科，将刚出生的一个女婴给掳跑了。监控录像上只看见嫌疑人是个戴着口罩的中年女性。警方目前已经对此展开调查了。

周群扶了下眼镜，不紧不慢地说道："警察已经介入了嘛，要相信人民警察。"

我笑了笑，伸手去摸牌。

这一牌我清一色独钓一条，已经打出了三张二条。胖子坐我上家，满脸狡黠地盯着我，手上攥着张牌始终不打。他飞快地抽出另外一张牌："四筒！"

"谢谢啊！"下家常建终于舒展了他"几"字形的眉头。

"倒霉！这么好的牌也被你小子放了？"我把牌推进海里。

"在这儿呢，是不是这张啊？"胖子得意洋洋地摊开他那肥手。

"胖子，你就一晚上捂着它不放吧。"我从烟盒里取出一支烟，笑道。

自那牌被胖子扣死了以后，我的牌运就不行了，最后是大败而归。

返回住所的时候已经是半夜了，我疲惫地往床上一躺，满脑子都是各种各样不成形的牌。我换上拖鞋，去卫生间洗脸。抬头的时候,被镜子里面的人吓了一跳——镜中的我脸色苍白,面无血色。

打开电脑,习惯性地登录QQ,里面的好友头像都是灰色的了。我把QQ最小化到任务栏,开始漫无目的地翻看着网页。

过了一会儿,我看看电脑里面的时间,快凌晨两点了。我关掉各种网页,准备睡觉。

就在这个时候,任务栏里面的QQ闪烁起来……

四

"这个时候还有人?"我感觉很奇怪。我移动鼠标,将光标放在一闪一闪的QQ上……就在这个时候,我眼前屏幕突然一亮,然后就完全黑了下来。我抬头看看电灯。"咦?没停电啊,不会中病毒了吧?"我赶紧重启了笔记本。当笔记本再次出现开启界面时,我长舒一口气,但是再没有上线的念头了。"真是活见鬼了。"我嘟囔着关机爬上床,盖被睡觉。

夜里我做了个奇怪的梦:一望无垠的大沙漠中,我驾驶着一部红色的敞篷跑车急驶着……越驶越远,即将消失在地平线的尽头。突然天色暗淡下来,狂风大作,远处卷起了万丈沙暴。沙暴越升越高,越过我的头顶,我仿佛看见了一张女人的脸隐约地显现在其中,她那血盆大口越张越大,誓要将我吞噬……

我一身冷汗地从睡梦中醒来的时候,发现天已经大亮。我瞅瞅腕上的手表,指针已经指向七点了。我忽然惊奇地发觉从那一刻开始头痛似乎消失了,没有往常那样的炸裂感了。我做了个决定:准备去公司看看——这几天公司的电话可没少打给我。

出去的时候遇上出行高峰期。蜿蜒的汽车长龙被堵在高架桥上时,那场景甚是壮观。我点上一支烟,拧启收音机,电台里传来男播音员浑厚的声音："……今天凌晨两点,在我市的京津塘高速公路上发生了一起严重的交通事故。一辆红色的法拉利轿车失控撞向了路边的护栏……驾驶员当场死亡,据处理此事的市交警二中队王警官称死者系二十多岁的女性……"听到这儿,我夹着香烟的手指开始颤抖起来了。我的脑中立刻闪现出了那团红色的火以及火中隐现的红衣女郎的脸……

我赶到公司的时候,已经很迟了。我神色不安地走进我的办公室,屁股刚刚落在椅子上,老总秘书小张就走了过来:"方经理,白总请您到他的办公室去一趟。"

白总,就是前面说的那位我父亲的老朋友,一个一直把我当成他自己的侄子看待的中年人。

"哎呀,小重,这两天都到哪里去了? 公司你又不来,电话你又不接……"白总看上去真是很着急,"咦? 你怎么出汗了? 不舒服啊?"

我走进白总的办公室,心绪不宁地坐在他的对面,额头上沁出了密密的汗珠子。

我笑了笑,和长辈开了个玩笑:"每个月都有那么几天不舒服。"

"你啊,还是这么不着调。你爸爸既然把你交给了我,我就要对你负责啊。小重,要多注意休息,不要只知道玩。你还早着呢,要爱惜自己的身体啊……"

我那叔叔滔滔不绝地从注意身体说到营养学,从营养学到膳食食补,又举了好多年轻尽欢、老年还债的实例,最后还差点让我去练练太极拳试试……

离开白总的办公室,我去了一下财务科,签了一下我前几个月的工资单，就下了楼。我没有再开车，而是乘坐地铁回到了我的住处。

五

下午，我接到了胖子的电话。

"重，今儿怎么没上网啊?"胖子很关心地问。

"没精神。"我一副懒洋洋的样子。

"今晚继续? 就差你一个人了。"胖子又在召集人马。

"不去! 昨晚血都给你吸干了，要在家养养血。"我下定决心。

胖子的精力在我辈当中应该算是最棒的了，他全身心致力于打麻将和泡妞当中，乐此不疲。我们在一起吃饭的时候经常会发现他身边的女人换了一个又一个，我最后只知道他边上坐的是个女人，至于那个女人的容貌却很模糊。周群私底下告诉我胖子的一些趣闻，说他是个"ONS"高手。我问什么叫"ONS"啊，周群不屑地看着我，是一夜情啊，"one night stand"的英文缩写，并嘲笑我已经落伍了。

拒绝了胖子后，我躺在床上，打开了电脑QQ。不知不觉的，小屋里的我睡着了。外面则是时空转变，天上白云朵朵飘过，暗夜接踵而来。等我醒来的时候，屋里只有笔记本屏幕还亮着。我点亮了灯，坐到电脑旁边，看见任务栏里有陌生人的头像在闪动。我点击查看，一个红发女人的头像在跳。

"在吗?"她问。

我看看时间，是在我睡着的时候发的。

"你是?"我觉得很奇怪，回发一个笑脸，看看陌生人还在不在。

人们都说网络世界是一个虚拟的世界，QQ更加会迷惑人。五花八门的头像，有闭月羞花的，有刚强如铁的。你以为是在和大姑娘聊天,兴许那边是个老头子。

很快那边就有了回音:"原来你在啊,你的网名好有趣哦,叫那个什么'上帝安排'?"

当年我上网注册时,随便在一句话里提炼出了这个"上帝安排"的名字。想不到后来问我关于这个名字来历的人还真不少。我知道我是个无名之辈,但上帝是大有来头的,我颇有沾点仙气的感觉。

"我叫'金毛玲',二十岁,喜欢结交朋友,"网络那边飘过红色的云,"我喜欢蹦迪,唱歌……"

对方连珠炮似地发话,她的热情感染了我。于是我就不深不浅地和她聊了起来。

她说她住在广州,喜欢没事的时候在西二环高速公路上飙车,当时速超过170码的时候她就会有莫名的兴奋感。

"你会开车吗?"金毛玲挑逗着。

"会开啊,就是常常熄火,呵呵……"我不深不浅地调侃着。

对面发过来一个两手向下指的"鄙视你"的表情,我回了个"流汗"的表情。

经过几个小时的网络聊天,金毛玲给我留下了深刻的印象:活泼,好动,充满激情,如一团青春之火在舞动。与其和我那帮朋友们进行"长城大战",不如这样无拘无束地聊天。于是,在聊天结束时,我们互换了手机号码。

六

第二天上午,我坐在公司里的真皮椅上悠闲地吸着烟的时候,桌上的手机响了起来。

"嗨!在吗?我是金毛玲。"软语传入我的耳中,我顿时感觉到耳朵有些丝丝发痒。

"哦,是你呀。"我一口烟没吐出来,被呛着了,伴随着几声干咳。

"怎么? 你感冒了? 要注意身体啊。"金毛玲的关怀无微不至,温柔的话语就像春风拂面一样,抚平了我内心的沟沟壑壑。

"今天的天气格外好啊,阳光明媚。"我脱口而出,仿佛是天气预报员。

"你好幽默哦,我们这边在下雨呢。"电话那头传来了"咯咯"的银铃声。

我一时接不上茬,为唐突的天气预报郁闷。金毛玲的春风又吹拂过来:"感冒了,就要早点休息,不要在网上时间太长了。"

我突然感到内心深处最柔软的地方被一双温柔的小手触动,一时语塞,嗫嚅道:"知道了。"

"哈哈,感动了? 害羞啊? 估计你还是个处男吧?"银铃再次响起。

这话问的? 现在的女孩怎么都这么开放啊? 我心里掠过一丝不快,不过转而一想,开放的广东嘛,再联想到胖子身边那些走马灯,就觉得没什么了。社会在进步哦,女人不再羞羞答答地"犹抱琵琶半遮面",满大街的露脐装超短裙热裤,橱窗里面的丝条丁字裤也肯定是有市场的。

心里想着,嘴上可不能输,我说道:"处男? 我大学时候就不是了。"

"呦呦,你还是大学生啊? 你是哪个大学的啊?"这下她回到正常话题来了。

"三旅军事炮兵学校。"我随便扯了一个校名,想笑。

"那你在里面学什么专业啊?"她中了我的套。

"打炮。"我忍不住笑出了声。

金毛玲那边也笑得花枝乱颤,银铃般的笑声似乎就是这粗俗玩笑的和音。

以后每天我都会和金毛玲瞎侃上一阵,谈话内容从开始的不浅不深,到后来的深一脚浅一脚,最后彻底地由浅至深了。我们终于落了俗套,约好了一个时间见面。

七

十二月的一天,我在首都机场登机前往广州。那是一个星期五的早上,阳光明媚,天气晴朗。我在候机大厅里看着南来北往的旅客,感叹中国真是地域宽广。穿梭的旅客中有穿厚厚羽绒服的,也有穿薄薄毛衫的,有的人甚至穿着更少,让人迷惑当时的季节是否还是寒冬。我看着人群里面的妙龄少女,幻想着金毛玲的模样:戴着墨镜,一身黑色,或许浑身上下还有亮晶晶的配饰呢。

巨大的波音747飞机起飞以后,我感受着微微颤动,一会儿就进入了梦乡……

我梦见在一个黑漆漆的夜晚,我赶路来到了一个陌生的城市,在一个陌生的旅馆下榻。旅馆老板娘露着神秘的笑容给了我一间房。我一看就恼了,一个大通铺,整齐地排着许多床。我说我要的是单间,她说其他房间已满,这就是单间。不和难缠的女人计较,疲惫的我很快就睡着了……半夜,我感觉头顶上似乎有东西在挠我,我迷糊着眼用手向上拨弄却怎么也拨不开,我用手捏捏似乎是软软的东西。我抬眼仔细一看——啊!就像牢牢生根在墙上的树枝一样,一只女人的细胳膊白生生地从墙里面探了出来……

我从梦魇中惊醒过来,额上冷汗直冒。环顾两旁,周围的旅客依然谈笑风生。这时候,甜美的女播音员的声音响起:"亲爱的乘客们,我们就要到达广州白云国际机场……"

下了飞机后,我才发现广州正下着绵绵细雨,虽然气温比起北京来要高,但是南方特有的潮湿天气伴随着冷风还是让我不由地打了个冷战。我赶紧竖起了大衣的领子,钻进出租车里,直奔事先预订好了的乐豪大酒店而去。

我在乐豪大酒店前台很快就办好了入住手续,前台领班双手恭敬地递给我一张418房间的房卡。我这次来广州没有什么行李:除了一个小夹包,还有就是——我的灵魂也随着我来到遥远的南方。

电梯缓缓而上,我一迈出电梯,就能闻到走廊里有股浓浓的潮湿霉味儿。打开418房间的门,向里面看,房间格局布置得普通而简单,一张办公桌,一台电视机,两个沙发,一个玻璃茶几。床前放着电话,电话边上围了一圈保健用品。

坐了三个多小时的飞机,身上的雨水混合着汗水让我疲惫不堪。我脱光了衣服,走进浴室里去冲澡。我在淋蓬头下面舒服地洗着,热气紧紧地包裹着我,浴室里雾气腾腾……当我冲好澡光溜溜地站在浴室镜子前时,水雾中模糊地显出一个裸体男人的身影。我思维有点混乱,一会儿感到神经绷紧,一会儿荷尔蒙的冲动又带出一种原始的欲望。

我穿好内衣,躺在床上,打了个电话给金毛玲——我和金毛玲约定好了,我到了酒店以后就打电话给她。

我躺在白色"干净"的床上,脑子中乱想着。ONS,ONS,ONS……英文字母在眼前若隐若现,像幽灵一样挥之不去……

金毛玲来了,闪闪发亮。她张开双臂,扑向我的怀抱。

我睁开双眼。房间里空无一人,只有残存的浴室雾气在飘荡。原来刚才我迷迷糊糊地睡着了,金毛玲还没有来,刚才只不过是"春梦了无痕"而已。

我看看时间,估计她也快来了。我虚掩着房门,静静地躺在床上等待着。

不一会儿,走廊那头的电梯"叮"地响了一声。我竖起耳朵,似乎听见静谧的走廊里有人走动……

八

我听见走廊里有人轻轻地踩过地毯的声音,由远及近。只是微微奇怪的是脚步声就像山区里的手机信号一样,时有时无。我的耳边又响起了锯齿摩擦着玻璃那令人心悸的声响,不断地被放大、扩大。脑神经开始紊乱起来,炸裂感开始在大脑中蔓延开……

脚步声消失在我的房间门口,我屏住呼吸,心跳急剧加速。好像过了半个世纪的等待一样,虚掩的房门终于被推开了,一个身材消瘦的女子出现在廊灯的昏暗逆光之下,面容模糊。随着女子缓慢地步入房间,我才看清楚她脸色惨白,身上穿着一件猩红色的长风衣。她浑身湿漉漉的,身上的红衣暗红,好似鲜血一样。她垂着头,雨水顺着长发滴在屋内的地毯上,一直不停地滴。我感到有一股寒气迎面逼来,不由地打了个冷战,想竖起衣领,才想起来自己身上只穿了薄薄的内衣。

我从嗓子的深处挤出声音:"你,你是金毛玲?"我忽然发觉自己的声音嘶哑了,像被某人卡住了喉咙一样。她微微抬起头,不作回答,脸上呈现出一种诡异的神情。"你,你去浴室拿条毛巾擦……擦擦啊。"我的声音让我又吓了一跳,忽然又变成尖声尖气的,听上去很滑稽。她依然站在那儿,默不作声,她的红色风衣领口里面似乎藏有水管一样,雨水不停地顺着发梢往下滴。

我的脑袋一片空白,只觉得脑袋就像是有人不断地向里面吹气一样,似乎不把脑袋吹炸就永远不会停手。我不敢正视她,侧身想去拿烟。我颤抖着点燃香烟,用眼角的余光去窥视她———发现她也正在慢慢地歪着脖子,从那双似乎永不会转动的眼珠里直勾勾地向我射出一种诡异、贪婪的光。

我被吓得魂飞魄散,站在原地像被冻结住了一样。就这样僵了好一会儿,大脑终于有点转动了,思维也有点复苏了。我面对着她,用尽全身的力气说道:"你,先回去吧。我,我今天有点累。真的,你看,我都准备休息了。"红衣女人这次终于听懂了我的意思,她倾身向前,微微地移动了一步,发出一声:"唉……"那是一种什么声音哟,就像是从万丈深渊里发出的充满死亡气息的声响。停顿了一会儿,她慢慢地转身,不说一句话,带着水滴走出了房间。我站在那儿,心里"砰砰"乱跳,耳边那令人心悸的声响也随着女人的离去而消失了。

恢复理智以后,我赶紧拿起手机,拨通了我在广州的一个朋友的电话。"喂,阿骏吧? ……对对,是我,方重……你赶紧来乐豪大酒店一趟……是是,418……不要问那么多了,有要紧的事,十万火急。"

挂了电话后,我把手机扔在床上,躺在沙发上喘着粗气。

阿骏是我的一位好朋友,地道的广州人。原本这次我来广州私会金毛玲,不想去打扰这位朋友。但是事已至此,我也顾不了那么多了。

很快阿骏开着他的宝马来到乐豪大酒店。

"出什么事了,重?"他一进418房间就问我。

"我撞鬼了……"我把事情简单地和他说了一遍。

"赶紧穿衣服,我们离开这儿,到我家去。"阿骏果断地做出决定。

我胡乱地穿好衣服,拿起夹包,有点狼狈地跌跌撞撞随着阿骏下了楼……

九

电梯里,我点燃一支香烟,大口地吸着,努力克制着自己的恐慌。

"你说你这叫什么事啊,重?"阿骏面对着我。

"大老远地来到广州,也不先和我说一声。这下好了吧,泡妞泡上女鬼了。"阿骏继续说着,带着些揶揄的口吻。

我和阿骏的关系很铁,属于那种刎颈之交。我默不作声,垂头吸着烟。

下了电梯,我和阿骏快步经过大厅,直奔总台。

大厅里这个时候空荡荡的,显得很冷清,大理石的地面上响着我们慌乱的脚步声。我经过大厅的时候,不停地向身后看。我总是感到背后有一双眼睛在射着冷冷的光。阿骏在总台办着退房手续的时候,我愈发感觉到冷。我竖起衣领,用警惕的眼神向周围巡查。突然,我发现在大厅盆景后面的沙发上坐着人。昏暗的光线下,我还是分辨出了——就是她!就是那个红衣女人,湿漉漉的头发掩盖了大半个面庞。透过湿发,她正在用一种令人捉摸不透的异样的迷离的眼神在盯着我。原来她还没有离开酒店!我浑身发抖,拉起阿骏,拖着他往外冲去,留下身后总台收银员的声音:"先生,找您钱。"

阿骏启动引擎,宝马像脱了缰的野马一样冲了出去,一路狂奔。我瘫在副驾驶座位上，脸色发白，全身发软。

也不知开了多长时间，车速逐渐慢了下来。车内充满了紧张和尴尬的气氛。

"去我家吧，我家在郊区。那儿比较清静……我说你啊，唉……"阿骏看了我一眼，叹了一口气。

我身体斜靠在车门上，脸朝着窗外望去。夜色已经降临，五颜六色的霓虹灯将广州的夜景点缀得灿烂绚丽。

突然，我的身体开始有点抽搐。

"快！给我开快点!"我有点发狂了。

透过倒车镜，我看见后面始终跟着一辆出租车。我非常清晰地看见出租车内的副驾驶位置上——就是我坐的这个位置上，那个红衣金毛玲死死地盯着我们。她看着我，脸上浮现出一种诡异的笑。

阿骏加大油门，宝马向前驶去。宝马在偌大的城市里兜起了圈子，左转，右转，超车，再调头，直至彻底地甩掉那辆出租车。阿骏果断地直奔广州火车站，买了张去北京的卧铺票，不由分说地把我塞进了车厢……直至火车开车，我再也没有见到红衣女子的出现，只留下阿骏一个人在站台上挥着手。

十

我躺在卧铺上，脑子里面一片空白，后脑勺木木的。火车在铁轨上划破暗夜，飞速地向北方急驶。我在铺上辗转反侧，身体一会儿感到像落入冰窖里一样冰冷刺骨，一会儿又像蒸桑拿一样通体大汗。就这样昏昏沉沉地躺到北京，当时的北京刚刚下了第一场冬雪。在漫天飘舞的雪花中，我挣扎着挤进出租车，直接回到我的住所。

我不知道我究竟在床上躺了有多长时间。时空对于我来说似乎都已经不重要了，一切都在这小屋里静止凝固了。我长时间地处于一种迷迷糊糊的幻觉状态。我总感觉到屋里有人在走动，时而轻声细语，时而响声大作。我好像看见面前站着三个形状奇怪的人，身材瘦小且容貌奇特。有个脑袋是方形的，说话瓮声瓮气。有个脑袋特别大，但身子却极短。还有个就像一根竹竿那样细长。他们凑在我耳边和我说着话，偶尔他们之间也相互交谈。我闭上眼睛，好想沉睡过去。但是他们三个就是不想让我入睡，不停地在我耳边发出声音。当他们三人都消失后，我又看见屋里有穿着白色衣服的人形在半空中飘来飘去，还看见有个白色小人站在一棵树的边上。有时候，整个屋内又好像是火炉一般炽热，我感到自己身体在不断地被燃烧，被蒸发。

耳边似乎有电话的铃声，不断地刺激我的鼓膜和神经，接通后又传来一阵阵"嘟嘟"的忙音声。眼前出现了我的朋友，胖子，常建，周群，白总，阿骏，小张……他们围住我，一个一个地探下身来，呼唤着我的名字。我努力想说话，但是好像有千斤大石压在胸口，我张不开口，不能回答他们。他们熟悉的面孔渐渐模糊起来，变成形象清晰的红衣女子，黑色长发依然滴着水，一直滴……一直滴……

我不知道我在床上躺了多长时间，后来白总告诉我，我足足在床上躺了一个月，其间持续发高烧，医生说我这是伤寒，幸亏身体好，挺了过来……

尾　声

冬去春来，当枝头上的冰雪渐渐融化的时候，我已经好了。在这当中，我按时按点地去公司上班，每天都是在上下班高峰期去挤地铁。我婉言谢绝了白总的好意，把那辆奇瑞车归还给了公司。我主动要求白总让我从公司的小职员开始干起，尽量多安排一些事情让我来做。我通过辛勤的工作洗去了以前身体上残留的毛病。我的朋友——胖子起初还是经常打电话约我打麻将，但是都被我婉言回绝了，后来渐渐地也就没有了他的消息。至于QQ，我在我的笔记本里删掉了程序，再也没有登录过。

等我再次坐上经理位置的时候，已经是两年后的事情了。这个时候的我感觉浑身充满了活力，身心健康了许多，也充实了许多。我对公司的企业运作已经了如指掌，白总对我的进步也是大加赞赏。通过他那充满期待的眼神，我似乎看见了一轮红日在冉冉升起。

那天我在公司审查文件的时候接到了周群的电话。他的语气低沉："重，你知道吗？"我是丈二和尚摸不着头脑。他接着说："胖子他——挂了。"

当我和周群带着鲜花来到公共墓地，走到一处碑文上刻着"佘有锋"姓名的墓穴前时，我才真正地感受到生命的脆弱。听周群说，胖子有一次去常建的医院化验，被诊断出得了艾滋病，没过一年就去世了。我看着碑文，想着埋在墓穴里的胖子，眼前似乎浮现出一幕场景：胖子那肥胖的身体正慢慢地从地面上滑起，又重重地落在了地上。

我突然想起以前看过的一首诗：

黑夜，黑夜中湿滑地前行

孤独，孤独里艰难地反省

当一丝光亮析出苍穹

你我临风眺望远足中

当我离开墓地，来到公路的时候，一辆红色的轿车驶来，停在我的面前。"要搭顺风车吗？"车上走下来一位漂亮的女子。

我看着她，笑了……

后　记

有一年春节,我和家人去了皖南的一处山庄度假。半夜里,我被屋外树林里的动静所惊醒。仔细听,原来是风吹树枝发出令人心悸的"嘎吱、嘎吱"声响,似乎有人正在吃力地推着一扇破门。

在随后的失眠中,我忽然灵光一闪:为何不借此午夜梦醒去构思一部悬疑小说呢? 于是,我以山庄为原型,虚构了一个发生在度假村的侦破悬疑故事。这就是小说《木屋疑云》的创作由来。

《木屋疑云》是一部写男女情感纠葛的小说,更准确地说,是一部写给女性的作品。在小说中,我注重对女性心理世界的探讨,想让更多的人去理解她们在社会中所承受的巨大压力。

有人说这是一部描写爱恨情仇的小说。对! 我在小说里对人性的善与恶做了一番剖析,对人类与生俱来的"羡慕""嫉妒""愤怒"这三种情绪进行了思考:

"如果'愤怒'用红颜色表示,'羡慕'用绿颜色来表示,那么'嫉妒'应该用什么颜色表示呢?"女孩明亮的眼眸中透着灵气认真地问道。

"唔，'嫉妒'应该用黑颜色来表示吧，因为黑色象征着毒素嘛。"男人深情地凝望着身边的女孩，柔声地说道。

"嗯，'嫉妒'还是绿颜色吧，因为有些时候你自己都分不清楚你的内心到底是'嫉妒'还是'羡慕'。"女孩仰起美丽的脸庞，眼神坚定地说着，一袭长发在白光中闪闪发亮。

《木屋疑云》小说最早是在起点文学网进行连载，吸引了不少读者。非常感谢这些忠实的读者，如"三生烟火""岸上的鱼"等，感谢你们对我坚持不懈的鼓励，使我克服了创作中的一个又一个困难。

感谢安徽师范大学出版社对《木屋疑云》出版的大力支持，感谢责任编辑对作品的精心修改。

我还要感谢我的爱人。她是《木屋疑云》的第一读者，每当我写完一章，她都会细细品读，并及时指出小说中的不妥之处。可以说，如果读者能够认可《木屋疑云》对于女性的心理描写，那多半要归功于我的爱人。

最后要感谢的是我的好朋友朱向阳，感谢您对此作品的极大关注。

许辉

二〇一五年十二月